U0963673

普通高等院校汉语言文学专业规划教材

主　编　蒋述卓　洪治纲
编撰人员（以姓氏拼音为序）
贺绍俊　贺仲明　黄　擎
王　侃　危　磊　郑焕钊

文学批评教程

WUHAN UNIVERSITY PRESS
武汉大学出版社

图书在版编目(CIP)数据

文学批评教程/蒋述卓,洪治纲主编 .—武汉:武汉大学出版社,
2010.1(2025.1 重印)
普通高等院校汉语言文学专业规划教材
ISBN 978-7-307-07525-2

Ⅰ.文… Ⅱ.①蒋… ②洪… Ⅲ.文学评论—高等学校—教材
Ⅳ.I06

中国版本图书馆 CIP 数据核字(2009)第 232592 号

责任编辑:易 瑛 胡国民　　责任校对:刘 欣　　版式设计:马 佳

出版发行:**武汉大学出版社** (430072 武昌 珞珈山)
(电子邮箱:cbs22@ whu.edu.cn 网址:www.wdp. com.cn)
印刷:武汉邮科印务有限公司
开本:720×1000 1/16 印张:20.5 字数:365 千字 插页:1
版次:2010 年 1 月第 1 版 2025 年 1 月第 6 次印刷
ISBN 978-7-307-07525-2/I · 377 定价:49. 00 元

版权所有,不得翻印;凡购我社的图书,如有质量问题,请与当地图书销售部门联系调换。

目　录

导论　什么是文学批评

作为文艺学的一个基本组成部分，如今，文学批评已经成为一个非常重要的学科门类。可以说，大凡了解文学的人，对文学批评都不会陌生，但是要清晰地说出什么是文学批评，却又显得相当困难。这是因为，随着文学批评方式和形态的不断变化，人们对于文学批评的认识也在不断地深化。即使是像文学批评的概念、性质、功能和作用等这些基本问题，其争论也是一直持续不断。

正因如此，一方面，我们要认识到文学批评的这种复杂情形，对文学批评持以较为开放的视野；但另一方面，也要对文学批评进行必要的厘析，以保证批评活动在科学健康的轨道上发展。只有从总体上对文学批评有一个基本准确的认识，为文学批评的学习确立一些正确的观念和原则，我们才能更好地进入具体的文学批评实践的领域。为此，本章将通过对一些在具体批评实践中经常遭遇的、各种带有根本性的问题展开分析，以便为读者提供一个较为清晰的关于文学批评观念的整体轮廓。

一、文学批评的概念

何为文学批评？这是文学批评首先必须明确的一个问题。这一问题看似简单，在古今中外的文学批评过程中，却长期引起人们的纷争，至今仍难以达成共识。在林林总总的各种定义里，无论是文学批评的对象、性质还是功能、作用，都显示出极大的差异，相互之间甚至构成尖锐的对立。

对文学批评的界定，遇到的最为根本的两个难题是：

第一，文学批评与文学理论、文学史、文学批评理论以及文学批评学之间的关系如何？即，文学批评是一种理论还是实践？

第二，文学批评是一种怎样的知识形态：认识论？价值论？艺术创造？即，文学批评是科学还是艺术？

1．文学批评：理论或实践？

在文学批评发展史上，“文学批评”的概念十分含混。它既被用来指对具体艺术作品的实用批评，又被用来指对批评理论反思的文学批评理论，即对批评规律、范畴进行探讨的文学批评学，还被用来指包括文学理论、文学批评和文学史在内的整个文艺学。

这种含混是历史造成的。雷内·韦勒克在《批评的概念》一书中，从语义学上对文学批评的概念进行了梳理，他发现：① “批评”一词在法国，经过历史的发展已成为囊括全部文学研究的代名词，取代了“诗学”或“修辞学”；② 在英文中，“批评”一词从德莱顿开始就获得作为“正确判断的标准”的地位，并雄心勃勃地试图成为一门科学①，它“兼指文学理论和诗学”②；③ 在德国，由于美学的发达，以及强调客观的文学史编撰观念的确立，批评被缩狭为“每日发表的书评”③，并由于其主观性而遭遇人们的轻蔑。在韦勒克看来，“词有其本身的历史，其意义是由个人给予的，因此词义不能一成不变地固定下来……特别是像文学批评这类众说纷纭的学科”④。也正因为“批评”概念在不同国家因实际情况形成了极大差异，故在《近代文学批评史》中，韦勒克采用了广义的批评概念：“‘批评’这一术语我将广泛地用来解释以下几个方面：它指的不仅是对个别作品和作者的评价，‘明断的’批评，实用批评，文学趣味的征象，而且主要是指迄今为止有关文学的原理和理论，文学的本质、创作、功能、影响，文学与人类其他活动的关系，文学的种类、手段、技巧，文学的起源和历史这些方面的思想。”⑤也只

① ［美］雷内·韦勒克：《批评的概念》，张今言译，杭州：中国美术学院出版社1999年版，第26页。

② ［美］雷内·韦勒克：《批评的概念》，张今言译，杭州：中国美术学院出版社1999年版，第2页。

③ ［美］雷内·韦勒克：《批评的概念》，张今言译，杭州：中国美术学院出版社1999年版，第2页。

④ ［美］雷内·韦勒克：《批评的概念》，张今言译，杭州：中国美术学院出版社1999年版，第33页。

⑤ ［美］雷内·韦勒克：《近代文学批评史》（第1卷），杨岂深、杨自伍译，上海：上海译文出版社1987年版，“前言”第1页。

有采用这样的概念，才有足够的涵盖能力以描述和评价欧美 200 多年(1750—1950)的文学批评。

在中国，文学批评的概念同样不那么清晰。中国古代的文学批评，据罗根泽先生的观点，应称之为“文学评论”。汉代王充《论衡》就指出“论”的功能是“就世俗之书，订其真伪，辨其实虚”①，即对文献的整理考辨，这与西方早期对“批评”的规定是一致的。而曹丕的《典论·论文》作为最早的文学批评文章，就是以“论”为题。因此罗根泽认为，中文翻译“criticism”，必须用上“论”字，相比，“批”在中国古代是“批击”之意，既不概括也不雅驯。但是，中文的“论”与西方的“批评”仍然存有差异之处。段玉裁《说文解字注》解释“凡言语循其理，得其宜谓之论”，因此“论”偏重于理论方面，曹丕的《论文》就不是一篇具体的作品评析而是就文学的基本问题发言。相比之下，中文的“评”字与西方针对具体文学作品的实用批评更为相似，“评”通“平”，它较早用于对人物的品评，如：“举王良之法，与宋人之操，使韩子平之，韩子必是王良而非宋人矣。”②又如：“劭好核论乡党人物，每月更其品题，故汝南俗有月旦平焉。”③随后进入文学批评领域，刘勰《文心雕龙·论说》就指出：“评者，平理。”钟嵘对 120 多位诗人所作的诗歌品评，更直接命名为《诗品》。

而将“评论”合在一起，可见于《世说新语·德行》篇的注释：“评论时事，臧否人物。”其用作对文章进行评论，则可见范晔《狱中与诸甥侄书》“详观古今著述及评论，殆少可意者”，及《颜氏家训》“学为文章，先谋亲友，得其评论，然后出手”。它们已经基本等同于现代意义上的文学批评。至于“批评”一词，则起源于宋代科举屋场中的“批注评释”，是对文章的抉剔和裁判，不能涵盖批评理论和文学理论，因此，不如“评论”概括，但由于现代以来基本上采用了西方的“批评”一词，所以就习惯沿用批评④。故在编写《中国文学批评史》时，罗根泽先生特别强调中国文学批评的理论品格，在他看来，“论”更能体现中国文学批评的理论特点，并可以此与西方文学批评侧重实用批评和批评理论的特点加以区别。同样，郭绍虞先生编写《中国文学批评史》也是要“解决文学史上的许多问题”，强调批评与文学和时代思想的联系，侧重于总结文学本质及其规律。因此，它们的“批评”概念更

① 《论衡·对作》。

② 《论衡·非韩篇》。

③ 《后汉书·许劭传》。

④ 罗根泽：《中国文学批评史》，上海：上海书店 2003 年版，第 8～10 页。

多的是指批评理论和文学理论。

毋庸讳言，“中国文学批评”、“中国古代文论”、“诗文评”、“中国的文学理论”等概念，在中国很多学者那里，并没有多大的区别，往往通而用之。也正因如此，汉语学术界对“批评”概念的界定，也同样是递增的、综合的，但含义并不明确。

面对历史造成的这种现实，当代学者在对文学批评进行概念界定时，最常见到的方式就是对其进行广义和狭义的把握，也即通过不断递增、扩充的方式来增殖文学批评概念的内涵和外延。诸如《简明不列颠百科全书》的文学批评词条：“文学评论是对文学作品和文学问题所作的理智思考。作为术语，它适用于任何有关文学的论述。更严格地说，这一术语仅适用于‘实用评论’，即解释作品的意义和评价作品的质量。这种狭义的文学评论，不但能与美学（关于艺术价值的哲学）区分开，而且可以与文学研究者所关心的其他问题，如传记问题、目录学、历史知识等问题区分开。”①又如一些文学批评学，认为广义的文学批评包括研究当代作家作品以及文学问题的文学评论、研究文学批评历史发展的文学批评史、研究文学批评本体规律即批评理论的文学批评等三个基本部分，而狭义的文学批评则主要指对当代作家作品以及文学问题的批评即对批评理论的探讨。② 王先霈和胡亚敏主编的《文学批评引论》，也是从对批评概念的发生学、批评家、批评对象、主体动机四方面的广狭义区分上来界定，指出文学批评是对“当代各种具体的文学现象（包括文学创作、文学接受和文学理论批评现象，而以具体的文学作品为主）”③的研究活动，虽然以狭义为主，但其范围仍然较为广泛。

事实上，这种方法本身也仍然无法避免概念的含混。所以，罗杰·福勒在《西方现代文学批评术语辞典》中，干脆抛开对“文学批评”的广狭义界定，而明确指出，文学批评理论属于理论，而文学批评属于实践，也即实用批评。“批评（criticism）从词源上讲，‘to criticize’起初的意思是‘to analyse’（分析），后来变成了‘to judge’（评判）。如果今天‘批评’这个词能限制在上述两个意思的范围内使用，那么它也许能获得某些连贯性，而不像现在这样过分滥用到一个危险的程度。文学研究和文学史应该被称为、同时也应该被看做文学批评的补充，而不是它的一部分。批评理论也应该同批评区别开

---

① 《简明不列颠百科全书》，北京：中国大百科全书出版社 1991 年版，第 267 页。

② 黄展人：《文学批评学》，广州：暨南大学出版社 1990 年版，第 31 页。

③ 王先霈、胡亚敏：《文学批评引论》，北京：高等教育出版社 2005 年版，第 1～3 页。

来，因为理论着重分析和评判概念而不是作品。理论研究是一种哲学活动，它应成为批评的基础，但是也不应该视为批评的一部分。"①这不啻为一种灼见。在《文学理论》中，韦勒克也坚持对文学理论、文学批评和文学史的有效区分，指出：

> 最好还是将"文学理论"看成是对文学的原理、文学的范畴和判断标准等类问题的研究，并且将研究具体的文学艺术作品看成"文学批评"(其批评方法基本上是静态的)或看成"文学史"。②

然而，韦勒克并没有割裂相互之间的联系，而是辩证地指出三者之间不可或缺的关联：

> 文学理论不包括文学批评或文学史，文学批评中没有文学理论和文学史，或者文学史里欠缺文学理论与文学批评，这些都是难以想象的。显然，文学理论如果不植根于具体文学作品，这样的文学研究是不可能的。文学的准则、范畴和技巧都不能"凭空"产生。可是，反过来说，没有一套问题、一系列概念、一些可资参考的论点和一些抽象的概括，文学批评和文学史的编写也是无法进行的。③

在韦勒克后来所写的同名文章中，他对自己这一区分做过反思，并曾试图合并其中某些项，"比如说，不是将它们合为一项如文学史或文学批评或文学理论，就是至少把这三项变成两项，说只有文学理论和文学史或者只有文学批评和文学史"④。确实，文学史与文学批评在面对具体作品的流变时就难以做出有效区分，尤其对于一些正在形成中的文学思潮，它们究竟属于文学史研究还是文学批评？在西方文学批评史上，像勃兰兑斯的《十九世纪文学主潮》就似乎很难断定。又比如，当下批评的理论化与理论的批评化都

① [英]罗杰·福勒：《现代西方文学批评术语辞典》，薛满堂等译，沈阳：春风文艺出版社1988年版，第163页。

② [美]雷内·韦勒克、奥斯汀·沃伦：《文学理论》，刘象愚等译，南京：江苏教育出版社2005年版，第32页。

③ [美]雷内·韦勒克、奥斯汀·沃伦：《文学理论》，刘象愚等译，南京：江苏教育出版社2005年版，第33页。

④ [美]雷内·韦勒克：《批评的概念》，张今言译，杭州：中国美术学院出版社1999年版，第2页。

力图打破理论的普遍性规定，而视理论的情境化和差异性，因之它们都是从具体的文学作品、文学思潮出发，究竟它们应该属于理论呢，还是实践？要明确回答这一问题，同样存在困难。

韦勒克指出："这种争论大部分都是纯文字性的争论，是语言极度混乱的又一实例，是真正由于语言混乱而停建的通天塔，在我看来这是当代文明中一个最不祥的征兆。如果这些混乱不能使人看到问题的真正所在，那么费力清理这些混乱并不是一件值得做的事情。"①文学批评、文学史与文学理论三个学科之间各有各的任务，三者也分属于不同的知识形态，文学批评作为一种实践，诚如德国浪漫主义批评家施勒格尔所称，它是"介于历史和哲学之间的一个中间环节"②，是通向文学史与建构文学理论的必要准备，也是重构文学史和检验文学理论的重要前提。面对具体艺术作品这一点，使得它与文学理论具有本质上的区别，而面对文学作品的直接经验本身，尤其是，假如我们将其限定在"当代"这一时阈，又使它能与文学史区别开来，文学史更多是对前人批评和研究的辨别与总结；也同样，文学批评理论、文学批评学是对批评实践所涉及的问题的理论反思和理论总结，它属于理论形态，是属于文学理论的分支，与实践形态的文学批评分属于不同的知识类型。这才是问题的关键所在，也是超越语言限制的出路所在。因此韦勒克才不无自信地称"这三个学科是而且将来也是各自不同的！"③以递减法来明确文艺学各分支的任务、范围、特点，以便从实质上来区分文学批评的内涵和外延——韦勒克对批评概念的厘定是清晰而有效的。

由此，对于"文学批评"，我们可以这样来界定：文学批评是面对具体文学作品及其经验的实践活动。当然，这里的"经验"不局限于文本所呈现的审美经验，而包括能够揭示文本深层意蕴的作家的创作经验、文学思潮影响等。从这一意义上来讲，文学批评的对象包括文本、作家和思潮。但必须注意，文学批评侧重于面向具体的经验，这是它区别于文学理论与文学史的关键之处。

① ［美］雷内·韦勒克：《批评的概念》，张今言译，杭州：中国美术学院出版社1999年版，第2页。

② ［德］施勒格尔：《浪漫派风格——施勒格尔批评文集》，李伯杰译，北京：华夏出版社2005年版，第265页。

③ ［美］雷内·韦勒克：《批评的概念》，张今言译，杭州：中国美术学院出版社1999年版，第18页。

2. 文学批评：科学或艺术？

作为一种实践活动，文学批评是一门科学还是一门艺术？这是导致批评概念混乱的又一根源，它关系到文学批评的学科性质。长期以来，两者的纷争直接导致了人们对批评概念界定的困难，因为“文学批评”这一术语本身就要求我们做出清晰的表达：是“文学的批评”（诗意批评/存在论批评），还是“对文学的批评”（客体批评/认识论批评）？是区别还是判断（客观/主观；认识/价值）？如果对此没有一个清晰的认识，则踏入文学批评领域仍然是歧路丛生。

持文学批评是一种艺术的观点，其理由在于：第一，以艺术的形式才能对艺术进行批评，因此批评是一门艺术，施勒格尔就曾明确表示：“只有通过诗才能批评诗。如果艺术评价本身不是艺术作品……那么它在艺术世界中就丝毫不能获得公众的承认。”①第二，创作即是批评，没有批评也就没有创造。王尔德在《作为艺术家的批评家》中就借吉尔伯特的口道出“批评本身就是一种艺术。艺术创造暗含着批评能力的作用，没有后者就谈不上前者的存在，因此，‘批评’在这一字眼上的最高意义上说，恰恰是创造性的”②。第三，批评是一种表现，如美国现代文学批评家门肯就认为批评是批评家的本性的“自我表现”，批评是“真正的艺术品”③。中国现代文艺批评家李健吾也持这种看法，他说：“一个批评家是学者和艺术家的化合……他的野心在扩大他的人格，增深他的认识，提高他的鉴赏，完成他的理论。创作家根据生料和他的存在，提炼出来他的艺术；批评家根据前者的艺术和自我的存在，不仅说出见解，进而企图完成批评的使命，因为它本身也正是一种艺术。”④第四，泛泛地称“批评是一门艺术”，如同将演讲、教学、从政也称为一门艺术那样。

仔细考察上述观点，我们会发现有如下一些混淆：一，将“艺术”视为一种精致的、修辞的技巧。在这一意义上，“演讲是一门艺术”、“教学是一门艺术”、“从政是一门艺术”，也就是说演讲、教学、从政都必须花心思、

---

① 古典文艺理论译丛编辑委员会：《古典文艺理论译丛》（第2辑），北京：人民文学出版社1961年版，第51页。

② 赵澧、徐京安：《唯美主义》，北京：中国人民大学出版社1988年版，第159页。

③ 中国社科院文学研究所西方文学：《现代美英资产阶级文学理论文选》（下编），北京：作家出版社1962年版，第16、27页。

④ 李健吾：《李健吾文学评论选》，银川：宁夏人民出版社1983年版，第1页。

讲技巧、掌握火候。“文学批评是一门艺术”，从这种意义来说就并不等于艺术创造，否则任何需要运思的活动都可称为艺术，无形之中，作为一种特殊的人类文化形式的艺术，就失去了它的意义。二，将批评等同于创造，而又将创造等同于艺术。上述王尔德在《作为艺术家的批评家》中借吉尔伯特之口道出的便是这种情况。显然，批评是创造的前提，批评意识更伴随伟大艺术的创造过程，但是，批评意识并不等同于文学批评，前者是一种心理状态，而后者是一种具有明确目标的实践活动和专门学科。事实上，任何科学理论的发现，都包含着创造，假如可以称创造就是艺术，那么知识与艺术的界限也就不存在了。三，将个性化的批评文体与批评风格视为艺术。在中外文学批评史上，不乏以诗论诗、以骈文论文的例子，传为唐人所作的《二十四诗品》，就是24首论诗歌风格的诗，它被人们推为中国古代感悟式、印象式批评的极致，或用以证明文学批评的审美性优点，或用以证明中国文学批评的理性缺失。事实上，“冲淡”、“浑雄”等标题，已经明确表示每一首诗歌风格的主旨，即诗的意境与标题上的风格界定是一种互证，它的目的就是让人们在审美感受中获得对文学风格的认识。24首诗表明24种风格，也在诗与诗之间构成一种比较，一种借助审美体味所获得的对于风格的细微区别。“言不尽意”的深刻认识使得中国古代以诗论诗成为一种重要的批评文体，但并不能据此认为这种批评就不是一种知识，就缺乏理性；只要是具有一定的中国古典诗歌修养的读者，都能体会到这些诗品背后的深厚的学术积累，并能感受到由诗品所构成的潜在的逻辑和体系。四，就现代的印象批评而言，在上面的引言中，李健吾并没有排挤学养和知识，他指出：“一个批评家是学者和艺术家的化合，有颗创造的心灵运用死的知识。”从李健吾或法朗士的批评文字中，我们能感受到富于个性和精神的文字背后所隐含的那种厚重的文学传统，倒是一些后来者凭借个人主观的夸夸其谈，将这一批评的名声败坏。至于将批评视为表现而排挤任何客观基础，包括对文学文本的抛弃之观点，则能否将其视为文学批评已经存在问题。

由此，持文学批评是一门艺术的上述观点，经过一番清理之后，大体可以得出如下结论：首先，不能将文学批评等同于以创造虚构世界为中心的、作为一门学科门类的艺术，文学批评有其学理的、客观的知识基础，两者的学科形态不同；其次，文学批评又不能缺失艺术性，冷冰冰的缺乏情感热度和艺术感染力的文学批评常为人们所诟病，理想的批评形态应该是充满诗性、富有创造力的批评，理想的批评家也应该是诗性批评家；再次，要区分作为学科形态的艺术与作为诗性的、富于创造力的艺术性之间的差别。文学批评需要对作品进行知识重构，它要求较高的再创造能力，在这一意义上，人们称“文学批评是一种艺术”，这是一种形象的说法，体现文学批评学科独特的思维和文体特征，是符合实际的，但不能据此而把文学批评与作为学科形态的艺术等同，要有一种自觉的区别意识。因此也就可以得出文学批评是具有艺术性的学科的结论。

那么，文学批评是不是科学？在文学批评史上，持文学批评“科学说”的观点确实不乏其人，如19世纪俄国诗人普希金的“批评是揭示文学艺术作品的美和缺点的科学”①，俄国著名文学批评家别林斯基视批评为“运动的美学”的著名论断②；尤其在19世纪自然主义思潮影响下所形成的实证主义批评，更将文学批评视为要从各种传记、档案、历史、经济、种族、地理中寻找客观根据的科学批评，最为著名的莫过于法国文学理论家丹纳在《艺术哲学》中所试图建立的由“时代、环境和种族”决定的客观批评；此外，在20世纪科学思潮影响下，心理学、分析哲学、语言学乃至坚持独立于自然科学的历史科学都突破19世纪旧自然主义关于科学的“因果性”、“决定论”、“自然律”等的限定，而将“思辨体系”、“结构”/“格式塔”心理学、“理解意义”作为科学的特征③。瑞恰兹在《文学批评原理》中对所谓神经的“冲动平衡”的科学基础的确立和在《科学与诗》中对“意义之意义”的探讨，兰色姆在《新批评》中追求的“本体批评”,④ 乃至现代语言学所带动的排除价值判断的结构主义批评，等等，都显示了文学批评科学化的重要进程。

韦勒克对批评的科学说有所怀疑，指出科学说“不大确切”，但他仍说批评是一种“理智的认识”。加拿大文学批评家诺思洛普·弗莱则通过建立“原型批评”理论框架得出结论说，“没有任何理由说作为一种系统研究的批评就不应该成为、至少部分地成为一门科学。也许它不是一门‘纯粹的’或‘精确的’科学……但不能因此就说它一定是不系统的”⑤。如此看来，亚里士多德在《诗学》中确立的悲剧的结构有机说，悲剧效果的净化说，成为文

---

① 北京师范大学中文系文艺理论教研室：《文学理论学习参考资料》(下册)，沈阳：春风文艺出版社1982年版，第1245页。

② [俄]别林斯基：《别林斯基选集》(第1卷)，满涛译，上海：上海译文出版社1979年版，第324页。

③ 转引自[美]雷内·韦勒克：《批评的概念》，张今言译，杭州：中国美术学院出版社1999年版，第246～250页。

④ 转引自[英]戴维·洛奇：《二十世纪文学评论》(上册)，葛林等译，上海：上海译文出版社1987年版，第387页。

⑤ 转引自[英]戴维·洛奇：《二十世纪文学评论》(下册)，葛林等译，上海：上海译文出版社1993年版，第99页。

学批评系统说、本体论乃至心理基础的源头，并演化为后来“科学说”的各种版本，这也就奠定了文学批评“科学说”的牢固基础。

事实上，“科学说”也并非铁板一块，其内部充斥着各种不同的甚至对立的声音。比如，新批评的兴起，虽然是以反对当时流行的印象主义的主观批评为主，但也在一定程度上构成对实证主义批评的反拨，反对其脱离文学本身，以“解释”(“解释根源”)取代“理解”(“对诗作为诗的理解”)。① 同在新批评内部，兰色姆就反对瑞恰兹为代表的“心理学批评”、艾略特为代表的“历史学批评”和温特斯为代表的“逻辑学批评”，而认为它们或将文学审美归结为神经活动，或将诗歌创作放置于文学传统之内的历史对话中，或在诗行中寻找子虚乌有的“复义”或“表现力”，都是幼稚的、暧昧的和臆断的。在他看来，只有对“纯诗”做“逻辑结构”与“局部肌质”的二元划分，并在肌质中寻求诗歌自给自足的内在特质才是真正的本体论批评。② 韦勒克和弗莱虽然都认为文学批评是一种知识，但韦勒克反对弗莱将价值判断排除出文学研究，及他仅视文学理论为唯一值得研究的学科而排除对于具体作品的批评的做法③。

如此看来，人们基本上承认文学批评是一种具有科学性的学科，至于这种科学性的知识基础是实证的、本体的、心理学的还是系统的，则各有侧重。实证批评，强调文学批评的外部客观基础；本体批评，强调文学批评的内部文本基础；心理批评，强调文学批评的心理机制，探讨审美经验的基础；系统批评，强调文学批评知识内在的连贯和统一。辩证地说，它们都道出了文学批评这门学科的某方面的真理，也造成某方面的偏颇。比如本体批评在对文学进行分析时，倘若缺失艾略特所提出的对“文学秩序”的比较和参照，则非但不能对文本的审美价值做出合乎实际的判断，甚至无法深入地分析诗歌本身的形式意蕴，假如阅读已逝的美国批评家莫瑞·克里格对英美诗歌中“瓮”与“花瓶”的精彩分析的话，那么人们将不会对此产生任何怀疑。而在涉及历史上某些重要的文本时，对当时当地的文化背景、词汇语义、风俗习惯进行实证主义的研究，则能够提供一种较为正确的进入文本的阐释方

---

① [英]艾略特：《艾略特诗学文集》，王恩衷编译，北京：国际文化出版公司1989年版，第288～301页。

② [美]兰色姆：《新批评》，王腊宝、张哲译，南京：江苏教育出版社2006年版，第8～10页、91～101页、182～187页。

③ [美]雷内·韦勒克：《批评的概念》，张今言译，杭州：中国美术学院出版社1999年版，第4～5页。

法，“抵消各种个人研究方法的主观性，并实行一种防止陷入任何思想学派教条局限的折衷主义”①，当然这并不是按照当时的标准来评价文学的历史主义的态度，而是通过正确地疏解文意来获得对文本的解读，从而给予文本以更加恰当的理解与评价。至于文学批评是一门系统的知识，则无论从批评所运用的术语、概念，还是就批评文本自身的自足性而言，都是毫无疑问的。

同样，对文本审美价值的发现，也离不开心理学的基础。现象学美学已经揭示了这样一个事实：审美客体的结构召唤审美主体的参与，从而产生审美经验。这就意味着，审美经验是一种主体间的经验，它无法回避心理结构的参与。因此，瑞恰兹早在《文学批评原理》中提出的既考虑到“客体对他的影响”，又“指出客体的独特之处”的批评才是“我们所想望”的“比较充实的批评”，② 就已经非常深刻地道出了文学批评中经验价值和客体技巧不可偏废的观点。艾略特也指出：“有效的阐释同时必须是对我读诗时所产生的感情的阐释。”③这就意味着文学批评无法排除价值判断，因为审美判断就是价值判断的一部分。

事实上，批评的最初含义就是判断，而现代阐释学的成果告诉我们，任何理解都无法摆脱“前理解”，都是带着一定的接受视野去进入文本，理解的历史性以及通过与本文的“对话”来实现对个人局限的超越，显示出文学阐释的存在论和认识论的双重价值——即在理解中凸显批评主体的存在，又在超越中追求真理。从文学批评来看，这种前视野包括：① 批评主体的专业积累和视阈。它正是文学批评赖以进行的基本前提，是文学批评的基本“常识”，是批评主体进入批评时先有的文学经验。其最佳状态即如艾略特在《传统与个人才能》中所指的“文学秩序”，或者弗莱在《批评的解剖》中所指的“词语秩序”。② 批评主体个人的偏见和爱好。

康德将快适与个人感觉、美与普遍对应起来，杜夫海纳在《美学与哲学》中也指出，一切审美判断都是普遍的。从某种意义上说，寻求一种美的“共通感”的形成，最大限度地克服因个体其他方面的原因所导致的“意见”，

① ［英］戴维·洛奇：《二十世纪文学评论》（下册），葛林等译，上海：上海译文出版社1993年版，第508页。

② ［英］瑞恰兹：《文学批评原理》，杨自伍译，天津：百花文艺出版社1997年版，第16页。

③ ［英］艾略特：《艾略特诗学文集》，王恩衷编译，北京：国际文化出版公司1989年版，第297页。

正是文学批评所力图追求的目标。为获得真理而进行的判断、评价，正是文学批评的专业品格。美国文学理论家哈里·列文教授因此指出，艺术品并不存在于美丽的房舍和荣誉的殿堂中和永恒的真空里，而是存在于不间断的评价与再评价之中；造成批评不是一门精确的科学的原因，并不是因为评价，而是因为人们往往总是把个人的价值判断和绝对真理相混淆。建立在文学整体经验基础上的对于具体文学作品的比较、评价和判断，在哈里·列文教授看来，才是真正的追求真理的科学，因此，他强调说，来自希腊语的批评一词，其意义首先是"区别"，其次才是"判断"。① 由于弗莱把价值判断视为主观的，而他的文学批评却是一种首尾呼应的系统的研究，这种知识体系具有绝对的客观性且不因风尚而变化；因而他排除了价值判断。但正如韦勒克所指出，这在实践上却是不可能的，因为理论的支持、证实和发展离不开对作品的选择、解释、分析和评价，批评主体在这一过程中仍然无法脱离开其理论立场。② 事实上，弗莱仍将批评定义为文学的"全部学术研究和鉴赏活动"③，认为鉴赏评价必须建立在研究的基础上④，这实际上道出了文学批评(对具体作品的批评，即弗莱的鉴赏活动)的知识性质与价值判断的实质。

艾略特后来在反思《批评的功能》的弊端时指出：十年前针对当时的印象式批评，他提出批评家要克服个人的偏见和癖好，从文学秩序出发进行无个性的批评，因此他界定的批评定义是"用文字所表达的对于艺术作品的评论和解释"；如今看来，在多学科和学术介入文学批评的情况下，解释容易导向解释根源——采用心理学、社会学来解释文学，尤其是传记式批评，在艾略特看来，过度地解释根源容易导致决定论，割断对诗作为诗本身的理解，因而误将"解释"当做"理解"，"如果在文学批评中，我们只强调理解，就有从理解滑向单纯的解释的危险"，"而另一方面，如果我们过分强调欣赏，我们往往会堕入主观和印象的陷阱"。⑤ 因此，艾略特要为两者设限，

---

① 参见[英]戴维·洛奇：《二十世纪文学评论》(下册)，葛林等译，上海：上海译文出版社1993年版，第505页。

② [美]雷内·韦勒克：《批评的概念》，张今言译，杭州：中国美术学院出版社1999年版，第5页。

③ [加]诺思洛普·弗莱：《批评的解剖》，陈慧等译，南昌：百花文艺出版社2006年版，第4页。

④ [加]诺思洛普·弗莱：《批评的解剖》，陈慧等译，南昌：百花文艺出版社2006年版，第29页。

⑤ [英]艾略特：《艾略特诗学文集》，王恩衷编译，北京：国际文化出版公司1989年版，第300页。

对文学批评作出“促进对文学的理解和欣赏”①的重新界定，这恰恰是对文学批评作为一种包含价值判断的科学性知识的正确理解。

综上所述，我们可以将“文学批评”定义为：批评主体站在人类文学经验的基础上，直接面对具体的文学作品及其经验所进行的包含价值判断的、艺术性与科学性统一的学科实践。

二、文学批评的性质

文学批评的性质，是指文学批评作为一门学科所应具有的内在规定性，是文学批评区别于文学理论和文学史而成为一门独立学科的根本之所在，也是文学批评不同于文学鉴赏、文学创作而成为一门独立学科的关键之处。

然而，由于文学批评所处的特殊位置，即从学科特点上，位于文学理论与文学史的中介地带，从其知识形态上，又常常位于主观鉴赏与科学认知之间；更由于文学批评多重交点所带来的某种“虚空”状态，使其成为各种学科、各种知识活动竞相争夺的“话语场”，从而造成文学批评学科性质的混乱。比如，关于文学批评是一门科学还是艺术的争辩，关于文学批评的依附性与独立性的困惑，甚至对文学批评能否成为一门独立学科产生的质疑，都隐含了其性质的模糊性。站在20世纪末，英国著名文学理论家特里·伊格尔顿对一切文学批评都是“政治批评”的断言，② 唤起人们对文学批评曾经的权威地位与政治附属的历史记忆，也引起人们对市场经济条件下文学批评沦为“人情批评”、“红包批评”现象的反思，文学批评是否具有自足性的问题重新引起人们的思索。

随着20世纪60年代以来文化研究的兴起，跨学科、跨语际、跨领域的强大优势，也引起人们对文学批评本体的解构和怀疑。解构主义挟带各种相对主义的话语理论，进一步使人们对审美的、文学性的、普遍真理等进行抨击。布迪厄的“文学生产场”对文学批评的审美性构成了根本性的颠覆。当代有学者在面对文化研究与文学批评的关系时，就持一种解构姿态，从审美本身来反驳文化研究忽视审美性的质疑，从而为文化研究进入文学批评打开

① ［英］艾略特：《艾略特诗学文集》，王恩衷编译，北京：国际文化出版公司1989年版，第298页。

② ［英］特里·伊格尔顿：《二十世纪西方文学理论》，伍晓明译，北京：北京大学出版社2007年版，第196～218页。

了大门。① 那么，文学批评是否具有自律性，该如何实现其自律，其界限何在？文学批评是否具有自己的规律、标准？面对当代人文学科的各种成果，文学批评本身又该持怎样的立场？这些都成为文学批评作为一门独立学科所必须面对和回答的问题。

事实上，文学批评在性质上所引发的上述问题，是文学批评学科发展过程中必然存在的现象，具有内部和外部的双重因素。文学批评处于作家、作品、读者之间的特殊位置，它必须借助作品来发言，需要作家的创作成果为其提供基础，而同时，它必须面对读者，面对其进行言说的对象，因此也就带有一定的批评立场和目标。这就使得文学批评难以脱离作品和批评环境而存在。批评目标的复杂导致批评文体和批评作用的差异，于是批评是艺术还是科学，是独立还是附庸的问题也就从学科内部埋下了根源。

与此同时，批评的独特位置也易于被各种力量推至教育、意识形态乃至文化争夺的中心位置。中国古代的"诗教"传统，贺拉斯的"寓教于乐"，朗吉努斯的"崇高论"，就都与文学教化有关。柏拉图对诗人的驱逐，使得西方两千多年的文学批评，都必须在一定程度上寻找来自于真理、道德的道义担当。同样，中国诗教传统本身，也使得文学的教化成为一种主体的功能。今天我们称之为学科的东西，不过一两百年的历史；能够称之为文学自律性的观念，则是从康德对人类认知实践领域进行区分以来，其形成时间也不过两百多年。当今，各种后现代学说咄咄逼人，从学科自律所形成的短暂历史来看，确实颇有几分道理。而各个学科在发展过程中所产生的自我封闭、思维僵化乃至拒绝交流等弊端，一定程度上显示出学科体制的不足之处。学科自律是对长期以来知识依附的反拨，打破疆域则是对自我封闭的突破。但是打破疆域并不意味着可以否定学科自律，其目的是使学科自律成为一种具有开放立场和交流姿态的学科。

美国文化理论家丹尼尔·贝尔的《资本主义文化矛盾》是对于后现代文化较早进行研究的理论经典，但贝尔在序言中强调，自己是文化上的保守主义者。德里达被认为是解构主义最为耀眼的明星，但他晚年则认为自己并不解构一切，他对于经典始终保持敬畏之情。在文体和写作上具有明显后现代风格的意大利作家伊塔洛·卡尔维诺在《为什么读经典》中大谈文学经典的伟大价值，而被誉为"当今最为博学的文学批评家"的雷内·韦勒克在对相对主义和历史主义的反驳中证明"一切艺术都有一种共同特征，这一点我们在今天比以前各个时代认识得更清楚。共同的人性使得每一种在时间地点上离我们非

① 南帆等：《文学理论》，北京：北京大学出版社2008年版，第334～336页。

常遥远而且原来的功用完全不是为了审美观照的艺术都能为我们所理解和欣赏”①。这些理论家、哲学家、作家和批评家来自不同国家，从事不同工作，但他们同样位于理论的前沿，他们对于经典价值的重视，对于人性所持有的信念，都意味着学科自律的基础，尤其是文学批评学科的基础的存在，即迄今为止人类共同的文学经验。这足以构成当下从事文学批评的客观、科学的标准，文学批评并非无根游谈，并非主观印象，而是具有科学的性质。

经历解构思潮与学科危机的文学批评，自然再也不会把自己看做一个封闭的实体，而是在坚持向世界敞开的同时，又避免自身成为政治、商业、人情的附庸，并在诸多利益共同体的复杂格局中彰显自己的立场，追求自律性与开放性的统一。要注意，解构思潮的根本立场和价值就在于它的解构精神，而解构精神就是一种不折不扣的批评精神。独立的思考、独立的人格、独立的精神足以使文学批评成为一门独立的学科，也只有成为一门独立学科的文学批评，才能真正为独立的思考、独立的人格和独立的精神提供保证。今天重提文学批评的性质，就在于让那些进入文学批评领域的人们能够珍视这份遗产，并继承发扬。

因此，文学批评的科学性、自律性和开放性也就成为文学批评最为根本的性质。科学性是就其思维形态与知识形态而言，自律性是从其学科特点和精神品格来说，而开放性则是文学批评作为一门学科永葆活力的规定之所在。它们显示出文学批评的专业精神、独立品格和开放姿态。

1. 文学批评的科学性

文学批评的科学性，并不是指文学批评是一种精确的、可重复的、可预测的知识形态。这是19世纪自然科学的特点。20世纪，随着相对论的提出、混沌模糊科学的出现，人们对科学已经不再持简单的看法。同样，德语中的“科学”一词，就跟英美“经验人性的精确科学”不同，它包含“一切系统化的概念体系，如数学、法学和神学”，“是古代意义上的科学，是一种深层的东西，是我们在日常与自然界以及我们自身直接交往的实际感觉中已经‘了解’到的更深奥、实用的知识”。② 卡西尔就是在这一概念基础上来谈论

① ［美］雷内·韦勒克：《批评的概念》，张今言译，杭州：中国美术学院出版社1999年版，第17页。

② ［德］卡西尔：《人文科学的逻辑》，沈晖等译，冯俊校，北京：中国人民大学出版社2004年版，“英译本序”第16页。韦勒克在考证“批评”这一术语在德国的命运时，曾指出：德语中“科学”一词的广泛含义，使得在德国出现了“文艺科学”的学科，从而使批评缩狭到仅限于“日常书评”的地位，见《批评的概念》，张今言译，杭州：中国美术学院出版社1999年版，第31页。

人文科学(或“文化科学”)的特征，并进而从功能上将其视为一种符号形式的哲学。① 在他看来，文化科学“教我们去诠释符号，以便将其中隐藏的意义揭示出来，使这些符号原先从中产生的那种生活得以再现”②，也即人文科学的科学性在于意义的揭示与知识的重构，从而获得对文化的“生命形式”的认识和改造，知识的创造也产生于这一过程③。

卡西尔对人文科学的逻辑的揭示富有灼见，为人们认识文学批评的思维逻辑及其科学性质提供了某种启示。因为文学批评主要是面对作为符号形式的文学作品，通过分析、比较、评价和判断来揭示作品意义的过程，它既要对文学作品的虚构世界进行知识的重构，实现符号形式的转换，又要对作品的价值进行发现，进而获得理论的创造，最终发展人们对文学的认识，丰富人类关于世界的经验。这就需要建立在文学的整体经验基础上的对于文学作品的价值衡量和判断，因之需要揭示文学作品的符号形式的意义的一套标准——审美性。因此，文学批评的科学性就是相对于将文学批评视为一种以形象思维进行创作的艺术，凭个人主观、感性的印象所进行的鉴赏漫谈与随意发挥，以及认为批评尺度无边的情况而言，从文学批评的实际出发的对文学批评的知识性、客观性和审美性的规定。

(1) 文学批评的科学性，意味着它不是一门单纯的艺术，而是一种知识，这是由批评的目的所决定的

批评的目的是理智的认识，它并不创造一个同音乐或诗歌的世界一样的虚构世界，而是以得到概念的知识为目的，批评最后必须以得到有关文学的系统知识和建立文学理论为目的。④ 这是因为，文学批评面对具体的文学作品，一方面，它为文学理论的建立进行最基础的准备，要从对大量的文本的阅读、分析和评价中，来形成关于“什么是文学”的一般认识，要在人们直观的审美体验中，进一步追问文学作品的审美效果如何可能、以何构成，以及怎样超越的问题，这是一种认识论的思考方式；另一方面，它面向文学史的建构，要在编年之外，为文学秩序的确立提供最基本的文本价值基础，从

① ［德］卡西尔：《人论》，甘阳译，上海：上海译文出版社 2004 年版，第 95 ~ 96 页。

② ［德］卡西尔：《人文科学的逻辑》，沈晖等译，冯俊校，北京：中国人民大学出版社 2004 年版，第 158 页。

③ 参见［德］卡西尔：《人文科学的逻辑》，沈晖等译，冯俊校，北京：中国人民大学出版社 2004 年版，第 146、192 ~ 193 页。

④ ［美］雷内·韦勒克：《批评的概念》，张今言译，杭州：中国美术学院出版社 1999 年版，第 4 页。

而为文学史家衡量作品的价值和地位提供参照，因此它就不仅不能主观臆断，而且必须要就系统的知识体系的建立而努力。对任何具体作品的批评，最终都要为人们提供能够在纵横坐标轴上与其他文学文本建立联系的认识框架。

文学批评的交流功能，同样要求它必须是一门知识。无论是面向读者进行阅读引导，还是面向作家进行对话交流，乃至批评主体从文本中挖掘意义、进行理论创造，批评都不是沉浸于神秘世界的自说自话。面对沉默的批评对象，批评主体要结合自身获得的文学理论、文学史积累等知识，运用一套批评的概念、术语来对作品进行分析，进而揭示作品的形式和结构的意义，探讨作品的优点和不足，从而实现知识的创造。这就要求批评必须是理智的、反思的、系统的、有所根据的、能让人信服的，否则，零碎、含混、模糊的批评非但无法让读者从中获得进入文学作品的引导和启示，还会让读者厌弃批评，鄙视批评的职业。没有理据、缺乏逻辑的批评也无法与作家构成对话，更无法与作家一道探讨关于文学的可能与限度的真理问题。至于批评的理论发现和创造，从更高要求上，要求批评主体建立概念，形成体系，为人类构造新的知识。

文学批评的目的和功能已经包含对批评的逻辑思维的要求。逻辑关注的是认识的基础，是关于一种认识何以可能的程序。逻辑是知识建立的前提，使人们从事实层面上能够进一步获得思维的提升，通过演绎、推导建立知识的联系，通过思辨建立知识的边界。文学作为一种“诗性智慧”，其思维是跳跃的、类比的、模糊的、具象的，而文学批评则必须借助于一套共通的概念，采用严谨的逻辑思维，以实现对文学经验的整理，从而使人们获得对文学的理解和评价。批评目的的实现、批评功能的发挥，都离不开概念的整理和逻辑的运用。归纳、演绎、比较、辩证等逻辑形式，已经渗入文学批评的各个环节。从亚里士多德的《诗学》以来，西方学者就不断地构建阐释文学的术语、概念和框架，本体论批评、实证批评、心理学批评等，从不同程度上丰富着人们阐释文学的知识基础。而中国在自己的文化体系中，形成了另一套批评的知识框架。比如“六观”的综合方法、“意境”的境界体验，乃至一批具有中国文化基础的批评术语，它们为中西文学批评的开展，为文学批评实践的推进，为中西文学知识的发展，建立了知识积累的前提。文学批评凭借这一基础发展，又在发展中不断调整、修正和丰富这一基础。离开文学批评的知识学基础，批评将无法开展。因此，文学批评不仅是一门知识，而且是一门具有自己的概念、术语、阐释框架和体系的知识。

(2) 文学批评的科学性，还意味着它具有客观的基础，而不是主观的随意评价

批评的客观性包含两个方面的内涵：其一，文学批评是建立在整体的文学经验基础上，来对文学作品进行区别、比较、评价、判断，它不是无根的戏谈，而是具有一个可供参照、可供比较和判断的“秩序”。英国诗人、批评家艾略特在反对当时流行的印象批评时指出：

> 任何诗人，任何艺术家，都不是单独有他自己的完全意义。他的意义，他的评价，就是对他与已故诗人和艺术家的关系的评价。我们不能单独地来评量他；必须把他置于已故的人中间，加以对照、比较。我是想把这些作为美学批评，而不光是历史批评的原则的。他之所以必须适应，必须首尾一贯，并不是一面倒的：一件新艺术作品产生时所发生的情况，也就是在它之前的一切艺术作品所同时发生的情况。现存的不朽巨著在它们彼此之间构成了一种观念性的秩序，一旦在它们中间引进了新的(真正新的)艺术作品时就会引起相应的变化。在新的作品出现之前，现存的体系是完整的；在添加了新的作品后也要维持其体系绵延不绝，整个现存的体系，必须有所改变，哪怕是很微小的改变；因此，每一件艺术作品对于整体的关系、比例、评价都必须重新调整；这就是新与旧的适应。①

这里的“秩序”，就是指整个的由中外文学家的伟大作品所建立的文学经验，也即文学传统。布鲁姆在《影响的焦虑》一书中就说，伟大的作家都处于一种影响的焦虑之中，要不断通过其他陌生的途径来摆脱前人的影响。为此，他总结了后代诗人摆脱前人影响的六种“修正比”。而弗莱则从文学的“重复”角度指出：“原始的程式在最伟大的经典作品中一再重现；事实上，就伟大的经典作品而言，它们似乎本来就存在一种回归到原始程式的普遍倾向。”在他看来，“一部深刻的名篇佳作”能够吸引人们的原因就在于“我们仿佛见到无数寓意深刻的文学模式都汇聚在它之中”②，“原型理论”就是力图揭示文学作品中原始程式复现的规律，前者从摆脱

---

① 转引自伍蠡甫、胡经之：《西方文艺理论名著选编》(下卷)，北京：北京大学出版社1987年版，第40~41页。

② [加]诺思洛普·弗莱：《批评的解剖》，陈慧等译，天津：百花文艺出版社2006年版，第24页。

影响的角度，说明文学传统在作品中的存在，而后者从原型的复现角度，肯定传统在文学作品中的贯通。一正一反，正好说明了文学传统的客观存在。

批评主体只有将具体的文学作品放置于这一文学传统的“差序格局”中时，它的创造性、独特性才能得到客观的评价。批评主体的基本任务就是要广泛、全面地阅读，不仅阅读他要进行评价的作品，还要阅读所评作品的作家的全部著作，更要阅读古今中外一切优秀的杰作。只有将批评建立在这一基础上，他才能有一双慧眼可以识别出究竟哪些是原创的，哪些是模仿的，哪些是创造性的模范，哪些又是拙劣的仿效，也才能做出合乎文学发展事实的判断。“凡操千曲而后晓声，观千剑而后识器；故圆照之象，务先博观。”①刘勰所言的“圆照之象”即为客观、全面的认识，要达到这一点，就必须“博观”，不但要“观千剑”，最好还能够切身体会创作的艰难，或者至少能够设身处地地体会作品创作的过程，这才能言之有理，言之有物，最终切中要害。在我国古典文学研究界，许多老学者都要求学生“才”“学”兼备，也就是这个道理。

其二，文学批评要有客观的依据，它要从文本中来，又能回到文本中去。衡量文学批评是否专业、是否客观的一个重要标志，就是它是否进行文本细读(close reading)，它的一切创造性阐发是否始终能够围绕文本而进行，是否从文本中获得。“夫缀文者情动而辞发，观文者披文以入情，沿波讨源，虽幽必显。世远莫见其面，觇文辄见其心。”②文本是通达文心、通达文化心灵，乃至通达文化哲学的基础。意大利作家艾柯的作品充满迷宫，充满互文，颇具后现代风格，然而当他谈论作品解读时，却强调要始终坚持“本文的意图”，虽然本文“不只是一个用以判断诠释合法性的工具，而是诠释在论证自己合法性的过程中逐渐建立起来的一个客体”，它无法摆脱论证的循环，即“被证明的东西已经成为证明的前提”，但“本文的内在连贯性控制着”诠释活动。③ 确实在无法企及的作者意图与众说纷纭、争持难下的读者意图之间，“本文意图”的存在确实能够“使一些毫无根据的诠释立即露出马

① 刘勰：《文心雕龙》，范文澜注，北京：人民文学出版社2006年重印本，第714页。

② 刘勰：《文心雕龙》，范文澜注，北京：人民文学出版社2006年重印本，第715页。

③ ［意］艾柯等：《诠释与过度诠释》，王宇根译，北京：三联书店1997年版，第78页。

脚，不攻而自破”①。在面对实用主义批评对文本的随意挪用，将文本视为“对于某种外在目的的满足程度”②的情况下，艾柯的“本文意图”捍卫了批评的客观基础，虽说这一基础在作为标准时仍需要经过循环证明。

(3) 文学批评的科学性，也意味着文学批评必须按照审美的标准，而不是可以采用任意的尺度

韦勒克在《进军文学及其它论文》中指出：“在较高的想象虚构意义上说，区别文学唯一令人满意的方式是说文学的特征是由审美功能支配而显现出来的。”③同样，别林斯基也说过：“当一部作品经不住美学的评论时，它就已经不值得加以历史的批评了。”④诚然，文学作为一种语言艺术，它既有韦勒克所区分的“结构”——审美价值，和“材料”——与审美无关的其他方面的价值，作为一个“交织着多层意义和关系的一个极其复杂的组合体”⑤，文学的价值正是审美价值和文化价值的统一。因此，文学具有社会学、历史学、心理学、政治学、宗教学、文化学等多方面的价值，也因此，社会历史批评、新历史主义、精神分析批评乃至文学的政治批判等在当今文学批评中占有显赫地位。

然而，文学批评之所以是文学批评，而不是社会批评、历史批评、精神分析批评、政治批判，其根本缘由就在于它对文学审美性的坚持。当今的解构思潮可以颠覆文学的审美基础，质疑审美存在的合法性，并进而解构文学批评本身，使“文学批评”成为一种“批评”，它无所不包而什么都不是。正如文学理论界也经历了从文学理论向理论的转变，当今它们重新走向文学，在理论的霸权威胁之下，反省并坚持回归文学具体经验本身的“反对阐释”（苏珊·桑塔格），或许这有些极端，有排斥任何人类文化成果之嫌，但对文学经验的尊重却无疑是正确的。

文学批评必须坚持审美的标准，但不可排斥其他文化成果，而是要使文

① [意]艾柯等：《诠释与过度诠释》，王宇根译，北京：三联书店 1997 年版，第 96 页。

② [意]艾柯等：《诠释与过度诠释》，王宇根译，北京：三联书店 1997 年版，第 114 页。

③ 转引自周宪：《关于文学研究方法几个问题的思考》，载《学习与探索》，1985 年第 6 期，第 114 页。

④ [俄]别林斯基：《别林斯基选集》（第 3 卷），满涛译，上海：上海译文出版社 1980 年版，第 595 页。

⑤ [美]雷内·韦勒克、奥斯汀·沃伦：《文学理论》，刘象愚等译，南京：江苏教育出版社 2005 年版，第 18 页。

学的审美批评和文化阐释获得最佳的结合，将文学放在广阔的文化背景中来阐释，从文化的角度来理解文学，并从文学的角度来理解文化。前者是从文化中获得对于审美的文化属性的深刻理解，后者是从审美的视阈来观察、分析、评价和创造文化的价值。它区别于文化批评而坚持是文学批评，就在于它是从文学所特有的审美角度所进行的只能从文学中才能获得的发现和创造，而文化批评往往将文学视为一种材料而成为理论的印证。因此，坚持以审美性作为文学批评的标准，是避免批评无尺度的必要规定，也是文学批评所应遵循的基本规律。它是我们衡量文学批评科学与否的又一根据。

2. 文学批评的自律性

批评的自律性，是文学批评作为一种专门的知识实践和一门独立的学科的基本规定。批评的自律性是指批评实践不是对文学创作的附庸，更不是对批评所赖以沿用的各种理论话语的依附，而是指批评拥有自己特殊的目的、任务、功能、话语和精神品格。批评的自律性是文学批评学科成立的前提，是针对长期以来视批评为附庸的历史状况而提出来的，它要求人们以批评的独立品格来看待和从事文学批评。

批评的自律性之所以可能，就在于它有自己特殊的目的、任务和功能。韦勒克正是从文学批评、文学理论和文学史的不同的目的、任务、功能和范围来界定三者边界的。同样，文学批评与文学创作、文学鉴赏的差别就在于文学批评是一种系统的知识，它不建立一个虚构的艺术世界，也不满足于初步的审美体验。文学批评科学性所包含的知识性、客观性和审美性标准，正是文学批评自律性的学科基础。批评的自律性包含多方面的内涵，但总体而言，可以从批评对创作的独立与批评对理论的独立两个方面来进一步加以理解，因为这两者恰恰是人们常常将批评视为附庸的关键所在。

批评虽以文学作品和文学现象作为自己的出发点，但并不受制于文学文本和文学现象本身，而是拥有自己独立的地位。弗莱正是从人们把批评视为艺术的“寄生虫”从而企图抛弃或逃避批评的角度来捍卫批评的独立地位和存在价值的，他指出，人们要么认为文学的价值与大众的趣味成正比，要么认为文学是神秘的而与大众的态度成反比，前者视艺术价值在于读者的直接反应，后者视艺术价值无法传达，因此在大众态度与文学价值的这种关系中，批评被认为不合时宜，只要有艺术本身就已足够。照这样理解，批评已经到了可以被取消的境地。弗莱认为这是荒谬的，因为一个社会若抛弃批评或逃避批评，其后果只能使自身文化传统遭受遗忘或者文明生活沦于贫困，要知道，“莎士比亚和济慈如今享有多大声誉，同样是批评界开展宣传的结果”①。从文明保存角度来彰示批评的价值，是弗莱深刻的洞见。今天反思文学史书写的学者对“被遮蔽”的文学现象的重提，正说明批评与历史记忆的重要关系，也从消极的方面说明批评对文学传统的重要意义。而这在弗莱看来，就在于“批评能够讲话，而所有的艺术都是哑巴”②，人们正是借助于文学批评这种“思想和知识结构”来获取关于文学的知识。

因此，能“讲话”正是文学批评“有权利存在”并享有“独立性”的基础。③简言之，文学批评的独立价值，就在于它比文学作品更有权利告诉我们什么是文学。借用人们把马克思的哲学看做是对黑格尔哲学的一种颠覆的说法，我们不妨说，在文学批评和文学作品之间，弗莱也让它们的地位实现了一种彻底的颠倒，从而捍卫了批评的价值。从认识论的观点看，在事实与认知之间，不仅需要一种康德意义上的“先验范畴”作为前提，还需要一套逻辑作为中介。如果说文学理论是这样一种前提的话，那么文学批评则是实现这种跨越的桥梁，无怪乎施勒格尔将批评视为“介于历史与哲学之间的一个中间的环节”。从这一意义上，弗莱对批评独立性的辩护就合乎情理。事实上，人们能够从作品中获得审美体验，获得享受，但一旦追问，什么是文学，为什么它能让我感动，它的美如何产生，则无法脱离文学批评，而且只有文学批评才能提供为人们信服的答案。

别林斯基说，批评“是对于现实的认识。那么，举例说，布瓦洛、巴岱、拉·哈尔普等人的著作是什么东西呢？那就是对于直接地(作为现象、作为现实)表现在高乃依、拉辛、莫里哀、布封丹作品中的东西的清晰认识。在这里，说不上是艺术促成批评，或者批评促成艺术；而是二者都发自普遍的时代精神。二者都是对于时代的认识；不过批评是哲学的认识，艺术则是直觉的认识。二者的内容是同一个东西；差别仅仅在于形式而已”④。这无疑深刻地指出了批评与艺术创作之间的差异。换种说法，批评与艺术创作是以不同的方式探讨文学的经验，而这才是批评自律性最为根本的意义。

---

① [加]诺思洛普·弗莱：《批评的解剖》，陈慧等译，天津：百花文艺出版社2006年版，第5页。

② [加]诺思洛普·弗莱：《批评的解剖》，陈慧等译，天津：百花文艺出版社2006年版，第5页。

③ 参见[加]诺思洛普·弗莱：《批评的解剖》，陈慧等译，天津：百花文艺出版社2006年版，第6页。

④ [俄]别林斯基：《别林斯基选集》(第3卷)，满涛译，上海：上海译文出版社1980年版，第575页。

在作家与批评主体的关系上，批评主体也并非对作家亦步亦趋，他拥有自己的独立判断，甚至敢于向作家和作品说“不”。这是因为，真正的文学批评，必然是将具体的文学作品放置于文学传统的整体经验之中来进行比较、分析和评价，作品的局限以及作家的不足要借助批评才能呈现。正如王尔德所言：“一个人不可能创造一件他自己能够为其充当裁判者的作品。”①批评主体的优势就在于他拥有更为宏阔的视野、更为客观的裁断，而艺术家则“难免不把与自己创作实践密切相关的鉴赏和情趣扩而大之，当成文学的普遍规律”②，更有甚者陷入“作坊批评”或者“文人相轻”③。当然，“吹捧”和“棒杀”在批评圈中也存在，但从总体看，专业的文学批评家比艺术家视野更为宏阔、裁断更为客观却是一种事实。正是批评主体比艺术家在对作品价值裁定上的这种优势，使批评主体拥有不同于艺术家的批评立场，于是，批评就能够在文学作品和批评主体之间进行多次往返的对话，并力图透过文学语境与现实语境来揭示作品本身的审美内涵与不足，能够赞扬作品的美，也能够向作品说不，在这一意义上，艺术家的创作谈仅具文献价值。

批评的自律性，还表现在批评的理论修正与创造上。从发生学看，文学理论来自于文学批评，文学理论又成为批评的基础。文学理论的概念、术语来自文学批评实践，而在批评实践过程中，这些概念、术语又不断得到修正、丰富和发展。相比于文学理论的系统与稳固，批评作为“运动的美学”，处于更为主导的地位。历史上文学理论的历次变革，往往都起源于具体的文学批评实践，也正是文学批评实践的运用，才能保证理论的效力。在批评与其他学科的关系上，文学批评经常要借用其他学科的概念、方法和结论，尤其是相邻的历史学、哲学、心理学、宗教学、文化学诸学科——它们构成文学批评的理论背景；但文学批评是以揭示作品独特的艺术经验为旨归，它不是对理论话语和立场的“印证”和重复，而是在理论与作品之间实现一种新的发现、新的综合和新的建构。

伟大的批评本身就是一种伟大的理论创造和发现。巴赫金借用语言学、结构主义等成果，通过对拉伯雷和陀思妥耶夫斯基小说的分析，创造其“狂

① 赵澧、徐京安：《唯美主义》，北京：中国人民大学出版社 1988 年版，第 176 页。

② ［加］诺思洛普·弗莱：《批评的解剖》，陈慧等译，天津：百花文艺出版社 2006 年版，第 7 页。

③ ［法］蒂博代：《六说文学批评》，赵坚译，北京：三联书店 1989 年版，第107～108 页。

欢化”、“复调”和“对话”理论，而海德格尔则把存在主义哲学和现象学的方法应用在油画《农妇的鞋》的分析中，从而表述其关于存在的艺术经验。他们的批评本身就成为人们了解其理论的重要文本，而他们的艺术理念也借助于文学批评的方式才得以广为人知。

此外，批评是一种不同于创作的话语形态，它试图通过理性的思考与分析来对作品的艺术世界进行知识重构，传达和阐释作品的审美经验。它不是一种重复，而是一种“二度创作”，是一种再创造的行为。好的批评文本，总是能够给人一种如同阅读文学作品般的新奇之感，能够让读者发现自己在阅读中似有所悟，但又有些模糊，或者根本未意识到的东西完整地呈现出来。

批评自律性还是批评实践和批评学科所应具有的精神品格。这是因为，长期以来人们对文学批评自律性的认识不足导致了对批评的轻视，从而容易被别有用心的人们所利用，为各种各样的权力话语服务。当下消费语境中批评所面临的“被收买”的现实，同样与人们对批评自律性的认识不足相关，是文学批评缺乏自律性品格的又一体现。批评对意识形态话语与消费现实的双重屈服，都深刻地揭示出文学批评自律性的缺失所导致的批评话语的泛滥及其不足，同时反映出批评主体精神的贫困与委顿。可以说，文学批评的自律性，是批评主体精神与人格独立的重要体现。

3. 文学批评的开放性

开放性是当今所有学科发展的动力。相比较而言，它与文学批评这一学科有着更为内在的关联，因为从其最根本的意义上说，开放性是批评定义的最初基础。在古希腊，“批评”就意味着“判断”、“区别”，而中国的“论”最早用于评论文章典籍的意义时，就是与“衡”字连用(即《论衡》)。这意味着批评从来就不是自我禁闭，而是要在文本与文本、作家与作家、时代与时代、国家与国家、文化与文化之间进行最广泛的比较和评价。

(1) 文学批评的开放性，主要是由于文学作为“交织着多层意义和关系的一个极其复杂的组合体”的本质所决定的①

作为人类“内在生命真正显现”的“符号形式”②，文学区别于其他艺术

---

① [美]雷内·韦勒克、奥斯汀·沃伦：《文学理论》，刘象愚等译，南京：江苏教育出版社2005年版，第18页。

② [德]卡西尔：《人论》，甘阳译，上海：上海译文出版社2004年版，第175～215页。

的根本标志就在于它是语言——一种指涉更为广泛的文化的符号——的艺术。这就意味着，文学是符号/文化的多重复合的结构，它一方面指向文本特有的符号形式结构，一方面又借助语言通向广阔的文化世界，文学的价值和意义就在于两者的结合。这就是说，只有把文学作品放置在广阔的文化背景中，通过对文本进行多方位的符号分析，才能揭示出文本丰富的意蕴和价值。韦勒克通过超越形式/内容的二分法而提出的"材料(material)——结构(structure)"有机体的观念，同样是对文学的审美与文化复合性的正确认识。他把那些与美学没有什么关系的因素称作"材料"，而把一切需要美学效果的因素称为"结构"①，进而认为文学批评的标准在于"想象的综合"——结构的审美价值，以及"综合材料的总和与多样性"——"材料的多样性特别指的是思想与性格、社会与心理经验的类型等的多样性"②，同样坚持了审美性与多样性相结合的批评标准。在这一基础上，韦勒克从方法上要求采用一种结合内部研究和外部研究的"透视法"的批评方法，坚持从"整体论"上给予文学全面的观照，这一整体、开放的方法论同样是从文学的特殊本质的要求而作出的规定。

事实上，正是语言本身所携带的丰富的文化意蕴，以及由语言所带入的复杂的生活内容，使得任何试图对文学进行定义的做法都会遇到极大的困难。也正因如此，文学经常成为各种学科借用的资源，成为一种"大百科全书"。模仿论的传统使作家更愿意成为"历史的书记员"，文学可兴、可观、可群、可怨，它的功能几乎涵盖一切社会实践领域。文学形式结构向文化的这种开放，也就必然对批评提出开放性的要求。

(2) 批评的开放性，也是文学批评进行审美发现的必然要求

作为"运动的美学"，文学批评面对文学发展的当下进程，要从正在发展的文学现实中，发现新的审美质素，进行理论提升和美学创造。"一部文学作品能够赢得经典地位的原创性标志是某种陌生性。"③文学作品的原创性、独特性源自于这种陌生性。任何优秀的作品，都要不断突破文学传统原有的经验和形式，从而对文学秩序造成新的调整，并进而确立自己的位置。

① [美]雷内·韦勒克、奥斯汀·沃伦：《文学理论》，刘象愚等译，南京：江苏教育出版社2005年版，第157页。

② [美]雷内·韦勒克、奥斯汀·沃伦：《文学理论》，刘象愚等译，南京：江苏教育出版社2005年版，第291页。

③ [美]哈罗德·布鲁姆：《西方正典》，江宁康译，南京：译林出版社2005年版，第3页。

这就意味着，批评主体的审美发现总是要面对某种陌生性而进行。这种陌生性，是囿于封闭观念的批评主体所无法发现的。陌生性的存在，既需要有丰厚的学术积累，以发现新异何在，又需要有开阔的视野、敏锐的触角，乃至丰富的生活感受才能展示。

因此，文学批评的主体不能够局限于原有的知识积累与思维结构，而要不断地调整、更新自己的知识积累，开拓自己的艺术视野，提升自己的哲学境界，并要以高度敏锐的艺术领悟力，来参与发展中的文学的评价，从而发现、培育和激励新的文学形式，推动文学的发展。这就要求文学批评主体必须具备开放精神，不断突破自己的局限，在批评价值、批评立场的“常”的把握上，肯定文学发展的“变”。批评主体之所以能够发现杰作，挖掘审美创造的价值，就在于他持有一种开放的姿态。从这一意义上，批评的开放性也可以说是批评职业的基本要求。

(3) 批评方法的开放性，同样是文学批评应对今天全球跨学科的学术趋势的挑战而做出的回应

这既是面对文化研究综合各学科学术成果所呈现的巨大优势挤压着文学研究的学术空间时所引发的反思与应对，又是文学批评学科内部调整、拓展自我研究空间的必然要求。多种方法的介入与不同方法的综合，构成当今文学批评形式/文化分析的基本走向。它基于如下认识：① 文学作为人类文化系统的一个部分，只有将其置于人类文化系统的大的整体中，才能获得对文学独特性的理解，也只有放置于广阔的文化背景中，才能获得对文学更为深入的认识。② 文学作为一种具备多层结构和意蕴的复合体，没有对文学的多方面观照，对文学的理解仍然是不全面的；而文学的形式本身就蕴含着丰富的文化内涵，形式分析就不能脱离文化的参与。

面对当今跨学科的趋势，文学批评不可能再局限于社会历史分析、形式分析或实证分析等某个单一的方法之内，而要力图借用当今人文学术的最新成果来发展自身，丰富自身对于文学的阐释，这就必然要求方法的多元与开放，否则，文学批评将失去自我更新的活力，更失去与诸多学科进行学术对话和交流的可能。但正如弗莱所指出的，要在确保自身独立性的前提下建立文学批评与许多相邻学科的关系①，方法的开放并不意味着文学批评可以成为这些方法的注脚，更不能成为社会学、历史学、哲学、心理学……的材

① 参见[加]诺思洛普·弗莱：《批评的解剖》，陈慧等译，天津：百花文艺出版社2006年版，第27页。

料。一切方法的采用，是为了要“对文学做出有别于人类其他活动的解释”①，从而更好地理解和评价文学。因此，文学批评方法的开放性必须坚持与批评的审美性、批评的自律性的有机结合与统一，这才是文学批评实践和学科永葆活力的保证。

三、文学批评的功能

文学批评的功能，是指批评在文学活动和社会生活中所发挥的价值和作用。它受制于人们对批评性质的看法，也在一定程度上受到社会风气的影响。在不同历史时期，文学批评发挥不同的作用；不同的批评流派、批评目标也决定着批评功能的差异；而批评主体的不同，也在一定程度上制约着批评发挥作用的方式。

在权威时代，文学批评就曾扮演“立法”的作用，要为作家创作制定体裁规范，并以此来对作品进行审判；随着权威时代的过去，批评家又充当起“医生”，要为文学“诊断”、“寻疵”和“检验”；而今，随着学科意识的完善与时代的开放，人们愈来愈意识到批评的真正作用在于阐释和对话。现代的文学批评(弗吉尼亚·沃尔夫、艾略特等)往往通过对文学作品中新的审美质素的发现来倡导一种新的艺术样式的产生；而布瓦洛时代的文学批评则构成任何创造艺术发展的巨大障碍。而随着后现代主义思潮的影响，人们日益意识到批评的情境性和理论的具体化，批评的理论化成为当今文学批评的一种趋势，文学批评的理论创造功能得到凸显。20 世纪 80 年代以来的中国文学批评，随着多元文化的发展与学术生态的变化，先后经历了启蒙论、专业论、素养论的三种转向，批评的功能也相应地从启蒙教育、学术探讨向素养教育转变，批评呼唤一种“质询”成规与“建构”素养的“询构”功能。②

如此看来，在批评的阐释化、理论化、多元化日益明显的今天，文学批评的阐释、发现和创造作用也日渐成为文学批评的基本功能，在培养读者的批评精神与审美素养方面日益发挥重要的作用，这显示出批评功能的时代特征。

---

① [美]雷内·韦勒克：《批评的概念》，张今言译，杭州：中国美术学院出版社 1999 年版，第 325 页。

② 参见王一川：《通向询构批评——当前文学批评的一种取向》，载《当代文坛》，2009 年第 1 期，第 4 ~ 5 页。

1. 文学批评的阐释功能

阐释可以从广义和狭义两个层面上进行理解。广义上的阐释，来自于现代哲学解释学，它将阐释视为人类一切理解活动的基础，不仅包括分析、说明、解释、评价、判断、发现和创造在内的一切理解活动，更探究这些理解活动得以可能的基本条件。狭义的阐释，则主要针对对文本的分析和解释，它的目的在于获得对文本内容、形式和意义的正确理解。当今的批评理论往往从广义的角度来发挥批评的阐释功能，不仅对文学现象进行“解码”，而且对批评方法的前提、逻辑、推导等进行一种称之为“元批评”的批评，从而对批评进行批判并获得阐释对现实的介入效应。与之相比，作为实践的文学批评的阐释功能则主要是从狭义来理解，即其对文学文本和文学现象的分析、解释及揭示意义的作用。

阐释是文学批评最基本的功能，也是一切批评活动得以开展的基础。没有对批评对象的正确解释、对文学意义的揭示，价值的判断乃至理论的创造都是站不住脚的。这一明显的道理，在批评发展史上，却长期为人们所忽略。大量事实表明，人们往往抓住批评对象的一些局部特点来进行以偏概全，或者将其作为政治斗争的工具来含沙射影；即使一些严肃的学者也常常会按照固有的立场和观点来挑拣细节、评价文本，而未能充分尊重文本实际。因此，强调批评的阐释功能就不是一种简单的说教，而具有重要的现实意义，是规范批评行为、实现批评职能的必要举措。

文学文本作为一个包含多层意义和关系的复合结构，其意义是多方面的，文本本身就为各种意义的揭示提供足够丰富的暗示。卡尔维诺在谈到经典时就指出：“一部经典作品是一本每次重读都像初读那样带来发现的书。”①由此而言，对文学作品的科学解释，并不是指文学作品只有唯一正确的解释，这种“正确性”来自于文本本身所能提供的足够丰富的证据。越是杰出的作品，提供人们理解的角度越是多方位的，批评主体能够进行艺术重构的方式也就越显多样，而文本的价值和意义就存在于这众多合理的解释之中。今天我们衡量莎士比亚的艺术地位，就是站在历史积累下来的众多对于莎士比亚正确解释的基础之上的。这是由文学作品的艺术本质所决定的，也是人文科学逻辑的独特之处。我们并不能因为它的多样性而否认其客观性，衡量一种解释科学与否的标志，在于它是否从文本得出结论，是否让大多数

① ［意］卡尔维诺：《为什么读经典》，黄灿然、李桂蜜译，南京：译林出版社2006年版，第3页。

人信服并接受这种解释。

阐释作为人们接受的基础，在于它能够在艺术重构的前提下进一步给予详尽的说明、分析、论证和判断。完成对作品虚构世界的知识重构，并不仅仅意味着对作品进行一次完整的、集中的描述，这种“复述归纳型”①却往往占据当今批评媒体的重要篇幅，尤其在新兴的媒介批评中更是如此。龙应台就曾在《文学批评不是这样的》一文中指出这种“复述归纳型”的批评模式：文章通常由三个部分组成，“先有作者简介，然后是小说情节的重述，最后加上几句赞美性的评语”，而其评语，又往往“像一件大小同号的衣服，胖子瘦子都可以穿”。② 这种批评只不过是所有批评工作开展的初始，并不能算真正意义上的批评。事实上，这样的阐释根本未融入批评主体的生命体悟，更未能从一个平视或俯视的角度对作品进行全盘的理性思考，因此，它最多只是一种阐释前的准备。

文学批评的阐释是要完成对作品的一次完整的理解，除了描述以外，它还要分析、说明并进一步揭示文本的意义。因此，它就要抓住文本中的某些细节进行进一步的比较、推敲，反复“细读”，以追索人物命运的变化、变化的原因、变化的意义，也即变化因何、以何、如何、为何凸显的问题。它还要结合相关积累，结合并运用相关的理论，来思考这种情节模式的历史及其在本文中的“常”与“变”，并从文学传统的角度进一步挖掘这种“常”与“变”在本文具体的问题与情境之下是否、如何拓展新的审美意义空间，如此等等，都结合在阐释文本的过程之中。从这个意义上说，文学的阐释就必然地已经包含了区分和评价、发现和判断。因此，对文本的阐释功能的理解不能简单化，但事实上，将判断排除出阐释，或因为阐释而形成独断话语，则是批评的现实。在此，有必要进一步加以澄清。

(1)阐释与判断

阿诺德·豪泽尔说：“尽管艺术批评的主要任务是对被评论的作品进行解释，但对其艺术质量作出价值判断也是应尽的职责之一。”③作为批评基础的判断，在当今批评的阐释化趋势中却有被掩盖的事实。韦勒克在考察战后美国文学批评的情形之后，不无感慨地说道：“文学批评已经完全看不到在

① 杨守森：《文学批评的四重境界》，载《文史哲》，2006年第1期，第87~88页。

② 龙应台：《龙应台评小说》，上海：上海文艺出版社1996年版，第174~175页。

③ [匈]阿诺德·豪泽尔：《艺术社会学》，居延安译编，上海：学林出版社1987年版，第162页。

起判断的作用：人们再也无法区别莎士比亚与糟粕。文学与生活、作品与行为之间的界线已不存在。”①我国当代的批评生态明显地也存在解释有余而判断不足的弊病，借用各种社会学、人类学、精神分析、新历史主义等方面的最新成果，人们将批评当成话语操练的场所，从中寻找阶级、身份、集体无意识、欲望、历史虚构等知识，并以此来解释人们生活于其中的世界。

诚然，在历史上，文学批评的“审判”角色无论从文学本身还是从对社会生活的影响方面，确实起过消极的作用，“判断”由此也落下了恶名。但是，将“判断”等同于“审判”，从而将“判断”与阐释对立，则同样缺乏学理的支持。这是因为，批评、判断从其本来的意义上，就意味着一种比较与区别；在审美意义上，判断更是一种对美的领悟方式，它通过假设人们也同样感受到的普遍性来建立审美的“共通感”，这种假设已经获得人们经验的支持。文学批评意义上的判断，是对作品价值的裁定，它并非来自批评主体个人的偏好，更非出自批评主体狭隘的目的——当然我们也不否认存在这样的人——而是建立在文学整体经验基础上的对于文学价值的定位，它的偏失是由批评主体个人的局限所产生的，人类迄今为止对伟大作品价值的共识也说明了批评是可以超越个人偏失的。从这一意义上，审美判断正是文学阐释的题中之义，审美判断也只有在文学阐释的基础上才能完成。

文学阐释的效度直接决定审美判断的效度，而审美判断的正确与否又反过来验证阐释的正确与否。当今人们逃避判断，在很大程度上并非没有认识到这一点，而是借用一套理论术语的权威来掩盖自己视野的狭隘、知识的肤浅、艺术领悟力的低下以及思想的贫困。因此，我们有必要对批评的阐释功能与批评的阐释化进行必要的区分：批评的阐释功能非但不排斥审美判断，相反，它包含并支持审美判断，判断是文学批评阐释功能合乎发展的结果；批评的阐释化作为当今批评理论发展的结果，恰是以审美的欺骗性与文学的政治性的假定为前提，两者对文学具有根本不同的认识，后者恰是以解构文学为其任务，其对人类根本价值的怀疑已日益引起人们的不满。

(2) 阐释与对话

同样，人们往往将阐释视为批评主体对批评对象的“塑造”或“模仿”，前者包含各种主体批评的观点，比如意识批评、天才批评、创造批评、表现批评、印象批评，而后者则包括历史社会批评、精神分析批评、实证主义批评、结构主义批评、原型批评等客体批评形态。阐释作为批评的功能，往往

① ［美］雷内·韦勒克：《批评的概念》，张今言译，杭州：中国美术学院出版社1999年版，第307页。

就体现在主客体不平等的关系之上，要么主体统摄批评对象，要么客体决定一切——事实上，仍然是主体立场的变种——而从根本上忽略阐释的对话本质。这是历史上批评主体不断地想要成为“判官”、“医生”、“科学家”的原因所在，也因此造成批评主体与作家和读者之间的不平等关系。无疑，这种独断正是今天批评失落它的地位的重要原因，因为无论是凌驾其上的说教还是在概念中自说自话，都将交流与对话拒之门外。

阅读现象学告诉我们，文本并不是一个被动的客体，而是一个具有召唤结构的主体，批评主体也并非高高在上的法官，而是需要文本激发、需要在互文本之间思考的主体。因此，我们既要坚持批评主体的主体性，也要尊重文本的主体性，要看到真正的理解产生于“情来似往，兴来如寄”的对话过程，而批评作为一种在读者、文本、作家之间进行沟通的实践，无论是这种交流本身还是从其寻找文学和人生真理这一点上，都要求对话。它引导读者进行阅读，向读者阐释文本，提示某种阅读的可能，并根据专业的眼光和视野，告诉读者文本的审美效果如何发生，作品的美感何在，以及作品的不足之处。它也可能向读者指出作品的某种不良倾向，某种对肉体的耽溺或者对人性的违背。但是，它是以探讨的方式向读者的思考发出邀请，它召唤读者的回应，而不企图把自己的观点和分析强加给读者。

批评向作家提出某些建议，同样并非粗暴地向作品宣判，而是通过与作品之间展开“对话”，并进一步与文本背后的作家进行“潜对话”，从而共同探讨关于文学的某些方面的真理。批评主体并不屈从于文本、顺从作家的意愿，而作家也并不非要接纳批评主体的意见，修改自己的作品；重要的是借对话达成交流，形成碰撞，获得超越。阐释的过程充满着对话的姿态、对话的精神，是批评家把文本当成一个具有生命的个体，敞开心扉真诚交流的过程。“对话批评不是谈论作品而是面对作品谈，或者说，与作品一起谈，它拒绝排除两个对立声音中的任何一个。”“被批评的作品不是应起‘元语言’作用的物，而是批评家所遇到的话语，被批评的作家是‘你’而不是‘他’，是我们与之探讨人类价值问题的对话者。”①只有以对话的方式来阐释文本，才能获得深入文本的生命交汇，才能凭一种深切的同情去体验作品人物的遭际与命运，与人物同甘共苦，诚如古诗所云：“传神文笔足千秋，不是情人不泪流。可恨同时不相识，几回掩袴哭曹侯。”②达到这样的交流状态，才能称

① ［法］托多洛夫：《批评的批评：教育小说》，王东亮、王晨阳译，北京：三联书店2002年版，第186页。

② 爱新觉罗·永忠：《园墨香得〈红楼梦小说〉，吊雪芹之绝句》。

之为理解文本，抵达作品背后作家的灵魂。只有这样的阐释，才是一种尊重文学经验的有效阐释，也只有站在这一基础上的判断，才是合乎审美的判断。

2. 文学批评的发现功能

文学批评的发现功能，是指对文学作品的审美发现，对文学潮流的敏锐把握和对新的创作倾向的及时倡导和总结。它建立在阐释的基础之上，是批评主体审美能力的重要体现。审美发现功能之所以是文学批评的基本功能，就在于审美独创性构成文学作品最重要的价值；没有审美独创性的文学作品，将被历史淘汰，同样，不能够进行审美发现的文学批评也将失去存在的理由。如果说阐释功能的地位在于它的基础性，那么审美发现功能则体现其独特性，它是文学批评固有的功能之一。

在古典主义的权威时代，文学批评的审美发现功能并不被人们重视，体裁、法则的规范性和沿袭性，成为衡量一切文学作品的基本尺度。在批评的社会功能及政治意识形态功能占主要地位的时代，批评的审美发现功能同样受到排挤，被视为“小资产阶级情调”。只有在浪漫主义强调独创性和天才以来，创造力才被人们所重视。也只有在审美能够作为一种独立价值受到确认的时候，人们才发现，审美自身具有变革现实的力量，批评的审美发现可以开启对世界新的发现。诚如英国新人文主义批评家马修·阿诺德所说，批评就是“彻底地认识世界上人们所知所想的最好的东西，并让世人知晓，来形成真实而有新意的思想和潮流”①。

在历史上，文学批评的审美发现功能，往往通过为新的文学艺术样式的出现“鸣锣开道”，来唤起人们关注自身的未知领域，关注精神的存在困境而发挥作用。艾略特对玄学诗人的发现，庞德对意象派诗人的挖掘，既是为新的诗歌理念开辟道路，又是为现代人的精神问题寻找出路。同样，弗吉尼亚·沃尔夫的《现代小说》一文，倡导了一种意识流的小说创作形式，开启了人类认识自我的新路径，并探索了人们存在的新的基础。它们或者对既往的作品进行新的评价，从而“古为今用”，将他们的艺术理念投放到这些作品之上以发现新的艺术因素；或者以自己的创作或时下新出现的作品为依据，极力挖掘其中在他们看来能够体现时代精神的艺术品格。正是在他们的批评发现和倡导下，新的艺术流派得以形成，新的艺术样式也最终确立了它

① 转引自[英]拉曼·塞尔登：《文学批评理论——从柏拉图到现在》，刘象愚、陈永国等译，北京：北京大学出版社2000年版，第536页。

们在文学艺术史的审美地位，而人类也因此对世界和自身获得了新的认识。

批评主体对作家作品中出现的新的审美特质的发现，也是帮助一个作家形成艺术个性，促进其成长的重要力量。车尔尼雪夫斯基最早发现托尔斯泰作品中心理分析的新特点，他指出："托尔斯泰伯爵最感兴味的却是心理过程本身，心理过程的形式，心理过程的规律，用明确的术语来表达，这就是心灵的辩证法。"①对托尔斯泰"心灵辩证法"的发现，使托氏认识到自己创作的鲜明个性。从这一意义上，批评正是通过审美发现来推动创作，并进而影响人们看待世界的方式。今天，挖掘和培养具有审美创造力的作家已经成为批评家的一种共识。因此，在批评界有对年轻作家进行鼓励和支持，而对老作家要更为苛刻的说法，一定程度上就包含着对年轻的、具有潜力的审美创造力的发现和培养之意。

寻找并确立文学经典，是文学批评发现功能的又一体现。"一部文学作品能够赢得经典地位的原创性标志是某种陌生性。"②无论是题材上的新发现，还是艺术形式上的新创造，具有潜在经典价值的文学作品都包含着某种不易为一般读者所能立即发现和理解的审美要素。这正好说明了很多世界经典在刚刚发表时默默无闻的原因。它们需要批评主体来发现，来提炼价值，来确立经典地位，只有发挥批评的审美发现功能，这一切才有可能。一种审美要素的发现，可以重新审视既往的作家作品，形成新的经典系列，也可以在最新作品中获得一种具有前瞻性的敏锐发现，从而为当代的经典确立基础，这是批评在寻找经典方面所能发挥的两种方式，也体现了批评作为"运动的美学"的鲜明使命：它正是要在流动的、变化的当代艺术创作中寻找和确立某种新的艺术理念，而经典就是这种新的理念的载体。

夏志清曾经冲破既定的经典秩序，从审美的标准出发，为张爱玲、沈从文进行经典定位，体现了批评为既往作品重新寻找经典的作用；而当代批评主体不断通过文本的批评实践，逐渐形成包括王蒙、莫言、余华、苏童、张承志、王安忆、陈忠实、阿来等人在内的名家名单，并确立这些作家具有代表性的一批作品的价值，从而为后人书写文学史提供了一个潜在的经典体系，这是批评发挥它为当代寻找经典的功能之例证。随着媒体的发达以及发表途径的便捷，如今每年都有上千部长篇小说被生产出来，更遑论成千上万

① ［俄］车尔尼雪夫斯基：《车尔尼雪夫斯基论文学》(下卷)，辛未艾译，上海：上海译文出版社1982年版，第261页。

② ［美］哈罗德·布鲁姆：《西方正典》，江宁康译，南京：译林出版社2005年版，第3页。

的中短篇小说和网络文学。大量的文本信息使得发现经典的任务显得更为困难，事实上，就是一名普通的读者要寻找“好一点”的作品来读，也并不那么容易，人们可能只能从名家那里寻找阅读的目录，从而对大量新的、有潜力的作品无暇顾及。而一旦错失了批评主体的关注，再有价值的作品在这样一个信息流通快捷的社会，将很快被埋没和遗忘。

因此，批评主体的发现职能就显得相当重要。他们不仅要继续关注名家，还要发现文坛新人，而这种发现则需要他们花费大量的时间去大浪淘沙，要在大量的信息中寻找具有审美价值的作品，还要在这些作品中发现某些新的审美要素。他们不仅要善于发现，而且还要指出这些发现的可能及其意义，从而既能引导读者阅读佳品，又能真正承担其批评的发现任务，促进当代文学的健康发展。

3. 文学批评的创造功能

如果说，发现功能是对文学作品的创造力的发现，那么批评的创造功能则是由作品生发的批评主体的创造能力的发挥。两者的根本区别在于，前者所要完成的是对作品所存在的创新价值和意义的揭示，而后者则在于以前者为起点的批评主体自身所进行的批评创造，它要借文本生发一种新的知识。人们有理由将前者称为“对创造力的间接模仿”，它要说出的是作品的创造力在哪里，是对作品表达一种忠实与尊敬，它的目标便是如其所是地重构艺术的世界，尽管这种“如其所是”同样包含批评主体的创造。批评的创造功能却要将自己的创造力明确地向人们展示，它告诉人们，批评也是一种“写作”，是对文本本身的语言“游戏”，“阅读的快乐”就来自于批评主体在语言之间所进行的这种嬉戏。当罗兰·巴尔特(也有中国的出版单位将其翻译为“罗兰·巴特”，全书在此统一为“罗兰·巴尔特)将批评宣称为一种“书写活动”的时候，他提供给我们的就是这样一种创造实践。

正如伊格尔顿在揭示巴尔特批评思想时所说的那样：“巴尔特的批评没有‘再创造’出它的对象，而是大幅度地改写和重新组织，使其面目全非。”①对文学文本的解构和重构，成为巴尔特批评的基础。在巴尔特看来，阅读经验是一种不可逆的行为，每一次阅读都使读者产生不同的阅读体验，因此，那种向读者提供唯一、确定意义的批评的“幻觉”必须被打破，批评主体无法替代读者，他能够做的便是“使批评回归到文学”，也即批评向写

① [英]特里·伊格尔顿：《文学原理引论》，刘峰等译，北京：文化艺术出版社1987年版，第165页。

作行为转型，就批评主体自己在阅读中对于文本的拆解以及重组的过程进行书写，正因为这种书写本身作为一种阅读行为的唯一性，这种批评就是独一无二的，所以它事实上就等同于一次创作的行为。巴尔特因此将评论文字视为“一篇文本、一部小说”，将这一过程称为“转述”，而将从阅读中获得的这种体验称为“转述的快乐”。① “旧俗套是一种政治现象”，“为了逃避当今社会的异化，只有这种方法：向前逃遁”，② 这是巴尔特批评观念的思想基础，也是巴尔特批评文字不断逐新的理由，因为求新一旦停顿，就有陷入僵化的危险，当浮士德满足于美的时候，梅菲斯特就要来攫取他的灵魂。

那么，这种新是如何来的？在巴尔特看来，作品始终是一种言语活动，“任何隐喻都是一种无实质内容的符号，而象征过程以其丰富的变化所指明的，正是所指的这种远景：批评家只能继续作品的隐喻，而不是压缩它们。”③只有这样，才能保证作品的开放性，保证读者的自由阅读。阅读的行为，就是让“象征符号必须去找象征符号，一种语言必须充分地说出另一种语言：因此，作品的文字最终还是得到了尊重”。巴尔特认为：“这种最后把批评家还给文学的迂回作法不是徒劳无益的：它可以使人与两种威胁作斗争：谈论一部作品，实际上，就是陷入一种无效的言语——饶舌或沉默——之中，或者陷入一种以最后的文字固定其认为已经找到的一种所指的物化言语之中。”④因此，巴尔特将自己的批评视为一种“追踪词语”的活动，而其最终结果，正如托多洛夫所指出的那样，将“导致一部作品的产生”⑤，对巴尔扎克《萨拉辛》的批评所产生的《S/Z》就是一部将阅读学、叙事学和阐释学融于一身的“书写”轨迹⑥。文本作为一种“复数”的存在，批评主体将阅读的权利交还读者，这使得巴尔特将“评价”排除出批评实践，也使得巴尔

① ［法］罗兰·巴尔特：《罗兰·巴尔特随笔集》，怀宇译，天津：百花文艺出版社2005年版，第194页。

② ［法］罗兰·巴尔特：《罗兰·巴尔特随笔集》，怀宇译，天津：百花文艺出版社2005年版，第210页。

③ ［法］罗兰·巴尔特：《罗兰·巴尔特随笔集》，怀宇译，天津：百花文艺出版社2005年版，第141页。

④ ［法］罗兰·巴尔特：《罗兰·巴尔特随笔集》，怀宇译，天津：百花文艺出版社2005年版，第143页。

⑤ ［法］托多洛夫：《批评的批评：教育小说》，王东亮、王晨阳译，北京：三联书店2002年版，第73页。

⑥ 参见徐岱：《游戏批评：评巴尔特论巴尔扎克》，载《外国文学研究》，2003年第5期，第5页。

特的批评看起来确实是一种文字、语言的游戏。但是作为一种创造性的批评体例，更作为一种创造性的批评思想，巴尔特批评的意义就在于，它是一种更为深刻的人文关怀，一种将阅读、写作、批评视为摆脱异化的方式。这是具有文化哲学情怀的批评家才能具有的创见。

同样，巴赫金的批评也是一种创造的批评。他对一位具体作家(陀思妥耶夫斯基)作品的具体分析、一套新的诗学话语(“复调小说”理论)的提出以及一种新的审美理想(对话主义)的构筑，是浑然如一地交融着的，并且开拓了一条从专家专书的研究“通向”抽象理论建构之途。对话主义、复调小说、狂欢化思想，正是通过对具体作品的阐释而提出来的理论创造，并对包括批评界在内的整个人文学界产生了深刻的影响。由此可见，文学批评家应该兼文化哲学家，因为“站在文化哲学的高度来批评文学与阐述文学理论，总会比单一的阐述角度显得深刻得多，分量也厚重得多”①，而文学批评的创造功能，如果没有这样的文化哲学作为基础，也是根本不可能实现的。批评如果达到这一点，其作用将是深远的，因此蒂博代称：“所能给予一位大批评家的最高赞誉，是说批评在他手中真正成为一种创造”。② 如此看来，创造功能作为文学批评的最高功能，一点也不为过，它正是批评主体从事批评职业时所应该树立的目标，并为之努力。批评作为一种自律的学科，也只有在为人类批评创生出新的知识和思想的时候，才有真正的自信可言。

事实上，文学批评的阐释、发现和创造功能往往难以如此清晰地区分，因为在批评实践中，阐释包含着发现和创造，否则既无法实现知识重构，更无法完成审美判断；同样，发现是建立在阐释的基础上的对于艺术创造力的发现，而这种发现本身，倘若缺失批评主体的创造力，则同样也是难以产生，更难以通过批评实践来传达的。更确切地说，无论是王尔德所说的批评的创造性，还是蒂博代所称的批评的创造，都是就这两者而言。但是，当创造上升为文学批评的一项基本功能时，则不能停留于此，它已经明确地将自己标示为一种功能，要求批评主体进行知识创造，要在具体的文本解析中，重新编织新的思想维度。因此，它既要求批评主体具有一定的文化哲学思想，同时又要求批评主体充分地解读文本，只有在思想与文本的多次激烈的碰撞与纠缠之中，一种具有原创性的解读方式才可能诞生，一种由于批评主

① 蒋述卓：《在文化的观照下》，广州：广东人民出版社 1997 年版，第 411～412 页。

② ［法］蒂博代：《六说文学批评》，赵坚译，北京：三联书店 1989 年版，第 163 页。

体强烈的时代、精神意识所烛照的深度意蕴才能被激发，一种包含主体立场的具有相当深度的思想才可能生成。在这一意义上，创造功能体现了文学批评意义生产的最高价值。

【思考题】

1. 为什么要对文学批评的概念进行界定？它对文学批评活动的意义何在？

2. 如何理解文学批评的科学性？

3. 文学批评的阐释与审美判断之间的关系如何？

4. 如何理解文学批评的创造功能与科学性质之间的关系？

第一章　文学批评的主体

文学批评的主体是指从事文学批评工作的人。进行文学批评的人可以是不同身份的人，既有普通的读者，也有职业的批评家；既有报刊的编辑记者，也有从事学术研究的大学教授，等等。不同的身份角色在进行文学批评时会有不同的侧重点，从而共同构成了文学批评的多样性。但是，对于他们来说，都有一个文学批评主体意识的确立问题。文学批评的成功有赖于文学批评主体意识的觉悟和成熟。但文学批评的主体意识却有一个成长的历史过程。文学创作与文学批评是一对孪生物，伴随着文学创作就有了文学批评。鲁迅曾经是这样设想文学起源的：远古的人在原始的劳动中，为了齐心协力，有一个人发出了劳动的号子："杭育杭育"，大家跟着喊"杭育杭育"，劳动效率就提高了。鲁迅说，第一个喊"杭育杭育"的人就是最早的文学创作者，他创作的文学可以称为"杭育杭育"派。他说："假如那时大家抬木头，都觉得吃力了，却想不到发表，其中有一个叫道'杭育杭育'，那么，这就是创作；大家也要佩服，应用的，这就等于出版；倘若用什么记号留存了下来，这就是文学；他当然就是作家，也是文学家，是'杭育杭育派'。"①鲁迅在这段话中已经提到了文学批评的雏形，这就是"大家也要佩服"中包含的意思。可以设想当时的情景：劳动之后，大家在休息时，有一个人对喊出"杭育杭育"的人竖起了大拇指，"哇呀哇呀"地夸奖他刚才的创作。这个人的行为不就是在对"杭育杭育"进行文学批评吗？于是，在文学创作诞生不久，文学批评也诞生了，而这个人的文学批评就可以称之为"哇呀哇呀"派的批评。因此，人们把文学创作和文学批评比喻为文学的两翼是

① 鲁迅：《鲁迅全集》(第6卷)，北京：人民文学出版社2005年版，第96页。

非常贴切的。

但是，文学批评主体意识的形成和确立，则要比文学创作晚很多。古希腊文学是西方文学之源头，文学创作在当时达到了相当繁荣的程度，与创作相呼应的是，文学批评活动非常活跃，也取得了非凡的成就，留下了《柏拉图文艺对话集》、亚里士多德的《诗学》等经典著作。但是，当时尽管有了诗人、剧作家以及修辞学家的称谓，却没有文学批评家的称谓，这是因为人们还没有把文学批评当成一项独立的事情来做，苏格拉底、柏拉图、亚里士多德等人对文艺作品有很多批评，但这些批评基本上是融化在他们的哲学思想体系之中。西方文学批评主体意识大约在 18 世纪末、19 世纪初才初步确立，这个时候专门从事文艺批评的人已在社会上确立了稳固的位置，如写作《汉堡剧评》的莱辛，而且批评家们也将文学批评作为一门独立的科学来对待，提出要把“批评这门科学归纳成固定的形式”①。

中国文学批评史可以上溯到先秦时期，但这个时期的文学批评观念还处在萌发阶段，文学批评只是寄生于先秦诸子的思想文化著作之中，以只言片语的形式呈现出来，“严格来说还没有什么正式的文学理论批评”②。直到魏晋南北朝时期，批评家们认识到批评家不同于作家、诗人，批评家要具备一定的条件才能从事文学批评。刘勰感叹真正理解创作用心的“知音”很难求，他说：“知音其难哉！音实难知，知实难逢；逢其知音，千载其一乎！”③他所谓的“知音”指的就是文学批评家。知音其难，就在于批评家还没有明确的批评主体意识，对批评缺乏统一的标准，仅凭批评者的个人嗜好进行，因此不能对文学作品做出正确的评价。他说：“夫篇章杂沓，质文交加，知多偏好，人莫圆该。慷慨者逆声而击节，酝藉者见密而高蹈，浮慧者观绮而跃心，爱奇者闻诡而惊听。会己则嗟讽，异我则沮弃，各执一隅之解，欲拟万端之变。所谓‘东向而望，不见西墙’也。”④他认为文学批评家应该具有博大精深的学问：“凡操千曲而后晓声，观千剑而后识器；故圆照之象，务先博观。阅乔岳以形培塿，酌沧波以喻畎浍，无私于轻重，不偏于憎爱，然后能平理若衡，照辞如镜矣。”⑤在魏晋南北朝时期，随着文学批评

① [美]雷内·韦勒克：《近代文学批评史》(第 1 卷)，杨岂深、杨自伍译，上海：上海译文出版社 1987 年版，第 153 页。

② 张少康：《中国文学理论批评史教程》，北京：北京大学出版社 2000 年版，第 3 页。

③ 刘勰：《文心雕龙》，杭州：浙江古籍出版社 2001 年版，第 267 页。

④ 刘勰：《文心雕龙》，杭州：浙江古籍出版社 2001 年版，第 269 ~ 270 页。

⑤ 刘勰：《文心雕龙》，杭州：浙江古籍出版社 2001 年版，第 270 页。

主体意识的觉悟，出现了一些专门的文学批评家，产生了以刘勰的《文心雕龙》为代表的一些文学批评著作。这些文学批评家不仅具有一种主体意识的自觉，而且还把自己的文学批评事业提到“成一家之言”的高度，把他们的文学批评论述归类于对整个社会人生看法的著述之中，即所谓的“子书”。刘勰说，他写《文心雕龙》，是“君子处世，树德建言”的表现，“岂好辩哉，不得已也”①。后人把魏晋南北朝时期称为“文的自觉”时期，这种文的自觉是与文学批评主体意识的觉悟密不可分的。

通观中西文学史，可以发现，文学批评主体意识的成熟有赖于文学发展的水平，同时也有赖于文学批评家的精神准备。精神准备包括知识准备、理论准备、艺术准备以及人格准备。俄罗斯著名文学批评家别林斯基说：“批评才能是一种稀有的、因而受到崇高评价的才能；如果说，多多少少天生有一些美学感觉、能够感受美文学印象的人是寥寥可数的，你们，极度拥有这种美学感觉和这种美学感受力的人，又该是多么少呢？”②显然，在别林斯基看来，不是随便一个人都可以成为文学批评家的，文学批评家必须具备“稀有的”才能，这种“稀有的”才能包括“美文学印象”的感受力，“用思辨来检定事实”，“对艺术的热烈的爱，严格的多方面的研究，才智的客观性”以及“不受外界诱引的本领”。别林斯基赋予文学批评家这么多的条件，因此在他看来，文学批评家“担当的责任又是多么崇高”③。文学批评是一项涉及美学和科学的综合性很强的精神活动，无疑有必要对文学批评的主体提出较高的要求。尽管每一个人都可以对文学作品评头论足，但并不是每一个人都可以成为合格的文学批评家。合格的文学批评家应该拥有清醒、独立的主体意识，而主体意识的确立需要多方面的条件。不少文学理论家对其条件从不同方面进行了论述，有的侧重于批评家的思想能力，有的侧重于批评家的艺术感受力，有的侧重于批评家的人格魅力，有的侧重于批评家的道德操守。综合起来，大致上可以把这些条件概括为四个方面，即：理论的积淀、感知的能力、批评的姿态以及批评的立场。

---

① 刘勰：《文心雕龙》，杭州：浙江古籍出版社 2001 年版，第 280 页。

② ［俄］别林斯基：《别林斯基选集》（第 1 卷），满涛译，上海：上海译文出版社 1979 年版，第 324 页。

③ ［俄］别林斯基：《别林斯基选集》（第 1 卷），满涛译，上海：上海译文出版社 1979 年版，第 324～325 页。

一、理论积淀：批评主体的基石

文学批评家首先要具备较深厚的理论积淀。文学批评不同于文学创作，首先在于思维方式的不一样，文学创作建立在形象思维的基础之上，而文学批评建立在理论思维的基础之上，因此，一个文学批评家如果具备了较深厚的理论积淀，也就为自己的文学批评打下了良好的基石。文学创作充满着偶然性，其必然性的意义蕴藏在偶然性之中；文学作品又是以形象来说话的，文学形象具有多重的意义指向，是多义性的；文学创作还是个人化的精神活动，是个人经验和情感的表达。文学批评家要从偶然性的迷雾后面清理出必然性的旨归，要在多义性的眩惑中确立最具说服力的解答，要从作家的个人化的精神活动中寻找出与公众沟通的轨迹；而一个文学批评家要做到这一切，就需要具备良好的理论思维能力和抽象思维能力。这一点甚至与科学家面对纷繁杂乱的物质世界而要从中发现内在的规律有相似之处，因此，兰色姆认为："批评一定要更加科学，或者说更加精确、更加系统化。"他甚至规定："文艺批评一定要通过学问渊博的人坚持不渝的共同努力发展起来——就是说，批评的合适场所是在大学"，批评主体是大学中的"专业人员"。①也许，兰色姆认为只有大学中的教授和学者才适合当文学批评家的观点有些褊狭，但他之所以有这种褊狭的观点，是因为他认识到文学批评活动对于批评家的理论思维能力和科学思维能力有相当高的要求。

1. 哲学思想的积淀是批评主体的核心基石

哲学思想是统领理论思维的灵魂。罗素说："要了解一个时代或一个民族，我们必须了解它的哲学。"②文学批评作为一种理论性很强的精神活动，同样需要哲学思想的引领。因此别林斯基说"批评是哲学意识"。在文学批评的初创阶段，文学批评家还没有确立起自己的主体意识，承担文学批评的多半都是当时有影响的哲学家，如古希腊罗马时期的柏拉图、亚里士多德，中国先秦时期的孔子、孟子等。在文学批评成为一门独立的学科、批评家普遍确立了主体意识之后，哲学思想在文学批评中的作用不是减弱了而是更加

---

① 参见[英]戴维·洛奇：《二十世纪文学评论》(上册)，葛林等译，上海：上海译文出版社1987年版，第385页。

② [英]罗素：《西方哲学史》，马元德译，北京：商务印书馆2005年版，第12页。

突出了。因为哲学是关于世界观的理论，是研究自然、社会和思维的普遍规律的科学，批评家哲学思想积淀的深度和厚度直接影响到批评家的文艺观和方法论的确立，使批评家具有超凡的理解力、思辨力和判断力，从而能够将文学作品中的人生经验上升到哲学的高度，阐发其精神价值。许多有深厚造诣的文学批评家，无不得益于他们深厚的哲学思想积淀。从文学史看，有成就的文学理论家往往也是出色的文学批评家，不少文学理论家的理论建树正是在批评实践中完成的。像莱辛的《汉堡剧评》既是具体的戏剧批评，又是宏观的戏剧理论，莱辛通过具体的批评，为18世纪德国市民阶级民族戏剧打下了坚实的理论基石。

著名的文学批评家韦勒克对黑格尔、康德等哲学家的哲学思想有着深入的研究，他们的哲学思想精髓为韦勒克的批评实践提供了强大的思想武器，韦勒克从而开拓了自己的批评视野。他抓住了康德美学体系中的核心之一的想象力，拓展了自己的批评理论，因此在批评中强调对文学的想象性因素的关注，通过对文学想象性因素的充分阐释，深刻论述了文学文本的符号性与形象性等特征。韦勒克在思维方式上有效吸收了黑格尔的辩证法，提出了一种深入浅出与浅入深出相结合的客观论证的批评方法。他在《近代文学批评史》中论述弗·威·贝特森的文学批评观念与实绩时，就指出“贝特森未曾理解黑格尔辩证法的主要观念，否则是有可能避免那种片面的与人为的建构的”。韦勒克本人在批评实践中自觉运用辩证法观念去分析文本，使其批评具有深邃的整体意识和综合的系统视阈，在对诸种对立因素逐一分析与取舍之后，建立起自己的、令人信服的观点。有没有哲学思想的深厚积淀，是区分文学批评高下的重要因素。缺乏哲学思想积淀的文学批评家顶多对文学作品的事实进行概括、描述和介绍，而具有哲学思想积淀的文学批评家就能从文学作品的事实上升到哲学认识，洞察文学作品中蕴含的思想见解和精神价值，也使得文学批评自身充满着智慧的魅力。因此，克罗齐强调：“批评家不是工匠加乎于艺术作品，而是哲学家加乎于艺术作品。”①

20世纪以来，文学批评更加趋向于哲学化、理论化。许多现代的思想家都以文学批评和文学研究作为入口，来建立自己的理论体系。美国文学批评家莫瑞·克里格描述说：“作为一种知识形态，而不是仅仅作为我们与文学的情感遭遇的具体描述，文学批评必须理论化。”正是这种理论化的批评

① ［意］克罗齐：《美学原理·美学纲要》，韩邦凯、罗芃译，北京：外国文学出版社1983年版，第280页。

使得“理论的作用业已深化和广泛”。① 通观20世纪以来的理论家，如德里达、伊格尔顿、杰姆逊、巴尔特等，都是重要的批评家，他们的理论往往是通过批评实践建构起来的。著名现代派诗人艾略特也是一位卓越的批评家，他对文学批评的看法代表了这一趋势。他说：“我想文学批评是一种思想体系，它是为着去探寻诗歌是什么，诗歌的用途是什么，诗歌满足什么欲望，为什么要写它、读它和背它；并且要在自觉或不自觉地认为我们已经知道以上这些问题的答案的前提下，对实际的诗歌进行评价。”②

2．思辨性想象力的训练是批评主体的专业基石

文学批评的主体要有深厚的哲学思想修养，但文学批评家不等同于哲学家，哲学家直接面对理论术语和概念，而文学批评家所面对的是首先诉诸感官的文学形象，文学形象蕴含着哲学意义和思想意义，但其哲学意义和思想意义不是以概念和理论的方式直接呈现出来的，而是深藏在形象里面的，因此，文学批评家就不能像哲学家或思想家讨论哲学问题或理论问题那样直接从概念到概念的论证和阐释；文学批评必须借助思辨性想象力。当文学批评家以丰厚的哲学思想积淀进入文学批评活动中时，他的思辨性想象力就会特别发达，这种思辨性想象力就能帮助他对批评对象的形象化、意象化的符号进行理论化的组接，揭示出形象的意义内涵。沃尔夫冈·凯塞尔将这种思辨性想象力形象地比喻为文学批评家在表演自己是如何使用理论武器的，他说，文学批评家“对读者稍微表演一下理论武器的使用，似乎是必要的”③。

文学批评家运用思辨性想象力，就能在感性与理性之间搭起一座桥梁，从文学作品中的一系列感性的形象中推演出合乎逻辑的思想结论。著名哲学家海德格尔对画家凡·高的油画《农鞋》所作的艺术批评成为一个展开思辨性想象力的典范。海德格尔是这样阐释油画《农鞋》的：

> 从鞋具磨损的内部，那黑洞洞的敞口中，凝聚着劳动步履的艰辛。聚积在硬邦邦、沉甸甸的破旧农鞋里的，是那永远在料峭寒风中、在一

① 参见[美]莫瑞·克里格：《批评旅途：六十年代之后》，李自修等译，北京：中国社会科学出版社1998年版，第226页。

② 《新概念新方法新探索——当代西方比较文学论文文选》，桂林：漓江出版社1987年版，第141页。

③ ［瑞士］沃尔夫冈·凯塞尔：《语言的艺术作品》，陈铨译，上海：上海译文出版社1984年版，第11页。

望无际的单调田垅坚韧和滞缓的步履。鞋帮上沾着湿润而肥沃的泥土。暮色降临，这双鞋底在田野小径上踽踽而行。在这鞋具里，回响着大地的无声召唤，显示着大地对成熟谷物的宁静馈赠，表征着大地在冬闲的荒芜田野里朦胧的冬眠。这器具浸透着对面包的稳靠性无怨无艾的焦虑，以及那战胜了贫困的无言喜悦，隐含着分娩阵痛时的哆嗦，死亡逼近时的战栗。这器具属于大地，它在农妇的世界里得到保存。并借助于这种稳靠性，农妇通过这个器具存在(指农鞋——引者)而被置入大地的无声召唤之中；借助于器具存在的稳靠性，农妇才对自己的世界有了把握。世界和大地为她而在此，也为与她相随以她的方式存在的人们而在此，只是这样在此存在：在器具存在中。①

凡·高油画中的这双非常具象化的农鞋直接作用于海德格尔的视觉感官，海德格尔又将这种视觉的感性印象转化为一种理性认识，并在此基础上展开丰富的思辨性的想象。他不仅从农鞋想象到具体的农家生活场景，更从农鞋想象到鞋具与农民生命的粘连，从农鞋踩踏在大地上的情景想象到农民与大地之间的关系，想象到稳靠性和焦虑等哲学的命题。

3. 理性意义的还原是批评主体的逻辑基石

文学作品的复杂性就在于其精神内涵不是直接诉诸语言文字的表层，而是蕴含在由作家塑造的文学形象中，作家将自己对世界和人生的认知以及由生活阅历所积累起来的经验，寄寓在文学形象之中。文学形象首先作用于人的感性，引起意志和情感的活动，在这种意志和情感的活动中，逐渐领会作家所寄寓的思想意义。欣赏文学作品因此也需要具备一种还原能力，能将渗透在感性化的、具象化的文学形象中的理性内容还原出来，从而理解文学作品的意义。法国美学家杜夫海纳是这样解释文学批评家的还原能力的：“公众没有批评家在行，单靠他们自己的才智是不可能理解作品的。作品——这里仅限于文学作品——是为了被理解的：它有一种意义，但这种意义可能是不明确的或隐蔽的，这就由批评家去辨认，去翻译成更清楚的语言，使之能被公众掌握。”②杜夫海纳在这里将批评家的还原能力解释成“辨认”和“翻

① [德]海德格尔：《林中路》，孙周兴译，上海：上海译文出版社 2004 年版，第 18 ~ 19 页。

② [法]杜夫海纳：《美学与哲学》，孙菲译，北京：中国社会科学出版社 1985 年版，第 8 页。

译”，其关键性就在于，文学作品的意义是“不明确的或隐蔽的”，需要通过合乎逻辑和事理的途径将其意义彰显出来。每一个读者在阅读文学作品时要去理解作家的意图，他实际上也是在做还原的工作，但文学批评家应该比普通读者技高一筹，能够将这种还原工作做得更为彻底。这就有赖于批评家的理论积淀更为深厚。

还原能力也是批评家的理论经验与文学作品中的内在意义的一种沟通和呼应，所以弗莱说：“那种用‘洞悉生活’字样形容的文学批评，也即从文学作品中发现对于自己经验具有特别重要意义的东西，也许是文学批评能够获得的最易于显示它所研究的作品的手段了。”①另外，批评家依据自己的理论目标，对文学作品的还原就会有所侧重。比方说，依重社会学的批评家就会关注批评对象与外部环境的交互关系，侧重于还原文学作品的社会属性、道德倾向以及社会价值。如鲁迅就是一位非常优秀的社会学文学批评家，并且，他的社会学批评丝毫没有局限在文学创作与社会的某种关系的考察上，更重要的是，他的社会学批评与他的关注国民性改造这一思想主题融为一体。这种还原就包含着批评家对还原物的深刻认识和理论升华了。

4. 实证能力的坚实是批评主体的科学基石

文学作品指涉社会人生，穿越历史宇宙，从认识论的角度来看，文学是对现实存在的反映，文学作品的精神价值和意蕴都与它所反映的对象有密切关系，文学批评家面对文学作品就无异于面对一个丰富广袤的世界，因此文学批评家需要有渊博的知识和学问，才能从认识论的基础上把握文学作品与客观世界的关系，揭示其认识价值。另一方面，批评家要把握文学作品的丰富内容与社会、历史的对应关系，又必须做大量细致的实证工作，使自己的判断建立在广博材料的基础之上。

兰色姆因此认为，在文学批评中，“几乎所有的论题都需要作一些艰苦的调查事实的工作，但每一个问题又要求非常特定的事实材料”②。在中外文学批评史上，大批评家往往都是大学问家。刘勰、李贽、王国维等，仅从他们的理论批评著作即可见其学识之渊博。俄国的革命民主主义批评家车尔尼雪夫斯基出身于书香门第，家里藏书很多，在童年时代就读了大量俄国及

---

① ［加］诺思洛普·弗莱：《诺思洛普·弗莱文论选集》，吴持哲编，北京：中国社会科学出版社1997年版，第29页。

② 转引自［英］戴维·洛奇：《二十世纪文学评论》（上册），葛林等译，上海：上海译文出版社1987年版，第397页。

世界各国的文学名著，读了许多历史、地理和其他科学著作，学习了拉丁、希腊、法、德、英各种语言，并常同伙伴们在伏尔加河沿岸漫游，积累了丰富的生活知识，后来又在大学里博览群书，深入研究学问。没有这样的知识积累，车尔尼雪夫斯基后来不可能写出那么著名的美学著作和批评著作。法国19世纪的著名批评家丹纳，自幼博闻强记，中学时代文理各科都名列第一，在国立高等师范毕业后，又在医科学校学过生理学。他除了长期与书本打交道外，还漫游英、比、荷、意、德诸国，广泛搜集材料。他不仅长于希腊文、拉丁文，而且很早就精通英文、意大利文、德文。没有深厚的知识基础，丹纳不可能建立自己完整的种族、环境、时代三要素的学说，不可能把文学批评这门科学向前推进一大步。为什么知识对于文学批评非常重要呢？因为文学作为一种精神活动，反映了作家对于世界和人生的体验和把握，包含着丰富的社会内容。恩格斯评价巴尔扎克的《人间喜剧》时就充分肯定了作品内容的丰富性，人们从这些作品中能够学习到丰富的知识，恩格斯承认他从巴尔扎克的《人间喜剧》中就学到了很多东西。他说，《人间喜剧》“汇集了法国社会的全部历史，我从这里，甚至在经济细节方面(如革命以后动产和不动产的重新分配)所学到的东西，也要比从当时所有职业的史学家、经济学家和统计学家那里学到的全部东西还要多”①。恩格斯的评价也证实了在批评巴尔扎克的《人间喜剧》时实证能力的重要性。因为，批评家如果在知识方面没有相应的准备，没有对作品中的相关知识进行实证研究，就会面对丰富的知识内容而茫然不知所云。

文学批评家要理解文学作品的丰富内涵，不仅是一个知识准备的问题，也是一个人生经验积累的问题。因为文学形象浸透了作者的人生体验和感悟，没有相应的人生体验，就难以体会到作者所传达出的酸甜苦辣。元代的诗评家吴师道就认为生活阅历对他读杜甫《兵车行》很有影响。年轻的时候他读到“长者虽有问，役夫敢伸恨？”这两句时，觉得诗句很寻常，“不过以为漫语而已”。但他“更事之余”，也就是说有了丰富的生活阅历之后，也经历过世事炎凉，感受到社会的贫富不均、权贵嘴脸之后，就真正体会到这两句诗的深刻性和真实性：“盖赋敛之苛，贪暴之苦，非无访察之司，陈诉之令，而言之未必见理，或反得害。不然，虽幸复伸，而异时疾怒报复之祸尤酷，此民之所以不敢言也。‘虽’字、‘敢’字，曲尽事情。”②文学批评家的

---

① 《马克思恩格斯选集》(第4卷)，北京：人民出版社1995年版，第684页。

② 吴师道：《吴礼部诗话》，载丁福保：《历代诗话续编》，北京：中华书局1983年版，第614页。

实证能力还表现在批评家能够将批评对象放置在更为广博的社会和历史环境中加以考察，在历史沿革和承续的过程中把握批评对象的个性和价值。英国批评家约翰逊说："为了对一位作家的才华和长处作出实事求是的评价，考察一下他那个时代的天才和他同时代人的各种看法总是必要的。"①约翰逊所说的"考察"就是最基本的实证方法，这不仅依赖于批评家的学识，而且需要批评家付出艰辛细致的努力。认真负责的批评家为了廓清批评对象的知识谱系，就会搜集大量的资料，进行比较分析。

5. 审美发现的潜能是批评主体的创造基石

文学批评与文学创作一样，也是一种创造性的精神活动，所不同的是，文学创作侧重于感性的和形象的创造，而文学批评侧重于理性的和思想的创造。文学批评家应该具有旺盛的思想创造力。思想创造力首先是由人的天性所决定的，缺乏理论积淀的文学批评家在进行文学批评时，只能停留在复述归纳作品内容或简单分析评判的层面，这样的文学批评虽然对于一般读者理解文学作品有所帮助，但并不能为文学大厦提供有效的资源。著名作家福克纳曾经嘲讽过文学批评家，他说："评论家其实也无非是想写句'吉劳埃(二战期间美国兵的代名词——原注)到此一游'而已。他所起的作用决不是为了艺术家。艺术家可要高出评论家一筹，因为艺术家写出来的作品可以感动评论家，而评论家写出来的文章感动得了别人，可就是感动不了艺术家。"②其实，福克纳所嘲讽的文学批评不过是那种缺乏创造力的文学批评。而像巴赫金针对陀思妥耶夫斯基的小说所进行的文学批评，就是充满了思想创造力的批评，它不仅能够感动艺术家，而且也能影响到艺术家的创作。可以说，最高境界的文学批评就是富有思想创造力的批评。

法国文学批评家蒂博代将文学批评分为三种类型，即自发的批评、职业的批评和大师的批评，虽然不同类型的批评其功能和特点不同，它们在不同的场合发挥着不同的作用，但在蒂博代的心目中，创造才是批评最终的目的，所以他说："给予一位大批评家的最高赞誉是说批评在他手中真正成为一种创造。""一个伟大的批评家和一个平庸的批评家之间的区别在于，前者能够给这些重要的概念以生命，能够用呼吸托起它们，并时而通过雄辩，时

① 转引自[美]雷内·韦勒克：《近代文学批评史》(第1卷)，杨岂深、杨自伍译，上海：上海译文出版社1987年版，第139页。

② 转引自崔道怡等：《"冰山"理论：对话与潜对话》(上册)，北京：工人出版社1987年版，第105~106页。

而通过精神，时而通过风格，给它们注入一种活力，而对后者来说，这些概念始终是没有生气的技术概念，总之，不过是概念而已。哪里有风格、独创性、强烈而富于感染力的真诚，哪里就有创造。”①蒂博代认为，文学批评家的创造是与作家的创造相关联的，是继续着作家对文学作品进行的创造，批评家的创造首先要建立在发现和理解作家的创造的基础之上。在蒂博代看来，文学批评家应该具备与作家相同的创造才能，能够在某些方面与作家达成一致。他说：“真正的创造的批评，真正与天才的创造一致的批评，在于孕育天才”。② 这段充满哲理性的话中应该包含着这样一层意思：文学的永久魅力是由作家和批评家共同创造出来的。

英国文学批评家阿诺德对批评的思想创造力有着十分精当的阐述，他说：“它最后可能在理智的世界中造成一个局势，使创造力能加以利用。它可能建立一个思想秩序，后者即使并不是绝对真实的话，却也比它所取而代之的东西真实一些；它有可能使最好的思想占了优势。没有多少时候，这些新思想便伸入社会，因为接触到真理，也就接触到人生，到处都有激动和成长；从这种激动和成长中，文学的创造时代便到来了。”③阿诺德的预言在他身后的一个世纪成为了现实，文学批评不再是创作的附庸，而成为了思想史和文化史的创造者，在这个过程中，文学批评家的思想创造力得到了充分的展现。正是依赖于文学批评家强大的思想创造力，才开启了一个文学批评理论化和文学理论批评化的新时代。

二、感知能力：批评主体的素养

文学批评尽管是一种认识和判断的精神活动，需要有理论思维的能力，但它又不同于一般的认识和判断，它与艺术欣赏和价值判断相关联，是一种涉及人的意志和情感的精神活动。英国狂飙突进运动的主将赫尔德出于对文学创作的切身经验，他对文学批评的认识也抓住了本质，他认为：“批评主要是一个达到移情、同化和产生某种直觉的非理性的东西的过程。”④也就是

① ［法］蒂博代：《六说文学批评》，赵安译，北京：三联书店 2002 年版，第196～197 页。

② ［法］蒂博代：《六说文学批评》，赵安译，北京：三联书店 2002 年版，第 205 页。

③ 转引自伍蠡甫：《西方文论选》(下卷)，北京：人民文学出版社 1964 年版，第 77 页。

④ 转引自［美］雷内·韦勒克：《近代文学批评史》(第 1 卷)，杨岂深、杨自伍译，上海：上海译文出版社 1987 年版，第 244 页。

说，作为文学作品，它不完全是理性思维的产物，文学创作过程包含着大量的直觉的非理性的东西，作为文学批评家，要真正进入文学作品中，也需要以作家的思维方式，通过移情、同化等感性的方式去领悟文学作品，这些感性的方式涉及艺术感知力。因此，文学批评家单纯具有理论积淀还不够，还必须具备良好的艺术感知力。

艺术感知力是人类天生具备的一种感受世界的特殊能力，即人的感官接受外界审美信息的敏感性和准确性，它会因为每个人的先天气质的不同而呈现出能力上的强弱，但是，艺术感知力作为一种潜在的艺术能力，也需要通过后天的文化刺激才能得以开发。作家、艺术家往往都在艺术感知力上超过平常人，因为文学艺术创作是靠艺术感知力完成的。同样，每一个读者要有一定的艺术感知力才能欣赏文学作品。文学欣赏是一种通过艺术感知力接受文学形象中的艺术信息并引发思想感情反应、获得审美享受的精神活动。文学作品只对具有艺术感知力的读者来说才具有实在的意义，因为在一个完全缺乏艺术感知力的读者的眼里，文学作品只是一些语言文字的组合而已，他只能接受到文字本身传达出的固定的意思，却无法感知到作家通过语言文字塑造出的文学形象。德国哲学家费尔巴哈曾经说过："如果你对于音乐没有欣赏力，没有感情，那么你听到最美的音乐，也只是像听到耳边吹过的风、或者脚下流过的水一样。"①马克思非常赞同费尔巴哈的观点，在《1844 年经济学—哲学手稿》中，马克思把有音乐感的耳朵、能感受形式美的眼睛这类审美感觉称为"能感受人的快乐和确证自己是属人的本质力量的感觉"，认为"只有音乐才激起人的音乐感；对于没有音乐感的耳朵来说，最美的音乐毫无意义，不是对象"。② 由此，他特别强调提高艺术修养对于艺术接受的重要性："如果你想得到艺术的享受，那你就必须是一个有艺术修养的人。"③马克思虽然论述的是音乐、美术等艺术欣赏，但同样适用于文学欣赏，因为文学欣赏与艺术欣赏从本质上说是同一种精神活动，只不过所使用的媒介不同而已，音乐的媒介是声音构成的旋律、节奏等，美术的媒介是色彩、线条等与视觉有关的东西，而文学的媒介则是人们用以表达思想的语言文字。对于文学阅读来说，人们实际上在同时进行两种信息的接受工作，一

① ［德］费尔巴哈：《基督教的本质》，见《十八世纪末—十九世纪初德国哲学》，北京：商务印书馆 1975 年版，第 551 页。

② ［德］马克思：《1844 年经济学—哲学手稿》，北京：人民出版社 2000 年版，第 87 页。

③ 《马克思恩格斯全集》(第 42 卷)，北京：人民出版社 1979 年版，第 155 页。

是接受文字表层的含义，一是接受作品的文学意蕴。接受文字本身传达出的固定的意思是一种理性思维，是一种知识判断，只与一个人的知识水平有关。而由作家所塑造的文学形象，虽然使用的工具仍然是语言文字，但文学形象所蕴含的内容远远大于语言文字本身所表达的固定意思，作家凭借艺术的想象力赋予语言文字特殊的韵味和色彩，因此文学形象诉诸读者的意志和情感，直接抵达读者的心灵。而这一过程主要是靠艺术感知力来完成的。

作家萧乾曾这样描述文学形象与语言文字之间的关系："活跃的文字必须在一种简单的外形里蕴藏着多量的内容。这内容是想象，是依附在上面或潜伏在下面的感情。""一切精彩的文字，其含义和价值都必须溢出那表面的边缘，勾引出繁复辽远的情绪。它的内容和价值永不依赖字面，却取决于其情绪撩引的能力和准确性。"①读者同样要通过语言文字才能接受到作家所塑造的文学形象，但在语言文字和文学形象之间有着一层屏障，读者只有依靠艺术感知力才能越过这层屏障，否则他就只能理解语言文字本身的固定意思，而感受不到文学形象所蕴含的韵味和色彩。这一阅读过程就是文学欣赏的过程，文学欣赏是建立在艺术感知力的基础之上的。

文学批评的对象是作家通过语言文字塑造出来的文学形象，因此，文学批评首先是一种文学欣赏的活动，文学批评家要通过文学欣赏的环节才能进入到文学批评。这就要求文学批评家不仅要具备艺术感知力，而且必须比一般的读者在艺术感知力方面显得更全面、更强大。

1. 艺术感知力：对语言的领悟力和联想力

艺术感知力是人对自身感官能力的开发。绘画和书法直接关联着视觉感官能力，音乐直接关联着听觉感官能力。文学是语言的艺术，语言不仅表达人的思想，也能够塑造虚拟的形象，人们通过思维的想象力去感知语言所塑造的形象，这是一个复杂的精神活动过程，作家正是借助这种想象力营造起一个形象的文学世界。这种思维的想象力调动起人的各种感觉功能，并且让各种感觉功能互相沟通，以语言的方式凝聚起来，再现各种感官刺激下所产生的情感和心理过程。

法国诗人波德莱尔曾把诗歌艺术殿堂比作自然界中的大森林，在这个大森林里，能感受到视觉、听觉、嗅觉、味觉、触觉等不同的效果，达到色、香、味、声和形的和谐与默契。钱钟书将语言的这种特点称为"通感"。钱钟书解释说："在日常经验里，视觉、听觉、触觉、嗅觉等等往往可以彼此

---

① 萧乾：《萧乾选集》(第4卷)，成都：四川人民出版社1984年版，第44页。

打通或交通，眼、耳、鼻、身各个官能的领域可以不分界限。颜色似乎会有温度，声音似乎会有形象，冷暖似乎会有重量。诸如此类在普通语言里就流露不少。譬如我们说‘光亮’，也说‘响亮’，把形容光辉的‘亮’字转移到声响上面，就仿佛视觉和听觉在这一点上无分彼此。”①通感可以说是人的艺术感知力在语言上的综合表现，通感在其他艺术形式中也会发生作用，但在文学作品中，通感构成了艺术感知的基础，这也是文学与其他艺术相区别的重要方面。钱钟书举到了古代诗歌中使用通感的两个典型例子，一是宋祁《玉楼春》词中的名句“红杏枝头春意闹”，一是苏轼《夜行观星》中的一句“小星闹若沸”，认为诗人用“闹”字，“是想把事物的无声的姿态描摹成好像有声音，表示他们在视觉里仿佛获得了听觉的感受。用现代心理学或语言学的术语来说，这两句都是‘通感(synaesthesia)’或‘感觉移借’的例子”。② 这样一种修辞方式在古典诗歌中运用得相当普遍，给诗歌营造出特别的意境。通感不仅表现在中国诗歌中，在西方的诗歌中同样经常出现。钱钟书指出，在古希腊的大诗人和大悲剧家的作品里这类词句就不少，他列举了荷马的一句采用通感的诗：“树上的知了泼泻下来百合花似的声音。”因为这句诗巧妙地采用通感的表现方式为我们营造出一种复杂的审美意象，使得许多翻译者对这句诗踌躇难于下笔，他们找不到合适的对应诗句来呈现这种意象。通感现象早就存在于诗歌创作之中，令钱钟书感到奇怪的是，“亚里士多德虽然在心理学里提到通感，而在《修词学》里却只字不谈。这不能不说是那位系统周密的思想家的一个小小疏漏”③。

通感是艺术感知力在文学上的重要表现方式，它尤其需要通过文化的熏陶来加强。马克思说过这样意思的话：人的所有的艺术感觉都是人类文明历史造就的。他说：“五官感觉的形成是迄今为止全部世界历史的产物。”④通感的能力是五官感觉的融会贯通，是建立在对语言的联想和转喻的基础之上的，尤其需要文化的积累和训练。因此有些人尽管在艺术的某个门类具有超凡的艺术感知力，若对通感缺乏领悟的话，也很可能欣赏不到文学独特的魅力。仍以“红杏枝头春意闹”这句诗为例。明代的一位戏曲艺术家李渔就认为这句诗中的“闹”字是一大败笔。他的理由是：“争斗有声之谓闹。桃李争

① 钱钟书：《通感》，载《文学评论》，1962 年第 1 期，第 13 页。

② 钱钟书：《通感》，载《文学评论》，1962 年第 1 期，第 14 页。

③ 钱钟书：《通感》，载《文学评论》，1962 年第 1 期，第 16 页。

④ [德]马克思：《1844 年经济学—哲学手稿》，北京：人民出版社 2000 年版，第 87 页。

春则有之，红杏闹春，予实未之见也。‘闹’字可用，则‘吵’字、‘斗’字、‘打’字皆可用矣……予谓‘闹’字极粗俗，且听不如耳。非但不可加于此句，并不当见之诗词。”显然，李渔对“闹”的理解是从戏曲的艺术欣赏方式出发，将“闹”字完全拘泥于听觉感受，而关闭了不同艺术感觉之间的沟通渠道，就领会不到“闹”所造成的“形容其花之盛(繁)”的意境。而另一位诗人、清代的美学家王国维对这句诗的意境大为赞赏，他说：“着一‘闹’字境界全出。”因此，通感是文学批评家把握文字语言的审美内涵的重要途径。

艺术感知力往往通过直觉的方式表现出来。直觉是人类把握世界的一种特殊方式，是人类对外部世界或内在心灵的一种直接认知的能力。直觉所包含的汉语语义恰如其分地表达了这一哲学概念的内涵，它包含着“直观”、“觉察”和“觉悟”三个汉语词汇的语义，这三个汉语词汇的三重意义基本上就构成了“直觉”的内涵。直觉会发生在人们的各种认知活动之中，而对于文学批评而言，主要是指艺术直觉的能力。艺术直觉执著于对象的感性外观，关注人类生存的境遇，渗透了浓郁的情感，超越了对事物的反映或反应，趋向于人生的诗意境界；艺术直觉具有深刻性、瞬间性、潜意识性诸特点，是直观、理解和想象有机结合的产物。① 文学创作离不开艺术直觉，作家就是凭借直觉才能将感性、理性和情感有机地黏合在一起，构成一个整体性的文学形象的。作家萧乾曾经很形象地描述了文学创作中直觉的作用。他说：“好的文章是以想象写成的，所以字字都有着情感的价值，有的诉诸读者的视觉，或听觉，嗅觉，触觉。像‘希望是云缝里的一缕太阳’，‘花一样的罪恶’这类文字在诗中几乎到处皆是。这些，愈是深刻的愈难了解。如‘他体面得像一株小银杏树’，分析几乎不可能。由直觉创出的仍须以直觉体验出。”②

俄国作家果戈理也曾形象地描述了创作过程中是如何依重直觉的，他说：“我决不是根据什么推论或结论来认识你的灵魂，因为上帝把听取灵魂的美丽的感觉放在我的灵魂里了。”③文学批评家同样需要具有灵敏的艺术直觉，他的艺术直觉不是用来创造文学形象的，而是用来把握文学形象的。美国批评家迪克斯坦就非常强调直觉在文学批评中的作用，他说：“我们的直觉比依然扎根于昔日的教条之中的美学强得多，批评的功能就是质询这种感

---

① 参见胡家祥：《艺术直觉纵横观》，载《江汉论坛》，2007 年第 12 期。

② 萧乾：《萧乾选集》(第 4 卷)，成都：四川人民出版社 1984 年版，第 28 页。

③ 转引自[俄]魏列萨耶夫：《果戈理是怎样写作的》，蓝英年译，天津：天津人民出版社 1980 年版，第 72 页。

觉，把它变成一种新的范畴，变成一种新的美学。拙劣的批评编造聪明的理论，出色的批评则为出人意料的直觉提供根据。”①

2. 艺术感知力：视文学作品为一个艺术整体

法国批评家泰纳在谈到莎士比亚时说：“他是整块整块地想，而我们却是零零碎碎地思考。”②也就是说，批评家面对批评对象时，首先是启动艺术感知力，感应到作家所构建的艺术世界，这种感应是整体性的效应，从而避免了对批评对象进行纯理性的技术分析。在文艺心理学中，一般把这种把握文学作品的过程称为直觉的心理活动。苏联美学家卡冈曾以音乐作品为例描述了这种直觉的过程：“只有运用直觉的认识，在理智和感悟的机制共同平衡地发挥作用的情况下，才能真正地掌握作品的涵义，要是感情和理智的机制互相排斥，相互闹独立性，艺术知觉马上就会遭到破坏，要么变为该作品结构的纯理性的、音乐学的分析，要么变为悦耳或者不悦耳的和音和节奏的纯生理效果的反应。”③

阅读文学作品同样如此。有些文学批评家由于缺乏艺术感知力，感受不到作品的文学意蕴，就无法从整体上去把握文学作品，艾略特说：“诗人，任何艺术的艺术家，谁也不能单独地具有完全的意义。他的重要性以及我们对他的鉴赏就是鉴赏对他和以往诗人以及艺术家的关系。你不能把他单独地评价；你得把他放在前人之间来对照、来比较……现存艺术经典本身就构成一个理想的秩序，这个秩序由于新的(真正新的)作品被介绍进来而发生变化。这个已成的秩序在新作品出现以前本是完整的，加入新花样之后要继续保持完整，整个秩序就必须改变一下，即使改变得很小；因此每件艺术作品对于整体的关系、比例和价值就重新调整了；这就是新与旧的适应。”④

3. 艺术感知力：顺利接应理性的思维

文学批评家的艺术感知力特别表现在对文学作品中的艺术创新的敏感度

① ［美］迪克斯坦：《伊甸园之门：六十年代的美国文化》，方晓光译，南京：译林出版社2007年版，第236页。

② 转引自［德］玛克斯·德索：《美学与艺术理论》，兰金仁译，北京：中国社会科学出版社1987年版，第183页。

③ ［苏］卡冈：《卡冈美学教程》，凌继尧、洪天富、李实译，北京：北京大学出版社1990年版，第464页。

④ 转引自［英］戴维·洛奇：《二十世纪文学评论》(上)，葛林等译，上海：上海译文出版社1987年，第130~131页。

上。出于批评的需要，文学批评家的艺术感知力并不是用于创造艺术形象上，而是使自己在批评过程中具有一只灵敏的鼻子，能够嗅到作家们提供的艺术新质，并对这种艺术新质加以概括和总结。批评家通过对艺术新质的及时发现，可以丰富和发展一些既定的文学观念。因此美国批评家艾布拉姆斯说："文学上凡有创新，几乎无一例外地会相应地出现批评新观念；有时正是这些新观念的不完善之处，使得相应的文学业绩别具一格。"①

杜勃罗留波夫曾嘲讽过缺乏艺术感知力的批评家，说他们"只会拿死气沉沉的理想以及抽象性去麻痹生活。当一个人看到一个美妙的女人，就忽然饶舌说，她的身段不像米罗的维纳斯一样，嘴的轮廓不及美提契的维纳斯漂亮，眼神也缺少我们从拉斐尔圣母像上发现的表情，等等，等等。你说，对这种人你怎么想呢？像这一类先生所作的一切议论和比较，也许十分公平，十分机智，可是他们要得出什么结果呢？他们有没有向你说明，他谈到的那个女人，本身是不是漂亮呢？"②如果片面理解杜勃罗留波夫的话，就以为批评家不应该以"米罗的维纳斯"、"美提契的维纳斯"等这样的审美理想去要求批评对象。实际上这个批评家的问题不是出在他的"理想以及抽象性"上，而是出在他对那个美妙的女人"本身是不是漂亮"毫无感觉。杜勃罗留波夫的观点指出了一个基本事实：批评家首先是审美主体，然后才能进行审美的批评，由艺术感知进入理性判断。

文学批评家的艺术感知力不同于一般读者的艺术感知力，甚至也不同于作家的艺术感知力，就在于文学批评家的艺术感知力能够接应上理性思维。审美反应毕竟不过是一种自发的和捉摸不定的感应，它没有固定的形式和范围，很难直接用理性的话语对之加以限定和表达。批评家所要做的事情恰恰是要将这种自发的和捉摸不定的艺术感受转化为理性的话语，从理性上加以总结和概括。法国文学理论家托多洛夫将这种能力称之为平衡的能力，他说："批评就是在对事物的忠实与系统的关联，'对作品的感受与推理能力'之间寻求一种良好的平衡。"③蒂博代区分了批评家和作家艺术家的不同，他说："批评只有把创造服务于智慧，而不是像艺术家那样把智慧服务于创

① ［美］艾布拉姆斯：《镜与灯——浪漫主义文论及批评传统》，郦稚牛等译，北京：北京大学出版社 1989 年版，第 4 页。

② ［俄］杜勃罗留波夫：《杜勃罗留波夫选集》（第 2 卷），包文棣译，上海：上海文艺出版社 1959 年版，第 352 页。

③ ［法］托多洛夫：《批评的批评：教育小说》，王东亮、王晨阳译，北京：三联书店 1988 年版，第 150 页。

造，才能得以继续它的存在。”①蒂博代这里所说的创造，显然是文学形象和艺术形象的创造，这种创造是凭借艺术感知力完成的，但这些创造背后又凝聚着作家艺术家的“智慧”，即他们对世界的理性认识。批评家同样也需要用艺术感知力去感知这些创造，但批评家的目的不在创造本身，而是通过这些创造回到“智慧”，即对世界的理性认识。陀思妥耶夫斯基的小说在艺术形式上有着很突出的创新，他突破了“基本上属于独白型(单旋律)的已经定型的欧洲小说模式”，创造出一个“复调世界”，这种新颖的叙述方式给人们带来耳目一新的感觉。巴赫金以其敏锐的艺术感知力把握到了这个“复调世界”，但他并没有停留在艺术感知层面，而是上升到理性思维，从而提出了以“对话”、“复调”、“狂欢”为核心概念的新颖独到的小说理论。

三、话语交流：批评主体的姿态

文学批评与文学创作相伴相随，共同建造了一座文学的辉煌殿堂。在这个过程中，人们也在探询文学批评所起的作用和功能，这种探询尤其是从初步确立起文学批评的主体意识后，就从来没有间断过。文学批评的作用和功能显然不可能是单一的，但文学批评家会侧重于发挥文学批评的某一方面的作用和功能，这取决于文学批评家的批评姿态。文学批评被视为文学创作的孪生物，但在文学的童年阶段，文学批评与文学创作之间大概是处在对立和对峙的状态之中的。这与人们对文学批评的认识有关。在人类创建文明的初期，人类的身边充斥着大量的未知世界，需要智慧的人去进行判断，作出结论；认知是当时人类最主要的思维活动，而对人们的每一项认知结果都需要经过检验，以确证其正确性，在检验过程中就产生了批评。

只要看看古希腊和中国先秦时期留下的丰富文化遗产，就可以发现，批评是当时人们非常重要的思想方法，也是当时社会上最具权威的哲人贤士们主要的工作。从词源学来考察，希腊文中的“kitês”一词就是批评(criticism)的来源，该词在古希腊时代即为“判断者”的意思。人们在接受文学作品时会有所感触，作一番评判。文学批评家们对待文学作品也是这种态度，他们往往以法官或导师的身份出现，古希腊的亚里士多德就说：“批评就是公允地下判断。”古罗马的贺拉斯则宣称：“我自己不写什么东西，但是我愿意指示(别人)：诗人的职责和功能何在，从何处可以汲取丰富的材料，从何处

① ［法］蒂博代：《六说文学批评》，赵坚译，北京：三联书店2002年版，第186页。

汲取养料，诗人是怎样形成的，什么适合他，什么不适合他，正途会引导他到什么去处，歧途又会引导他到什么去处。”①他把批评喻为“磨刀石”，虽然“自己切不动什么”，但“能使钢刀锋利”。孔夫子可以说开了中国文学批评的先河，而他为我们树立的也是一个法官与导师的形象。他对流行于社会的诗歌不满，于是有了整理和编辑《诗经》的行为，他是以法官的身份来进行诗歌的筛选的，最终只有三百首诗能入他的“法眼”，“思无邪”则是他判定诗歌好坏的标准，他对这些诗作出结论：“《诗》三百，一言以蔽之，曰：思无邪。”

1. 批评姿态是批评正常进行的关键

在相当长的时期内，法官与导师的姿态统领着文学批评的园地，大多数的文学理论教科书在解释文学批评时，也都强调文学批评是一种分析和判断的活动。众多的文学批评家认真履行着法官与导师的职责，但他们的工作不见得会让作家和诗人们买账，因为文学创作是一种非常复杂的精神活动，文学作品是一种充满玄机的精神产品，要对其做出准确的判断并非易事。并非人们不接受文学批评家以法官与导师的姿态出现，问题在于，在这种姿态下，文学批评家是否站在公正的立场，以什么为评判的标准，却是难以统一的。公正的立场、评判的标准，这就涉及文学批评家其他方面的素养。

当一名文学批评家的思想准备、知识准备以及道德准备难以让人们信服时，其批评就难以被人们接受。托尔斯泰就讥讽批评家是“聪明的傻瓜”。有的作家则声称他们根本不读文学批评。如果文学创作与文学批评长期处于这种对立的状态，文学批评的后果也是不堪设想的。法国文学批评家蒂博代为了解决创作与批评之间的对立关系，他干脆主张由作家自己来当批评家。他将文学批评分为自发的批评、职业的批评和大师的批评。所谓大师的批评，也就是指那些能够称得上“大师”级的作家所进行的文学批评，也就是作家自己来当批评家，蒂博代最为推崇大师的批评，他认为，大师们既然是作家，就会努力站在作者的立场上进行批评，他看待别人的作品时，就会有一种理解和同情之心。蒂博代说：“伟大的作家们，在批评问题上，表达了他们自己的意见。他们甚至表达了许多意见，有的振聋发聩，有的一针见

① [古罗马]贺拉斯：《诗艺》，杨周翰译，北京：人民文学出版社 1979 年版，第 153 页。

血。他们就美学和文学的重大问题发表了许多见解。”①这是一种热情的、甘苦自知的、富于形象的、流露着天性的批评。蒂博代非常明确地否定了文学批评的法官姿态，为此他也就充分肯定了作家自己出面当批评家的行为。而他所说的“职业的批评”则是“由对事物有所认识的思想诚实的人进行的”，这类批评家学识广博，熟悉文学历史，通晓文学规则和标准。但这类批评家的批评姿态往往采取的是自古沿袭下来的法官和导师的姿态。这些批评家虽然以文学批评为职业，其身份是当然的文学批评家，但他们所坚持的文学审判官的姿态却是有碍批评正常进行的姿态。

蒂博代对于职业批评家的贬责显得比较偏激，但他的偏激又是有针对性的。蒂博代当时所处的时代，文学批评已经被长期的法官和导师的姿态推到了一个登峰造极的地步，严重阻碍了文学批评的正常开展。像文学批评家布伦蒂埃就把文学批评的原则拟定为判断、分类和解释，突出其文学审判官的职能。因此，蒂博代批评说：“布伦蒂埃所倡导的职业批评帝国主义只是想把整个文学变成为批评的附庸”，“这种帝国主义却出人意料地适应了想把批评绑在自己战车上的文学专制主义”。②

但问题的关键并不在于批评者是作家的身份还是职业批评家的身份，关键在于他们采取什么样的批评姿态。文学批评在最初的发展阶段基本上采取一种法官和导师的姿态，这是与人们的认知思维的历史处境相适应的，在人类文明的创立阶段，人类主要面临的任务是对未知世界进行认知和判断，文学作为一种人类自己创造的精神产品，同样需要进行认知和判断，因此文学批评首先承担起了认知和判断的功能，这就决定了文学批评家最初所采取的姿态是法官和导师的姿态。美国诗人叶芝曾说：“没有文艺批评家作为保护人和解释者，伟大的艺术就无从产生。”叶芝将文学批评家视为作家的保护人和解释者，实际上也是充分认可了文学批评的判断和解释功能。

文学批评家以法官和导师的姿态也的确有效地保护了优秀的文学作品。16 世纪，英国的一名清教徒斯蒂芬·高森写了一本小册子《骗人学校》，攻击诗人和剧作家所写的作品都是诲淫诲盗的毒物。高森将这本小册子寄给了文学批评家锡德尼。锡德尼便写了一篇《诗辩》的答辩文章，有力反驳了高森的观点。他充分肯定了文学是道德艺术，他说，如果文学不道德，那只是

① [法]蒂博代：《六说文学批评》，赵坚译，北京：三联书店 2002 年版，第 110 页。

② [法]蒂博代：《六说文学批评》，赵坚译，北京：三联书店 2002 年版，第 118 页。

“人类糟蹋了文学，而不是文学糟蹋了人类。”但是，随着文学观念的成熟，随着现代思想的深化，人们对文学的多义性和复杂性有了逐渐深入的把握，意识到批评不能停留于简单的认知和判断，否则会有损于文学的多义性和复杂性。

文学批评家逐渐觉悟到，法官和导师的姿态不仅得不到作家们的广泛认同，而且也无助于文学批评的正常开展。因此许多文学批评家在批评的姿态上作出了调整，采取了一种对话和交流的批评姿态，通过文学文本与作者进行平等的对话和交流，从而达到审美的共振。

2. 对话与交流是批评姿态的进步

对话与交流的姿态是人类文明发展到现代以后的认知世界的趋势。德国哲学家马丁·布伯在20世纪初就认为，“你—我”、“我—他”是两种基本的人类关系，“你—我”关系是一种平等的交流和对话关系，每个人都需要通过“你”而成为“我”，因此人与人之间通过对话而获得相互性的尊重与追求。胡塞尔的交互主体性现象学也论证了个体所具有的通过自我、他人进而在更高层次上理解普遍性实体的可能性。巴赫金发现了对话的三个基本特征：开放性、未完成性和语言性。他认为，人类生活的本质是对话性的，而生活是无限的，不可能终结的，对话总处在不断运作的过程之中，产生了不同的意义，永远是多种声音的对话。哲学家们意识到，对话本身就是一种哲学探索的方式，哲学通过对话来打开一个新的视阈，新的创造便寓含在这一过程之中。对话和交流吻合了多极化、多样化的文化形态，是哲学发展和创新的有效途径。

这种对话与交流的关系也同样表现在文学作品和文学批评领域。因此，从法官和导师的姿态到对话与交流的姿态，是文学批评家在姿态上的一种进步表现。对话与交流的批评姿态改变了作家与批评家之间的紧张关系状态。在法官与导师姿态阶段，批评家与作家之间也存在一定程度的交流，但这是一种单向度的交流，是批评者向批评对象施予式的交流，因为当批评家采取法官与导师的姿态时，就预设了一个真理掌握者的前提。在一元解读现象破灭之后，那些以真理掌握者自居的批评家反而遭到了人们的抵制。对话并不是自说自话的众声喧哗，而是作者和读者之间以及读者与读者之间面对一个具有客体化内容的文本在一定的语言、文化共同体内进行的协商。因此，对话既包括对多元性与差异性的追求，也表达着对宽容与共通性的渴望，是一种交织着主动与被动、多元与一元、断裂与联系的复合过程。

如果说批评的本体价值在于建构一个充满意义的世界，而这个世界的建构又是以作品意义的阐释为基础的，那么，阐释作品意义的途径对于批评价值的实现起到了举足轻重的作用。法国当代文学理论家和批评家托多洛夫非常准确地概括了当代批评所作出的调整，他说：“批评是对话，是关系平等的作家与批评家两种声音的汇合。”①托多洛夫曾是结构主义批评的一员主将，结构主义批评拒绝对文学作品进行价值判断，只关注文学话语的结构及其运作方式。托多洛夫经过对文学批评发展史的考察和反思，放弃了结构主义立场，强调文学批评与真理和道德的密切关系，强调文学批评进行价值判断的必要性。但他并不是回到法官和导师的姿态，而是认识到，只有以对话的方式才能真正阐发文学的价值和意义。

3. 建设性批评是对话与交流的必然归宿

当文学批评家采取对话与交流的姿态时，批评的功能也相应地作出了调整，批评不再侧重于是非判断，而是进行一种建设性的探询。建设性批评能够最有效地体现文学批评的宗旨，因此即使在法官式批评盛行的年代，建设性批评也成为作家们的一种期待。作家歌德当年把批评家诅咒为“母猪”，对批评家毫无好感，但他并不反对“建设性的”批评，不过他知道“建设性的批评则困难得多”②。当然，歌德心目中的建设性还是比较狭窄的，他只是强调批评家应该对作家抱有同情心，并对作家今后的创作有所帮助。到了蒂博代，他干脆明确地否决了法官的姿态。他之所以对职业的批评有颇多贬意，就在于他反对职业批评家以法官自居的传统，在他看来，克服法官弊端的好办法，就是让作家来接替批评家的工作，因为作家在批评时会对作家采取一种理解和同情的态度。蒂博代所谈到的大师的批评就包含着建设性的内容，但蒂博代用的是另一个词语：寻美的批评。他将批评分为求疵的批评和寻美的批评两种，寻美的批评“不仅要理解杰作，而且要理解这些杰作里面自由的创造冲动所包含的年轻和新生的东西”。因此，寻美的批评不仅比求疵的批评更难做，而且更加贴近批评的本质，“贮存着批评的灵魂”③，蒂博代所说的寻美，就是要以热情的态度去发现文学作品中的创造性的东西，

① ［法］托多洛夫：《批评的批评：教育小说》，王东亮、王晨阳译，北京：三联书店1988年版，第185页。

② ［美］雷内·韦勒克：《近代文学批评史》（第1卷），杨岂深、杨自伍译，上海：上海译文出版社1987年版，第294页。

③ ［法］蒂博代：《六说文学批评》，赵坚译，北京：三联书店2002年版，第127页。

在这个基础上，批评就能有效地发挥它的“建设”和“创造”的功能。

德国文学批评家赫尔德的办法更为直接，他的办法就是强调交流和对话，他认为“批评家应当设身处地去体会作者的思想感情，怀着作者写作时的精神去阅读他的作品，这样做有困难，然而却是有道理的”。当他以这样一种交流和对话的姿态去进行文学批评时，自然就会立足于建设性，因此他说：“我喜欢我所读的大多数作品，我总是喜欢找出和注意值得赞扬而非值得指责的东西。”①当然，建设性包含着赞美和肯定的意思，即对作者所作出的努力和创新给予赞美和肯定，但建设性并不意味着为了赞美而赞美，建设性强调的是对文学作品中积极价值的发现与完善。也就是说，批评家即使需要进行赞美，也是建立在积极价值基础之上的赞美，而绝不是溢美之词；另一方面，出于对积极价值的完善，批评家也会对批评对象进行批评，指出其不完善之处。从这里也可以看出，对话与交流的批评姿态虽然不再侧重于是非判断的批评功能，但并不是彻底放弃判断，而是通过建设性的方式来传达判断。

中国现代的文学批评家李健吾也曾经极力倡导建设性的批评，他对建设性的理解是：“一个批评家，明白他的使命不是摧毁，不是和人作战，而是建设，而是和自己作战，犹如我们批评的祖师曹丕，将有良好的收获和永久的纪念。”李健吾将“摧毁”与“建设”对举，更加凸显了建设性批评的终极目的，也就是说，批评的目的不是要把批评对象当成敌人将其摧毁，而是要把批评对象当成有价值的东西，同时要与作者一起共同将这个有价值的东西建设好。这就决定了批评家的温和善良的批评态度：即不是从恶意出发，而是从善意出发；不是从否定和摧毁对象出发，而是从肯定和扶持对象出发；不仅从自我出发，而且从能够兼顾他我出发。在李健吾看来，以建设为宗旨的批评可能会用上赞美和恭维，但批评不是“一意用在恭维”，“一个批评者应当诚实于自己的恭维”，即“用不着谩骂”，“用不着誉扬”，而必须做到“言必有物”。② 鲁迅是一位充满战斗精神的作家和批评家，即使如此，在鲁迅的批评观中，同样注重建设性。鲁迅说：“批评家的职务不但是剪除恶草，还得灌溉佳花，——佳花的苗。譬如菊花如果是佳花，则他的原种不过是黄色的细碎的野菊，俗名‘满天星’的就是。但是，或者是文坛上真没有较好的作品之故罢，也许是一做批评家，眼界便极高卓，所以我只见到对于青年

---

① 转引自[美]雷内·韦勒克：《近代文学批评史》(第1卷)，杨岂深、杨自伍译，上海：上海译文出版社1987年版，第244页。

② 李健吾：《李健吾文学评论选》，银川：宁夏人民出版社1983年版，第4页。

作家的迎头痛击，冷笑，抹杀，却很少见诱掖奖劝的意思的批评。”①鲁迅的比喻非常形象地说明了建设性的意义。如果说批评家面对的批评对象只是“满天星”的野菊花，但它毕竟是“佳花的苗”，那么，建设性的批评就是要指出它的潜在的价值，指出它能够培育成“菊花”的潜在事实。

建设性批评的背后透露出文学批评家的善意。尽管不能断然说凡是破坏性的批评都是出于文学批评家的一番恶意，但一个批评家如果怀着恶意的姿态去进行批评的话，他的批评肯定是不具备建设性的。因此鲁迅尽管在批判中毫不留情，但他对恶意的批评家却是非常反感的。他说：“恶意的批评家在嫩苗的地上驰马，那当然是十分快意的事；然而遭殃的是嫩苗——平常的苗和天才的苗。”鲁迅坚定地表示，对于这样的恶意批评家，“无论打着什么旗子的批评，都可以置之不理的！”②

建设性是对话的必然归宿。在文学批评中采用对话的姿态，就意味着批评者以平等的方式与批评对象进行交流，批评者并不把自己的看法当成是不可更改的结论，而是以一种商榷探讨的方式，在交流和对话中，让双方的观点相互碰撞和渗透，通过双方的共同努力而建设出一个新的文学形象。这就是建设性的效果。相对来说，建设性的批评比破坏性的批评更加艰难，因为批评家要从批评对象中发现真正有价值的东西，哪怕这种价值还很微弱，隐藏在大量平庸的叙述之中，批评家也很珍惜这点微弱的价值；破坏性批评以求全责备的态度对待批评对象，往往以轻率的否定让作家煞费苦心的努力化为泡影。破坏性的批评就像是鲁迅所形容的那样“在嫩苗的地上驰马”，这对批评家来说是一件十分快意的事，但更容易给作家以及文学事业造成伤害。

其实，无论是提出建设性的建议还是采取破坏性的否决，在文学批评实践中都是合理的，有时当文学处于僵化和停滞不前的状态中，破坏性批评反而能带来振聋发聩的作用。关键问题还在于批评家的姿态，也就是说，即使是进行破坏性的批评，批评家也不应怀着恶意的姿态，而是要从善意出发。当批评家怀着善意的姿态去进行破坏性的批评时，他的目的是要通过破坏引起作家的警醒，他就会谨慎地使用破坏性的武器，以免伤及无辜。鲁迅在批评实践中不乏破坏性的、战斗性的批评，鲁迅并不反对破坏性批评，他所反对的是批评家在批评中采取恶意的姿态，对恶意姿态的批评，鲁迅坚定地表示“置之不理”。车尔尼雪夫斯基也说过：“谁想要证明一切艺术作品是如何

① 鲁迅：《鲁迅全集》(第3卷)，北京：人民文学出版社2005年版，第162页。

② 鲁迅：《鲁迅全集》(第1卷)，北京：人民文学出版社2005年版，第176页。

贫弱，他有非常多的机会。自然，这种作法与其说是表明他没有偏见，不如说是表明他心地尖酸。”车尔尼雪夫斯基在这里所指责的同样是批评家的姿态，一个心地尖酸的批评家无疑对待批评对象也不会怀有好意的。

今天，文学在众声喧哗中只是比较微弱的一种话语，尤其需要文学批评以建设性的方式给以帮衬。当然，文坛中也流行着献媚的批评、溢美的批评、说大话的批评、表扬至上的批评，但这些批评都不能与建设性的批评画等号。前面所列的批评都不需要付出艰辛的努力，只要舍得丢掉面子、降低人格，就能办到。而建设性的批评是需要付出艰辛的努力的，是要真正研读文本、思考问题的。因此，建设性批评兴旺发达起来后，那些乌七八糟的批评才会偃旗息鼓。

批评家从法官和导师的姿态转变为对话与交流的姿态，吻合了思想文化演进的趋势，但也带来一个问题，就是如何处理批评的标准。当批评家以法官和导师的姿态出现时，批评标准无疑是手中最有效的武器。没有批评标准，作为法官的批评家也就没有了宣判的依据；作为导师的批评家也就没有了宣讲的目标。批评家强调他掌握了真理，他就是真理的执行者，文学世界的是非善恶都必须由他来裁定，所以他可以不由分说地对批评对象进行宣判。但是，当批评家采取对话与交流的姿态时，他就不认为文学世界只能由他来作出决断了，他要倾听作家、读者的想法，他要在对话中学习别人的智慧，从别人的意见中吸取有用的内容，他在对话中也会不断地修正自己的想法。那么，在对话与交流中批评家还有没有自己的批评标准呢？答案显然是有的。这一点应该毫无疑义，只不过此时的批评家在处理标准的方式上与法官和导师式的处理方式不一样而已。这就涉及批评家采取什么样的价值立场的问题。

四、价值谱系：批评主体的立场

文学批评无论是侧重于评判还是侧重于阐释，都要涉及价值判断，因为文学作为一种精神产品，是与精神价值的取舍有着密切的关系的。文学批评家应该在确立正确的世界观基础上选择自己的价值立场，他相信自己的价值立场是与人类精神文明的正价值相吻合的，是在一个规范的价值体系中进行文学批评。人们期待批评家的文学批评是公正的，这就需要批评家在进行批评活动时对自己的价值立场保持清醒的认识，坚持崇高的文学操守，从而尽最大的努力摆脱政治权力、经济利益以及各种世俗利诱对文学批评的干扰。文学批评家对于社会、人生和文学的自我认识和理解决定了他的价值立场的选择，价值立场是文学批评家对社会、文学发展的自我认识和理解，是个人言说的依据。文学批评家在价值立场上的表现取决于他的独立品格。越是具有独立品格的批评家，越是具有鲜明、坚定的价值立场。

文学批评家的价值立场历来受到优秀文学批评家的重视，在注重文学批评的判断功能的时代固然如此，在强调对话和交流姿态的现代阶段同样如此，这是因为文学作为精神产品，要作用于人的心灵，必然体现为一种精神价值。英国的理论家阿诺德就指出，文学批评作为一种改良社会人生、思想文化道德的工具，文学批评家所要做的工作就是“知道世界上已被知道和想到的最好的东西，然后使这东西为大家所知道，从而创造出一个纯正和新鲜的思想的潮流”①。丹麦的文学批评家勃兰兑斯则更明确地认为文学批评对心灵具有指点方向的意义，他说：“批评是人类心灵路程上的指路牌，批评沿路种植了树篱，点燃了火把，批评披荆斩棘，开辟新路”，“批评移动了山岳，权威的偏见的、死气沉沉的传统的山岳”。② 批评主体的价值立场决定了他在文学批评活动中的价值取向，他必须要对文学创作中的社会理想、道德观念、审美趣味等精神内涵进行价值分析和判断，从而体现出文学批评的评判功能。在文学史中，为了反对文学批评以审判官的姿态粗暴地否定文学作品，有人主张取消文学批评的价值判断，如法国作家莫泊桑就要求批评家“应该是一个无倾向、无偏爱、无私见的分析者”。

针对这种取消价值判断的观点，英国文学理论家和批评家、“新批评”的开创者之一瑞恰兹就认为，尽管“新批评”强调的是形式主义批评，但并不因此而否定价值评判的重要性，恰恰相反，“新批评”始终把价值问题放在一个极为重要的位置上，他说：“批评理论所必须依据的两大支柱便是价值的记述和交流的记述。”③在《文学批评原理》中，他还专门设了“批评家注重的价值”、“价值作为终极真理”、“心理学价值理论”讨论价值的三章，并在这本书的附录里专收了一篇题为《论价值》的短文，瑞恰兹指出要取消价值判断的观点和做法是荒唐透顶的悖谬言行，他认为：“价值理论并不是文不对题，脱离了人们想象中的深入文学艺术本质的探索。因为如果说一种有根有据的价值理论是批评的必要条件，那么同样确凿无疑，理解文学艺术中

① 伍蠡甫：《西方文论选》(下卷)，北京：人民文学出版社 1964 年版，第 81 页。

② [丹麦]勃兰兑斯：《十九世纪文学主流》(第 5 册)，李宗杰译，北京：人民文学出版社 1982 年版，第 382～383 页。

③ [英]瑞恰兹：《文学批评原理》，杨自伍译，南昌：百花洲文艺出版社 1997 年版，第 16 页。

发生的一切乃是价值理论所需要的。”①

文学批评家选择什么样的价值立场，其价值立场是否明确和坚定，与文学批评家的知识水平、性格信仰、人生阅历等有着直接的关系。价值立场的选择也折射出文学批评家对现实社会和文学发展态势的分析、把握和预见。在纷繁复杂的社会面前，要坚守一种明确的价值立场并不是一件很容易的事情。批评家不仅要对人类文明的正向价值有着清醒明确的判断，而且要在世俗社会的各种利益诱惑和各种权威的威逼下能够做到不丧失自己的价值立场。在中外文学批评史中，不乏这样的例子，有些批评家具有卓越的才华，但或者因为经受不住金钱等物质的利诱，或者因为屈从于政治威权的胁迫，不得不放弃自己的理想追求，丧失自己的价值立场，说出与自己内心的价值判断相悖的话来。

1. 注重核心价值与共适性价值的辩证关系

世界文化的格局逐步从一元化走向多元化，这带来思想文化的自由与活跃，但也使得价值判断笼罩在相对主义的迷雾之下，在这样的文化语境中，文学批评家要坚守自己的价值立场也就显得更为艰难。任何一个时代的文学批评家都离不开时代的特殊语境，离不开时代精神的约束。每一个时代、每一种社会形态下，都会有相应的核心价值。一个优秀的文学批评家首先要抓住时代的核心价值，这样他就能够站在时代精神的高度去审视文学批评对象。

另一方面，文学作品作为一种特殊的精神产品，具有多重价值指向，既包含着道德价值，也包含着知识和思想价值，更包含着审美价值。完全以一个时代的核心价值来衡量文学作品，就难以充分全面地彰显作品的内在价值。无论是道德价值，还是审美价值，应该还有另一个价值判断的尺度，这就是人类文明积淀的共适性价值。共适性价值是所有人类都认同的价值观念，体现了人类生存和文明存续的普遍需要，是人类文明进步中逐步积累的积极成果；它具有内在的合理性，更具有普遍的适用性。但是在认识共适性价值时也要避免绝对主义的、本质主义的思维方式，因为共适性价值也具有历史相对性，在不同的历史条件下，在不同的文化体系内，共适性价值会有不同的呈现方式。一个时代的核心价值如果顺应了时代的发展，那么它就会与共适性价值相契合；同样，共适性价值在任何时代都会要顽强地表现自

① ［英］瑞恰兹：《文学批评原理》，杨自伍译，南昌：百花洲文艺出版社 1997 年版，第 28～31 页。

己，因此，核心价值与共适性价值具有辩证的关系。

文学批评家要在文化多元的时代坚定自己的批评信念，坚守自己的价值立场，就特别需要处理好核心价值与共适性价值的辩证关系。当代中国的核心价值是建立在马克思主义的基础之上的。马克思主义并不与共适性价值相冲突，马克思主义的创始者从一开始就重视从人类文明的共适性价值中吸取营养，并使之适应现实的变化。马克思主义可以说是人类共适性价值在人类进入工业文明时代之后的呈现方式和发展。当然，在特定的时期，比方说在阶级斗争激烈的革命时代，资本主义将共适性价值变为一种空洞、伪善的口号，马克思主义面对这一形势，必须反对那种超历史的、一成不变的、书本主义的共适性价值观，提出无产阶级革命的核心价值观，从而唤醒工人阶级的阶级觉悟。在与资产阶级的斗争中，马克思主义承续了以往的文明成果，以历史唯物主义的立场重新勾画了人类共适性价值的蓝图。过去人们在把握马克思主义的时候往往只看到了马克思主义的现实性，却忽视了马克思主义的共适性。事实上，马克思主义的现实性与共适性是融合在一起的。比方说，在《共产党宣言》中，马克思和恩格斯深刻揭示了人类社会发展的客观规律，强调要以阶级斗争的方式来推翻资本主义。这是马克思主义的现实性。同样在这部宣言中，马克思和恩格斯还提出了“自由人联合体”的概念，明确宣布，无产阶级只有解放全人类，才能最后解放自己。马克思主义的历史唯物观就在于，要认识到人类社会发展的历史就是人类探索和争取自由的历史，“自由人联合体”正是体现人类共适性价值的人文理想。这正是马克思主义的共适性。

2. 体现崇高的精神担当

文学批评家具有鲜明的价值立场，就会在文学批评中体现出一种崇高的精神担当。一个具有精神担当的文学批评家就不会沉湎于现实，徘徊于眼前，他的内心一定充满着理想主义精神，他的文学批评实践是为了捍卫文学的尊严和理想，为了张扬文学的价值。别林斯基就是这样一位文学批评家，他表示他的文学批评“不是为了求得酬报，而是为了真理和善良本身，背起沉重的十字架，受尽苦难，然后重见上帝，获得永生，这永生必须包含在你的我的融化中，在无边至福的感觉中！”①在他的批评生涯中，他始终不渝地褒扬优秀的作家和作品，阐发文学作品中的伟大意义，也毫不留情地批判那

① ［俄］别林斯基：《别林斯基选集》（第1卷），满涛译，上海：上海译文出版社1979年版，第19～20页。

些亵渎文学的言行，他的坦率和直言也遭到一些人的侮辱和攻击，甚至公开散布诋毁他的谣言，但这一切都不会改变他的价值立场，相反，他更加坚定地说：“我将死在杂志岗位上……我是文学家，我带着病痛的、同时是愉快而骄傲的信念这样说。俄国文学是我的生命和我的血。”①中国文人具有深厚的精神担当的品格，这种品格突出体现为一种忧国忧民、济世救国的文人气质。中国历代著名的文学批评家大多具有这种文人气质，因而在他们的批评实践中凸显出为社稷、为黎民的精神担当，他们也将这种精神担当作为批评文学作品的重要依据，因此，在中国文化传统中，“文以载道”是一条被广泛接受的基本标准。

时代发生着巨大的变化，社会形态也在不断地更迭，但这一切并不影响到“文以载道”的代代传承，其原因就在于人类社会的发展和进步的终极目标是人的精神获得最大限度的解放。而文学的终极意义就在于是人类精神解放的有效工具。“文以载道”尽管在不同时代会有不同的解释，特别是对“道”的解释会带上时代认识的局限性，但文学应该承载“道”也就是承载精神价值的立场却是一脉相承的。文学批评家既以“文以载道”为宗旨去评价文学作品，同时也以“文以载道”的宗旨要求文学批评活动本身。在当代，“文以载道”之“道”更多地体现为一种人文关怀。人文关怀是对人类生存境遇的关注，对人的尊严和价值的肯定，对人的自由、解放的追求。人文关怀的价值取向体现了人类共适性价值的内涵。

3. 贯穿严肃的政治情怀

文学批评家具有鲜明的价值立场，就会在文学批评中贯穿一种严肃的政治情怀。文学与政治具有密不可分的关系，文学批评更是如此。文学批评不同于一般的学术研究，就在于它始终面对当下的现实发言，批评家不像学者那样可以躲进金字塔内，藏在故纸堆里，以此来回避政治的干扰。批评家需要有清醒的政治意识，有严肃的政治情怀。一个优秀的、具有广泛社会影响的文学批评家往往就是一个政治思想家，他通过自己的批评实践参与到社会政治之中。许多政治思想家也关注文学批评，并通过文学批评来表达自己的政治见解。马克思和恩格斯就属于这样的政治思想家，他们不仅写了大量的文学批评，而且将文学批评作为他们政治论文的论证材料，他们的这些文学批评都具有强烈的政治情怀。马克思明确指出：“什么也阻碍不了我们把我

① ［俄］别林斯基：《别林斯基选集》（第1卷），满涛译，上海：上海译文出版社1979年版，第422页。

们的批判和政治的批判结合起来，和这些人的明确的政治立场结合起来，因而也就是把我们的批判和**实际**斗争结合起来，并把批判和**实际**斗争看作同一件事。”①恩格斯就十分关注当时一批现实主义作家的创作变化，当狄更斯等作家将“穷人和受轻视的阶级”作为他们小说的表现对象时，恩格斯敏锐地指出“在小说的性质方面发生了一个彻底的革命”，称他们“无疑地是时代的旗帜”。②

一个文学批评家在批评实践中所体现出的政治情怀应该是严肃的，就在于他的政治情怀体现出知识分子的独立品格，他的政治情怀不是附庸于政治权力的媚态和非我态，因此批评家的政治情怀不会始终与政治现实尤其是政治权力保持协调一致的状态，二者之间的矛盾对立往往导致文学批评屈从于政治权力，逐渐丧失了知识分子的独立品格。为了保持知识分子的独立品格，有的文学批评家远离政治，淡薄政治情怀，却又造成了知识分子的自我放逐。事实证明，那种淡薄政治情怀的独立品格是以牺牲知识分子社会责任和精神担当为代价的，因此也是很脆弱的。一个文学批评家要保持政治情怀的严肃性，就必须坚守知识分子的独立品格。在多元化的时代，文学批评家更要关注社会多种政治诉求，力戒成为政治权力的附庸，成为政治利益的短视者。英国社会学家安东尼·吉登斯认为，当代世界政治取向的趋势是从解放政治向生活政治的转变。解放政治和生活政治，是吉登斯的两个基本概念。吉登斯把解放政治定义为“力图将个体和群体从其生活机遇有不良影响的束缚中解放出来的一种观点”；生活政治则是指应对现代化发展中解决现代性所带来的问题的政治策略，“关注个体和集体水平上人类的自我实现”。③ 解放政治和生活政治这两种政治模式在复杂的全球化时代，并不是谁取代谁的态势，而是相互依存，相互补充，形成纠缠在一起的难舍难分的关系。文学批评家应该在两种政治模式的辩证关系中确立自己的公正的价值立场。

4. 显现高尚的学术人格

文学批评家不仅要具有鲜明的价值立场，而且要真正做到自己的价值立

① 《马克思恩格斯全集》(第1卷)，北京：人民出版社1956年版，第417～418、594页。

② 《马克思恩格斯全集》(第1卷)，北京：人民出版社1956年版，第594页。

③ 参见[英]安东尼·吉登斯：《现代性与自我认同》，赵旭东译，北京：三联书店1998年版；[英]安东尼·吉登斯：《失控的世界——全球化如何重塑我们的生活》，周红云译，南昌：江西人民出版社2001年版。

场是与人类文明发展的走向相一致的，是与真善美相吻合的；这既取决于文学批评家的学识和世界观，也取决于文学批评家的人格修炼。法国启蒙时期的伟大作家狄德罗是这样要求作家和批评家的："真理和美德是艺术的两个朋友。你想当作家吗？你想当批评家吗？那就请首先做一个有德行的人。如果一个人没有深刻的感情，别人对他还能有什么指望？而我们除了被自然中的两项最有力的东西——真理和美德深深地感动以外，还能被什么感动呢？"①在狄德罗看来，人格力量对于作家和批评家来说都是很重要的因素。这是非常中肯的见解。

人们常说，作家是人类灵魂的工程师，也就是说，文学作品作为一种精神产品，直接作用于人类的灵魂，文学作品是通过它所蕴含的精神价值达到对人类灵魂的陶冶作用的。作家自身的人格修炼必然会影响到他在自己作品中的精神建树。因此狄德罗强调作家要有美德，即要有高尚的人格。不仅如此，他还要求批评家也同样要有美德。显然，狄德罗认识到，文学作品的精神价值是通过作家和批评家共同创造的，特别是只有通过批评家的阐释才能完全实现。从这个角度说，文学批评家是与作家一起共同完成文学作品的经典化过程。一部文学作品能否经受经典化的考验，最终成就为文学经典，是由多方面的原因决定的，其中作家和批评家的人格也是不容忽视的因素之一。当批评家意识到自己的批评实践是为人类文明创造和积累精神财富时，他应该会以一种大公无私的博大胸怀来对待自己的文学批评。在批评时就表现出强烈的社会责任感和艺术良知，既不屈从权势，也不被金钱利诱；不让批评文字沾染上江湖气和铜臭味；坚持好处说好，坏处说坏；把文学批评营造成一个神圣的精神殿堂。当然，纯粹从写作技巧上说，批评家的人格并不会对写作产生直接的影响。有的批评家因此就认为，批评完全是一种客观的理性的评判活动，与人格无关，强调批评家的人格修炼是一种过度道德化的要求。其实不然，文学批评作为一种精神活动，即使是以一种非常客观的姿态进行写作，批评家的人格仍然会在字里行间和价值取向中显现出来。人们从那些特别刻毒的或嘲弄的文字、特别轻蔑的或狂妄的态度、特别偏执的或武断的观点中，就可以看到一个批评家在人格上的欠缺；人们也会从那些充满热情的、善意的、严肃的或平等商榷的文学批评中感受到一个批评家高尚人格所闪耀的光芒。当代社会在市场经济良性秩序还没有完全建立起来的情况下迅猛地发展经济，带来物质欲望的极度扩张，社会的公信度因此受到严

① 转引自伍蠡甫、胡经之：《西方文艺理论名著选编》(上卷)，北京：北京大学出版社 1995 年版，第 257 页。

重的伤害，假烟、假酒、假药等充斥于市，乃至假学问、假专家也泛滥成灾。在这种状况下，文学批评的诚信也变得格外重要。

文学批评的诚信度取决于文学批评家的人格力量，具备高尚人格的文学批评家就能够在批评实践中坚守独立思想、独立人格，坚守批评的文化品格，坚守自己对艺术价值的公正判断，从而使自己的文学批评获得公众的信任，并能够取得引导和提升公众审美能力的作用。这样的文学批评也就有了更长久的生命力。

【思考题】

1. 文学批评家的理论积淀对批评实践有什么影响？
2. 文学批评家的艺术感知力与作家的艺术感知力有什么不同？
3. 为什么要倡导建设性批评？

第二章　文学批评的对象

在对文学批评的主体进行了必要的分析和探讨之后，接下来，我们自然要探讨文学批评的对象。所谓文学批评的对象，就是指文学批评要针对具体的目标进行批评实践，以便解决那些艺术问题。对象即范畴，对象确定了，意味着文学批评的范畴也就确立了，目标和任务也便清楚了。从表面上看，文学批评的对象涵盖了一切与文学创作相关的各种因素、每个过程，从作者到文本再到读者，都是批评的基本对象。但是，在具体的批评实践中，人们还是将批评的对象进行了一些相对固定的分类，形成了一个个相对独立的目标概念，它们包括：文本、作者、文学思潮、文学运动、文学现象、文学社团、文学流派、文学史、读者等。

由于这些对象在概念的界定上并不严谨，有些对象之间甚至存在着外延上的相互交叉或重叠，如文学思潮和文学运动、文学现象、文学流派之间，就缺乏一种明晰的外延界定；读者作为文学的接受群体，同时又包含了专业化的高级读者(即批评家)。因此，在本章里，我们只是选择了几个基本的、也是最为常见的批评对象进行分析和探讨，以便大家了解这些对象的内在特质，做到“知己知彼”，更好地理解文学批评的目标和任务。

一、文本：批评的基本视点

文本是文学批评最为常见的评析对象，也是文学批评所要解决的基本目标。所谓文本，若从严格的语言学层面来说，是指作品可见可感的表层结构，它可以是一个简单独立的语句，也可以是由一系列语句串联而成的连贯序列，并具有某个相对封闭自足的完整系统。在通常情况下，人们都是将文本直接视为作品。但是，结构主义代表人物巴尔特在《从作品到文本》一文中指出，文本与作品之间其实存在着一些微妙的差异，“作品通常强调与作者的联系，作品是由作者创作出来的，作者被尊为作品的‘父亲’，是作品的源头之所在。……文本与作品相反，它反对任何在起源意义上考察作品的企图，既不把作者与作品之间的关系视为理所当然，也不赞同从作者那里获取文本的意义。它主张文本是复数的，具有无法缩减的意义多重性”①。在罗兰·巴尔特看来，用“文本”这一概念来取代“作品”，可以有效地撇开作者的潜在规约，使作品赢得一种独立自治的意义空间。

应该说，对于文学批评来说，这种区别是颇有价值的。尽管文本是结构主义批评所营造的一个概念，但是，它能够使批评主体在对一个个文本进行解析和评判时，不必过多地去关注作者的主观意图，而只需从文本的实际出发，将文本视为一个独立的、自足的艺术整体，一切以文本为基础，对作品进行艺术价值上的分析与评述。事实上，这也是现代文学批评一直倡导的一种实践方式。

既然文本是一个相对自足的艺术整体，那么，文学批评在对待一个个具体的文本时，必须要清楚地认识和把握文本的一些基本特征，包括文本作为一个有机整体的整体观，不同体裁的文本在自律性层面上的审美特点和要求，文本创新的价值和意义，文本的文学史价值评判，以及文本的多义性特点，等等。虽然在大多数情况下，文本批评属于“微观批评”，但它同样也涉及广泛的横向比较和纵向的历时追踪。

1. 以整体的思维把握文本，警惕内容与形式的二元对立

任何一个文本，经作者完成之后，便成为一个独立而自足的存在。它的艺术价值和生命力，不再取决于作者的主观意志，而是取决于读者的审美接受，包括专业化的高级读者(即批评家)的审美接受。如果一个文本能够持续不断地激发读者的阅读热情，甚至使一代又一代的读者能够自觉地去阅读它、议论它、阐释它，那么，它就拥有了较高的艺术价值和持久的艺术生命力，也会自然而然地进入文学史的视野，成为文学的经典。

作为一个独立而完整的艺术实体，文本是一个由各种因素相互联系而形成的有机体。从语言的运用到结构的安排，从修辞的择用到节奏的把握，从情感的抒发到形象的塑造，尽管存在着千变万化的组合方式，但是，它们都

① 转引自汪民安：《文化研究关键词》，南京：江苏人民出版社 2007 年版，第 340～341 页。

是以自身特有的形式共同实现了审美内涵的传达。无论是抒情类文本，还是叙事类文本，都是如此。所以，哈罗德·奥斯本说："一首诗的形式，即韵律结构、节奏呼应和特有的语言风格一旦从意义内容中抽出来就什么也不是了，因为语言如果不是表达意义就不是语言而是一些声音。同样，没有形式的内容也是一种没有具体存在的不真实的抽象，因为用不同语言表达它时被表达的就成了某种不同的东西。必须把一首诗当作一个整体来感受，否则就根本不能感受。形式与内容之间不可能有冲突……因为不管哪一方也不能脱离另一方而存在，抽出一个就害死两个。"①"必须把一首诗当作一个整体来感受，否则就根本不能感受"，对于文本批评来说，这句话尤为重要。只有以整体性的思维来把握文本，才能准确、全面地感知作品的审美内涵；只有以整体性的眼光来解读文本，才能发现作品内部各种因素相互作用所产生的特殊质感；也只有以整体性的经验来认识文本，才能将作品视为一个真正的艺术生命。

这种整体性主要体现在内容与形式的相互作用和不可分割。韦勒克曾经说："把形式与内容看作不可分离并且相互作用这种认识可以远溯到亚里士多德。这种看法得到德国浪漫派文学批评的重新肯定，并且通过曲折的途径经由柯勒律治、法国象征派或德桑克提斯而传给20世纪文学批评——克罗齐、俄国形式主义、美国新批评派和德国的'形式史'派。"②韦勒克之所以认为这种文本认知方式是"通过曲折的途径"传承到20世纪，是因为在很长一段时间里，人们常常将内容和形式分成两个相对独立的体系来讨论。特别是在一些文本批评中，批评主体要么认为内容决定形式，片面地强调内容的重要性而忽略形式的意义，甚至对内容进行庸俗社会学的图解；要么只谈论形式而不谈内容，对文本进行纯粹的技术主义分析，忽视它们在意义承载和传达中的特殊功能和审美价值。久而久之，人们便逐渐形成了一种内容与形式的二元对立思维，从而割裂了文本作为一个完整艺术生命的审美特质。

文本批评必须以整体的思维来把握文本，从语言到节奏、从修辞到结构，将一切形式视为"有意味的形式"，将一切内容视为形式的有效传达，批评才能够从形式与内容的相互作用中，发现文本构成中诸种因素以不同方式统一在一起所产生的艺术效果，也才能揭示文本之中所隐含的核心价值。

① 转引自[美]雷内·韦勒克：《批评的概念》，张金言译，杭州：中国美术学院出版社1999年版，第51页。

② [美]雷内·韦勒克：《批评的概念》，张金言译，杭州：中国美术学院出版社1999年版，第51页。

所以，韦勒克说："一部艺术作品是许多价值的总和，这些价值并不只是依附于结构而且构成其真正本质。一切从文学中抽去价值的企图都已失败并且还将会遭到失败，因为文学的本质就是价值。文学研究不能而且一定不要和批评脱节，而批评就是价值判断。"①

2. 以不同的文体规范为依据，深入把握文本的审美特质

根据体裁的不同，在一般的文学理论中，人们将文学作品分成诗歌、小说、散文和戏剧四种类型。尽管也有不少学者认为这种分类不尽合理，但在通常的情况下，人们依然带着约定俗成的思维一直沿用这一分类。这种文体的分类，给文学带来的良好后果之一，就是使不同体裁的文学作品在自律化的轨道上获得了科学的发展，并逐渐形成了各自相对完善的理论体系，使不同的文体拥有了自身相对系统的审美规范。有人就指出："文体特征既是作家历时性的创造物，也是批评家、理论家共时性的建构体。……一方面，文体规范是从一定的时期的文学作品中产生、总结、发展而来的，从一定时期的作品中概括出来，具有历史与社会的具体性；但另一方面，它一经产生就有了相对的稳定性、抽象性，它体现在众多作者的相似的作品中，形成文体惯例。"②

无论是诗歌、小说还是散文、戏剧，如今都已拥有各自的理论规范和价值谱系，而且这种理论规范还在不断细化和完善。譬如在小说方面，不仅有一般的人物、情节、环境三要素理论，而且还在此基础之上，逐渐形成了"小说叙事学"等极为详细的理论建构。在诗歌方面，其理论建构更为丰富和细致，像意象理论、意境理论、节奏和韵律的理论、直觉与灵感的理论等，都针对诗歌这一特殊的体裁进行了系统化、规范化的归纳和梳理。这些具有高度自律化的理论谱系，既为创作主体在具体的文学实践中提供了某些理论指导，也为批评主体对不同体裁的文本进行审美分析时，提供了非常重要的认知框架和价值依据。乔纳森·卡勒在《结构主义诗学》中还指出，这种文体分类所形成的审美规范和阅读期待，还为读者阅读作品时发挥了重要的引导作用。

不同体裁的文本具有不同的自律化要求，因此，在具体的文本批评中，批评主体除了要掌握一般的文学理论知识外，还要竭力掌握不同体裁的相关

① ［美］雷内·韦勒克：《批评的概念》，张金言译，杭州：中国美术学院出版社1999年版，第63～64页。

② 陶东风：《文学理论基本问题》，北京：北京大学出版社2007年版，第178页。

理论。只有掌握了这些相关的理论，批评主体才能正确地认识不同文本的审美特质，也才能在细读精研的基础上，对文本作出有效的分析和评判。譬如，面对一部小说文本，批评主体就需要借助相关的小说理论，从虚构性质、人物形象、情节设置、叙述视角、语调选择等方面入手，进行文本的分析和探讨，而不能运用诗歌中的意象和语言的节奏等理论来解析。这是批评面对文本的一个基本常识，也是批评走向专业化的一种体现。

任何文体都是在历时性的创作实践中逐渐形成的，而且并非永远的一成不变。因此，“文体特征作为一个理论假设，具有相对的有效性，但是它的有效性必须接受文学活动的实践检验，而且是相对的不是绝对的”①。这也就是说，在相对稳定的文体规范中，批评可以依据文体的自律化理论进行文本的分析，而当某个文本已经明确地出现了文体意义上的变化或创新时，批评就不能仅仅依靠既定的理论来随便地加以评析甚至指责。这种文体理论的相对性，要求批评主体在解析具体的文本时，必须保持一种灵活而非僵化的批评思维，尤其是对那些具有创新意识和开拓意味的文本，更是要采取某种审慎的批评姿态。

从文学发展的角度来说，文体的演变是推动文学发展的一个重要途径，也是作家创新能力的一个重要体现。以小说为例，从早期的神话传说、故事讲述，到后来的浪漫主义和批判现实主义的出现，不仅表达内容上发生了巨大的变化，而且文体形式上也出现了本质性的裂变，尤其是在叙述方式上，作者对人物内在精神的丰富性进行了大力的强化，使后来的小说远远超过了早期小说对故事情节的依恋。而到了现代主义和后现代主义阶段，小说形式更是出现了丰富的拓展，人物性格的完整性被取消，情节发展出现了碎片化倾向，叙述视角也在不断地发生转换和变化，时空的一维性也受到空前的消解。诗歌的发展也是如此。像中国的诗歌从早期的四言诗和五言诗，到后来的绝句、律诗，再演变出词、曲，直至当今的白话自由体诗，其文体形式的变化可谓不曾消停。所有这些情形，都表明了文体的演变是文学发展的一种正常态势，也意味着文学批评在运用相关的文体理论时，不能简单地固守既定的理论传统，而要立足于动态的文体意识，从文学创新和发展的角度，科学地评析具体文本，并对文本的审美价值和历史意义给予合理的评判。

3. 灵活运用纵横比较的手法，对文本进行客观的价值评判

文学批评对文本的评析包含了多种复杂的方式，既有单个的文本评述，

① 陶东风：《文学理论基本问题》，北京：北京大学出版社2007年版，第179页。

又有相类似的多个文本的群体分析，还有某个文本与其他中外文本的比较研究；它既有历时性的动态评价特征，又有跨区域的空间比照特征。一个有效的文本批评，当然无法回避某种审美价值上的评判，而这种评判，既是对作品思想内涵和艺术价值的科学总结，也是对该作品在当时的创作水平中甚至是文学史意义上的一次价值定位。当批评主体认定某个文本具有“开拓性的审美价值”或“史诗性的历史地位”时，这种判断其实已经隐含了一种纵向和横向的坐标式考察，即，批评主体已将这个文本放置在某个文学的整体环境之中，在横向的群体比较和纵向的历史分析中得出的结论。

因此，对文本的批评，除了要将文本视为一个艺术的整体，并把握文本所具有的文体特征之外，批评主体还需要以开阔的审美视野，将文本置于一个相对合理的文学语境之中，从而避开就事论事的思维局限。譬如说唐诗的发展直接影响了宋词，或者说《红楼梦》的艺术成就超过了《金瓶梅》，为了使这些观点具有充分的说服力，批评主体就需要对这些文本的各自特点进行有效的梳理和归纳，然后再对它们进行细致的比较、分析和识别，只有这样，才能得出令人信服的结论。所以，韦勒克说：“真正的文学研究关注的不是死板的事实，而是价值和质量。正因为如此，文学史和文学批评之间并没有截然的区别。即使是最简单的文学史问题也需要作出判断。”①文学史与文学批评没有区别，是因为二者都离不开价值评判；而文学批评对文本作出价值评判时，更离不开合理的纵向和横向的比较。

这种纵向和横向的坐标式比较，既是探讨文本的传统成因和以后影响的重要方式，也是确立文本在某种特定的文学环境中的艺术价值——尤其是在文学史上的艺术地位的——重要手段。众所周知，要判断一个文本是否具有创新意义，首先就离不开将它与以往的类似文本进行比较，同时也离不开对当时的其他类似文本的比较，只有这样，才能甄别并厘清它沿袭了哪些传统的成分，又在哪些地方作出了超越和开拓。同样，要认定一个文本是否具有经典的意味，批评也离不开将它与后来的类似文本进行比较，以便证明它对后来的文学创作发挥了哪些具体的作用。只有在这种纵横坐标式的比较中，我们才能对一个文本作出较为准确的判断。

从文学史的角度来看，对文本进行这种坐标式的比较更是不可或缺的。虽然从表面上看，文学史并不属于文学批评的范畴，但是，福斯特早就说过，一个文学史家“要做史学家必须先做批评家”，韦勒克更是明确地说道：

---

① ［美］雷内·韦勒克：《批评的概念》，张金言译，杭州：中国美术学院出版社1999年版，第276页。

"没有选择原则，不描绘作家特点并对之作出评价，就无法写出文学史。否认批评的重要性的文学史家们，自己就是不自觉的批评家，而且往往是承袭传统标准、承认传统声望的人云亦云的批评家。"①因为文学史本身除了描绘文学发展的动态过程，还要对一些重要的作家、作品进行筛选和定位，这种筛选和定位除了借鉴和参照已有的一些重要批评成果之外，文学史的编撰者也同样需要通过一个横向和纵向的比较来确定某个文本是否可以进入文学史，或者在文学史中应该占有怎样的地位。当然，这种比较的前提是，批评主体必须在两个文本之间找到内在的联系，即文本之间具有可比性，而不是毫无瓜葛地随意选择比较对象。

4. 合理遵循文本的多义性，强化文本阐释的有效性

人们常说，一千个读者有一千个哈姆雷特。其言外之意是，面对同一个文本，因为接受主体的人生经验和艺术感受力的不同，会产生不同的审美体验和审美评价。文学批评的主体虽然是一些经过了专业化训练的高级读者，但是，当他们在阐释和评述同一个文本时，同样也会不可避免地产生各不相同的评价。尤其是面对那些具有经典意味的文本，这种情况发生得更为频繁。譬如，针对白居易《长恨歌》所表现出来的思想内涵，就有"爱情说"、"同情说"、"讽刺说"、"惋惜说"、"感慨说"、"自伤说"、"长恨说"、"双重主题说"、"矛盾主题说"等各不相同的阐释，而且都具有较强的说服力。这无疑表明了文本的多义性不仅是客观存在的，而且由于每一个接受者都拥有自身独特的阅读体验，也会出现不同的阐释和评判。正因如此，鲁迅就说，一部《红楼梦》，"谁是作者和续者姑且勿论，单是命意，就因读者的眼光而有种种：经学家看见《易》，道学家看见淫，才子看见缠绵，革命家看见排满，流言家看见宫闱秘事"②。这些不同的看法，并不意味着哪一种就绝对正确，哪一种是完全的误读，而是说明不同的接受主体会因为自身的感受而得出不同的评价。

文本的多义性主要是针对思想内涵而言，它既是客观的存在，又受到接受者的主观影响。首先，任何一个较为优秀的文本，在反映创作主体的内心情感和人性面貌时，往往都是立体性的，而非单向度的。这种立体性，表现在现实生活上，常常是多侧面、多层次和多元化的；表现在潜在的人性面貌

① ［美］雷内·韦勒克：《批评的概念》，张金言译，杭州：中国美术学院出版社1999年版，第276页。

② 鲁迅：《鲁迅全集》(第8卷)，北京：人民文学出版社1981年版，第145页。

上，往往是理性和非理性、好与坏、善与恶的多重组合；表现在情感取向上，则常常是喜、怒、哀、乐、愁等复杂情感的隐秘纠缠。因此，批评很难从某个单一的层面上获得全面有效的阐释。其次，任何文学作品都是借助一定的艺术形象(包括意象)来传达创作主体的审美情感和艺术理想的，在这种话语传达的过程中，创作主体总是会动用各种修辞手法，来加强文本的含蓄和象征，使其艺术形象能唤起读者的生活经验，调动读者的情绪反应，引发读者广泛的联想和想象。再次，从接受者的角度来看，读者在接受文本时也拥有主观的再创造性。读者所处的时代不同，及其生活经历、审美经验、思想观念的不同，都会使读者在理解同一个文本的过程中产生不同的审美感受。

文本的多义性特点，在中国古代的文学批评中很早就获得了确认。像中国古代文论中对诗歌“隐秀”、“境界”、“趣味”的认同，就体现了古代文学批评对于诗歌多义性的认识与钟爱。从新批评开始，西方的文学研究也将文学的“多义性”纳入批评的视野。新批评的代表人物瑞恰兹针对诗歌语言的模糊性和杂语性等特点，就提出了诗歌语言的“复义”现象。随后，燕卜荪在《复义七型》中更是清晰地阐释了文学作品中的多义性之特点。在《文学理论》中，韦勒克和沃伦也明确地指出：“当我们一次又一次地重新阅读一部作品并且认为我们‘每一次都在其中发现了新的东西’时，我们通常所指的并不是发现了更多的同一种东西，而是指发现了新的层次上的意义，新的联想型式，即我们发现诗或小说是一种多层面的复合组织。根据博厄斯的说法我们可以断定，在像荷马或莎士比亚的这些一直受人赞赏的文学作品中必然拥有某种‘多义性’，即它们的审美价值一定是如此的丰富和广泛，以致能在自己的结构中包含一种或更多种的能给予每一个后来的时代以高度满足的东西。”①而巴赫金则以陀思妥耶夫斯基的小说为例，充分揭示了文本多义性的存在状态，并冠之以“杂语性”和“复调性”，认为文本的多义性既来自文本本身，也受到文本之外社会意识形态的影响。

文本的多义性并不是什么坏事，它是文学作品具有丰富的思想内涵和永久魅力的一种重要体现。批评主体不一定要追求对某个文本作出统一的解释，更不必对那些不同的解读而耿耿于怀。事实上，任何富于创见的、具有充分说服力的、个性化的阐释都是重要的，也是必需的。一个文本的艺术魅力和审美价值，也正是建立在这种多元、丰富而且互不相同的阐释之中。相

① ［美］雷内·韦勒克、奥斯汀·沃伦：《文学理论》，刘象愚、邢培明等译，北京：三联书店 1984 年版，第 278 页。

反，那些缺乏文本的多义性、没有多少阐释空间且容易达到一致性艺术评价的文本，其艺术价值倒是值得怀疑。

二、作者：批评的深度追踪

作者也是文学批评最为基本的对象之一。作为文学创作的主体，作者既是一切具体文本的创造者，也是整个文学发展的核心力量。所以，在文学批评中，“作家论”(包括诗人论)总是最为常见的一种批评范式。

作为一个相对稳定和完整的文学概念，“作者”只是到了西方近代以后才得以形成。在早期的文学批评里，人们很少将“作者”视为文学艺术里的一个重要概念来加以研究。所谓“诗人”，在古希腊语里只是“制作者”的意思，即指那些将一定的材料纳入一定语言形式的人，与其他工匠并无多大的差别。在他们看来，一切文本的真正作者应该是“上帝”，“上帝是第一位‘制作者’，他从早已存在的物质中或从自己的身体中制作出了这个宇宙。而诗人只不过是从这早已写就的大书中取得材料写成诗歌而已。创作的源泉不是作者本人，而是那个超出他的理性控制的神。无论是古典的还是基督教的灵感观念，都不把诗人看做诗的真正作者，而认为他或她只不过是一个传递来自神的信息的中介或工具”①。随着启蒙运动的兴起，人的主体意识逐渐成为人们关注和思考的目标，“作者”作为一个文学的重要概念也因此浮出水面。尤其是随着浪漫主义文学的兴起，在人文主义思潮与个性解放的共同作用下，作者才成为一个独立的存在进入文学批评的视野。中国的传统批评也是如此，对作者的关注和研究同样是近代以后才逐渐形成的，此前极少有相对明确的作者研究，更没有相对清晰和系统的作者批评。

随着文学自律化的发展，自近代以来，“作者”不仅逐渐成为一个完整而清晰的文学概念，而且成为一个重要的批评对象。无论是作者的成长经历，还是作者的文化影响；无论是作者的创作发展轨迹，还是作者的精神思考和艺术思维；无论是作者的艺术个性，还是作者的创作局限，都是文学批评积极探讨的范畴。从某种意义上说，一切与文学有关的作者个人创作史和生活史，都是文学批评自觉关注的领域。

文学批评对作者的评述和研究，当然不仅仅局限于作者个体的范畴，还广泛地涉及作者与作者的比较及对作者群体的综合性考察，以及对作者与社会历史之间关系的内在梳理等。这种横向的带有比较和整合特征的批评，同

① 张德明：《批评的视野》，上海：上海社会科学出版社2004年版，第60页。

样也是文学批评最为常见的方式。它的优势在于，批评主体可以将对象置于一个相对宽泛的文学语境之中，从“点”到“面”，进行更为系统和科学的评析与判断，使批评不至于陷入就事论事的褊狭状态。

正因如此，批评主体在面对作者及其创作的时候，实际上也是面对一个相对复杂的系统工程。首先，它隐含了艺术发生学的几个重要阶段：作者的个性气质、精神向度、风格变化及其内在的文化动因；作者的审美理想与艺术实践之间的内在关系等。其次，它包含了对作者的艺术实绩及其在文学史意义上的价值定位，而这一点，既涉及对作者创作发展脉络的纵向追踪，又涉及有效的群体整合和比较等横向考察，具有纵横双向的动态性思维特征。一个好的“作家论”(包括诗人论)批评，常常会将作家(或诗人)纳入一个纵向和横向的坐标系统中，进行多方位和多角度的阐释与评述，从而得出科学的审美评价。

1. 潜心梳理作者内在的个性气质、精神向度及其文化成因

一个作者之所以能够创作出与众不同的文学作品，之所以能够形成自身独特的艺术风格，之所以能够打开人类隐秘的存在之门，固然有很多复杂的因素在起作用，但是，作为创作主体，其核心因素还在于作者内在的个性气质、精神向度等，尤其是精神向度问题，包含了作者在成长过程中所逐渐形成的精神视野、文化修养以及艺术感知能力和思考能力。这些因素共同构成了一个作者内在的生命向力，不仅决定了他的艺术个性和创造潜能，而且决定了他的精神深度和艺术高度。只有这些主体的内在因素发挥了积极的作用，并与其他的外在因素成功地交融在一起，作者独特的创作风貌才能完美地展现出来。因此，文学批评在研究作者时，首先不能忽略的，便是对作者所拥有的那些与文学艺术相关的种种内在因素的考察与梳理。

(1)个性气质

气质是人的个性心理特征之一，也是人格形成的核心要素之一。它泛指个体的人在具体的认识、情感、言语和行动过程中，其心理活动发生时的动力特征，包括心理过程的速度和稳定性(如知觉的速度、思维的灵活程度、注意力集中的时长)、心理过程的强度(如情绪的强弱、意志力的强弱)以及心理活动的指向性特点(如有些人倾向于外部事物，从外界获得新印象；有些人倾向于内部心理，经常体验自己的情绪)，等等。气质与人们在日常生活中所说的“脾气”、“性情”、“性格”等含义相近。现代心理学认为，气质是个体的人所具有的典型性和稳定性的心理特质，它不以人的活动内容、目的和动机为转移，且带有先天性的特质。气质本身并无优劣好坏之分，但是可以对人的认知方式、情感表达方式和言行方式产生一定的影响。

如同任何一个正常的人一样，每一个作者都有属于自己的气质，这是一个不言而喻的事实。由于文学创作在通常情况下都是作者个体的精神劳作行为，与作者个体的心灵律动密切相关，几乎包含了作者心理活动的所有动力特征，因此，作者的个性气质，往往会不自觉地影响着他在创作中的审美特质。譬如，鲁迅与周作人虽然是亲兄弟，由于他们的个性气质完全不同，从而也导致了他们的创作风格完全相异。有关这些问题，如今已成为文艺心理学的重要研究对象。从文学批评的角度看，对作者个性气质的潜心梳理，并不是单纯地为了认定创作主体的心理气质特征，而是立足于其个性气质，以便进一步分析其创作中所体现出来的某些具有“典型性和稳定性”的审美特质，并从发生学的意义上，有效地揭示创作主体的精神气质与创作特色之间的关系。

(2)精神视野

作者的创作个性并不仅仅受制于其先天的气质，更重要的，还是受制于后天形成的精神视野。所谓精神视野，主要是指作者在精神视阈上所拥有的宽广度，即作者对待世界的胸襟和情怀。从某种意义上说，它也是指作者的精神境界和艺术境界。一个作者的胸襟愈博大，情怀愈丰沛，他的精神视野也就愈宽广，那么他的创作也就愈能超越常人的眼界，发现常人所难以发现的存在状态，展示出超越常人的艺术境界。

从表面上看，胸襟问题是一个道德、志向与情操的问题，但它内在地规定了作者看待世界的眼光。叶燮曾在《原诗》中说道：

> 诗之基，其人之胸襟是也。有胸襟，然后能载其性情、智慧、聪明、才辨以出，随遇发生，随生即盛。千古诗人推杜甫。其诗随所遇之人之境之事之物，无处不发其思君王、忧祸乱、悲时日、念友朋、吊古人、怀远道，凡欢愉、幽愁、离合、今昔之感，一一触类而起，因遇得题，因题达情，因情敷句，皆因甫有其胸襟以为基。如星宿之海，万源从出；如钻燧之火，无处不发；如肥土沃壤，时雨一过，夭矫百物，随类而兴，生意各别，而无不具足。①

在叶燮看来，作者的胸襟就是诗歌的基石。拥有博大的胸襟，既可以使作者

① 参见叶燮：《原诗》，霍松林校注，北京：人民文学出版社1979年版，第17页。

的审美情思“随遇发生，随生即盛”，又能够使作者的才情像“肥土沃壤”，生长出“夭矫百物”，甚至还能够“载其性情、智慧、聪明、才辨以出”，使作者的艺术潜能尽情施展。

宗白华曾以人与世界的关系作为参照，从不同层次上，将人的境界分为五种：一为满足生理的物质的需要，而有功利境界；二因人群共存互爱的关系，而有伦理境界；三因人群组合互制的关系，而有政治境界；四因穷研物理，追求智慧，而有学术境界；五因欲返本归真，冥合天人，而有宗教境界。功利境界主于利，伦理境界主于爱，政治境界主于权，学术境界主于真，宗教境界主于神。但介乎后二者的中间，以宇宙人生的具体为对象，赏玩它的色相、秩序、节奏、和谐，借以窥见自我的最深心灵的反映；化实景为虚境，创形象以为象征，使人类最高的心灵具体化、肉身化，这就是“艺术境界”。① 宗白华先生的这一分析，不仅道出了一切创作主体所需要的高层次境界，也说明了作者只有步入“真”与“神”的境界之间，才能够从容地进入艺术的世界，展示作者“以宇宙人生为对象”的极为宏阔的精神视野。正因如此，人们常说，一个优秀的作家必须要拥有博大的胸襟和高迈的情怀，才能够写出大气魄、大境界的好作品。

精神视野的宽广度，其实还直接决定了作者的生命情怀。作者的精神视野愈开阔，艺术境界愈高，也就愈能激发创作主体强烈的生命情怀。宗白华曾说：“艺术世界的中心是同情，同情的发生由于空想，同情的结局入于创造。于是，所谓艺术生活者，就是现实生活以外一个空想的同情的创造的生活而已。”②这也就是说，当作者的精神视野摆脱了世俗生活的纠缠，真正地进入“神与物游”的空想之境，才能激发同情，入于创造。“无限的同情对于自然，无限的同情对于人生，无限的同情对于星天云月、鸟语泉鸣。无限的同情对于死生离合，喜笑悲啼。这就是艺术感觉的发生，这也是艺术创造的目的。”③这种超越于世俗生存的大悲悯、大关怀，正是得益于作者拥有超越凡人的精神视野，所以，宗白华极力推崇“晋人之美”，认为晋人真正地做到了“风神潇洒，不滞于物”、“洗尽尘滓，独存孤迥”、“潜移造化而与天游”，体现了一种自由旷达的精神视野。与此同时，他又赞叹晋人对于自然、友谊、人生的一往情深，认为“深于情者，不仅对宇宙人生体会到至深的无名的哀感，扩而充之，可以成为耶稣、释迦的悲天悯人；就是快乐的体

① 参见宗白华：《美学散步》，上海：上海人民出版社 2005 年版，第 69 ~ 70 页。
② 宗白华：《艺境》，北京：人民出版社 1987 年版，第 17 页。
③ 宗白华：《艺境》，北京：人民出版社 1987 年版，第 14 ~ 15 页。

验也是深入肺腑，惊心动魄”①。精神视野、生命意识以及高迈的情怀，由此融为一体，凝成一种具有恒久魅力的艺术境界。

(3) 文化修养

作为一种后天形成的精神禀赋，文化修养也是对作者创作产生根本性影响的一个重要因素。文化修养主要包括两个方面：一是道德情操方面的人格修养，一是文学艺术方面的专业修养。有关道德情操方面的人格修养，直接规定了作者精神视野的宽广度，是影响一个作者精神境界和艺术境界的重要因素。无论是东方还是西方，每一个个体的人在其漫长的成长过程中，都会不断地接受各种道德情操的教育和培养。作者也不例外。中国古代的诗书礼仪，在很大程度上都是将道德修养与艺术修养融成一体，以教诲后人。

与道德情操的人格修养相比，文学艺术的专业修养对作者的创作影响更直接，也更加突出。所谓文学艺术的专业修养，说得直白一些，就是对一切传统的优秀文学艺术的学习、借鉴和吸收，化传统的艺术精华为自己的创作积淀。文学是一种语言的艺术，不是仅靠灵感和直觉就可以实现的，而是需要一个漫长的专业修炼过程。作者既要大力吸收世界范围内的一切优秀艺术的精华，提高自己的艺术鉴赏力和审美趣味，又要通过具体的创作实践，不断提升自己的写作技能。只有获得了良好的专业修养，作者才能凭借自身过硬的专业素质，使自己的创作潜能获得较好的发挥，展示自我的独创能力。

艾略特曾经说过，传统并不是一种僵死的存在物，而是一个“同时并存的秩序”，一切传统的文本都并存于现代人的心灵之中，现代人在文学艺术上的所谓“创新”，只有进入已经存在的传统文学秩序之中，才能够获得确认。为此，他强调，诗人必须具有历史意识，“这种历史意识包括一种感觉，即不仅感觉到过去的过去性，而且也感觉到它的现在性。这种历史意识迫使一个人写作时不仅对他自己一代了若指掌，而且感觉到从荷马开始的全部欧洲文学，以及在这个大范围中他自己国家的全部文学，构成一个同时存在的整体，组成一个同时存在的体系”②。艾略特的这番话，其实是从文学创新的角度，婉转地提出了作者在专业修养上自我提升的重要性——只有深入历史、熟悉传统，艺术的创新才能真正实现。

(4) 艺术感知力与思考力

任何文学创作，都离不开创作主体的艺术创造能力。只有作者自身拥有

① 宗白华：《美学散步》，上海：上海人民出版社 2005 年版，第 214 ~ 215 页。

② [英]艾略特：《艾略特文学论文集》，李赋宁译，南昌：百花洲文艺出版社 1994 年版，第 2 页。

了独立自治的精神空间，拥有了丰厚扎实的文化积淀，拥有了深邃独特的审美眼光，拥有了永不止息的超越意识，才有可能创作出具有开拓意义的作品。因此，文学艺术上的创新，在很大程度上体现为作者在艺术精神上的创新能力，即作者必须拥有一种常人难以企及的思考能力，拥有一种与公众意识格格不入的灵魂探险的激情。只有作者的精神内部具备了与众不同、绝对超前的思想禀赋，具备了对人类存在境遇的独特感受和发现，他才有可能去寻找新的审美表现方式，才有可能去颠覆既有的、不适合自己艺术表达的文本模式。这就是人们通常所说的艺术创造力，或者说创作潜能，它是决定一个作者艺术生命的核心之所在。作者的个性气质、精神视野以及文化修养，最终都是为了提高自身的艺术创作能力。

具体来讲，艺术创造力主要表现为艺术感知力与思考力这两个方面。艺术感知力是指作者对艺术的直觉把握能力，尤其是感受、联想和省悟的能力。它带有一定的先天禀赋，但也离不开后天的有效训练。朱光潜先生曾说："读一首诗和作一首诗都常须经过艰苦思索，思索之后，一旦豁然贯通，全诗的境界于是像灵光一现似地突然现在眼前，使人心旷神怡，忘怀一切。这种现象通常人称为'灵感'。诗的境界的突现都起于灵感。灵感亦并无若何神秘，它就是直觉，就是'想象'(imagination，原谓意象的形成)，也就是禅家所谓的'悟'。"①其实，并不只是在诗歌创作中，在其他一切文学艺术中，那种经过思考、联想和体悟而闪现的"灵感"，同样也具有重要的作用，同样也是作者艺术感知力的重要体现。

思考力则是指作者对世界、人性及人类存在的思考能力。它依托了作者的思想深度，也仰仗于作者清醒的主体意识。思想的丰富性决定了作者思考的深浅，而主体意识的清醒则决定了作者思考的有效性——当作者具有清醒的主体意识，他就会自觉地让自己的精神探索与一切现实经验和常识保持距离，从而突出自身思考的特殊性。略萨就曾强调："凡是刻苦创作与现实生活不同生活的人们，就用这种间接的方式表示对这一现实生活的拒绝和批评，表示用这样的拒绝和批评以及自己的想象和希望制造出来的世界替代现实世界的愿望。"②对略萨来说，无论对生活提出何种质疑都是不重要的，"重要的是，对现实生活的拒绝和批评应该坚决、彻底和深入，永远保持这样的行动热情——如同堂吉诃德那样挺起长矛冲向风车，即用敏锐和短暂的

① 朱光潜：《诗论》，北京：三联书店1998年版，第53页。

② ［秘鲁］略萨：《给青年小说家的信》，赵德明译，上海：上海译文出版社2004年版，第6页。

虚构天地通过幻想的方式来代替这个经过生活体验的具体和客观的世界”①。这里，略萨看起来是为了强调作者的价值立场和艺术观念，其实它在本质上表明了作者与现实秩序及其表象经验之间必需的距离，只有这种距离存在，作者才有可能展示自己思考的独特性。

(5)童年记忆

童年记忆也是对作者的精神向度产生重要影响的一个不可忽略的因素。童年记忆构成了人生最为原始的生命经验，常常会影响人的一生。心理学早已认定，童年是一个人一生的基础，童年经验对于一个人的心理倾向和特点的形成至关重要。一个人在童年时对环境中的人、事或物的体验，多半会影响他成长后的价值观念、人生选择、生活方式等。按照弗洛伊德的观点，“在生命的最初三四年里，某些印象已经定型，并且对外部世界的反应方式也已确立了，以后的经历都无法剥夺它们的重要性”②。儿童心理学的研究专家皮亚杰也认为：“从出生到学会语言的这个时期心理便有了异乎寻常的发展……这个发展就是利用感知和动作去征服幼儿周围整个实际的宇宙。”在这个被皮亚杰称为“哥白尼革命”的初始时期，幼儿把每个东西都抓到自己的身旁，并以此确定自己与世界的关系。而且，“在这个时期的终点，即语言与思维已经开始的时候，实际上，他就成为宇宙其他因素中的一个因素或实体了，而且这个宇宙是他自己逐步建筑起来的，而在今后他就将体验到这个宇宙是在以外存在了”③。在这种个人与宇宙关系确立的过程中，宇宙(社会)直接为他提供的经验将成为他认识世界的重要依据。

作为一个人最为隐秘的内心经验，童年记忆在文学创作中，常常为作者提供了某种特殊的精神视角。因为“童年是人一生中重要的发展阶段，这不仅仅是因为人的知识积累中有很大一部分来自童年，更因为童年经验是一个人心理发展中不可逾越的开端，对一个人的个性、气质、思维方式等的形成和发展起着决定性作用。大量事实表明，一个人的童年经验常常为他的整个人生定下基调，规定着他以后的发展方向和程度，是人类个体发展的宿因，

① [秘鲁]略萨：《给青年小说家的信》，赵德明译，上海：上海译文出版社2004年版，第6页。

② [奥]弗洛伊德：《达芬奇及其童年的回忆》，张杰等译，上海：上海文化出版社，2006年版，第23页。

③ [瑞士]皮亚杰：《儿童的心理发展》，傅统先译，济南：山东教育出版社1982年版，第120页。

在个体的心路历程中打下不可磨灭的烙印”①。不仅如此，“童年的痛苦体验对作家的影响是深刻的、内在的，它造就了作家的心理结构和意向结构。作家一生的体验都要经过这个结构的过滤和折光，即使不是直接进入写作，也常常会作为一种基调渗透在作品中”②。所以，人们常常会看到，很多作家的创作都离不开他的童年生活，离不开他在成长时期的地域文化。

2. 深入把握作者的审美理想与艺术实践之间的复杂关系

作者的审美理想与艺术实践之间的内在关系，简而言之，就是作者与创作之间的关系。一个作者在从事一部具体作品的创作时，通常会经过材料的收集、整理，然后在艺术构思的过程中，不断对材料进行审美心理上的同化，确定某种审美意图，并选择一定的形式将它表现为具体的文本。从材料的收集、整理到文本的形成，这一过程我们称之为“艺术实践的过程”。在这个过程中，作者通常都会有自己预设的审美理想和审美意图，并致力于将自己的这些理想和意图完整地渗透到作品中，通过作品将它们全面地展现出来。

但是，事实上，在作者的审美理想与具体的作品文本之中，常常会形成各种错位或反差。也就是说，作者试图表达的审美理想和意图，在具体的作品中可能并没有得到很好的传达，读者很难读到这些审美信息；而有些作者没有想到的甚至是不曾思考的审美意蕴，却在最后的文本中获得了明确的展示。或者，作者由于审美理想的表达过于急切，在具体创作中破坏了表达形式的审美质感，使作品丧失了应有的艺术价值。思想与形式之间的和谐统一，说起来非常容易，但是要真正做到完美无缺，绝非易事。

正是由于作者的审美理想与具体的文本内涵之间存在着各种错位和反差，文学批评在研究作者的创作时，必须根据作者的审美理想，密切地关注作者在具体的创作过程中所动用的思维方式、表达策略以及审美效果，寻找并解析主体理想与作品内涵之间存在的距离及原因，从而揭示某些艺术实践过程中的内在肌理。这是一种深入创作主体精神内部进行艺术阐释的批评方式，也是有效打开创作主体的审美理想与作品内涵之间复杂关系的重要手段。

① 童庆炳、程正民：《文艺心理学教程》，北京：高等教育出版社 2001 年版，第 92 页。

② 童庆炳、程正民：《文艺心理学教程》，北京：高等教育出版社 2001 年版，第 96 页。

在这种批评的过程中，批评主体应该清醒地意识到，任何作者自我的思想表述都是不可靠的，更不能简单地将其作为批评的判断依据。这一点之所以非常重要，是因为很多从事文学批评的人，往往会不自觉地过度依赖作者的“创作谈”等自我阐释的文章，从中寻找并确立自己在审美判断上的重要依据。譬如，有的作者在完成一部家族式的长篇小说之后，不断强调自己的这部小说成功地吸取了《红楼梦》的各种叙事经验，带有家族诗史的意味。而批评者如果真的按图索骥，竭力证明他的作品就是一部“当代的《红楼梦》”，显然就会使批评本身陷入审美评断的误区。

基于人类通常所具有的自恋性心理，很多作者在完成一部作品之后，都会意犹未尽地借助各种场合（包括访谈、对话和自己写创作谈等），对自己的作品进行各种“过度拔高”的艺术阐释。尤其是在传媒极为发达的今天，作者与出版商常常会联合起来，不断地进行各种十分夸张的商业性宣传。因此，面对那些作者自我阐释的文章，批评主体必须深入作者的创作实践过程中，通过文本的实际审美效果来慎重评析作者的审美理想，而不能简单地认同作者的自我判断。

3. 有效总结作者的艺术实绩及其文学史意义上的地位

对作者进行具体的文学批评，最终离不开一种基本的价值评判，这是批评经过分析、阐释和比较之后所要抵达的目标。这种评判，既是对作者艺术实绩的一个总结，也是对作者在当时的文学群体中甚至是文学史意义上的一种价值定位。当批评主体认定某个作者是一位“重要的作家（诗人）”或“杰出的作家（诗人）”时，这种判断通常就隐含了一种纵向和横向的坐标式考察，即，批评主体已将这个作者放置在某个文学环境之中，在横向的群体比较和纵向的历史分析中得出结论。如果不是这样，这种评判就失去了科学的依据。

任何一个作者的创作经历，都具有历时性的特征。在这种历时性的过程中，作者通过不同的作品建立了自己的创作轨迹。无论这种轨迹是一直呈现上升的态势，还是呈现下降的态势，抑或像波浪起起伏伏，或者干脆出现了断裂式的飞跃，这都不奇怪。面对作者各不相同的创作轨迹，批评若要进行有效的分析和梳理，就必须通过一种纵向的历时性追踪和细致的前后期创作比较，才能准确而科学地揭示作者的创作发展态势。但是，一个好的文学批评家，通常不会仅仅满足于对一个作者的创作轨迹进行单向度的梳理和分析，他还会将这个作者纳入具有相同文化环境的作者群体之中，通过横向的、群体性的比较，进一步分析和甄别出其批评对象的特殊性，从而对某个作者的创作实绩进行更全面的评判。

同样，文学批评在对作者进行文学史意义上的价值定位时，也必须通过纵横坐标式的系统化比较。因为文学史的编撰者在确定某段历史时期的一些具有标志性的作者时，一方面离不开纵向的历时性考察，对某些重要作者的创作实绩进行整体性的艺术评价，包括他们对后来创作的影响；另一方面也离不开横向比较，尤其是他们在当时的写作群体中的反响和作用。譬如，在以前的中国现代文学史中，像张爱玲、沈从文和徐志摩等人，曾经很少被人提及甚至根本就没有被提及。但是，鉴于各种主客观因素的影响，当后来的文学批评重新对这些作者进行评析时，通过纵向和横向的比较，却逐渐发现了这些作者在创作上的特殊价值，从而慢慢地将他们“打捞”上来，并对他们进行文学史意义上的重新定位。所以，在今天众多版本的中国现代文学史里，张爱玲、沈从文等人都拥有了较为显著的历史地位。

无论是横向的群体性比较，还是纵向的历时性考察，文学批评对作者所进行的评述和研究，都具有动态性和系统性的特征。因为这种文学批评，不只是单纯地涉及作者的某一个方面，而是对作者的整个创作以及他在群体环境中艺术成就的综合性评判，所以显得更为全面，也更为复杂。

总之，文学批评在面对作者时，需要批评主体与作者之间保持着某种平等的对话关系，而不是简单的主客体关系，或者是审视与被审视的关系。作者作为文学艺术的创造者，也是一个具有复杂的精神构成的主体，隐含了极为丰富的文化因素、思想因素和人性因素，而且这些因素还常常处于变动不居的状态。所以，乔治·布莱说道：“理解一位小说家、一位诗人、一位艺术家、一位哲学家，就是首先把另一个人感受过并传达给我们的经验、其次把他们的传达能够在我们身上相继引起或唤起的类似经验与把这些经验牢记在心的当今我们的自我联系起来。”①批评只有通过这种感同身受、设身处地的交流方式，努力深入作者的内心世界，通过建立一种积极的对话关系，才能有效地打开作者的艺术世界，对作者的创作作出科学的分析和评价。

三、思潮：批评的综合审视

文学思潮作为文学实践的一个重要组成部分，一直是文学批评的重要评析对象。所谓文学思潮，是指在特定历史时期和特定地域内所形成的，与社

---

①　[比]乔治·布莱：《批评意识》，郭宏安译，桂林：广西师范大学出版社 2002 年版，第 13 页。

会发展变化和人们的精神需求相呼应的，具有广泛影响的文学思想和文学创作的潮流。文学思潮不同于文学现象，它对文学的影响是整体性和深层次的，甚至在很大程度上涵盖了某些文学现象。就其内涵而言，文学思潮的形成必须具有如下三个基本条件：一是具有群体性的倾向；二是包含了理论(思想)潮流和创作潮流；三是受到一定的社会文化思潮和哲学思潮的影响，并反作用于社会文化思潮和哲学思潮。①

文学思潮之所以是文学批评的重要对象，关键在于，它并不是一种游离于具体创作实践之外的文化现象，而是从主体精神和审美形态上，深刻地规定或改变了某个时段文学实践的审美质地和精神品格，甚至会潜在地影响文学的历史进程和发展走向。一方面，文学思潮普遍具有某种文化、哲学或美学等思想理论背景，这些思想理论背景不是强加于创作主体的灵魂之中，而是创作主体自觉或不自觉地遵从的一种思想观念和价值目标，是创作主体精神深处所拥有的形而上的存在；另一方面，作为一种文学上的潮流，它又在具体的创作实践中呈现出共识性和群体性倾向，而这种倾向的形成，在很大程度上并不是创作主体盲目追捧的结果，恰恰是创作主体带着一定的自觉意识和主观意愿参与的结果。

所以有学者认为："文学思潮对文学现象和文学创作的制约与推进作用同样十分明显：思潮的整体特征及其发展、流变，往往决定着各种文学流派、各种文学创作群体以及各类文学创作现象的形成与变异。"②文学批评在面对文学思潮进行评析时，不仅需要全面地考察文学思潮形成的社会文化背景，梳理文学思潮形成的潜在原因，对文学思潮的发展过程、作用、意义和局限进行宏观性的评判，还要联系具体的创作实践，对文学思潮的特点及其复杂的精神内涵进行剖析与评述，是一种较为复杂的综合性批评。

1. 有效探讨文学思潮的产生背景

文学作为人类精神活动的一种特殊形式，总是或多或少地受到特定历史时期的思想文化乃至意识形态的影响。可以说，无论是政治、哲学、历史，还是道德、宗教和伦理，都与文学存在着千丝万缕的联系，它们彼此影响，相互制约，由此构成了人类文化的整体景象。文学思潮作为特定历史文化语

① 参见刘增杰：《云起云飞——二十世纪中国文学思潮研究透视》，上海：上海文艺出版社1997年版，第325页。

② 王嘉良：《现代中国文学思潮史论》，北京：中国社会科学出版社2007年版，第1页。

境下的一种产物，不仅非常鲜明地体现了文学与政治、哲学、历史、道德等人文思潮之间的相互影响，而且也非常明确地展现出整个社会思潮对文学的影响。有人就认为，“文艺思潮，是社会思潮的分流和分支”①，这种判断不无道理，因为文学思潮在很大程度上也是社会思潮的一个组成部分。

社会思潮对文学思潮的形成具有重要的直接影响，这已是文学理论的共识。“尤其是在社会处于大转折、大变革的时期，各种思潮往往蜂拥而至、异常活跃，猛烈地冲击着文学艺术这根社会的敏感神经。这样，伴随着社会思潮的产生，文学思潮也必然崛起。”②譬如，产生于18世纪末19世纪初的欧洲浪漫主义文学思潮，就是当时资产阶级民主解放运动思潮在文学中的直接体现。从社会思潮的大背景上看，主导当时人们的普遍思想，就是以反封建为主要目标，极力倡导自由、平等、博爱等民主主义理想，追求人的个体解放，这些社会思潮无不充满了某种浪漫主义的精神禀赋。与此同时，在哲学、社会学等领域，也出现了一系列彰显自由、浪漫、个体解放等核心精神的现代人文主义，包括康德的天才论、费希特的自我肯定以及空想社会主义对未来人类所描绘的种种蓝图，都为文学的浪漫主义提供了一些重要的理论准备。可以说，没有这些社会思潮的积极影响，浪漫主义很难迅速壮大成为欧洲文学史上一个波澜壮阔的文学思潮。

当然，作为文学思潮形成的外在因素，这种社会思潮并不只是局限于当时当地出现的社会思潮，也同样包括其他时期或其他地区的社会思潮的影响。特别是当一个地区的社会开放程度和思想解放程度较高时，域外的各种观念和思想可以自由出入，这样就容易激发本地区创作主体的某些具有共同性的审美思考，从而引发一种文学思潮的出现。一个非常典型的例证，就是出现在中国20世纪80年代中期的寻根文学思潮。伴随着改革开放，大量西方现代主义思潮开始涌入中国，这使得中国当代作家看到了极为丰富的世界文学发展格局，也意识到了自身的创作局限。尤其是既立足于本土文化传统、又具有强烈现代意识和审美形式的拉美“魔幻现实主义”，对中国作家们刺激很大。于是，同属于第三世界的中国作家，也开始积极地寻找自己的“文化之根”，并掀起了一场声势浩大的“寻根文学”思潮。

但是，文学思潮并不是简单地受制于社会思潮，不是有什么样的社会思

① 刘增杰：《云起云飞——二十世纪中国文学思潮研究透视》，上海：上海文艺出版社1997年版，第327页。

② 吴秀明：《转型时期的中国当代文学思潮》，杭州：浙江大学出版社2001年版，第2页。

潮，就必然会出现一种与之相对应的文学思潮。与社会思潮相比，文学思潮的形成还有其自身的特殊环境，即我们通常所说的“内因”。有学者就认为：“社会思潮直接受制于社会政治，是理性和意识形态的外化；而文学创作是精神性、情感性的东西，是理性与感性、意识形态与非意识形态的有机统一，甚至带有不定性、不定型的特点。文学思潮作为连接社会思潮与文学创作的中介物，一方面，它与社会政治有着难以切割的因缘联系；另一方面，又内含文学艺术所特有的精神性、情感性的要素。”①就文学本身的内在机制来说，这种内在因素主要体现为，在历史的发展的某一特定时期，由于时代生活的推动、社会思潮的影响、哲学思想的渗透，一些世界观、艺术情趣相近的文学艺术家，在共同的或相近的文艺思想指导下，以共同的或相近的题材、表现手法，创作出一大批风格相近的文学作品。这些作品不仅具有鲜明的时代和个人特色，而且在社会上产生广泛影响，形成了某种思想倾向和潮流。② 也就是说，只有一批作家带着相同或相近的思想或审美理想——这种思想或审美理想在很大程度上源于社会思潮的影响——以自觉的方式积极从事文学实践，并在创作中形成某种相似的审美倾向，思潮才能够形成。

内因的探讨是文学批评对文学思潮的深层背景进行有效分析的一个关键。它必须要立足于某个思潮之中具有代表性的作家和理论家，从他们的主体意识中梳理出一些具有共识性审美倾向的思想观念和艺术理想，然后探析这些思想观念和艺术理想与社会思潮之间的关系，剖析它们在具体创作中的体现，分析这些内因的潜在作用和转换肌理，从而科学地揭示出文学思潮在发生学意义上的潜在作用因素。

2. 深入分析文学思潮的内在特征

文学思潮是一种相对综合的文学实践形态。批评主体在面对文学思潮时，必须抓住思潮所拥有的一些重要特点，才能进入对象的本质部位，对其进行有效的阐释和评判。从文学批评的角度来看，文学思潮的主要特点有群体性、观念性和动态性等。

(1) 群体性

文学思潮是建立在一个创作群体的基础之上，即它必须由一批作家或文

---

① 吴秀明：《转型时期的中国当代文学思潮》，杭州：浙江大学出版社 2001 年版，第 2 页。

② 席扬：《文学思潮：理论、方法、视野》，上海：三联书店 2009 年版，第 15 页。

艺理论家，带着相同或相近的思想观念和艺术主张，并为这一思想和主张而努力进行创作实践，从而以大批量的具体作品，对整个文学界乃至文化界产生广泛的影响。无论是创作主体的队伍，还是具体的创作实绩，没有形成一种群体性的特征，便不可能形成文学思潮。所以，文学思潮的群体性特征，主要体现在两个方面。

首先是创作主体的群体性，即拥有一批具有相同或相近的思想观念和艺术主张的作家或文艺理论家。这一群体不一定是在同一时间内形成的，也不一定是有计划、有组织的，但他们会在大致集中的一段历史时期自觉地遵从某些思想观念和艺术主张。“某种文学现象之所以被称为文学思潮，就因为它是一种超个体的文学现象，是涉及整个文学活动系统各领域的特定群体、集团的观念整体。所以，群体性无疑是文学思潮的首要特性。在超个体的意义上，文学思潮可以说是一种群体意识。它不是个体意识，又依存于个体意识；它离不开个体意识，但又不是个体意识的总和。”①

的确，文艺思潮在创作主体上所体现出的群体性，并不是个体的简单相加，而是不同的个体在保持自身独特性的前提下，为了相同或相近的思想和观念而形成的一个整体。

在《十九世纪文学主流》中，勃兰兑斯在概述19世纪法国浪漫主义文学思潮时，就曾经描述了创作主体群体性特征的形成过程。在他看来，这种形成过程似乎具有某种神秘的魔力：某一位杰出的人物，经过长期的思考后，终于从各种偏见之中挣脱出来。于是，就像雨果那样，在20来页的《克伦威尔序言》中表达了以前从未以同样方式思考过或者表达过的某些思想。这些思想冒犯了一切传统的偏见，就像一个新的大胆放肆的口号一样召唤着一代年轻人。这样的号召同时也招来了敌对阵营千百喉舌的抗议，“就像一百群猎犬发出了一阵阵狺狺的狂吠”。然而，这种狂吠再凶，也挡不住人们走向这位新倾向的代言人。不久前还是各自离群索居、沮丧颓唐、彼此互不相知的作家们，现在聚会一起，他们惊奇地发现：原来他们是互相理解的，他们不仅说着同一的语言，而且这种语言是他们同时代的其余的人所不能领会的②。

其次是创作实践的群体性，即拥有一批具有相同或相近的思想观念和艺

① 卢铁澎：《文学思潮特性论》，载《首都师范大学学报》(社会科学版)，1999年第5期，第66页。

② 参见卢铁澎：《文学思潮特性论》，载《首都师范大学学报》(社会科学版)，1999年第5期，第67页。

术主张的作品或理论文章。这种群体性，是以具体的文本形态呈现出来，它同样不一定是在同一时间内出现，也不一定是有计划、有组织的结果，但它们会在大致集中的一段历史时期，全面地体现出相同的思想意图和审美趣味，为人们的认知和判断提供可感知的整体性的形式。譬如，中国当代文学的“文化寻根思潮”，就是通过韩少功的《爸爸爸》、《女女女》，王安忆的《小鲍庄》，阿城的《棋王》、《树王》、《孩子王》，郑义的《远村》、《老井》，李杭育的“葛川江系列”，李锐的“厚土系列”等一大批具有相同审美追求和思想观念的小说作品，以及韩少功的《文学的“根”》、李杭育的《理一理我们的“根”》、阿城的《文化制约着人类》、郑万隆的《我的“根”》、郑义的《跨越文化断裂带》等一批理论文章来认识这一思潮的。没有这些群体性的具体文本，人们便无法认定它的潮流倾向。

(2)观念性

文学思潮作为一种思潮，核心在于“思”，即思想。它在文学实践中的具体表现，就是蕴含在创作中的思想观念和审美观念。只有某种思想观念和审美观念形成了一股群体性和动态性的“潮流”，文学思潮才能成为可能。韦勒克就曾将文学思潮理解为“一种‘包含某种规则的观念’(regulative idea)，一套规范、程式和价值体系，和它之前和之后的规范、程式和价值体系相比，有自己形成、发展和消亡的过程”①。正因如此，与其他批评对象不同，文学思潮具有明确的观念性。而且，这种观念是一种群体性的观念，而非作家个体独有的观念。每一种文学思潮都有一个相对突出的思想观念和审美观念，这种观念可能会因为作家个体的不同，产生局部性的差异，但在整体上，不会出现完全不同的观念共存于某种思潮之中。

文学思潮的这种观念性特征，同时表现在理论性的外在文本和艺术作品的内在肌理之中。有人就认为，“文学思想和文学观念既可指有体系的也可指不成体系的，而文学理论，就基本上是指体系形态的文学思想。从历时维度而言，文学思想有一个从非体系形态向体系形态发展的过程，即使体系形态也存在着从不够完整到逐步完整的演进阶段。而且，无论从历时维度还是共时维度来看，体系性的文学思想还有显形态和潜形态之分。也可以说，所有的文学思想，不论成体系还是不成体系的，在形态上都有显、潜之别。显形态的文学思想，即以理论表述的形式存在，潜形态的文学思想就是暗寓于具体文学作品之中或鉴赏趣味中的非成文性理论形态的存在。成‘潮’的文

① [美]韦勒克：《文学思潮和文学运动的概念》，刘象愚选编，北京：中国社会科学出版社1989年版，第254页。

学之'思'是何种形态之思想？大多数的文学思潮观似乎都倾向于有体系的思想形态"①。这里，重要的并不是观念是否具有体系性和完整性，而是必须有明确的、具有共同倾向的观念的存在。

(3)动态性

任何一种文学思潮，都有发生、发展和结束的历史过程，其历时性的发展状态，就表明了它是一种动态性的、具有"潮流"形态的文学存在。与此同时，文学思潮无论是与外在的社会思潮，还是与文学内部的其他文学思潮甚至是同一思潮内的各种因素之间，都处于紧密的互动状态之中。在上一节的背景分析中，我们已经看到了文学思潮与社会思潮之间的密切互动，在此，我们不妨再看看文学思潮内部的互动状态。席扬就曾指出："文学思潮的具体构成是众多共性的'现象'——这些'现象'有理论的，批评的，创作的，接受的，等等，它们之间必须有一个不断向心的运动才可能走向'思潮'。'共性'既是思潮判断的前提，又是向心运动的作用结果。"②所谓的"向心运动"，其实就是指文学思潮在围绕自身的思想观念和审美观念的不断运动，而且这种运动贯穿于整个思潮的发展过程。

虽然没有一个具体的时间长度限制，但是，作为一种历时性的文学存在，"文学思潮是一个具有历史规定性的群体文学意识的活动过程，它同所有思潮(政治的、哲学的、宗教的……)一样，都是一个具有发生、发展和衰落等不同演变阶段的过程。每一个文学思潮都处在不断的变革之中，不同的思潮此伏彼起，不断更替。有时以某一思潮占居主流，独领风骚；有时是数潮竞胜，争为霸主。有的思潮起落短暂，有的思潮绵延漫长"③。文学批评只有牢牢地把握了这种动态性特征，才能更加全面和科学地对文学思潮作出有效的分析、阐释和评判。

3. 理性地甄别文学思潮的功能和作用

文学思潮是一种具有宏观意味的文学存在，既不同于具体的文学创作，又不同于纯粹的文学理论，也不同于系统化和全面性的文学史，而是兼跨创

① 卢铁澎：《文学思潮正名》，载《中国人民大学学报》，2001年第3期，第106页。

② 席扬：《文学思潮：理论、方法、视野》，上海：三联书店2009年版，第45～46页。

③ 卢铁澎：《文学思潮特性论》，载《首都师范大学学报》(社会科学版)，1999年第5期，第68页。

作与理论，同时又是文学史的重要组成部分。因此，除了要全面把握文学思潮自身的一系列特点之外，文学批评在面对文学思潮时，还需要将文学思潮纳入整个文学发展的态势之中，从宏观上对具体的文学思潮的功能和作用进行理性和科学的评析。

文学思潮主要是立足于各种具体的文学实践，展示文学观念与社会思潮之间紧密的共振状态，并促进文学自身的发展，因此，就其功能和作用而言，它同时指向文学的内部与外部、理论与创作的两个层面。有人就认为，文学思潮主要有两种基本的功能和作用：一是文学系统之外的文化功能，一是文学系统内部的功能。文学系统之外的文化功能比较容易理解，主要是指文学思潮与社会文化思潮之间的互动关系。文学思潮既是社会文化思潮在文学领域中的特殊反映，同时也会促动甚至改变某种社会文化思潮。“文学思潮与其他思潮一样，往往是社会激烈变动时代的产物，文学思潮必然反映同时代的文化思潮，因此，人们也极易为文学艺术中体现的社会文化领域的思潮所吸引，这一点从一些文学思潮的命名上可以看得十分清楚。例如存在主义文学思潮、人文主义文学思潮、社会主义现实主义文学思潮……都是以文学思潮中反映的政治的、哲学的、历史的……社会文化思潮或思想因素来命名的。无论它们是作为文学思潮类型的命名还是个别具体文学思潮的命名，其着眼点均在社会文化思潮而不在文学思潮。”①尽管这种着眼点确立在社会文化思潮方面，看起来并没有很好地触及文学的本质，但是，这种命名本身也恰恰反映了文学思潮与社会文化之间的紧密关系——它既是某些社会文化思潮在文学领域中的一种延伸和深化，也是文学作为人类精神活动的存在，对社会文化思想潮流的及时呼应和积极承诺。

从文学系统内部来看，文学思潮则具有理论拓展与创作深化的双重功能。一方面，文学思潮凭借其鲜明的思想观念和审美观念，极大地开拓了文学理论的探索视野，丰富和发展了文学理论的内部体系。当然，受思潮本身发展规模的制约，每一种文学思潮对文学理论的拓展作用有大有小，有快有慢，但是，对思潮起支撑作用的各种观念，都会对开阔文学理论的视野、完善文学理论的体系，提供重要的启迪性意义。在文学史上，无论是浪漫主义、现实主义还是现代主义文学思潮，都对文学理论的自律化建构产生了极为重要的作用。

另一方面，文学思潮同样有效地开拓了文学创作的精神空间，使创作主

---

① 卢铁澎：《文学思潮功能论》，载《探索与学习》，2001 年第 3 期，第 99～100 页。

体能够在某些形而上的观念引导下，自觉走向某些具有开创性的审美视阈。就具体的创作实践来说，文学思潮常常以特有的审美理想和创作手法体现在文本形态之中，具有“形态学”的特质。这一点，可以从各种文学思潮的发展过程中得到明确的印证。譬如，欧洲的浪漫主义文学思潮，不仅形成了一整套浪漫主义的美学形态和表现手法，还催生了一大批卓越的作家，像席勒、海涅、雨果、雪莱、拜伦等。而欧洲的现实主义文学思潮也同样如此，不仅拥有一种系统性的思想观念和美学观念，还催生了一大批世界文学巨擘，包括法国的司汤达、巴尔扎克，英国的狄更斯，俄国的果戈理等。

所以，有人说道：“在文学理论领域，一种文学思潮产生之始乃以一种新的文学观念出现为标志，这一观念逐渐形成范式形态，与已有范式对立或矛盾，但不一定能取代或否定其他已有范式，有的甚至可能被已有范式战胜而式微，这是文学范式与科学范式的不同。而在创作领域，文学思潮主要通过创作方法的中介，起沟通、组织、同化的作用，促成群体性的创作潮流。”①作为一种群体性的创作潮流，文学思潮不仅承担了创作主体的思想建构，而且直接引导创作主体在具体的创作过程中，不断突破传统的创作观念和创作方式，从而实现某一思潮所遵从的思想观念和审美观念。

文学思潮的功能和作用，并不仅仅局限于上述这些。从文学发展的历史过程来看，文学思潮与文学流派、文学运动以及文学社团之间，也同样存在着千丝万缕的联系，并且文学思潮对它们的形成与发展也发挥着各种或显或隐的作用。当然，各种文学流派、文学运动和文学社团，有时也对某种文学思潮的形成具有激发作用。

总之，由于文学思潮本身是一种相对复杂的文学存在形态，因此，对文学思潮所进行的批评活动，是一种综合性的文学批评。它要求批评主体既要对文学思潮本身的背景、特点、功能和作用有着清醒的认识，对文学思潮的发展过程有着清晰的把握，还要广泛地联系文学之外的社会文化思潮，紧密地跟踪文学内部的创作主体和文本实践，才能对某种文学思潮进行全面和科学的评述。

四、文学史：批评的系统建构

文学史也是文学批评的一个重要对象。所谓文学史，就是指对特定地区、特定时期的文学发展状况进行综合性和系统性的归纳与总结，譬如中国

① 卢铁澎：《文学思潮功能论》，载《探索与学习》，2001年第3期，第98页。

现代文学史，通常是对1919—1949年这一历史时段的中国文学发展进行整体性的归纳与总结；而中国当代文学史，则通常是对1949年以来的文学发展进行整体性的归纳与总结，等等。文学史主要是研究文学发展的过程，总结文学发展的内在规律，其中包括阐述各种作品内容、作家个性、文学思潮、文学运动、文学流派和社团的演化轨迹，寻求它们前后相承相传、沿革嬗变的规律，揭示文学的发展与各种时代因素、社会因素（政治、经济、军事、哲学、宗教、道德、艺术等）的关系以及本地区文学的发展与其他地区文学相互交流、影响的关系，对各个时期的重要作家作品在文学发展中的历史地位和作用进行科学评述和定位等。

由于文学史拥有一套相对独立的学科体系，因此，它有别于其他批评对象，这主要表现在：文学史本身就是一个系统化的文学建构，隐含了较为复杂的历史价值判断和审美价值甄别。在通常情况下，任何一部文学史，既体现了编撰者独特的个人思考和历史见解，也体现了某一时代的集体价值与历史认同。因此，对文学史进行批评，是一种系统化的批评实践，批评主体尤其需要对文学史的内在逻辑进行全面和科学的把握。

1．“史观”的审视与思考

任何一部文学史的建构，都离不开编撰者的“史观”，因为“史观”是文学史形成的核心和灵魂。可以说，有什么样的文学“史观”，就意味着有什么样的文学史。所谓“史观”，就是指人们对历史的根本看法和观点，它既包含了个体的人对历史的基本判断，也折射了整个社会、整个民族对历史发展过程的集体认识和价值判断。从认识论上说，所有的历史事实都是客观存在的，但是历史的判断却并非先验地存在着，而是由人的主观能动性来决定的。在任何时候，一切历史的判断（即“史观”），其实都体现了判断主体所拥有的特定的价值立场和特定的意识形态倾向。

从发生学的意义上说，“史观”其实就是世界观的组成部分。世界观直接影响并规约了历史观的形成，同时历史观也会潜在地影响世界观的塑造。马克思主义认为，历史观的基本问题是社会存在与社会意识的关系问题，这是哲学基本问题在社会历史领域的延伸。由于对历史观基本问题的不同回答，形成了两种根本对立的历史观：唯物主义历史观和唯心主义历史观。唯物主义历史观认为社会存在决定社会意识，社会意识又能动地反作用于社会存在；人类历史的演进是客观的合乎规律的辩证发展过程，社会基本矛盾是一切社会发展的动力，生产力是社会发展的最初源泉；在阶级社会，阶级斗争是社会发展的直接动力；人民群众是推动历史发展的主要力量。唯心主义历史观则强调社会意识决定社会存在，否认物质生产对社会发展的决定作用，把个人的思想观念、理性或“绝对精神”、“神”视为历史发展的动力，认为少数英雄人物是历史的创造者，是历史发展的决定性力量。

人是一种历史的存在，也是一种文化的存在。当一种历史观或世界观成为整个社会的主要观念，那么，作为个体的人，也会自然而然地受到这种观念的影响，并进而形成一种共识性的文学史观。譬如，在中国改革开放之前，由于受极“左”思潮的影响，在很长一段时间内，人们都将历史唯物主义简单地理解为单一的“阶级斗争史”。这导致了人们对文学发展史进行判断的时候，机械地信奉了“阶级史观”——以作家的阶级立场、作品的阶级情感作为文学史的定位依据，使不少具有较高艺术价值的作家和作品都被排斥在文学史之外，从而使文学史的建构都无一例外地体现为阶级斗争史的基本精神。

其实，真正的唯物主义历史观，不仅强调个体能动性在历史认识过程中的重要性，而且也强调任何个体的人都是历史的主体。人的主观能动性，既是认识世界和改造世界的重要动力，也是认识人类自身历史和完善人类自身的基本动力。当然，就历史而言，人的主观能动性首先要受制于历史自身的客观性。文学史的建构也同样如此。一方面，人们要充分尊重文学发展的客观情形，充分尊重文学艺术的基本价值谱系；另一方面，又要大力发挥编撰者的主体意识，充分展示编撰者对特定历史时期文学发展的深入思考和科学把握。只有这样，文学史的建构，才能摆脱政治意识形态的潜在规约，走向全面、客观和科学。

就本体化的历史而言，史实是永远不变的，而作为认识历史的主体的人，在解读历史的过程中，常常会因为各种因素的影响而出现一些变化。这种变化，体现了人类主体意识的丰富和发展，也折射了唯物主义的科学发展观。正是由于人的认识在不断地发展，对历史的看法也会出现不断的自我修正，因此，对文学史的不断解读和重写，也就成为一种自然而然的现象。仅以中国现代文学史和中国当代文学史为例，迄今为止，这两个文学史都有十多种版本问世，而且体现了不同的文学“史观”，其中不少已成为中国高校的通用教材。应该说，这些不同文学史版本的出现，无论是对于广大受众的选择，还是对于文学史本身的建构，都具有重要的意义，也体现了当代学者对既定文学发展史的强劲思考和独特判断。

针对日趋多样化的文学史现状，文学批评在深入这一现状过程中，首先不能忽略的，便是对文学史形成过程中的内在灵魂——编撰者的“史观”进行审视和思考。只有厘清了编撰者的“史观”，并对这些“史观”进行辩证性的分析和思考，批评才能深入文学史的内部，对它的科学性和系统性进行有效的分析与判断。譬如，早在20世纪80年代后期，有不少中国的批评家就发出了“重写文学史”的呼声，并开始对以往的文学史进行批评。在这些批评中，针对中国现当代文学史，有人就从主体性的角度指出：“阐释主体的自主性使得我们现在面对的这段文学史不可能以一种面目被最终确定下来，同时也使得人们对它作出阐释之前不得不正视阐释主体的现实基点，即阐释者的那种主观性、当代性和那种在个体把握历史整体时难以避免的个性化和片面性。”①为此，他们强调，要改变以往的政治化的文学史，重构审美化的文学史；要改变统一编撰的文学史，鼓励多元的个人化的文学史。显然，这些针对文学史观的批评，对后来多元化文学史的出现产生了极为重要的影响。

2. “史法”的梳理与辨析

除了基本的文学史观，在任何一部文学史的建构过程中，“史法”也是非常重要的内在因素。所谓“史法”，就是指文学史的编撰者所运用的一系列阐释、分析和归纳的方法，它既是“史观”的直接体现，又是“史观”的具体实践。“史观”与“史法”之间相辅相成，彼此统一。在文学史的具体建构过程中，我们会经常发现，由于编撰者“史观”的不同，对文学史内部的阶段划分、作家和作品的历史定位和价值判断都不相同。譬如，注重意识形态化历史观的编撰者，都普遍注重将文学史的阐释、分析和归纳与社会政治革命史紧密相连，甚至直接用社会政治革命史的方法，来界定和解析文学史的发展主脉。而注意审美意识化历史观的编撰者，则更多地强调文学史就是文学艺术的发展史，注重运用各种自律性的审美方式，对艺术本体史的发展过程进行梳理、描述和归纳。

在文学史的建构中，“史法”并不是一种抽象的存在，而是非常具体地呈现在文学史内部的各个环节之中。在此，我们不妨以中国现代文学史为例，细察一下不同“史法”在文学史构建过程中所产生的不同情形。迄今为止，中国学术界比较首肯的中国现代文学史主要有七种：王瑶的《新文学史稿》，刘绶松的《中国新文学史初稿》，唐弢、严家炎的《中国现代文学史》，林志浩的《中国现代文学史》，黄修己的《中国现代文学简史》，钱理群、吴福辉、温儒敏、王超冰四位的《中国现代文学三十年》和香港司马长风的《中

① 李劼：《中国现代文学史1917—1984论略》，转引自南帆主编：《二十世纪中国文学批评99个词》，杭州：浙江文艺出版社，第302页。

国新文学史》。如果细致地比较一下，人们就会发现，他们对中国现代文学30年来历史时期的不同划分就各不相同：王瑶的文学史分为四编，第一编：伟大的开始及发展，1919—1927年；第二编：左联十年，1928—1937年；第三编是：在民族解放的旗帜下，1937—1942年；第四编：沿着《讲话》指引的方向，1942—1949年。与王瑶不同，刘绶松完全依照中国现代革命史的程序来编，第一编：1919—1921年；第二编：1921—1937年；第三编：1937—1945年，第四编：1945—1949年。林志浩的分法基本与王瑶的分法无异。唐弢、严家炎则在与王瑶看法一致的前提下，把现代文学的发生期推到了1917年。应该说，这几种文学史的划分方法虽然略有不同，但其中所隐含的"史观"都是一致的，即突出了文学史与中国革命史之间的呼应关系。但是，黄修己却回避了一向以《讲话》作为前后分期的做法，而是按文学自身规律来划分的。如发生期：1917—1920年；发展第一期：1921—1927年；发展第二期：1928—1937年7月；发展第三期：1937年7月—1949年9月。这种划分更加简洁，也体现了作者对艺术内在规律的充分考虑。钱理群等人的分法最简明，只是三个十年：一，1917—1927年；二，1928—1937年6月；三，1937年7月—1949年9月。司马长风对现代文学史的分法，则显得别具一格：1915—1918年为文学革命期；1918—1920年为诞生期；1921—1928年为成长期；1929—1937年为成熟期；1938—1949年为凋零期，他甚至还将现代文学史终结点延伸至1965年。显然，在司马长风的历史界定过程中，更突出了作者对艺术本体史的充分考虑。① 尽管这些中国现代文学史都有各自的优势，也存在着各自的不足，但从这些不同的"史法"之中，我们既可以看到编撰者的不同历史观，亦可以看出他们对不同"史法"的具体运用。

除了"史观"的潜在规约之外，在具体的文学史编撰过程中，各种"史法"的运用也是非常灵活、非常繁杂的。大到历史阶段的划分、文学思潮和文学流派的形成过程及价值评判，小到作家和作品的筛选、分析和判断，都会明确地呈现出来。而且，"史法"运用的科学与否，灵活与否，会直接影响到文学史对编撰主体的"史观"体现，也直接影响到整个文学史的科学价值。因此，文学批评在对文学史进行分析和批评时，同样不能忽略对其内部各种"史法"的有效梳理和辨析。

---

① 参见赵国宏：《〈中国现代文学史〉七大版本比较略评》，载《语文学刊》，2000年第4期，第18页。

3. 宏观建构与微观定位的系统考察

任何一部文学史，都是既涉及一定的区域空间，又涉及一定的历史时间。譬如，欧洲文学史，就是对欧洲由古至今的文学历史过程的归纳和总结；美国文学史，就是对美国自成立以来的文学发展的归纳和总结；而中国古代文学史，就意味着是对中国现代以前文学发展过程的归纳和总结。这是文学史在宏观上必须具备的时空体系。若从微观上看，文学史的内部构成，主要是由文学思潮、文学流派、作家(诗人)、作品等元素组成，它们通常依据文学理论的自律性体系，按文学思潮、文学流派、诗歌、小说、散文、戏剧等不同类别分而述之，当然也会因为作家创作的实际成就出现不同程度上的交叉。

在通常情况下，文学史的宏观建构并不存在太多的差异，因为文学史基本上是立足于相对稳定的历史时空来定位的。但是，由于某些区域的变化或语言系统的变化，也会导致文学史在空间建构上的争议。譬如西班牙的文学史，一般学者都是将其确定为西班牙国家这一区域之内，但也有人将所有西班牙语国家的文学都纳入其中。历史时期的划分也同样如此，尤其是对于“近代”、“现代”之类指称相对模糊的历史时段，在落实到具体的文学史编撰之中，就常常存在着一些争议。不过，从文学史的宏观建构上看，这些争议只要有各自充分的理论和依据，都是合理的，从本质上说，也不会动摇或颠覆文学史在“历史时空”层面上的基本框架。

但是，文学史的微观定位却要复杂得多。所谓微观定位，就是指文学史的编撰者对所在历史时期内的重要思潮、流派、作家和作品的甄别与遴选，阐释与评判。一方面，编撰者会大力吸收学术界已取得的各种最新研究成果，使文学史能够保持在学术的前沿地带；另一方面，编撰者还需要从历史的坐标价值上审慎地考虑遴选的目标，以便确定这些目标是否能够科学地体现某一历史时期的文学实绩。由于受到不同文学史观的影响，不同的编撰者对同一历史时期文学思潮的分析，对具体作家和作品的筛选和评析，都会出现较大的差异。人们会常常发现，有些作家或作品在某些文学史里占有非常突出的地位，而且历史评价颇高，但到了另一些文学史里，只是一笔带过，甚至根本就没有被提及。反之亦然。应该说，出现这些差异是十分正常的，它表明了编撰者对某一历史时期文学发展的独特思考和判断。

微观定位的差异性不仅隐含了文学史编撰者的主体立场和独特“史观”，也折射了特定时代的文化信息。在某一个时代里，人们忽然对某些流派、某些作家作品有了新的认识，甚至在学术界形成了一个新的热点，那么，这种具体时代特质的审美信息，就会自然而然地渗透到该时代的文学史之中。譬如，中国现代作家沈从文和张爱玲，在很长一段时间内，他们都被排斥在中国现代文学史之外，然而，随着20世纪80年代学术界对沈从文和张爱玲的持续关注，以及读者对他们作品的热议，这两位作家在后来的中国现代文学史中，都占有较为重要的地位。

克罗齐曾说，一切历史都是当代史。这句名言至少包含了两层意思：历史的价值并不是为了单纯地保存记忆，而是更好地引导现在，并对未来发挥应有的借鉴作用；任何一个当代人对历史的认识，都不能简单地停留在前人的总结之上，而是需要站在现在的立场上，不断地对历史进行重新解读，赋予历史更多更新的内涵。文学史之所以需要不断地重构，也同样基于这两种内在的精神需求，这往往体现在文学史的微观定位之中。因此，对文学史的批评，在很大程度上是一种系统化的审美考察，批评主体不仅要注意其宏观体系的建构，更要注重其微观定位的标准和差异，尤其是要对那些微观定位中的独特性进行深入的分析。

4. 分体史与文学自律性的深度建构

与“大而全”的文学史不同，各种分体史也是文学史的一个重要组成部分。依据不同的标准和原则，分体史有着各种不同的形态和类别。从体裁上看，分体史主要包括：文学思潮发展史、诗歌史、小说史、散文史、戏剧史、批评史等；从题材上看，分体史则主要包括乡土文学史和都市文学史；从审美趣味上看，有人以文学的雅与俗作为依据，还分出了通俗文学史。这些类别繁多的分体史，体现出文学史研究不断地走向深度和广度，也折射了人们对文学历史积极重构的主体意愿，无论是对于文学史的发展，还是对于文学研究的发展，都具有重要的意义。

分体史的出现，是文学高度自律化的一种表现，也是对文学自律性的深层建构。众所周知，文学自从成为一门独立的学科以来，其自律化发展过程非常迅速，不仅形成了一系列相对完整的文学理论体系，而且在每一个不同的文学类别内部，也逐渐形成了各自的理论体系和审美标准。这些理论体系一方面为人们理解文学的自身规律和审美特质提供了科学而丰富的判断依据，另一方面也是人们在具体的文学研究和批评实践中不断丰富和发展的产物。分体文学史无论依据何种区分标准，都体现了对文学自律性的高度尊重，同时在具体的分体史建构中，又会对各种自律性的理论体系进行丰富和完善。尤其是随着文学自律性的不断深化，各种不同的文学类别都在极力丰富和完善各自的理论体系，使文学理论在科学化的层面上走向深层的规律建构。在这种情形下，人们在建构文学史的过程中，自然而然地感到，那些“大而全”的完整体文学史，很难反映不同类别的文学发展轨迹，诚如有人所说：“尽管不同文体的文学在其发展演变上有许多共同的或相近的规律可循，但不同文体之间毕竟还有因着文体自身特点(内在需求和演变机制)而呈现出的各自特异的变化轨迹。这些不同文体的特异的变化，在一部相对粗放、相对宏观的整体性文学史中是很难一一反映出来的。”①正是在这种情形下，文学分体史的出现，成为对文学自律性的一种深度建构，也是对不同类别的文学发展过程的一种更为精深的总结。

既然分体文学史是一种文学高度自律化的产物，那么，面对各种丰富的分体史，批评主体不仅要注意对其进行“史”的宏观考察，更要注意对其在“体”上的有效建构。这种“体”的建构，包含了编撰者对这一文学类别特殊发展规律的总结和分析，展示了编撰者对这一文学类别创作实绩的科学定位和评价，也反映了编撰者对这一文学类别研究成果的合理吸收和及时整合。因此，文学批评在评析分体文学史时，无疑要更加强调文学自律性的内在要求。

尽管文学史并不是文学批评的主要对象，但是，对文学史进行有效的甄别与评析，一直是文学批评的基本任务之一。任何一部文学史的形成，都是一种综合性、系统性的科学工程。它既涉及历史哲学、历史方法，又涉及文学自身的理论体系、价值标准；它既包含了编撰者对学术界最新研究成果的及时跟踪和总结，又包含了编撰者自身对某一历史时期内的有效梳理和思考。只有深入文学史的学科内部，在深入把握了这一学科的基本特质之后，批评主体才能面对不同的文学史建构体系及其价值倾向，进行科学的阐释和评判。

从文本、作者到文学思潮、文学史，作为文学批评的基本对象，它们都存在着各自不同的特点和规律，也有着各自不同的功能、作用和意义。只有深入地把握了这些对象各自的基本特点，掌握了它们各自的内在规律，文学批评才能做到有的放矢，真正地提高批评的信度和效度。

【思考题】

1. 在针对“作者”的文学批评中，为什么要注意作者的审美意图与实际

① 金汉：《中国当代小说艺术演变史》，杭州：浙江大学出版社2000年版，总序第2页。

文本之间的差异性？试举例分析。

2. 以中国现当代文学中的某个文学思潮为例，谈谈文学思潮的几个基本特征。

3. 从文学批评的角度看，如何理解各种分体文学史中“体”的价值和意义？

第三章 文学批评方法(上)

纵观中外文学批评史，文学批评的每一种新理论的出现，总是伴随着方法上的突破与更新。尤其是20世纪，既是各种批评流派“众声喧哗”的时代，也是众多批评理论与方法纷至沓来的时代，正如法国文学批评家塔迪埃所说：“20世纪里，文学批评第一次试图与自己的分析对象文学作品平分秋色。”①美国学者韦勒克也说：“18、19世纪曾被人们称做‘批评的时代’，实际上，20世纪才最有资格享有这一称号。”②的确，在整个20世纪，各种文学批评理论与方法，可谓层出不穷，波澜迭起，令人目不暇接，因而对文学批评方法的审视，就显得尤为重要。

任何一种文学批评方法，都具有其丰富的内涵，它至少包含三个互相联系而又有机统一的基本层次：其一，哲学方法。在文学批评中，批评主体不管运用什么样的批评方法，都不可能离开哲学的指导，文学批评方法总是一定的世界观与价值观在文艺领域的运用。即使结构主义、符号学、英美新批评等这些偏重于形式的批评方法，也同样要受到相应的哲学方法的制约。因此，哲学方法在文学批评中具有根本性的指导意义。其二，一般方法。一般方法介乎哲学方法与具体学科方法之间，是一种具有普遍适用性的方法。由于文学批评是一门具有很强意识形态性的人文科学学科，而一个时代的人文科学的整体发展水平，以及从人文科学成果中体现并总结出来的方法，往往

---

① [法]让-伊夫·塔迪埃：《二十世纪的文学批评》，史忠义译，天津：百花文艺出版社1998年版，第1页。

② [美]雷内·韦勒克：《批评的诸种概念》，丁泓等译，成都：四川文艺出版社1988年版，第326页。

形成特定的文学批评及其方法的有机组成部分，也都会对文学批评的方法产生深刻的影响。其三，具体学科方法。文学批评是对文艺创作、文学作品与现象的解读和剖析，具体的学科方法处于文学批评方法论体系的底层，它的运用往往受较高层级方法的指导。而具体学科方法尽管渊源有自，却不外乎两大主潮：人文精神主潮与科学精神主潮。以上三个层次是文学批评方法不可缺少的组成部分，而文学的批评方法，实际上就是这三个层次因素在内涵方面的整合与运用。

20 世纪 80 年代，面对纷繁复杂的文学现象，我国当代的文学批评与方法不免有捉襟见肘之感。于是，全方位地引进西方的批评理论与方法，似乎成为当代中国批评界的一条共同捷径——俄国形式主义批评、英美新批评、法国结构主义、精神分析学、西方马克思主义、读者反应理论、新历史主义批评、女性主义批评、后殖民主义批评等，都纷纷登陆和现身于中国当代文学与批评界。80 年代中期以来，国内学术界就有过两次声势浩大的“方法热”，各种批评理论和方法更是前后相继，此起彼伏，蔚为壮观。

由于文学批评理论和方法涉及的学科甚多，流派繁杂，各有特点。因此，本章将侧重于内容方面的批评，选择具有代表性的几种批评方法进行评介和阐析，以便为当代文学批评及其方法的运用提供一些必要的引鉴。

一、社会历史批评

社会历史批评是文学批评方法中历史悠久、影响广泛的方法体系，同时也是人们最为熟悉和常用的批评方法。因为文学作品作为一种社会的精神现象，就其性质来说，是对社会生活的反映。社会历史批评认为，文学离不开社会与历史，文学在本质上是对社会历史生活的再现。因此，这一批评方法重视对文学和社会关系的考察，注重文学作品所产生的社会历史背景、政治经济和文化背景，强调文学与社会、时代与环境的关系，以及文学的社会功用和价值。当然，社会历史批评又是一个在不断发展变化的方法体系。

尽管 20 世纪 90 年代流行的是“后现代”、“结构”、“解构”，以及新历史主义批评、女性主义批评、后殖民主义批评等理论和方法，但如美国批评家魏伯·司各特所言：“只要文学保持着与社会的联系——永远如此——社会批评无论具有特定的理论与否，都将是文艺批评中的一支活跃力量。”①甚

① [美]魏伯·司各特：《西方五种文学批评模式》，蓝仁哲译，重庆：重庆出版社 1983 年版，第 66 页。

至，连不大赞成社会与历史批评方法的韦勒克也说："文学实际上取决于或依赖于社会背景、社会变革和发展等方面的因素。总之，文学无论如何也摆脱不了下面三个方面的问题：作家的社会学，作品本身的社会内容，以及文学对社会的影响等。"①正因为如此，在众多的文学批评方法之中，社会历史批评的运用范围最为广泛，而且，对其他批评理论和方法的渗透力也最强，可以说，它是一种最基本与主要的文学批评方法。

所谓社会历史批评，就是一种依据文学的社会属性，将批评对象置于一定的社会历史文化背景，并注重从社会历史发展的角度，考察和评价文学作品及其现象的一种批评方法。其核心在于强调文学艺术与社会历史之间的有机联系。而"社会历史"是一个难以定量分析的概念，并且，伴随文学观念的更新和研究视野的拓展，人们也在赋予社会历史批评以更新、更丰富的诠释。

1. 社会历史批评的源起

社会历史批评，可以说古已有之。在中国古代，社会历史批评的最早源头可以追溯到孔子有关文艺社会功用的说法。中国文学创作和批评，从一开始就很重视文学与政教的关系，尤其在文学尚未得以自觉发展的早期就更是如此。就是中国第一部诗歌总集《诗经》，也并非仅作为纯文学作品而存在。所谓"春秋时政治、外交场合公卿大夫'赋诗言志'颇为盛行"②。而古代诗歌的采集也是有意为社会教化服务的，这就是古籍上说的"古者天子命史采诗谣，以观民风"③的采风制度。

注重文学的政治教化作用，更是集中体现在孔子提出的"兴观群怨"说上。《论语·阳货》载："子曰：'小子何莫学夫诗？诗可以兴，可以观，可以群，可以怨。迩之事父，远之事君，多识于鸟兽草木之名。'"孔子这段话意思是：诗歌具有感发振奋人心、帮助人们观察风俗的盛衰以及团结人们和针砭时弊的作用。孔子肯定了文学具有广泛的社会作用，这是很宝贵的，但"事父"和"事君"则反映了儒家思想的局限性。可以说，孔子这一观点是我

① ［美］雷内·韦勒克、奥斯汀·沃伦：《文学理论》，刘象愚等译，北京：三联书店 1984 年版，第 109 页。

② 郭预衡：《中国古代文学史》（第 1 册），上海：上海古籍出版社 1998 年版，第 26 页。

③ 孔鲋：《巡狩篇》，《孔丛子》，裘绍谟校，上海：商务印书馆 1939 年版，第 65 页。

国古代社会历史批评的源头。古代中国的社会历史批评，尤其注重社会生活对文艺的影响及作用。《左传》有"季札观乐"记载：吴国公子季札出访鲁国，遍听各诸侯国的音乐，季札从《周南》中听出"勤而不怨"，从《邶》中听出"忧而不困"，从《郑》中听出"其细也甚，民弗堪也"，认为郑国歌声细琐，反映其政令苛细，百姓已不堪忍受。这说明季札已经把文艺与政治教化结合起来，认为社会时政能影响社会和生活其间的人，而人们的感情思想又会反映到文艺作品之中。

从社会历史角度来评介作家作品，考察作家生平与社会环境的关系，较有影响的是《孟子・万章下》提出的"知人论世"说。孟子认为，要评价和了解作家作品，不光要"颂其诗，读其书"，还要"知其人，论其世"。"知人"是了解作家的生活道路和创作个性，"论世"则不仅要了解社会时政、世态人情，还要联系作家所处的社会与时代状况。孟子针对当时的断章取义、比附穿凿之风，提出了"以意逆志"说，即"不以文害辞，不以辞害志，以意逆志，是为得之"。其要义是反对望文生义，片面割裂章句，强调把握全人全篇，以便深入阐析作家的心志。作为我国古代影响久远的批评方法，"知人论世"与"以意逆志"，在历史上流传了两千多年。王国维曾说："是故由其世以知其人，由其人以逆其志，则古诗虽有不能解者寡矣。"①认为在评价作品时，应贯彻"知人论世"的原则，并注重"以意逆志"的方法，进而将两者有机地结合起来进行评析。中国古代侧重于从社会历史的角度评价文艺创作的批评方法，从诞生之日起，就具有极强的生命力与影响力，从汉代《诗大序》认为诗可以"经夫妇、成孝敬、美教化、移风俗"，到魏代曹丕"盖文章，经国之大业，不朽之盛事"，再到梁代刘勰"歌谣文理，与世推移"，以及"文变染乎世情，兴废系乎时序"等，无不受此影响。可见，社会历史批评方法古已有之，并在中国文学及其批评史上产生过深远的影响。

在古希腊，西方古代的社会历史批评方法，往往是与善恶伦理的评判联系在一起的。柏拉图评论史诗、神话与戏剧，一般都把社会功用放在突出的位置。柏拉图在《理想国》中认为文艺应该"模仿那些勇敢、节制、虔诚、自由的一类人物"，以使文艺符合培养"城邦的保卫者"的重要使命。在对文艺逐一进行审查后，柏拉图认为文艺摹仿"人性中低劣的部分"，摧残了人的理性，使"城邦保卫者"失去了勇敢无畏的品质。悲剧艺术也助长人们不良的感伤癖和哀怜癖。即使是喜剧也是投合人类"本性中的诙谐欲念"，滋长了不利于社会城邦的下等人习性，并认为摹仿艺术既亵渎神明、又贬低英

① 王国维：《玉溪生年谱会笺序》，北京：中华书局1961年版，第25页。

雄。基于此，柏拉图在《理想国》里向诗人下了逐客令："除掉颂神的和赞美好人的诗歌以外，不准一切诗歌闯入国境。"柏拉图深知艺术之美，却因"它们愈美，就愈不宜于讲给要自由，宁死不做奴隶的青年人和成年人听"①。正因如此，柏拉图是古希腊第一个把社会功用确定为审查文艺首要标准的人，也是第一个明确要求文艺服务于社会的人，还是第一个深谙艺术但为其政治理想却不得不牺牲艺术的人。

亚里士多德既强调文艺的教育功能，又注重文艺的娱乐功能。认为艺术就应使人产生快感，否则就谈不上是艺术。在《诗学》中亚氏认为悲剧给人的快感是："借引起怜偶与恐惧来使这种情感得到陶冶。"②"陶冶"原文katharsis，即"净化"。朱光潜则认为："'净化'的要义在于通过音乐或其他艺术，使某种过分强烈的情绪因宣泄而达到平静，因而能恢复和保持心理的健康。"③亚里士多德十分重视摹仿艺术的感情传达与效果，所以他强调悲剧主人公"宁可更好，不要更坏"④。如果悲剧主人公与一般人没什么差别，势必会失去震撼人心的力量，这也有悖于西方悲剧的庄严与崇高，文艺的社会功用也就无从谈起。因此，亚里士多德认为悲剧引起我们适度的怜悯与恐惧，并将怜悯与恐惧的不适度向适度的情感靠拢，进而将美德转化为有益于社会的品格，这才是悲剧的净化作用及其最终的社会功用。

贺拉斯十分注重文艺的社会功用与教育功能，要求文艺必须是高贵和优雅的，文艺应表现高贵的人和伟大的事业，强调文艺应在情节的整一安排和语言的高贵优雅方面下工夫。他在《诗艺》中认为"要写作成功，判断力是开端和源泉"。这种判断力来自创作者的知识、思想和道德，他认为如果一个人懂得对于国家和朋友的责任是什么，"那么，他一定也懂得怎样把这些人物写得合情合理"。这种合情合理虽是指符合奴隶主阶级的情理，但强调了文艺创作是一种重社会功用的理性活动，也较早地注意到了文艺摹仿现实的作用，"诗人的愿望应该是给人益处和乐趣，他写的东西应该给人以快感，同时对生活有帮助"。在肯定艺术摹仿现实的基础上，他提出了"寓教于乐"

① ［古希腊］柏拉图：《文艺对话集》，朱光潜译，北京：人民文学出版社1963年版，第36页。

② ［古希腊］亚里士多德：《诗学》，罗念生译，北京：人民文学出版社1962年版，第19页。

③ 朱光潜：《西方美学史》(上卷)，北京：人民文学出版社1963年第1版，第88页。

④ ［古希腊］亚里士多德：《诗学》，罗念生译，北京：人民文学出版社1962年版，第37页。

说：“寓教于乐，既劝谕读者，又使他喜爱，才能符合众望。”①“寓教于乐”说生动形象地揭示了文艺的审美、认识与教育作用的辩证关系，肯定了文艺反映社会生活的特殊性，以及文艺的社会效果与作用。以上西方这些文论观点、批评理论与方法，极大地影响着文艺复兴时期、启蒙运动时代的文学创作与批评。

2. 社会历史批评方法的代表理论及其发展

在西方社会历史批评的发展演进中，真正从理论上对其进行系统阐述的，则是近代意大利历史学家维柯。在1725年出版的《新科学》一书中，维柯考察了文学艺术与社会生活的联系，探讨了人类社会文化的起源，认为社会历史发展阶段同人的生命成长过程相类似，他还根据希腊社会的发展阶段来研究荷马史诗，提出了“特定时代，特定方式”的主张②，后经法国作家斯达尔夫人的阐述，社会历史批评又有了进一步的发展。真正使社会历史批评得以完全确立的，应是法国的批评家丹纳；而使社会历史批评得以有效运用和深入拓进的，则是19世纪俄国革命民主主义批评家，以及对马克思主义文艺学有过杰出理论建树的文艺理论家。

(1)文学发展的“三要素”说

作为一种批评理论，社会历史批评诞生于19世纪初的法国。法国作家斯达尔夫人在开创社会历史批评方面有着很大影响，她试图从文学与宗教、风俗和法律的关系来解释文学的性质和作用，从而开创了一代文学批评的新风。斯达尔夫人在《论文学》中明确提出：“我的本旨在于考察宗教、风尚和法律对文学的影响，我是想指出每个时代和每个国家的文学和社会制度的关系。”她以荷马与希腊社会、莎士比亚与英国社会的关系，来论证伟大作家也是时代与环境的产物，其审美标准和能力也与其社会及时代环境密切相关。

斯达尔夫人在《论文学》中认为，西欧南方独有的空气、树林、溪流等自然环境和气候条件赋予南方人感情奔放、想象丰富的性格，但南方人却又大多不习惯于持久地思考，因而南方的诗歌“远不能和沉思相谐和，远不能激起思考所能感受的东西”。她还谈到文学语言的构成与自然地理环境也有

① ［古罗马］贺拉斯：《诗艺》，杨周翰译，北京：人民文学出版社1962年版，第155页。

② ［意］维柯：《新科学》，朱光潜译，北京：人民文学出版社1986年版，第152页。

着密切的关联。斯达尔夫人认为北方的德语和南方的希腊语，虽然风格和结构近乎一致，然而德语“有希腊语之难而无其美”，但却“比所要表达的思想还更有力量，这就使得文风常常有力而单调”①。她还以大量篇幅论证了因西欧南方与北方的地理环境、气候条件不同，造成了风土人情和人们性格与气质方面的明显差异，从而形成了西欧南方和北方文学这两种截然不同的精神风貌。

法国文学理论家丹纳的文学发展“三要素”说，受到当时孔德实证主义的影响。他在《艺术哲学》等著述中提出了文学发展“三要素”说，认为“种族、环境、时代”是决定文学发展的“要素”或“根源”，分别代表了文学发展的“内部主源”、“外部压力”和“后天动量”。作为“内部主源”的“种族”，主要是指人的“天生遗传的那些倾向”，在丹纳看来，一个古老的种族尽管可以“经过30个世纪的变革而起着变化”，“然而在它的语言、宗教、文学、哲学中，仍显示出血统和智力的共同点”②；作为“外部压力”的“环境”，丹纳认为住在北方地带的种族，“为忧郁或过激的感觉所缠绕，倾向于狂醉和贪食，喜欢战斗流血的生活”。而住在南方的另一种族“一开始就倾向于社会的事物、固定的国家组织以及属于情感和气质方面的发展”。丹纳认为正是“环境”因素造成了南北方种群间的差异。而作为“后天动量”的“时代”要素，丹纳阐析了埃斯库罗斯与欧里庇德斯，他们虽同是古希腊人，但由于其所处的具体时代不同，他们的创作也呈现出不同的意义。丹纳认为任何艺术作品都不是孤立的，都应“找出艺术品所从属的、并且能解释艺术品的总体”③，而且联系“文学发展三要素”进行评价与阐析。

丹纳与斯达尔夫人提出文学发展的“三要素”说，有力地促进了社会历史批评方法在法国的风行，影响和波及了欧洲各国，从而形成了影响深远的19世纪欧洲文坛的社会历史批评。他们的文论虽有不少合理的因素，但由于其历史与时代观的局限性，丹纳与斯达尔夫人在考察决定文艺生产与发展的因素时，往往忽视了最重要也是最根本的决定因素，就是一定社会发展阶段生产力和生产关系的总和所构成的经济基础，而且他们都把自然条件的作用夸大到了不适当程度，因为这些外部条件毕竟总是要通过社会内部、通过

① [法]斯达尔：《德国的文学与艺术》，丁世中译，北京：人民文学出版社1981年版，第36页。

② 转引自伍蠡甫：《西方文论选》(下)，上海：上海译文出版社1979年版，第236～237页。

③ [法]丹纳：《艺术哲学》，傅雷译，北京：人民文学出版社1961年版，第5页。

人的活动才能对社会发生作用。因而，其理论的局限和不足也是很明显的。

(2)文学是社会现实生活的反映与再现

由于社会历史批评是一种侧重从社会与历史角度观察、分析、评价文学现象的批评方法，因此，它非常重视文学作品与社会生活的关系，重视作家的思想倾向与文学的社会作用。俄国的别林斯基就极力强调文学与社会现实的密切联系："文学应该是社会生活的表现，应该是社会赋予它以生活，而不是它赋予社会以生活。"①在别林斯基看来，文学须臾不能脱离生活，现实对于生活的重要性"有如燃油之于灯中的火，或者，更进一步，有如土壤之于它所培养的植物"②。别林斯基认为只有真实地反映社会生活的作品才能打动读者，才能获得持久永恒的艺术生命。由于深谙文学批评的审美特点，别林斯基对于抹煞文学本身特点的乏味说教深表厌恶："艺术首先必须是艺术，然后才能是一定时期社会精神和倾向的表现。不管一首诗充满着怎样美好的思想。"③他认为果戈理的《死魂灵》之所以成为不朽的杰作，就是因为在这部作品里，社会思想的深刻性和形象惊人的艺术性不可分割地结合在一起了。

车尔尼雪夫斯基在《艺术对现实的美学关系》的学位论文中，提出了唯物主义的美学公式："'美就是生活'——那些含有生活的东西正如我们所希望的，便是美的；那些显现生活或者使我们想起生活的东西，便是美的。"他坚持美是社会现实所固有的，并不是由社会现实以外的任何领域所能赐予的。"美就是生活"给予了真正的艺术一种神圣的社会使命感与历史责任感，美是属于社会现实自身，而艺术中的美则是社会现实美的再现和反映。车尔尼雪夫斯基宣称，艺术只有跟历史和时代的先进思想发生密切联系，才能拥有活力并赢得人民的真正喜爱。他主张艺术家应成为社会的教师，文艺作品应成为"生活的教科书"，并且，应该符合时代的迫切需要；他肯定艺术的任务是再现现实和解释现实，是对社会现实进行评判。

杜勃罗留波夫的文学批评活动，捍卫和发展了别林斯基、车尔尼雪夫斯基关于文学的性质和社会作用的观点。他认为，文学在社会生活中有着巨大

---

① [俄]别林斯基：《别林斯基选集》(第2卷)，满涛译，上海：上海译文出版社1979年版，第421页。

② [俄]别林斯基：《别林斯基论文学》，梁真译，上海：新文艺出版社1958年版，第81页。

③ [俄]别林斯基：《别林斯基论文学》，梁真译，上海：新文艺出版社1958年版，第39页。

意义，是不流血的战场上的“有力的武器”，是“社会欲望第一个表达者”，它要为改善社会这个事业服务。文学以其不同于科学的特有形式再现生活、解释生活，对生活中的问题作出“判决”。文学的这种作用不是一种强制的力量，而是平心静气地说理，以激发人的思想和感情。他十分重视文学批评活动，指出文艺批评应从文学再现变化着的社会现实生活的原则出发，认为批评的第一项任务是“发现事实，指出事实”①；第二是“根据事实进行评判”。文学批评的任务是正确阐明作家所描写的形象与象征意义，“从事实出发的现实的批评，对读者才有某种意义”②。

俄国19世纪三大杰出的文学批评家别林斯基、车尔尼雪夫斯基、杜勃罗留波夫的文学批评方法，可以说是社会历史批评方法的发展与延伸。另外，像赫尔岑、普列汉诺夫以及列夫·托尔斯泰等，都侧重从社会历史的角度观察、分析与评价文学作品及现象，注重文学作品与社会生活的关系，强调文学是社会现实生活的反映与再现。

(3)文学向社会历史的深层深入与拓进

马克思主义使文学批评的社会历史方法置于科学理论基础之上，并使之进入一个全新的阶段。对马克思主义文艺学作出杰出贡献的文艺理论家，包括卢那察尔斯基、普列汉诺夫和卢卡契等，他们就是运用社会历史批评方法，写出了许多迄今仍有着不少真知灼见的批评佳作。关于艺术的社会属性、艺术的本质以及艺术创作方法的理论，卢那察尔斯基的论述和阐析是独特而有创见的，他认为任何作家的文学活动都不可能脱离社会而存在：“诗人表现的思想感情，他笔下的形象，他的文学风格，他的乐音等等，以至他的细节，无不细致入微地依存于社会基础。”③他还认为，如果表现在艺术作品中的感受绝对是个人的，则它就没有任何社会意义。面对作为一种特殊社会文化现象的文学，批评家首先要把文学现象作为一种社会现象，来对文学所传达的社会本质进行科学分析。不仅要对文学与社会阶级关系进行深刻阐析，而且还应当对其进行美学的分析，文学的社会历史批评应该注重对社会关系及历史时代给予作家作品的影响进行深入研究。

---

① ［俄］杜勃罗留波夫：《杜勃罗留波夫文学论文选》，辛未艾译，上海：上海译文出版社1984年版，第238页。

② ［俄］杜勃罗留波夫：《杜勃罗留波夫文学论文选》，辛未艾译，上海：上海译文出版社1984年版，第245页。

③ ［苏］卢那察尔斯基：《关于艺术的对话》，吴谷鹰译，北京：三联书店1991年版，第161页。

作为20世纪重要的思想家和批评家，卢卡契强调文学是对客观现实更深刻、更全面的反映。但在资本主义社会，人与人的关系被资本主义生产所建构的“物化”关系掩盖了，从而模糊了人们对资本主义社会本质的认识。为此，卢卡契指出：“伟大现实主义艺术家的主要特征就是他们千方百计、废寝忘食地按照客观本质去掌握并再现现实。”①他强调文学要对社会现实生活作出整体反映。卢卡契认为，法国作家巴尔扎克、司汤达等人就是在社会发展的动态过程中表现了整体真实的杰出作家，他们“能在资本主义社会的种种表象中，敏锐地把握到了资产阶级整个上升时期社会历史发展趋势与最本质的金钱关系”。他还运用社会历史批评方法对莎士比亚的作品进行分析，认为“莎士比亚总是让人的问题从他的时代的历史斗争中明显地突出来，并进行高度浓缩和概括”②。正是这种人与社会历史的冲突，才得以揭示人自身的价值和尊严。

20世纪初社会剧烈变革带来各种社会思潮的激烈碰撞，也为社会历史批评进一步拓展其理论与方法提供了契机。英国批评家考德威尔认为文学批评应坚持社会历史的视野，应有积极参与社会现实斗争的立场，并尝试从资本主义社会变迁的历史发展中考察文学的本质和意义。他认为诗歌决不单纯是现实世界的幻象，也并非来自个人，而是来自社会历史的现实。他批评20世纪30年代英国文学严重地脱离社会现实，已演变为僵化的自然主义和温情的资产阶级幻象：“事态已发展到这样的地步，通过社会关系的小修小补，通过艺术手段使本能适应环境已于事无补了，社会关系本身必须重建。”③考德威尔在这里强调了文艺干预社会现实生活的作用。

法国批评家戈德曼强调对文学作品结构要素与特定社会集团思想体系关系的阐析。他认为文学艺术与一定的社会现实和社会集团紧密相连，文学作品与社会集团的精神结构之间存在着同源性。以往的批评方法忽视了文学与社会之间联系功能的考察，从而影响了对文学作品整体性的理解，以及对文学艺术与社会关系的认识。戈德曼在其代表作《隐蔽的上帝》中，将文艺与特定社会集团的精神结构联系起来，进行发生结构主义的考察研究，强调将

① [匈]卢卡契：《卢卡契文学论文选》第1卷，范大灿编选，北京：人民文学出版社1986年版，第87页。

② [匈]卢卡契：《关于卢卡契哲学、美学思想论文选译》，张伯霖等编译，北京：中国社会科学出版社1985年版，第85页。

③ [英]考德威尔：《考德威尔文学论文集》，陆建德等译，南昌：百花洲文艺出版社1995年版，第431页。

文学批评深入更为广阔的社会功能化的结构之中，认为所有的人类行为都企图对一种特殊的社会境遇作出有意义的反应。① 戈德曼在注重文学作品审美因素的同时，还侧重分析政治、宗教和阶级等诸多社会历史因素，进而将批评的重心深入并拓进到社会历史深层结构之中。

社会历史批评得以深入和拓进，还与文化因素的渗入密切相关。正是由于社会历史批评的文化学的拓展，使其能将文学活动作为文化系统中的有机部分来透视阐析，这种趋势到了当代英国的伊格尔顿那里，已发展成为一种综合——文化的社会历史批评。伊格尔顿认为工业资本主义社会中的不少诗人，“他们注意的是文学与社会责任之间的连续性而不是它们之间的对立”②。在《审美意识形态》一书中，伊格尔顿阐析了资本主义社会中感性与理性、欲望与精神的严重分裂，以及社会现实的审美失落的问题，因而要从资本主义社会历史与现实的逻辑发展，来对整个社会历史现实中的审美现象与意识形态进行分析考察，更多地注重社会历史中的审美现象与意识形态运作过程。正是在这个意义上，伊格尔顿呼吁文学批评要以一种“介入者”的姿态，关注文学艺术发展变化的社会历史环境，在社会发展与文学发展的学术视野以及历史进程中，推进文学批评向社会历史深层拓进，深化文学批评向文学自身内在规律的延伸。

3. 社会历史批评的基本原则与特征

文学是一定社会文化环境的产物，而构成这种社会文化环境的，除了指当时的人与人的社会关系与社会意识形态的总和之外，还包括社会历史所遗留下来的现在仍起作用的一切社会文化成果。以文学与社会关系为基准来考察和评价作家作品，这是社会历史批评的总体原则与特性，包括以下三点：

(1)将作品置于特定社会历史背景中，联系作家的生平创作与时代环境进行综合分析研究

文学离不开社会历史，文学在本质上是对社会生活的再现，这是社会历史批评所强调的一个基本原则与特征。因此，社会历史批评注重对文学与社会关系的考察，注重社会时代、历史环境、现实生活对作家创作及其思想观念的影响和作用。法国的丹纳就运用社会历史批判的观点阐述了文艺的发展

① 参见[法]吕西安·戈德曼：《文学社会学方法论》，段毅等译，北京：工人出版社 1989 年版，第 8 页。

② [英]特里·伊格尔顿：《当代西方文学理论》，王逢振译，北京：中国社会科学出版社 1988 年版，第 53 页。

历史，说明了种族、环境、时代这三大要素对文艺发展的重要作用，肯定了文艺与社会的密切关系。俄国的别林斯基、车尔尼雪夫斯基、杜勃罗留波夫等革命民主主义批评家，始终把文学活动和社会活动紧密地联系在一起，要求文学艺术家应积极推进社会的进步与文学的发展。俄国19世纪三大杰出的文学批评家，即别林斯基、车尔尼雪夫斯基、杜勃罗留波夫紧扣俄罗斯的社会现实，深刻剖析文学艺术作品，在当时产生了广泛而深远的影响。杜勃罗留波夫将奥斯特洛夫斯基的《大雷雨》剧作，置于俄罗斯封建专制制度这一社会历史大背景之中，深入地阐析了该剧作展示的不仅是个人悲剧，同时还是社会悲剧，并将剧中的女主人公卡德琳娜称为“黑暗王国中的一线光明”。可以说，别、车、杜三大文艺批评家从社会历史的角度，在一系列文艺评论中确立了批判现实主义的主导地位，有力地推促了俄国进步文学的空前繁荣。

社会历史批评还要求联系特定的作家作品、生活经历，以及社会状况来进行综合分析及具体考察，譬如对于东晋时期的著名诗人陶渊明的归隐，仅从个人人生态度角度来看是具有消极性，但联系其所处的社会历史状况，以及诗人所生活的社会环境进行综合分析和深入具体的考察，就能理解陶渊明的归隐是有其深刻复杂的社会历史原因的，从而给予作家作品以正确的评价和准确的定位。

(2)注重对作品社会历史内容的阐释，强调文学反映社会生活的真实性及倾向性与社会认识功能

社会历史批评注重对作品的社会历史内容的具体阐释，通常以真实性和倾向性为标准，揭示作品中所蕴含的社会内容与历史意义。所谓真实性，是指文学作品所展现的社会生活画面，所塑造的艺术形象与社会现实生活实际情况的符合程度。英国批评家瑞恰慈就真实性曾作过这样的解释：“‘真’的最常见的另一层意义就是可接受性，主要体现为两点，一是读者所认可的接受效果，二是作品所具有的内在的必然性。”①因此“真实”的内涵就应包括真实的生活、真实的人物、真实的细节、真实的情感和心理活动。杜勃罗留波夫也说：“作为艺术家的作家，他的主要价值，就在于他的描写的真实性。”②如果文学不能真实地反映现实生活，就不能达到使人认识生活本质的

① ［英］瑞恰慈：《文学批评原理》，杨自伍译，南昌：百花洲文艺出版社1992年版，第244页。

② ［俄］杜勃罗留波夫：《杜勃罗留波夫选集》(第1卷)，辛未艾译，上海：上海文艺出版社1962年版，第165页。

目的。由于文学的真实可以更接近生活的本质，因此，它可以比实际生活更具有精神的感染力。许多优秀的中外文学艺术作品，尽管相距遥远，却仍能催人泪下，令人荡气回肠，就因其蕴含着真情实感。艺术家在塑造艺术形象时，也必然会不同程度地渗入其思想倾向于作品之中。曹雪芹在《红楼梦》中塑造的多个青春女子的形象，其中就饱含着作家对这些女子不幸命运“怜香惜玉”般的同情与怜悯，同时还渗透了曹雪芹那种人生虚无的悲观主义思想倾向。可见，社会历史批评注重文学思想倾向性和社会认识功能。因为，文学作为一种特殊的社会意识形态作用于社会生活，毕竟是通过陶冶人的性情、塑造人的灵魂的途径来实现的。

(3)侧重于从人与社会关系的角度，联系作品的社会内容来分析作品的艺术形式与审美价值

社会历史批评侧重于从人与社会关系的角度，联系作品的社会内容来分析作品的艺术形式与审美价值，因为文艺的价值是贯穿在作品内容与形式的有机统一之中的，而任何一部艺术作品的内容与形式都是无法剥离的，没有形式的内容或是没有内容的形式，都是根本不可能存在的。社会历史批评在不断的发展拓进中，强调以尽可能完美的艺术形式来表达深刻的思想内容，力求做到内容与形式的有机统一。社会历史批评并不排斥对文学作品的艺术形式分析，因为“不同的诗的形式会产生神奇的巨大效果”①。但是社会历史批评从来不单就形式而谈形式，而是侧重于从人与社会关系的角度，侧重于联系文艺作品的社会内容来谈艺术形式和审美价值。社会历史批评在分析具体的文学现象时，不是孤立地看待这一文学现象，而是力图把握其潜在的社会历史内涵，以揭示这一现象得以形成的社会历史根源，并力图从社会与历史的角度对它作出全面的评价。它重视文学作品产生的时代背景、历史条件，注重文学作品反映的社会生活内容与思想意义，以此确定文艺作品的思想与艺术价值，这几乎成了社会历史文学批评的一种惯例。可见，社会历史批评对于发掘作品的思想价值和社会意义，无疑具有其独到之处。

但是自中华人民共和国成立以来，我国社会历史批评发展状况却不容乐观。在极“左”思想的干扰影响下，不少批评者把文学批评作为政治的图解，将文学批评视为时政的简单说明，甚至将文学批评引向狭窄化、简单化乃至庸俗化，文学批评主体几乎成为政治路线的传声筒。由于某些批评者过多强调社会生活及历史环境对文学的影响，不同程度地存在着忽视文学的审美因

① [德]爱克曼、歌德：《歌德谈话录》，朱光潜译，北京：人民出版社1978年版，第29页。

素和价值的倾向，有些批评者忽视甚至无视文学的主体性和审美性，这就容易使文学批评沦为一种从属于政治的工具、一种诠释道德伦理教义的载体、一种围绕运动风向转动的附庸，流于庸俗社会学的批评，甚至流于以政治取代艺术的偏向。当然，这种扭曲的病态的现象，并不是社会历史批评正常发展的表现。

任何一种文学批评都不应该，也不同于一般的科学认识。文学批评除了追求真理之外，它还必须着眼于审美价值的追求。别林斯基曾说："历史的批评是必要的，但不能将艺术本身的美学要求置于不顾。我们还要说，确定作品的美学上的优劣程度，应该是批评家的第一步工作。"①可见，仅强调文学批评方法的科学性而忽视其审美性，显然不能叫做文学批评，也谈不上批评方法的良好运用。文学批评方法在本质上应是"按照美的规律"而进行的一种批评实践。强调文学批评中的"美学观点"，并不意味着就可以轻视社会观点与"历史观点"，因为文艺毕竟是人类对于自己生活其间的社会历史生活所作的一种艺术把握。换言之，文学批评方法既然注重"美学观点"，它必然就应包含着"社会观点"与"历史观点"，这也是不断发展与开放的社会历史批评的走向。

二、文化批评

文化批评是风行于西方学术界的一种跨文化、跨学科，以及跨艺术门类的研究方式和学术思潮。20世纪60年代以来，当代西方文化理论与思潮更趋于多元化。新历史主义、女性主义，以及后来渐趋兴盛的后殖民主义等理论与思潮纷至沓来，兴衰更迭，构筑了一幅多样化与多元化的当代西方文化批评方法的理论景观图。20世纪80年代末以降，国内文学批评界一个引人注目的走向就是从文学批评到文化批评的转向。当代西方文化理论与批评方法，被先后引入和介绍到中国，随即被运用于当代中国文学及其批评实践中，成为当代国内文艺批评的主要理论和批评方法。

文化批评在当代中国的出现与兴盛并不是偶然的，这既是文艺学与美学学科发展更新的内在需要，更是当代中国社会与文化环境发生巨大而深刻变化的外在表现：自20世纪90年代以来，中国社会由计划经济向市场经济转型，市场与商品经济的迅速发展、文化市场及文化工业的突然崛起、大众文

---

① ［俄］别林斯基：《别林斯基论文学》，梁真译，上海：新文艺出版社1958年版，第261页。

化的全面蔓延，尤其是市场化、世俗化、商业化与审美泛化等现象加剧。凡此种种，新的文化现象和社会矛盾都对当代人文学者提出了亟待探究与解答的问题，也使人们骤然感觉到了文化批评的理论魅力，包括其直面现实人生的学术品格，以及剖析社会问题的批判锋芒。

可以说，自 20 世纪末以来国内文学批评及方法之所以呈现出许多新特点与新变化，西方文化批评与方法的引入是一个重要原因。而且，20 世纪 90 年代几次大的人文学术讨论，如关于“人文精神”的大讨论，大众文化与消费主义、日常生活审美化以及后现代与后殖民的讨论等，无不体现出文化批评及其方法的深刻影响。同时，这也从另一个侧面说明文艺学与美学学科调整与转型势在必行。①

为什么所有的人都在谈论文化？当代英国学者伊格尔顿如是说：“因为就此有重要的论题可谈，一切都变得与文化有关。”②文化批评方法成为当今国内时髦和热门的话题，这也是当代中国文学批评不可回避的现实趋势。因此，批评家们选择跨越单纯文本阐释和分析的樊篱，走向更广阔的文化批评及其研究领域，“这种文化批评既不同于过去传统的文艺社会学中那种简单的历史批评或意识形态批评，又不简单袭用西方后现代主义文化或西方人所建立的第三世界文化理论的文化批评理论。它应该是一个立足于中国本土文化语境、具有新世纪特征、有一定价值作为基点并且有一定阐释系统的文化批评”③。正因如此，有必要对这一批评方法进行全面深入的考察与探析。

1. “文化批评”的界定与述评

“文化批评”的界定与述评，实际上无法回避这样一个问题：什么是文化？自 19 世纪中叶以来，这一概念始终是很多人文学者关注的热点，但迄今尚无统一的定义。19 世纪人类学家泰勒在《原始文化》中指出：“文化或文明，就其广泛的民族学意义上来说，乃是包括知识、信仰、艺术、道德、法律、习俗和任何人作为一名社会成员而获得的能力和习惯在内的复合整体。”这一文化的概念在西方较为流行，文化一词始于拉丁文 cultuia，英文

---

① 参见蒋述卓：《文化诗学：理论与实践——20 世纪中国文学批评的跨文化视野与现代化进程》，北京：人民文学出版社 2005 年版，第 1 ~ 5 页。

② ［英］特里·伊格尔顿：《后现代主义的矛盾性》，载《国外文学》，1996 年第 2 期，第 5 页。

③ 蒋述卓：《走文化诗学之路——关于第三种批评的构想》，载《当代人》，1995 年第 4 期，第 16 页。

culture，原为“耕作”之意。通过“耕作”即劳动，人由动物变成了真正意义上的人。

英国学者马林诺夫斯基在《文化论》中，就是由此层面来界定文化：“文化是指代那一群传统的器物，货品，技术，思想，习惯及价值而言的，这概念实包容着及调节着一切社会科学。”美国学者克罗伯和科拉克洪在 1952 年发表的《文化：一个概念定义的考评》一文中，对文化下了一个综合性的定义：“文化存在于各种内隐和外显的模式之中。借助符号的运用得以学习和传播，并构成人类群体的特殊成就，这些成就包括他们制造物品的各种具体式样。文化的基本要素是传统思想观念和价值观，其中以价值观最为重要。”克罗伯和科拉克洪所下的定义为较多的当代西方学者所接受，同时也使人们意识到，相较于人类社会广阔的历史背景，文化毕竟是一个宽泛复杂且多样的概念。

从上述有关文化的界定和阐释中，可以见出文化的基本内涵和特征，而在某种程度上，这些基本内涵特征又决定着文化批评及其研究的基本特性。不可否认，文化批评把文化研究的方法和要旨引入文学研究，因此文化批评与文化研究在研究范围、研究对象、研究方法与研究特征上有很多交叉之处。一般而言，文化批评更关注文学现象，也更多地从文化批判的视角介入与分析，而且主要是在从事现当代文学研究的学者那里盛行。文化研究则主要是借助于外来较为厚实的学术理论资源，联系当代社会现实问题进行探讨的一种理论话语。这一点是较为明确的，即当今的学术界普遍认为，文化批评与文化研究已基本趋同。

文化批评把学术视野投向了社会文化的广阔领域，与经济基础之上的意识形态、哲学政治、审美心理等联系起来。作为一种批评理论和方法，文化批评也有助于消弭学术研究与社会公共领域日趋的隔阂与疏离，促使人文研究者能介入公共性的社会与政治领域。文化批评的根本旨趣，用哈贝马斯的话说是一种“解放的旨趣”，用吉罗克斯的话说是一种“抵抗的知识分子在公共事务中发出自己的声音”。由于我国长期受“左”倾路线斗争和政治运动的影响，致使不少人思维单一僵化，妨碍了国内文学批评与方法的良性发展，文化批评显然有助于改变这种现状。

20 世纪 90 年代以来，我国文化批评或文化研究的渐趋兴盛已是不争的事实。文化批评与文化研究逐渐融合了一些新的批评方法与理论流派，诸如女性主义、新历史主义、后殖民主义等，从而形成一种不断发展开放、变化拓展的理论批评格局。许多学者也不同意将文化批评及其研究体制化和学科化。詹姆逊对此说道：“文化研究是一种愿望，探讨这种愿望也许最好从政治和社会角度入手，把它看做是一项促成‘历史大联合’的事业。”①米勒也有类似的观点：“我们今天所称的‘文化研究’是异质的，是不同结构实践的一个有些不定形的空间。这些实践很难说有一种共同的方法、目标或共同的结构所在。”②而文化批评所具有的这种语境化却又尚未完全定形的批评方法，或许是能让国内批评解除方法束缚和派别羁绊，显现生机活力和焕发蓬勃朝气的关键所在。文化批评尽管还没有一个完全统一的定义，并不表明它是一个空泛的概念，也不是什么都可以冠以“文化批评”。贯穿于文化批评之中的那种独特的思维特征、学术品格与价值取向，还是可以清晰表述并深入把握的，虽然文化批评是从“文化”的角度来进行文学艺术的批评，但是无论是作为一种理论观念，还是作为一种操作手段来看，文化批评都应该是基于文学文本的一种批评，并以文学作为研究对象的一种学术研究与批评方法。

2．文化批评的主要思想理论资源

文化批评或文化研究的勃兴与发展，源于20世纪50—60年代英国伯明翰学派的“当代文化研究中心”所开展的“文化研究”，以及德国法兰克福学派所兴起的“文化批判理论”。因此，从文化批评或文化研究的发展理路及其演进轨迹来看，我们可以将英国的伯明翰学派与德国的法兰克福学派视为文化批评这一批评方法的主要思想理论资源。

（1）伯明翰学派与“当代文化研究中心”

20世纪50—60年代，霍加特的《有文化的用处》、威廉斯的《文化与社会》和《漫长的革命》，以及汤普森的《英国工人阶级的形成》等著作相继出版，文化研究或文化批评涌现了一批奠基之作。1964年，伯明翰大学“当代文化研究中心”正式成立，他们三人又起到了创始人的作用。“当代文化研究中心”的宗旨是研究文化、文化形式、文化机构与社会及社会变迁的关系。此后，伯明翰的“当代文化研究中心”就成为了文化研究与文化批评的重要基地，围绕该研究中心而形成的“伯明翰学派”，在世界范围内为文化批评与文化研究作出了不可估量的贡献。

随着电影与电视、广播与报刊等现代传播媒介的发展与普及，大众文化

① ［美］詹姆逊：《快感：文化与政治》，王逢振等译，北京，中国社会科学出版1998年版，400页。

② ［美］J. 勒希利斯·米勒：《全球化对文学研究的影响》，王逢振译，《文学评论》1997年第4期，第75页。

在20世纪50年代末期的英国兴起并得到迅速发展。一方面，霍加特、威廉斯似乎都接受了利维斯的观点，认为传统经典文本比当代大众文本的思想意蕴更深刻和丰富；另一方面，霍加特、威廉斯对大众文化持“理解”态度而并非是一味的“谴责”，这既是霍加特和威廉斯与“利维斯主义”的显著区别，也是后来“伯明翰学派”所持的基本立场。另外，文化批评与文化研究的兴起还与英国“新左派”的崛起密切相关。从此意义上说，文化批评与文化研究在一开始就与英国社会生活和政治现实紧密相连，而且主要成员大都积极投身于社会政治运动之中。政治上的坚持与学术上的执著，使其无法做到截然的分割，这是“伯明翰学派”与英国既有体制中的学院派最大的不同之处。

霍加特、威廉斯随后致力于大众阶层的“平民文化”建设，批判资产阶级的“高雅文化”及其文化霸权，促使英国文化研究与文化批评终于步出利维斯“精英文化”的狭隘领地，直接进入了大众阶层和工人阶级的日常生活之中，而且越来越具有大众文化研究的特征。霍加特在二战后的代表作《有文化的用处》，主张侧重于研究为人们长期忽视的大众文化与通俗文学。威廉斯则在《文化与社会》与《漫长的革命》等著作中，明确地提出要与那些局限于“精英”和“超功利”的文学与文化告别，要求人们应把文化作为一个整体过程来对待。可以说，以英国伯明翰大学设立的“当代文化研究中心”为显著标志，文化批评或文化研究在当代学术界引起了人们广泛的关注，并在之后的后现代主义逐渐衰落之时占据了主导地位。

广泛而深入地研究电影电视、报刊广播等新兴大众文化之后，伯明翰学派认为其共同特征在于体现了一种“整体的生活方式”。正是通过这种社会文化载体或文化形式的交流与传播，这种“整体的生活方式”就日益明显地表露出来。就此意义而言，“文化观念的历史就是我们在思想和感觉上对我们共同生活环境的变迁所做出的反应记录”①。虽然文化研究与文化批评源于英国，但很快就扩散到欧美等其他国家和地区，也引起了一些重要学者的关注和参与。可以说，英国“伯明翰学派”对于文化研究与文化批评的探讨阐释，纠正了那些只单纯关注精神内涵的“精英主义”倾向和立场，把文化批评与研究推向真实的社会日常生活，推向广大大众和工人阶层，体现了文化批评与文化研究在发展过程中质的突破。正因如此，伯明翰学派的文化批评与文化研究获得了其他国家许多学者的广泛认同，并在世界范围内产生了广泛而深远的影响。

① ［英］雷蒙德·威廉斯：《文化与社会》，吴松江等译，北京：北京大学出版社1991年版，第374页。

(2)法兰克福学派与“文化批判理论”

在文化批评或文化研究的理论学派与批评方法中，德国的法兰克福学派与英国的伯明翰学派无疑是两座难以逾越的高峰，这两大学派皆以马克思主义作为自己最重要的思想理论资源，而成为西方文化批评与理论的两大支流与学派。从创立之初开始，这两大学派就有许多相同之处：他们都积极响应20世纪六七十年代的社会斗争与现实运动，都站在马克思主义的基本立场进行文化批评与文化研究；他们都把文化看做意识形态的再生产，都认为大众文化在现存资本主义社会中起到不可忽视的作用；他们都把意识形态领域当做文化批评与文化研究的关键所在。但是，后来的伯明翰学派逐渐把视角转向媒介文化及其产品的使用和消费上，而法兰克福学派则更倾向于对大众文化进行深入探究，随着研究方向差异的不断加大而逐渐形成两大批评流派。可以说，法兰克福学派首创了一种早期文化研究模型，其社会批判理论基本特点也是显而易见的。

第一，“文化工业”改变了人类文化活动的性质，表现为一种单一的、无所不包的特点。从某种意义上看，“文化工业”理论的产生在很大程度上是法兰克福学派对于马克思所未能预见到的晚期资本主义发展的一种阐述，同时也是法兰克福学派对于资本主义社会的文化根源所进行的一种探究，因为现在的文化工业技术，使得一切文化的再生产都是类同的，“一切文化成果和系列都是相似的，电影与电视、收音机与播放机、报刊与杂志等等，都出自一个系列系统，出现了普遍的东西与特殊的东西之间虚假的一致性”①。因为“文化工业”的技术，只不过用于标准化和系列生产，人们追求它只是“为了从机械劳动中解脱出来”，以便恢复精力和体力而再次应付简单重复的机械性劳作。就这样，现代人类的文化活动失去了精神享受的性质，以至于快乐变成了厌烦。大众文化已适应了大批量机器时代复制生产和即时传播，包括消费的大众化要求。它消解了古典文化的神圣仪式乃至撼动人心的庄严品格，颠覆了古典文化对人类终极问题持续性的探究热情，解构了古典文艺给受众所带来的那种庄严般的精神洗礼。正如阿多诺所说：“文化工业用它不断许诺的东西不断欺骗它的消费者。”因此，法兰克福学派认为，晚期资本主义的最新发展特点之一，就是文化呈现出一种国家化和国际化的趋势，并表现为一种单一的、无所不包的大众文化。这种大众文化改变了人类文化活动的性质。

① ［德］霍克海默、阿多诺：《启蒙辩证法》，渠敬东等译，上海：上海人民出版社2003年版，第110页。

第二，大众文化具有某种转移或麻痹作用，使大众沦为“类本质”相同的单向度的人。法兰克福学派认为与资本主义文化工业如影随形的“同质化”是文化大众个性的天敌，而晚期资本主义却结束了艺术的个人主义时代，消弭了艺术特殊的反叛性。在“大众文化”即“文化工业”所编织的现代技术罗网中，现代个人堕入其中，虽不断挣扎却已丧失其本真的品质，而沦为一种“类本质”相同且可悲的“单向度的人”，“每个人只是因为他可以代替别人，才能体现他的作用，才表明他是一个人”。① 大众文化既然是一种统治阶级的意识形态文化，它就必然对“文化大众”具有某种转移或麻痹的作用，因为“大众文化”本身就包含着把“文化大众”调理成为“文化工业”所期望的“单向度的人”。阿多诺在《抒情诗与社会》中指出：“我们谈到了‘大众文化’，我们用‘文化工业’取代这种表述。”马尔库塞在《单向度的人》中认为大众文化“是从上面被玩世不恭地强加给大众的”。法兰克福学派还揭示出统治阶级的意识形态对于文化大众的控制已达到“大众化”的程度：大众文化在文化大众身上所制造的“最流行的需求包括，按照广告来放松、娱乐、行动和消费”。而且“在无线电广播中，广播员不断地向人们头脑中灌输形象的欺骗语言”。② 资本主义“文化工业”正是通过对这种不间断地转移与宣传，完成了对“文化大众”的麻痹与欺骗。

第三，晚期资本主义的文化工业已经呈现商品化趋势，并具有了商品拜物教的特性。法兰克福学派认为，“韵味”不但深含着重要的审美本真性，而且“韵味”还如同个人的署名那样不可复制，但是这种“韵味”却被资本主义“文化工业”的商品化趋势所逐渐吞噬。法兰克福学派对文化工业的最重要的认识就是文化的商品化，而这种文化的商品化贯穿了整个晚期资本主义的生产、分配与消费过程。尤其是在“二战”之后，晚期资本主义文化的商品化已经蔓延到了出版业与广播业，以及广告与电视业等现代传媒的各个领域。由于晚期资本主义的社会文化已蜕变成了一种“文化产业”，在资本主义社会及其商品经济制度中，文学艺术与商品经济已经密切地融合在一起，从而具有了商品的形式与特性。标准或传统的审美判断和批评范畴已不复适用，正如阿多诺所指出的：“文化工业引以自豪的是，它凭借自己的力量，

① ［德］霍克海默、阿多诺：《启蒙辩证法》，渠敬东等译，上海：上海人民出版社2003年版，第137页。

② ［美］马尔库塞：《单向度的人》，张峰译，重庆：重庆出版社1988年12月版，第6页。

把先前笨拙的艺术转换成为消费领域以内的东西，并使其成为一项原则，文化工业抛弃了艺术原来那种天然而又天真的特征，并把文学艺术提炼锻造成为了一种商品类型。"①可以说，从资本主义商品化的角度去看待"文化工业"，这一思想的理论资源来源于马克思的商品拜物教理论。而法兰克福学派认为，既然晚期资本主义的文化已经沦为商品，甚至就连资产阶级创作绘制的艺术作品也都是商品，大众文化就不可避免地具有了商品拜物教的浓厚特性，伴随着文化商品化而产生的商品拜物教现象也随之出现。

3. 文化批评的主要理论流派

"二战"之后，当代西方文化理论思潮，以及文化批评流派日趋繁复和多样化，各种文艺理论与批评方法的产生、发展与变化的过程也骤然加快，特别是20世纪70年代以来，文化批评的理论方法更是迅速崛起、发展勃兴，大有对以往的文学批评及其理论方法形成冲击和渗透之势。如果说过去的一种批评理论和方法，由盛到衰，长则几个世纪，短则一至半个世纪，可是20世纪末叶以来，一种批评理论与方法的演化周期，则越来越短。当今文化批评与文化研究正以强劲的势头发展着，其中的各种理论与方法，尤其受到人们的普遍关注。

(1)新历史主义批评

"新历史主义批评"是指由美国批评家史蒂芬·格林布拉特所代表的一种文化批评。1980年，格林布拉特在《文艺复兴时期的自我塑造》一书中，提出背景与文本平分秋色的批评模式与研究方法，引发了人们对于文学、历史与文化之间复杂关系的反思。1982年，格林布拉特为美国《文类》杂志的专刊撰写了《导言》，该《导言》后来被视为美国新历史主义理论思潮的重要宣言，新历史主义批评也因此正式登台于欧美文化界与文艺理论界。虽然，如今的新历史主义已呈颓势，但有不少思想理论资源仍然值得关注和思考。

新历史主义批评源自20世纪70年代对文学与历史关系的讨论，随着影响的不断扩大，它还触及19世纪文学和文艺复兴领域的研究，并逐渐形成了一种新的批评理论与方法。新历史主义批评主要侧重于从历史维度来阐释探讨文学批评与方法，主张把美学及文史哲乃至文化联系起来，通过研究不同的文本，重点阐释文本内在的历史文化内涵。其代表人物除格林布拉特

① [德]霍克海默、阿多诺：《启蒙辩证法》，渠敬东等译，上海：上海人民出版社2003年版，第143页。

外，还有路易斯·蒙特罗斯、海登·怀特、多利莫尔、维勒等。新历史主义理论在美国亦被称为“文化诗学”，在英国则有“文化唯物主义”之说。不过一般而论，人们通常还是用“新历史主义”予以概括的。

新历史主义批评强调文艺批评的政治视野，注重文化赖以生存的历史语境，侧重对历史文本重新阐释与政治解读，强调用具有历史维度的眼光来阐释和分析文本，讲究用新观念和新方法来揭示文学与历史的关系。新历史主义批评的两个关键词“文本的历史性”和“历史的文本性”，是由其代表人物批评家路易斯·蒙特罗斯提出的。这两个关键词也构成了新历史主义批评的主要范畴。“文本的历史性”强调了文本应具有特定的社会历史视野与历史烙印，也必然带有社会的历史属性，并随着时间的推移而不断地发展和丰富。“历史的文本性”则是指社会历史凭借文本而得以保存及流传，并通过文本人们可以更深入全面地把握社会历史的整体过程。而用文本建构历史的过程，其实也是用文本阐释历史的过程，比如，蒙特罗斯在研究莎士比亚剧作《仲夏夜之梦》时，就通过将莎士比亚剧作与伊丽莎白时期看似不相干的文献史料进行比较、阐释与研究，深入地揭示了伊丽莎白这一童贞女王形象，是怎样被文人创作出来并广为传播的。可见，在批评的具体实践中，新历史主义取消了文学与非文学之间的界限。

格林布拉特也强调“文本的历史性”与“历史的文本性”，注重将“通常只限于文学文本”的批评活动，转向“一切文本性的历史踪迹”，转向阐释社会历史的整体过程，转向阐释意识形态的总体内容。格林布拉特认为，文艺复兴时期形成了一种强烈的自我意识，以及形成了一种要将人类某种个性素质塑造成为一种艺术形象的升华过程。一切历史都是当代史，一切历史意识的“切片”都是当代思考与诠释的结果。毋庸置疑，格林布拉特对文艺复兴的研究是独具匠心的。他在《英国文艺复兴时期形式的权力》和《莎士比亚的商榷》等论文中，具体阐释并展现了新历史主义批评模式及其解读方法。格林布拉特对文艺复兴时期研究的真实意图，是将文本看做历史的一个有机整体的组成部分，看做一种在社会历史语境中塑造真实生动人性的文化力量。可以说新历史主义文学批评力图跨越历史学、人类学、哲学与文学等学科的界限，致力于寻找一种全面深入的视角来提出、分析与解决问题。对新历史主义批评而言，历史文献与文学文本一样，既有叙事性也有其虚构和不真实的成分，加上时代与历史的局限，那种想通过历史文本来全面真实地把握历史做法是不现实的。因为历史毕竟只是前人所记述的文献材料，绝对真实全面的“客观历史”，在新历史主义看来似乎是不可能存在的。通过对文艺复兴时期文本的梳理、探究和阐析，新历史主义批评在当代西方产生了较为普遍的影响，雷德里克·詹姆逊所言的“永远历史化”①渗透并影响了西方以及当代中国文化批评及其理论研究。由于新历史主义强调历史的维度，所以，它在进行文学叙事和文本阐释时，不可避免地带有浓厚的文化批评特色。

美国学者詹姆逊的批评实践也具有明显的新历史主义批评特色，他指出：“历史本身在任何意义上不是一个文本，也不是主导文本或主导叙事，但我们只能了解以文本形式或叙事模式体现出来的历史，换句话说，我们只能通过预先的文本或叙事建构才能接触历史。”②詹姆逊承认历史本身不是本文，而是实实在在发生的事情，然而又强调由于我们不可能都是历史的亲历者，所以我们只能通过文本来了解历史。这样，他的观点就与旧历史主义强调历史和历史背景的真实性及具体性，以及认为文学研究就是再现作者原意的僵化传统观点区别开来了。詹姆逊在此仅是为文学批评提供了历史主义总体化的框架，在其论述中也只是试图包容以往诸多批评理论与方法而已。然而，文学是文化的一部分，就此意义上说，文学批评也是文化批评的一部分。重视文学与历史的关系，这也是分析探究詹姆逊的历史主义总体观所带来的必然结论。

有关新历史主义的基本特点，格林布拉特在《通向一种文化诗学》一文中，明确地说：“文学研究中的‘新历史主义’特点，恰恰是它与文学理论的关系上的无法定论，从某种意义上说，它是说不清道不明的。”③可以说，以一种明显的跨学科、跨文化与政治性的特性，侧重于从文化角度与历史的维度来进行阐释和研究，这是新历史主义批评较为显著的特点，也是格林布拉特更倾向于用“文化诗学”来指称“新历史主义”的关键所在，同时还是国内文艺理论学界研究“文化诗学”的依据所在。对新历史主义批评与方法进行深入的探讨，对于建设具有中国特色的文学批评、文化批评及其文化诗学不无裨益。

(2)女性主义批评

在英文中，生理学意义上的“女性”是 femaleness，而文化意义上的“女性”则是 femininity。“女性主义”(feminism)一词与后者相关，因而被解释为

---

① ［美］詹姆逊：《政治无意识：作为社会象征行为的叙事》，王逢振等译，北京：中国社会科学出版社 1999 年版，第 3 页。

② ［美］詹姆逊：《政治无意识：作为社会象征行为的叙事》，王逢振等译，北京：中国社会科学出版社 1999 年版，第 5 页。

③ 朱立元：《二十世纪西方美学经典文本》(第 4 卷)，上海：复旦大学出版社 2000 年版，第 554 页。

“一种政治立场”，原指19世纪40年代以来，以美国妇女为代表的争取平等权利的主张。20世纪40年代，女性主义的先驱、法国女作家波伏瓦的论著《第二性》被认为是女性主义的发轫之作。1963年，美国女记者费丽丹出版了《女性的奥秘》一书，成为美国女性组织发起大规模堕胎运动的源起。因此，作为一种社会政治运动的女性主义，主要是指20世纪在60年代末至70年代初以来活跃于西欧和美国的女性争取平等权益的运动。而作为一种文艺理论的女性主义批评，则主要是指在文学批评中以“女性主义”为主要立场和角度的批评。

女性主义所涉及的问题具有明显的跨学科性质，女性或女权主义经历了从争取平等权利、性别自我认同到整体的人的存在这样三个发展演进轨迹。美国伊莱恩·肖瓦尔特曾提出女性文学发展的“三阶段论”，把19世纪以来的西方女性创作分为：“女子气的”(feminine)、“女权的”(feminist)、“女性的”(female)三个阶段。有鉴于此，国内翻译界也趋向于将“女权主义批评”改译为“女性主义批评”。女性主义批评者认为，在旧有男性中心意识形态里，男性是作为整个人类代表身份出场的，“一部人类历史实际上是一部男性中心主义的单一性别史”①。

20世纪40年代，波伏瓦在《第二性》中从女人不是主体，而是“他者”的处境出发，她提出用“第二性”来代替“女性”，并从女性的视角解读了五位男性作家作品：无论是蒙德兰特“天真无知的女人”、斯丹达尔“迷人的女人”，还是克劳代尔“卑贱的女人”、劳伦斯“真正的女人”、布列东“诗样的女人”，这些女性皆服从于男性的存在，女人是男人的服从者，并被限定为“他者”。因而她断定，这些作品中女性形象反映的只是男人的神话或男性作家一厢情愿的“理想”而已，并尖锐地指出，这些女性形象渗透着以男性为中心的意识与偏见，而且这些男性作家创造的文本，实际上是压迫女性的一种转换形式。波伏瓦因此说过一句名言：“女人并不是天生的，女人是变成的。”②她强调女性之所以成为从属性别，是以男性为中心的社会有意渗透与剥夺的结果，是男性文本持续地向女性读者灌输男性中心意识的结果，也是男性作家让妇女默认其无权地位与性别角色的结果。

20世纪60年代末，美国凯特·米莱特在《性政治》一书中，从政治角度

① 陈本益等：《西方现代文论与哲学》，重庆：重庆大学出版社1999年版，第348页。

② ［法］西蒙娜·德·波伏瓦：《第二性》，桑竹影等译，长沙：湖南人民出版社1986年版，第168页。

看待两性关系，认为历史上的男女两性关系实质上是一种权力支配关系。在一些男性作家文本中存在许多关于女性非人化的形象、情节和细节的描写。而且，这一切都是以男性为中心去描写。米莱特还对两性关系的制度和规范进行了考察与分析，发现“从历史到现在，两性之间的状况”都是“一种支配与从属的关系”，也就是女人始终处于被动或被控制的地位，男性则是绝对的主动者或操纵者，这一状况在父权制社会中就被制度化了。因此，米莱特在书中分析和揭示父权制即以男性为中心的观念亦是“我们文化中最普遍的思想意识、最根本的权力概念”。即便是对这一状况的展望，米莱特的态度却也不无慎重而辩证，认为世上尚无一种社会现象可与父权制残存的坚固根基相比较。

20 世纪 70 年代以来，女性主义在拆解了男性文本中的女性形象之后，开始对女作家文本中的女性形象进行拆解。美国女性主义者桑德拉·吉尔伯特和苏珊·古芭在《阁楼里的疯女人》一书中考察了包括奥斯汀、勃朗特等在内的多位 19 世纪女性作家作品，竟发现女性文本中的女性形象与男性作家文本如出一辙：“这些女性作家都受到了父权意识的操控，依照男性读者的标准塑造了女主角的特质，而无法创造自己心中的女性形象。”针对女作家文本中的男性中心意识，女性主义提倡把这些女性作家的文本看成是宣扬女性主义的文本。

与此同时，女性主义批评家也进入了用自己的语言来书写文本的阶段。法国埃莱娜·西苏在《美杜莎的笑声》一书中认为，要消解男权中心的压迫，就要从写作和语言的解构与批判开始，女性写作意义还在于解放被束缚与被压抑的女性身体，“通过写她自己，妇女将返回到自己的身体”。西苏就此提出了“躯体写作”观点，提倡女性在文本创作时“描写躯体”，强调女性要表现自己及其身体经验和话语方式，凸显了女性写作延续及承传的某些特点，也体现了真实女性意识及其生命体验。英国作家弗吉尼亚·伍尔夫则提出了“双性同体说”，“双性同体说”指同一个体具有明显的男性和女性的双重特征，并以此来阐述她的理想创作心态，她在《一间自己的屋子》中说：“每个人都有两个力量支配一切，一个男性的力量，一个女性的力量，最正常、最适意的境况就是这两个力量在一起和谐地生活。”当然“双性同体”既有否定男性统治文学积极的一面，也有试图通过淡化性别差异来达到人全面发展的不现实的一面。因此“双性同体”说也遭到其他学者的质疑与批评。西苏在修正伍尔夫“双性同体”说的基础上，提出了“另一种双性”说：“每个人在自身中找到两性存在，这种存在依据男女个人，其明显与坚持的程度是多种多样的，既不排除差异，也不排除其中一性。”①可以说，在承认及正视男女性别差异问题上，西苏似乎比伍尔夫要更前进一步。

美国女性主义者苏珊·古芭则以男性的“阴茎之笔”在女性的“处女之纸”上的暴戾书写，来形容文学艺术创作的过程，表达其内心难遏的“厌男症”心理状态。她声称“这种阴茎之笔在处女之纸上书写的模式参与了源远流长的传统创造”，指出“该传统把女性从文化创造中驱逐出来，将女性‘异化’为文化之内的人工制品”。② 值得一提的是，由于“厌男症”心理状态的存在和影响，女性主义及其理论在其发展过程中，还提出了“姐妹情谊”这一虚拟性与暧昧性强烈的概念。其实，早在波伏瓦的《第二性》中就已暗含此倾向，认为“女性之间的爱是静观的，那抚摸不再是占有对方，而是通过对方来逐渐地再造自己；彼此消除了隔膜”。女性主义及其“姐妹情谊”理论进一步延伸而流变为“女性同性恋主义”。美国艾德里安娜·里奇声称：男人否定女人的性欲，“摧残她们的创造性；应把他们从社会的知识文化领域中排除出去”③。1976 年，在美国语言协会上的讲演中，里奇甚至提出“每一个妇女都受到女性力量的驱使，都为强有力的女人所吸引，都寻求和表达那种能量和力度的一种文学——这就是每个妇女身上的这种同性恋倾向”④。在里奇的话语及思维中，女性要实现自身真正的彻底解放，似乎不是在于女性自身的才华与努力，而是在于去发掘和展示女性“身上的这种同性恋”的倾向，以及在于去开展女性“这种同性恋”的活动。尽管里奇等人的言论并不能代表所有女性主义批评及其理论，却不能不引起相关人文学者的关注与反思。

20 世纪末期，女性主义及其批评在发展过程中不断吸收和借鉴其他学派的方法与理论，女性主义及其批评还受到拉康的精神分析学、福柯的后结构主义与德里达的解构主义等思想理论的渗透及影响，一些女性主义批评家开始放弃对于女性社会“理想的追求目标”，转向解构社会意识及男权思想对女性意识的渗透与影响，并关注男女两性的差异性以及社会历史文化与时

---

① 转引自张京媛：《当代女性主义文学批评》，北京：北京大学出版社 1992 年版，第 199 页。

② 转引自张京媛：《当代女性主义文学批评》，北京：北京大学出版社 1992 年版，第 16 页。

③ 转引自王又平：《文学批评术语词典》，上海：上海文艺出版社 1999 年版，第 603 页。

④ 转引自王又平：《文学批评术语词典》，上海，上海文艺出版社 1999 年版，第 604 页。

代的特殊性。

(3)后殖民主义批评

后殖民主义是20世纪70年代兴起于西方学术界的一种具有强烈的政治性和文化批判色彩的学术思潮；“后殖民主义批评”则以1978年萨义德《东方学》的出版为标志；而后殖民理论，正如乔纳森·哈特所说：“后殖民理论专指对欧洲帝国主义列强在文化、政治上以及历史上不同于其旧有的殖民地的差别(也包括种族之间的差别)的十分复杂的一种理论研究。”①后殖民主义理论确是相当复杂的，它“包括关于各种经历的讨论：迁徙，奴役，压迫，抵抗，表现，差异，种族，性别，地方，以及对诸如历史、哲学和语言学等欧洲帝国的颇有影响的主流话语的反应”②。随着后殖民理论与批评的发展，后殖民主义批评的研究范围也不断地泛化与扩大，例如第一世界和第三世界的非殖民国家的文化关系，一国之内的种族关系以及主要民族与少数民族的关系等，都成为后殖民主义批评与批评理论所研究的主题。

国内有学者认为：“今天通常所说的后殖民主义实际上包括了这样两个概念：后殖民理论思潮和后殖民地文学。”③“后殖民有两种含义：一是时间上的完结，从前的殖民控制已经结束；另一个含义是意义的取代。”④国外学者的看法，如德里克对“后殖民”的概括：“一是对前殖民地社会的现实状况的一种真实描绘，在这种情况下它有着具体明确的指称对象。二是一种对殖民主义时代以后的全球状态的描述，在这种情况下它的用法比较抽象。三是描述一种上述全球状态的话语，这种话语的认识论和心理取向正是上述全球状态的产物。”⑤相较之下，德里克阐述的第三种定义较符合真正意义上的后殖民批评理论与话语。在后殖民主义批评家看来，西方思想文化及其文学艺术的传统与价值，都蕴含着一种强烈的民族优越感，以至于总有不少人认为西方的思想文化居于世界文化的主潮或主导。如果把后殖民主义理论应用于批评方法，以下几个关键问题是无法回避的。

---

① 转引自王宁：《全球化与后殖民批评》，北京：中央编译出版社1998年版，第118页。

② [澳]比尔·阿希克罗夫特等：《后殖民研究读本》，纽约：路特利支出版公司1995年版，第2页。

③ 王宁：《超越后现代主义》，北京：人民文学出版社2001年版，第112页。

④ 张京媛：《后殖民理论与文化批评》，北京：北京大学出版社1999年版，第9页。

⑤ 转引自罗钢、刘象愚：《后殖民主义文化理论》，北京：中国社会科学出版社1999年版，第123页。

① 身份认同(identity)。在文化批评与文化研究中，身份认同一是指某个人或群体据以确认自己在一个社会里具有某些显著特性的依据(譬如种族、性别、阶层等)；二是当某人或群体探寻与确证自我的文化“身份”时，也就可以被理解为身份认同。萨义德在《文化与帝国主义》中指出：“精神通过把附近和遥远地区之间的差异加以戏剧化而强化对自身的感觉，它也成为殖民地人民用来确认自己的身份和自己的存在方式。”被殖民者的“身份认同”不仅是被殖民者个体的身份认同，而且是一种“文化身份”和“民族身份”的认同。但是，这种要求身份认同的实现又需要使用殖民者的生产功能——如书写、印刷、宣传与发行等，而这些对于殖民地人民却是陌生和异己的。因而，这样被唤回的身份认同也只能是被动、模糊与混杂的，也只能是按照殖民者的意志而建立的一种次生文化。由此可见，被殖民者的民族性的身份认同，如果没有自身强有力的政治、经济以及军事上的支撑，是很难通过殖民地自身的文化传统得以建构或确立的。

② “他者”与“自我”(subject/object)。对于文化身份认同，必然会引出“他者”与“自我”。“他者”是什么？按照萨义德的理解，那就是“东方”①，即处于西方强势地位中被主宰和被殖民的一方。事实上，被殖民者对于殖民者来说，就是“他者”。因而，要想概括出所谓的“本土著民的文化特征”，以及“印第安人的灵魂”等是不切实际的。这不过是殖民者对“他者”文化所作的另类标签，是殖民者对“他者”文化进行的落后化与神秘化，同时似乎更能显示自身文化的先进与完美。事实上，在后现代主义语境中“自我”就是西方，也是掌控话语权的殖民者，殖民者在世界文化中居于“主导”地位。对于“自我”与“他者”关系的研究，后殖民主义批评是通过社会批判与政治批判，通过消解西方资本主义社会中某些既定的偏见与概念，通过这些“他者”的形象及其被扭曲、被排斥地位的分析，去探寻与挖掘更深层次的社会历史内涵与文化内涵。

③ 混杂性(hybridity)。“混杂性”是后殖民主义理论中一个重要的概念，这一概念首先基于对文化多样性和差异性的认识。后殖民主义理论家霍米·巴巴最早将“混杂性”的概念运用到后殖民主义理论方法上，霍米·巴巴认为，由殖民统治所固有的矛盾性所带来的殖民权威的消解，并不是通过宗主国文化与殖民地文化之间的抗衡来进行的，而是通过两个对立面——宗主国文化与殖民地文化两者的混杂化来进行的。在《被视为奇迹的符号》一文中，

① [美]爱德华·萨义德：《东方学》，王宇根译，北京：三联书店1999年版，第28页。

霍米·巴巴明确地界定了“混杂性”的含义：“混杂性是殖民权力、其不断变动的力量与稳定性之生产能力的符号；它是对借助否弃而实现的统治过程进行策略性倒转的名称。混杂性通过歧视性的身份效应的反复，而对殖民身份幻觉进行重估。”无论如何，混杂性这一概念有助于消除那种把殖民文化视为单一的、有着固定不变的基本特征的狭隘认识，并在对这一概念加以反思和关注的同时也将文化批评引入了文学批评。可以说，混杂性是东方意识与西方文化主流意识交汇融合的必然产物，也是被殖民地文化反抗殖民文化的必然结果。

4. 文化批评的基本特征及其评述

全球化浪潮以其不可遏止之势，裹挟着各种文化现象及其文化景观，冲击着一切人类的文化与思潮流派，遂将一切人类文化活动都纳入其中。正如当代英国学者大卫·戴奇斯所说，当代真正的批评应该是“它把自己同全部文化活动的综合体连袂起来，而文学的生产只作为其中一个未完成的片断”①。这就表明，文化批评与文化之间确实存在着一条剪不断的无形脐带。因此，有必要对文化的基本特征进行一番考察探究。

(1)跨学科性与开放性

文化批评的跨学科性与开放性是建立在多元文化相互融合的基础之上的，它体现了当代西方文学批评的价值取向。比如女性主义批评，从一开始就并不是一个传统意义上的独立学科，只是存在于现有学科之中，又游离于现存学科之外，这种跨学科性质，直接导致了当代文学批评的开放品格。文化批评的跨学科性、开放性还表现在，迄今为止它还没有形成一个明确的、被普遍认同的定义。文化批评反对对于任何文本的封闭式阅读及某一视角的解读，“任何方法都没有什么特权，但同时，也不能排除任何方法”②。澳大利亚的杜灵教授也指出：“文化研究是正在不断流行起来的研究领域，但是它不是与其他学科相似的学院式学科，它既不拥有明确界定的方法论，也没有清楚划定的研究领域。”③这种跨学科的多元取向，无疑直接形成了当代西方文化批评的开放性品格，美国学者林达·哈奇对此说道，它已经“超出

---

① ［英］大卫·戴奇斯：《一条无形的脐带：批评与文化》，载《文艺理论研究》，1990 年第 2 期，第 89 页。

② 鲍晓兰：《西方女性主义研究评介》，北京：三联书店 1995 年版，第 55 ~ 57 页。

③ 转引自汪晖等：《文化与公共性》，北京：三联书店 1998 年版，第 571 页。

了一种已经固定或正在固定的解释，它是一种‘诗学’，一种永远开放的永远变化的理论结构。通过它既安排我们的文化知识同时也安排我们的批评历程。这将不是一种结构主义语言意义上的诗学，它将超出对文学话语的研究而成为对文化实践和理论的研究”①。

(2)批判性与政治性

文化批评具有鲜明的政治色彩，即它的政治性与批判性。它从来不标榜价值中立，恰恰相反，它那直面社会现实的批判精神以及学术探究的勇气常常给人们留下深刻的印象。它不仅以描述、解释当代文化与文学艺术为内容，而且也以改变、转化现存权力结构为己任。但它的那种从边缘颠覆中心的立场与策略依然如故。可以说，对于文化与权力之间关系的关注，以及对于支配性权势集团及其文化的批判，是当代西方文化批评的重要特征。文化批评带有浓厚的政治倾向性，并强调学术研究领域中的政治价值。其目的在于通过理解、阐释与研究文化与各种权力之间的关系，分析在具体的社会关系及环境中，文化是如何表现自身和受制于社会与政治制度的。它致力于对当代社会文化的批判，旨在促使社会和文化的重建与批判性的政治介入。文化批评也关注文化与政治、文化与权力、文化与意识形态霸权等的关系，它对现存的社会结构分析并提出质疑及批评，反对文化霸权及强调文化的批判性。文化批评的这种政治性与批判性，还突出地体现在当代西方文化批评的政治反抗倾向中。由此可见，当代西方文化批评积极干预社会现实，介入现实政治斗争，具有鲜明独特的政治倾向性与社会批判性。

(3)实践性与策略性

文化批评之所以注重实践性与策略性，是因为在当代西方强大的资本主义文化机器面前，文化批评要通过干预社会现实达到政治反抗和文化批判的目的，只能在文学文本策略性与实践性的分析与批判中实现。例如，新历史主义批评中的权力结构分析，大多是从权力结构的载体——话语形态实际分析入手的。英国学者汤尼·本尼特在《文化研究》一书中，曾给文化批评下了一个不是定义的“定义”：“一个适用于大批大相径庭的理论与政治立场的术语。”他还阐析道：“无论在其他方面多么歧义，文化研究仍然有一个共同点，即从文化实践与权力之间错综复杂的关系的视角来探索文化实践。”从学术自身的演变轨迹与发展走向来考察和思考，可以说，文化批评是一种学术的发展与更新，正如布迪厄所说：“哪里突破了学科的藩篱，哪里就会取

① 转引自王逢振：《最新西方文论选》，桂林：漓江出版社1991年版，第276页。

得科学的进展。”①文学批评向文化批评的移位和转向，也是要把学术从狭隘的象牙塔中解放出来，让其在涉入文学与文化现实的同时，能更有成效地干预和影响社会现实与更贴近生活实践。

文化批评也存在着不少局限与不足，联系我国当代文化批评的发展现状来看，这主要表现在：第一，由于文化批评所包括的范围之广、涉及的问题之多，探讨的学术资源之复杂，使得文化批评往往拥有广度而缺乏深度，而且易走向泛化。第二，国内的文化批评尚在发展变化之中，缺少自己实在拥有的充实的理论、观点与方法，因而还有着较强的依附性。第三，审美特性的淡化也不容忽视。不少国内的文化批评还不同程度地存在着审美特性淡化的倾向，文本的美学价值多被文化价值所取代，即使是一部在美学上明显不足与粗糙的作品，却被过高地评估。批评主体所关心的，更多的是作品中的文化价值，文本的独立性与艺术的独创性，在泛化乃至繁复的文化的阐释中往往被忽略。这也是当前国内的文化批评为人诟病之处。

事实上，西方当代文化批评理论与方法都是产生于自身特定的社会文化土壤之中，随着社会生活与历史时代的发展而变化的，它们也需要不断地调整与更新。尤其像中国这样一个与西方的社会文化差异较大的国家，对于当代西方文化批评及其理论方法的引进，持慎重的态度是十分必要的。

三、精神分析批评

精神分析学说犹如一股强大的潜流，冲击着现代世界文化与哲学的主潮，也波及了文艺学与美学这片水域。西格蒙德·弗洛伊德不仅是这一学说的创始者，还是文艺学与美学领域的涉足者，弗洛伊德的名字是与精神分析学说紧紧地联系在一起的。在过去的一个世纪，弗洛伊德无疑是一个享有世界声誉的名字，尽管在不同的国度和不同的历史时期，弗洛伊德的学说曾被视为异端，一个不可争辩的事实是：拥护者也好，反对者也罢，人们总是不能绕过这位犹太学者。

弗洛伊德是奥地利著名精神病学家、心理学家，他所创立的精神分析学说从诞生那天起就引起了强烈的反响，影响了 20 世纪许多国家的人们。法国让·保罗·萨特曾这样评价弗洛伊德：“影响整个人类，改变现代思想的

① ［法］埃尔·布迪厄：《实践与反思——反思社会学引论》，李猛译，北京：中央编译出版社 1998 年版，第 197 页。

只是三个犹太人，那就是弗洛伊德，马克思和爱因斯坦。”①这样的评价或许有夸大的成分，却说明了弗洛伊德及其理论产生的深远影响，因为弗洛伊德发现了人类心灵的秘密，爱因斯坦发现了自然宇宙的秘密，马克思则发现了社会结构的秘密。可以这样说，马克思改变了人对社会的看法，爱因斯坦改变了人对自然的看法，弗洛伊德则改变了人对自身的看法。

人的问题始终是弗洛伊德深切关注的焦点，也是弗洛伊德全部著述与思想的核心。特别是在那个封闭的年代，谈论“性”如此敏感的话题，的确是惊世骇俗的，就连当时的弗洛伊德本人，也能意识到其学说所蕴含的巨大撼动力，用弗洛伊德的话说：“精神分析有两个信条最足以触怒全人类：其一是它和他们的理性的成见相反；其二则是和他们的道德的或美育的成见相冲突。”②可以说，弗洛伊德所创立的精神分析学说，对于肇始于笛卡儿以来欧洲近代理性主义哲学思潮，不啻是一次全面而又深刻的反叛。

在人类筚路蓝缕前行的历史进程中，同样伴随着相反的运动，即人类历史的万顷浪涛之下也奔涌着对人类自尊心撞击的潜流。这其中之一，就是弗洛伊德所创立的精神分析学说。在弗洛伊德看来，人的精神活动的能量来源于本能，而性本能冲动则是人类一切心理活动的内在动力。由此可见，弗洛伊德精神分析学说的影响，已远远超出了心理学与医学领域，成为西方现代颇具影响力的一种社会及文化思潮，广泛而深刻地影响着人类文化艺术与哲学社会科学领域，其中以文艺理论与批评方法受其影响最为深刻。一位弗洛伊德的传记作家评论道：“现在，可以毫不夸大地说，弗洛伊德对文学艺术的影响已经达到了这样的程度，即如果不了解精神分析的内容，简直无法把握现代文学艺术的发展趋势。”③

1. 精神分析理论的核心与基石

精神分析一词，是弗洛伊德在 1896 年 3 月发表的法语论文中首次提出的。在此之前，1893 年弗洛伊德和布洛伊尔共同发表的论文《癔症现象的心理机制》，可以认为是精神分析治疗的理论奠基和正式起点。1900 年弗洛伊德《释梦》一书的出版，则是精神分析学创立的标志。精神分析及其治疗方

① 转引自余凤高、何仲生：《弗洛伊德文明的代价》，沈阳：辽海出版社 1999 年版，第 5 页。

② ［奥］弗洛伊德：《精神分析引论》，高觉敷译，北京：商务印书馆 1984 年版，第 8 页。

③ 《弗洛伊德论美文选》，张唤民等译，上海：知识出版社 1987 年版，第 9 页。

法的产生，既是欧洲精神病学中“心因学”思想影响的结果，也是弗洛伊德等人长期医疗实践的产物，精神分析理论的核心与基石如下所述。

(1)心理结构三层次说

要了解精神分析学理论的实质，必须从弗洛伊德的心理结构理论谈起。弗洛伊德在早期的理论中，曾提出过无意识(或称潜意识)理论，认为人的心理由无意识(深层)、前意识(中层)、意识(表层)三个层次构成。

① 无意识。无意识又称潜意识，是人的心理结构的深层，是人的生物本能和欲望的贮藏库。这些本能和欲望具有强烈的心理能量的内涵，服从于唯乐原则，总是不断地为其寻找享乐的出路，并力图渗透到意识中以获得满足。无意识系统中本能、欲望的冲动赋予人的行为以动力。无意识是心理深层的基础和人类活动的内驱力，它决定着人的全部有意识的生活，这也是精神分析学派的理论基石与核心。在弗洛伊德之前，虽然已有人把潜意识概念引入心理学和精神病理学，但是没能特别地加以关注和研究，无意识甚至被解释成没有意识，而弗洛伊德却把无意识即潜意识作为意识活动重要的前阶段，认为它是心理结构一个深邃重要的组成部分。

② 前意识。按精神分析学理论，前意识处于意识和潜意识之间，指潜意识中可召回的部分，人们能够回忆起来的经验。它服从于现实原则，主要功能是在意识和无意识之间从事警戒。在前意识中贮藏着社会的、道德的、伦理的、宗教的准则、规范和价值观念，以及由此观念所形成的良心，包括由社会意识组合产生的个人理想。这种个人理想是前意识的“检查者”的核心，它不允许充满心理能量的本能欲望渗透到意识中去。但是，当前意识丧失警惕时，被压抑的欲望或本能也会通过伪装而迂回渗入意识层面。

③ 意识。指心理的表面部分，意识是与直接感知有关的心理部分，包括个人现在意识到的和现在没有意识到但可以想起来的部分。它面向外部世界，实现感觉器官的作用。弗洛伊德反对把意识和心理等同起来的观点，认为意识是人的心理活动中比较小而且非主要的部分。意识服从于现实原则，调节进入意识的各种印象，压抑着心理中那些原始的本能冲动和欲望。意识主要功能在于，从心理结构中把那些来源于无意识系统中先天的、动物性的本能和欲望排除掉。所以，意识系统同无意识系统始终都处于对抗、冲突的紧张状态中，这种紧张状态是由对本我的本能、欲望的冲动进行必要的压抑所引起的。因此，意识系统的活动归根到底由先天的本能与欲望所决定。

(2)三部人格结构说

人格学说，是弗洛伊德理论中的核心。弗洛伊德早期的“二部人格结构说”包括无意识(潜意识)和前意识两部分。晚年，弗洛伊德又对早期的学说作了修改，提出了“三部人格结构说”，即“本我”(id)、“自我”(ego)、“超我”(superego)三部分。

① 本我。又译作“伊底”、“伊特”、“伊德”。它是人类人格中与生俱来并且最原始的无意识、非理性的结构部分。本我由先天的本能、基本欲望所组成，如饥、渴、性等，它是心理能量储存的地方。弗洛伊德形容本我为：“如果采用形象化可以为说明之助，我们便可称之为一大锅沸腾汹涌的兴奋。”“伊底(本我)当然不知道价值、善恶和道德。与唯乐原则有密切关系的经济的或数量的因素支配了它的各种历程。”①它按“唯乐原则”活动，蕴贮着人性中最接近动物性的本能冲动。所谓“唯乐原则”并不是仅指一般的个人享受，而是包含着任何一种解脱的快感，如情绪痛苦以后的松弛，或个人无意识紧张的消除等。无意识的“本我”受“唯乐原则”支配，是人格深层的基础与人类活动的内驱力，也是精神分析学派唯心主义的理论基石。

② 自我。所谓“自我”，是意识的结构部分，是“现实化了的本能”。它是在与现实多次反馈之后，从“本我”分化出来的一部分。自我是一个意识系统，它与外部世界相联系，再现由外部世界积累起来的经验。它处于本我与外部世界之间，是本我与外部世界、欲望与满足之间的居中者。自我是根据“现实原则”进行活动与运作，调节着本我与外部世界之间所存在的冲突，它处于本我与超我之间，按照现实原则，充当仲裁者，监督着本我，适当给予其满足。弗洛伊德曾作了一个形象的比喻：“伊底”是匹马，“自我”是骑手；骑手给马指出方向。② 而自我“须伺候三个残酷的主人(即伊底、超我、外界)，且须尽力调和此三人的主张和要求”③。自我的主要作用是防卫和中介职能，即自我是外部与内部之间、本我和超我之间的过滤器。

③ 超我。所谓“超我”又译超自我，是指人格的最文明、最道德的部分，是“道德化了的自我”，它处于人格的最高层，根据“至善原则”而活动。它限制着本我，以便达到理想的自我实现。它衡量是非善恶，代表理想并追求着完善。超我是在人的童年早期就发展起来的，当儿童在与父母及其他成人相比较时，就以这些人为榜样并通过“模拟作用”建立自己理想的“自我”。

---

① ［奥］弗洛伊德：《精神分析引论新编》，高觉敷译，北京：商务印书馆 1987 年版，第 57、58 页。

② ［奥］弗洛伊德：《弗洛伊德后期著作选》，林尘等译，上海：上海译文出版社 1986 年版，第 173 页。

③ ［奥］弗洛伊德：《精神分析引论新编》，高觉敷译，北京：商务印书馆 1987 年版，第 60 页。

但父母及其他成人等会指出儿童言行正误并要求其遵守或改正。这样“自我”就分成为两部分：一部分是执行的“自我”，即“自我”本身；另一部分则是监督的“自我”，即“超我”。超我的职能是指导自我、限制本我，超我是本我和自我的监督者。在人格的三系统中，本我是人格中的生理成分，自我是人格中的心理成分，超我则是人格中的社会成分。这三者倘若能和谐运作，就能形成正常健康的人格，否则就会导致精神和神经病症。

(3)心理动力说：里比多(libido，又译“力比多”)的本能论

精神分析学理论的重要特点之一，就是把物理学中的动力学引入心理学。弗洛伊德认为，人类的行为是生理能和心理能释放的结果。其中操纵人格结构的是心理能，而作为一定量的心理能，本能是整个人格系统的动力基础，与生的本能联系的一切心理能成为“里比多”。“里比多”主要指性本能，还包括了饥饿、渴等所有与生命延续有关的本能能量。弗洛伊德认为，人的一切活动来自于性本能的驱使，里比多作为性本能的能量，要求得到适当释放。里比多可以通过正常的性行为得到释放，还可以通过“升华”的作用，譬如把它转移到文艺、科学或宗教等被社会所认可的活动上，在这些高尚的活动中释放出它的力量。弗洛伊德指出：“我们相信人类在生存竞争的压力之下，曾经竭力放弃原始冲动的满足，将文化创造起来，而文化之所以不断地改造，也由于历代加入社会生活的各个人，继续地为公共利益而牺牲其本能的享乐。而其所利用的本能冲动，尤以性的本能为重要。因此，性的精力被升华了，就是说，它舍却性的目标，而转向他种较高尚的社会目标。”①

弗洛伊德还进一步指出，性欲作为文学创作的动力，是因为在现实中得不到满足而诱发的。早期，弗洛伊德曾将人的本能分为两种：一是自我本能，指有助于个体自我保存的原始性冲动，如饥饿、呼吸、排泄、渴等；二是性本能，即生殖本能，指与性欲和种族繁衍相联系的冲动。晚期，弗洛伊德也将本能分为这样两种：一是生的本能，包括自我本能和性本能。它表现为生存的、发展的和爱欲的一种本能力量，代表着人类潜伏在生命中的一种进取性、建设性和创造性的活力；二是死的本能，为生命发展的另一种对立力量，表征着人类潜伏在生命中的一种消解性、破坏性、自毁性的驱力。在弗洛伊德看来，生的本能的目标在于建立持续的生命存在的统一体，以及不断地维护这种统一体的聚合与亲和；相反，死的本能目标在于分解、消解或

① ［奥］弗洛伊德：《精神分析引论》，高觉敷译，北京：商务印书馆1984年版，第9页。

毁灭这种亲和体。生和死这两种本能作用相反，又始终同时并存，似乎就是个人与社会一切矛盾的根源。

2. 精神分析批评的主要内容

精神分析批评建立了一套关于人类心理与行为的理论，认为人的精神活动就像海上漂浮的冰山，只有很小部分浮现于意识领域，那时而被海水滋润又时而被海风吹干的正是潜意识；而那最具决定意义的广袤无垠与深邃无比的“无意识”的存在，却淹没在意识思维的水平下面，人格结构中最底层的本我，又总是处在无意识领域。本我包含着的“里比多”即性欲的内驱力，成为了人类一切精神活动的能量来源。于是，精神分析批评把包括文学艺术在内的人类文化的创造活动，都看成是“里比多”的升华。并且把包括人类文化在内的文学艺术创作活动，都与非理性的无意识联系起来，我们下面就此展开讨论。

(1) 文艺的动因与本质：被压抑的原欲得以满足与升华

“升华”一词本意是指使用热力，把质料较粗重的固块状态，化解为更为细腻与轻清的气体状态。弗洛伊德借用“升华”这一术语，指人将原有的本能冲动、欲望转向崇高的目标或方向和对象的过程。正是从这一意义上，弗洛伊德指出：“性的冲动，对人类心灵最高文化的、艺术的和社会的成就作出了最大的贡献。”①依据弗洛伊德的理论，无意识中最强有力、难以驾驭的是被称为“里比多”的性本能，也是人的先天本能和后天驱力，“人的性本能是生命的原动力，在人类生活中是异常活跃，像地下奔腾的岩浆”②。但是在现实生活中，人的这种本能欲望，弗洛伊德称为“压抑”状态。人如果想保持正常的平衡状态，就应将“里比多”改道并转移到符合社会现实与伦理道德的创造性活动之中，而使“里比多”得到释放。弗洛伊德认为，文艺正是为了表达作者不能满足的愿望，是以艺术形式使“里比多”得到释放，使被压抑的本能欲望得到满足与升华。因此，文学艺术创作的动因和本质，可以说是作者被压抑的本能借助幻想得以满足与升华的结果。

为了进一步揭示这种本能的实质，弗洛伊德还对这种本能作了进一步界

① ［奥］弗洛伊德：《精神分析引论》，高觉敷译，北京：商务印书馆1984年版，第9页。

② ［奥］弗洛伊德：《爱情心理学》，林克明译，北京：作家出版社1986年版，第28页。

定："人类和动物存在着性的需要，这个事实在生物学上用'性本能'的概念来表达，这就像用觅食本能来表达饥饿一样。在日常的语言中没有能替代'饥饿'的字眼。"①"原欲"不仅是弗洛伊德本能学说的核心概念，而且在不同时期还有着不同的理论内容。弗洛伊德在其早期理论中着重强调"里比多"的性本能性质；而在其后期理论中，里比多的含义进一步扩大，不但成为个人创造性活动的动力与能量，而且扩展为一切社会文明现象的基础。弗洛伊德在《自传》中曾说："我们可以丢掉'里比多'这个术语，也可以把它用作一般意义上的精神能量的同义语。"可见，在弗洛伊德成熟的精神分析批评的理论框架之中，一切科学与艺术甚至宗教有关的问题，都可以用"里比多"及其转移与升华进行解释。因此，弗洛伊德提出了里比多的"升华作用"，将文艺创作看做艺术家性欲本能的转移与升华。美国现代著名心理学家波林也说道："性本能的这种可以受到影响或转向的特征，能够使这些本能服务于各种文明活动，甚至能对文明作出极其重要的贡献。"②

(2)创作的过程与特点：艺术乃作家的幻想和白日梦

弗洛伊德认为创作过程和想象活动的最初踪迹，应追溯至孩子们最喜爱、最认真和最投入的孩童时代的游戏活动。那么，游戏是如何演绎并转变成为文艺创作的白日梦的呢？弗洛伊德在《创作家与白日梦》一文中指出，这实际上是一种"替代"，其实对于童年的游戏，人们从不曾也不愿"放弃"，只是当人长大停止游戏时，人们就以"幻想"代替或创造所谓的"白日梦"。虽然，文学不是直接模仿真实对象的游戏，只是一种替代了幻想的虚构，那么，人们为什么会产生幻想呢？弗洛伊德的解释是，幻想是由存在于本我中的本能冲动造成的，与现实之间不可避免地存在着差距，由于野心和性欲这些本能冲动不能以赤裸裸的形式表现出来，只能借助幻想，于是人们只得把幻想掩饰起来，而且这也只是一种想象的满足，并不会导致政治制度和伦理秩序的失衡，因此，文艺创作就成了表现人们羞于启齿、不被容许的本能冲动的极好形式，可以在无损于社会的情况下，象征性地满足日常生活中人们难以满足的欲望，并使遭受压抑的精神心理与感情得到正常的宣泄和适当的补偿。

弗洛伊德曾断定："一个幸福的人绝不会幻想，幻想只发生在愿望得不

---

① [奥]弗洛伊德：《性欲三论》，陈收译，北京：国际文化出版公司2000年版，第1页。

② [美]波林：《实验心理学史》，高觉敷译，北京：商务印书馆1982年版，第813~814页。

到满足的人身上。”①将艺术活动看做幻想和一种本能冲动的升华，弗洛伊德毕竟想探究艺术家的创作心理的深层内里，按他的话说：“这些作品同样也面对着多种多样的解释。在我所写的文字中，我只想说明创造性作家的心理冲动的最深层。”②弗洛伊德将艺术家的创作活动描述为“白日梦”，艺术想象的世界即是欲望转移而寄身于其中的世界，艺术家通过创造性的想象获得假想的本能欲望的满足。可以说，把白日梦作为文学艺术的源起，认为文艺是白日梦的升华，弗洛伊德对于文学艺术创造的无意识动因的揭示，打开了从创作主体复杂的精神结构方面阐析审美活动机制的探究之路。

(3)美和美感的根源：源于人的本能及性力冲动

从根本上说，弗洛伊德作为精神分析美学的创始人，也试图从心理学的层面上来重建美的哲学。其实，弗洛伊德美学观的基本特点和根本弱点，似乎都在他对美与美的根源所作的论断上。他曾说：“美学科学考察了事物的美的条件，但是它不能对美的本质和起源作任何说明。”又说：“对美的爱，好像是被抑制的冲动的最完美的例证。美，和‘魅力’是性对象的最原始的特征。”③弗洛伊德甚至无不肯定地说：“我坚信，‘美’的概念植根于性兴奋之中。”④可见弗洛伊德的美学观，就是美的基础是性，美的土壤也是性。

弗洛伊德认为美的创造以及创造美不需要人的社会实践，只需依靠那种不竭的“性力”和不倦的“本能”，强调美具有“非永恒性”，虽世界上美的东西终会消失，但只要“性力”尚未消失，人之性力欲求及其心理能量尚存，那么“只要我们还年轻，还富有蓬勃的生命力，就应用有相等的价值或更高的价值的东西来代替失去的对象”⑤。美，因此也就会出现。在这里，弗洛伊德就把“性力”看成美的创造的决定性因素，这就使其精神分析美学脱离了历史唯物主义哲学与美学观的正确轨道。另外，弗洛伊德还把“审美快感”与动物性的“性冲动”联系起来。所谓“性力紧紧钳住了他的对象，而一

① [奥]弗洛伊德：《弗洛伊德论美文选》，张唤民等译，上海：知识出版社1987年版，第32页。

② [奥]弗洛伊德：《弗洛伊德论美文选》，张唤民等译，上海：知识出版社1987年版，第18页。

③ [奥]弗洛伊德：《弗洛伊德论美文选》，张唤民等译，上海：知识出版社1987年版，第172页。

④ [奥]弗洛伊德：《性欲三论》，陈收译，北京：国际文化出版公司2000年版，第21页。

⑤ 转引自中国社科院哲学所美学研究室：《美学译文》(第3辑)，北京：中国社会科学出版社1984年版，第327页。

旦对象丧失，即使作为补偿的代用品已经纳入，性力仍不愿放弃那失去的对象"①。认为审美是一种美的享受，也称之为"审美快感"，这是性之力和爱之本能获得美的对象而产生的一种愉悦。不难看出，在弗洛伊德的美学观中，不仅认为美的根源与性有关，同时还认为审美的根源亦与性密切相关，美与美感同出一源。毋庸置疑，文艺学与美学并不完全排斥"性"，也不完全排斥"性"的因素在美的创造与文艺鉴赏中的作用。但是，像弗洛伊德那样把"性力"确定为文艺与美及其审美的根源，既不能解释世界上美的丰富性多样性，以及审美现象的复杂性深刻性，而且也违背了美与审美的基本规律。

3. 精神分析批评的批评实践及其局限

作为20世纪最有影响的文学批评方法，精神分析批评论及其理论的影响波及了许多国家，以及世界范围内的哲学社会科学的各个领域。早在20世纪20年代，我国就开始了精神分析学的介绍和翻译。当时，从西方翻译介绍弗洛伊德及其精神分析学说与批评理论的代表人物，就有朱光潜、高觉敷、章士钊、潘光旦、张竞生等人。

(1)精神分析批评在现代中国的批评实践

在我国将精神分析理论运用于文学批评及其批评方法的运用，富有开拓性意义的人物当数郭沫若。1921年，郭沫若在《〈西厢记〉艺术上的批判与其作者的性格》一文中，就具体地运用精神分析学理论分析出王实甫有恋足癖，而且还是一个性变态患者，并由此具体分析了王实甫在作品中对女性态度的超常表现，认为作者潜意识的欲望，"是个体性欲由其人之道德性或其它外界的关系所压制而生出的无形伤害"②。郭沫若还从《楚辞》章句中，分析并阐释了屈原异乎寻常的性心理；从《胡笳十八拍》曲辞中，阐析并推断出蔡文姬患有歇斯底里症；1923年，郭沫若在《批评与梦》一文中，更是从潜意识层面深入剖析文本与创作主体之间的深层心理关系。

1933年，现代著名学者俞平伯发表《诗的神秘》一文，就运用了弗洛伊德精神分析学理论的人格学，来解释中国古代诗歌的创作规律。他认为，中国古代诗歌创作讲究"灵感"、"虚静"，注重"神来"、"妙悟"，似乎非常神秘莫测，其实"依据性析论说(即精神分析学理论)，即埋伏于我们意识之

① [奥]弗洛伊德：《爱情心理学》，林克明译，北京：作家出版社1986年版，第20页。

② 郭沫若：《文艺论集》，北京：人民文学出版社1979年版，第194页。

下，所以‘神来’非神来也”。施蛰存也是一位批评家，他在《鲁迅的〈明天〉》一文中，运用精神分析学说深入细致地逐段分析了单四嫂子的心理过程，并将研究的视角深入到单四嫂子的潜意识心理层面：“便是单四嫂子的下意识中，也未始没有阿五在。”通常人们所见到的是单四嫂子的母爱，因为它显现于人的意识层，而性爱是潜藏在单四嫂子的无意识之中，所以作者也就写得隐蔽。可以说，运用精神分析学来探究分析鲁迅先生的小说作品，施蛰存可谓中国现代文学史上第一人。

运用精神分析理论来深入具体地研究中国古典文学艺术，最具代表性的学者还有闻一多先生。其研究方法是将精神分析理论与文化人类学相结合，学术视野恢宏开阔，涉及神话、楚辞、民歌、造型艺术等诸多领域。闻一多在《〈诗经〉的性欲观》一文中，将《诗经》表达性欲之方式分为明言、隐喻、暗示、联想、象征五种，还专门列出论题分析“象征性交”之诗，认为这是潜意识的最突出的具体体现。闻一多还特别指出：“我屡次声明过我所谓象征的表现方法，是出于诗人的潜意识。”闻一多把整个《诗经》时代概括为两个字：杀和淫。他阐释儒家经典著作之一的《左传》，认为其中也充满了两个对应的词：战争与奸案。闻一多所概括的“杀”与“淫”，以及“战争”与“奸案”，就与弗洛伊德晚期推出的“死亡本能”与“生存本能”，在理论上恰如其分地对应起来，颇有异曲同工之妙。

1939年，时任西南联大教授的潘光旦先生，翻译了霭理士的《性心理学》一书。他以精湛的国学造诣，在广泛查阅和摘录正史和野史中有关中国同性恋现象的记载的基础上，撰写了《中国文献中同性恋举例》一文，当为中国第一部以现代心理学理论为基础来系统深入研究同性恋的学术成果。从文学角度上看，它又可视为应用精神分析学及其理论阐释文学文本的一次成功的尝试。潘光旦先生从中国古代典籍大量史料文献中细密钩沉、精心梳理，辩证阐释了中国古代同性恋及其诸多实例，其引诗文之翔实，阐释论析之缜密，研究视角之深入，今似无人可及，近百年遂成绝响。

(2)精神分析批评的局限评述

千百年来，天下最难解的谜语，在古希腊的神话中，莫过于斯芬克斯之谜。而谜底其实正是人类自己，从古至今以来，人类最想了解的也正是人类自己。而弗洛伊德突破了以往传统心理学的研究范围，不懈地探究着人类的深层心理结构，犹如一束强光照射到人们尚未注意的，也是难以触及的神奇深邃的无意识场域，以及人类深层心理与文艺创作的关系等方面，以揭示人类自身心理活动的复杂性、深邃性与丰富性，并为后续的人文研究者辟出一片广袤无垠却又深邃艰难的探索之域。诚然，在弗洛伊德的文艺与美学评论中，最惹人注目和遭人诟病的，就是他对性欲本能作用的夸大，当然，不论是作为一种推断或是假设，其都难脱主观臆测之弊，但在客观批评之余，也应当肯定弗洛伊德打破了传统观念的束缚，致力于人类深层心理结构和生物本源性探索与追寻的精神。但是，精神分析批评的局限也是十分明显的，大致有以下三点：

① 认为文艺源于文艺家所固有的无意识“愿望”，以及由这种“愿望”产生的“幻想”，轻视和忽视理性意识的作用。

弗洛伊德贬低与忽视理性意识的作用，片面地夸大无意识的愿望和欲望的作用，并把这种非理性无意识愿望和欲望说成是一切行为的基础和功力。他用这种无意识愿望和欲望等非理性观点来解释美学基本问题和艺术活动的动力，把意识和理性仅看成是本能和欲望附带伴随的次要因素，把非理性的无意识说成是精神系统的核心与根本动力。他否定意识和理性精神的主导地位，否认意识与无意识、理性与非理性的相互依存和转化关系，以及外界事物对它们的影响，把无意识、非理性视为孤立并自我决定的东西。这些都不符合人的实际情况。尽管在人的心理活动中有无意识，但无意识与意识毕竟是互相联系和互相渗透的，而且在正常人的心中占主导地位的仍然是理性与意识，人的活动毕竟是有意识的活动，弗洛伊德及其精神分析理论否认社会存在或社会生活对文艺的决定作用，否认意识和理性思维在文艺创作中的主导作用，认为文艺作品不过是某些无意识冲动的升华，认为本能决定人的行为动机，这就把人的本能与动物的本能等同起来，这也说明其文艺观在本质上是非理性主义的。

② 把性本能看成人类活动的主要动力，甚至把文艺及其各种活动归结为个人性本能欲望的表现与满足，这种泛性论是难以成立的。

弗洛伊德的理论是一种泛性欲主义，即基本上用性欲冲动来解释人的各种精神与实践活动，文艺作品不过是某些原始的生物性的本能、欲望的升华。他把文艺创作归结为“俄狄浦斯情结”，把文艺作品中的种种形象都解释为与性有关的象征，譬如骑马、舞蹈、飞翔、赛车等都被视为性快感的曲折表现。恩斯特·琼斯就用俄狄浦斯情结理论说明“哈姆雷特的延宕”这一文学史难题，认为哈姆雷特之所以迟迟未能痛下决心，动手杀死他的仇敌叔父克劳狄斯，就是因为哈姆雷特本人也有弑父恋母情结等，甚至把婴儿吸吮母亲奶水这样的活动也说成是性本能的表现。这种精神分析学批评显然牵强附会，主观臆造的成分过大，缺乏必要的说服力。弗洛伊德还把人类在文化艺术、科学技术上的创造活动都归结为性本能及其转移和升华，但是，怎样才能更好地并有成效地转移与升华，在此关键处却是语焉不详。可见，越是关键之处，弗洛伊德的精神分析方法就越加显得捉襟见肘。

③ 在文学艺术与美学研究方法上，完全以精神分析学说作为其理论基础和指导思想，既缺乏科学性也不可取。

弗洛伊德探讨文艺与美学问题的研究方法，是从精神分析学理论体系出发来剖析文艺与美学问题的，因而其诸多观点及见解明显地带有精神分析法的印记，诸如"无意识"、"性力"、"俄狄浦斯情结"等，而且也不能对此类现象和问题作出令人信服、缜密翔实的论证和解释，这显然不太符合科学研究方法的要求。另外，弗洛伊德所论及的艺术家及其艺术作品，在一定程度上几乎都与他的需要有密切关系，然后用对这些艺术家及其现象的不很全面的分析与阐释，来论证或印证其精神分析学及其理论，这就使得弗洛伊德的研究与方法表现出极浓厚的主观主义色彩。弗洛伊德从达·芬奇《蒙娜丽莎》这幅名画中，得出艺术家的创作才能源于"性压抑"；从莎士比亚著名悲剧《哈姆雷特》中主观臆断"哈姆雷特是一个歇斯底里症的病人"，并坚称"这是由我的解释所导出的不可避免的结果"①，这就撇开了艺术家所处的社会历史与时代生活环境。

虽然弗洛伊德也认识到文学与美学问题的复杂性，甚至说道："美学科学考察了事物的美的条件，但是它不能对美的本质和起源作任何说明，像往常一样，失败在于层出不穷的、响亮的、却是空洞的语词。不幸的是，精神分析学对美几乎也说不出什么话来。"②但弗洛伊德仍选取一些不全面的事实，譬如达·芬奇笔记中关于秃鹫的记忆，被说成是表现这位艺术家童年时的性欲，由此生发开来并大做文章。这就暴露了弗洛伊德用主观臆断的研究方法来分析阐释艺术问题，在指导思想与研究方法上的局限与不足。这也启示我们有必要在各式各样、纷繁复杂的西方批评流派思潮中，保持敏锐的判断力及把握正确的方向，让批评之舟不至于迷失于本能的淤滩，沉没于原欲的海洋。

四、读者反应批评

在19世纪以前，将文学视为一种由作家赋予其永恒意义的批评话语，

① ［奥］弗洛伊德：《梦的释义》，张燕云译，沈阳：辽宁人民出版社1987年版，第250页。

② ［奥］弗洛伊德：《弗洛伊德论美文选》，张唤民等译，上海：知识出版社1987年版，第173页。

一直独步于西方文坛，直到20世纪初，一种形成于英美的“新批评”方法崛起，这种消解读者个性的“作者中心论”才走向终结，取而代之的“文本中心论”，正是在对文本有效解读的节节胜利中占据了文坛。但是随着以现象学和阐释学为思想基础的“读者反应批评”的勃兴发展，一种强调“读者中心论”的批评话语，以强劲的态势出现在西方文学批评界，并占据了批评话语的主导权。德国学者瑙曼曾一言以蔽之：在文学批评与方法演进过程中，“钟摆的摆动由表现——创造美学转向作品美学，再由作品美学摆到效应——接受美学和阅读理论”①。瑙曼这里说的“效应——接受美学和阅读理论”，就是“读者反应批评”或称“接受理论”，在德国又被称为“接受美学”，由康斯坦茨学派的姚斯和伊瑟尔首先提出；在美国则被称为“读者反应批评”，以费什为主要批评理论代表。“读者反应批评”这一批评方法经过不断的发展与嬗变，至今已被现代西方文艺理论与批评界普遍认可。

对于读者及其反应的研究，可追溯到20世纪初英美批评界，随后扩展到德法批评界，以至西方文艺批评界对此也表现出极大兴趣，从而形成一股国际性的研究读者及其反应的潮流。从20世纪50年代开始，发表与出版研究读者及其反应的论文和专著剧增，到70年代末，英美开始使用“读者反应批评”一词，来指称这种“读者中心论”的批评方法。直至1980年，美国学者简·汤普金斯以此为书名，汇集出版了一部专门研究读者及其反应的论文集，即《读者反应批评：从形式主义到后结构主义》一书，该书的出版标志着读者反应批评与方法已成气候。由于该批评方法注重考察作家对于读者的态度和要求，注重研究各种文学作品所指的不同读者类型，以及不同读者的阅读与接受等问题，并且频繁地使用“读者”与“阅读”，以及“接受”与“反应”等具有特定内涵的概念和术语，遂被贯以“读者反应批评”之称。②20世纪西方文学批评经历了“作者中心论”、“文本中心论”与“读者中心论”之后，就向更为宽广宏阔的社会、文化、历史与政治方面拓展。这也代表了当代西方文学批评方法的基本走向。

1. 读者反应批评的兴起及其演进历程

事实上，读者反应批评古已有之。但成势于20世纪70年代的读者反应

① ［德］瑙曼等：《作品、文学史与读者》，范大灿译，北京：文化艺术出版社1997年版，第140页。

② 参见［美］斯坦利·费什：《读者反应批评》，文楚安译，北京：中国社会科学出版社1998年版，第1~3页。

批评迥异于之前其他类似理论的特异之处，就在于其实质是强调读者及其阅读过程，不仅是一般读者的“能动”作用，而且是一种阅读过程的“自主”行为，这就显示了这种批评方法同解释学的渊源关系。用伽达默尔的话说：“我们不得不得出这样的结论，即所有文学艺术作品都是在阅读过程中才可能完成。”①正因为意识到文学阅读绝不可能脱离接受者而存在，意识到阅读过程中文学语言如此注重“可接受性”，那么萨特所言就更别具深意：“只有为了别人才有艺术，只有通过别人才有艺术。”②因此，“读者反应批评”并非一般意义上对读者表示“格外强调”，而是格外地注重“阅读效果”，这才是“读者反应批评”的实质所在。读者反应批评的兴起及其发展有以下演进历程。

(1)20世纪30年代的萌发期

波兰文艺理论家罗曼·英加登以及美国女批评家路易·罗森布拉特，对“读者反应”的研究，可视为这一思潮的源头。英加登在其著述《论文学作品》和论文《文艺作品的认识》中，提出了读者是文艺作品的共同创造者的理论主张，并独有见地地论析了艺术作品与审美客体的区别。其理论成果为后来的接受美学代表人物伊瑟尔吸收并加以发挥，成为著名接受理论“双向互动说”。罗森布拉特在《作为探索的文学》一书中，提出了文学沟通的概念，强调文学是通过作者与读者之间的沟通来实现的。从阅读体会到真正理解一部优秀作品，既蕴含着对于阅读作品所进行的“二度创造”，也包含着对于阅读对象的再造性想象和阐释，以及全面把握那些有机联系着的感觉和观念。英加登与罗森布拉特的这些文学主张，成为英美批评界研究读者反应的前奏，只是因为当时西方文艺批评界被新批评等形式主义派所掌控，英加登与罗森布拉特的读者反应的观点也就没有得到及时回应。

(2)20世纪50年代的兴起期

美国学者沃克·吉布森在《作者、说话者、读者和冒牌读者》(1950年)论文中，提出阅读过程中存在两类读者，即“冒牌读者”和“真正读者”，一种是“膝上摊开一本书”的真正读者；另一种是作者假想中的那类读者，即冒牌读者。所谓“冒牌读者”是一种人工制品、听人支配，是从杂乱无章的日常情感中简化、抽象出来的。他进一步阐释道：“一位编辑的工作主要是

① ［德］伽达默尔：《真理与方法》(上卷)，洪汉鼎译，上海：上海译文出版社1992年版，第139页。

② ［法］萨特：《萨特文学论文集》，施强康等译，合肥：安徽文艺出版社1998年版，第98页。

确定他那份杂志冒牌读者。”①可是“冒牌读者”和“隐含读者”仍有明显的不同。虽然它们都不同于“真实读者”，但“冒牌读者”是“真实读者”的抽象化，吉布森企图从作品说话者与冒牌读者的窃窃私语中倾听出作品的意义来。显然，吉布森这一概念的提出，在于突破阻隔文本与其作者与读者之间的层层藩篱，它使文学批评的焦点由文本转移到文本所产生的效果上来。

(3)20世纪60年代的发展探索期

一批探索者和实践者应运而生，法裔学者迈克尔·里法泰尔是其中较有影响的一个。迈克尔·里法泰尔则提出了“超级读者”的概念，他和沃克·吉布森一样，认为文学作品的意义蕴藏在文本的语言之中。他早期发表的论文如《风格分析的标准》、《风格学的语境》，曾在西方文艺评论界产生过不小影响。他提出“超级读者”这一概念，主要是指从事文艺创作与理论批评和研究的群体，包括作家、批评家、阐释家、高等学校学者，“以及其他那些命运使他们与我邂逅相遇的人们”。迈克尔·里法泰尔在分析《猫》这首十四行诗时，就把这些人对诗的不同反应都加以考虑。他认为要想掌握文学作品中与意义相关的语言特征，就必须把读者对这些特征的反应考虑在内。

(4)20世纪70年代以来的兴盛期

美国学者斯坦利·费什则是在否定了文本客观性的基础上，提出“有知识的读者”这一概念。在《感受文体学》一文中，他具体概括了“有知识的读者”的三个条件：一是能够讲述作品文本中的语言；二是必须熟练地掌握阅读过程中所必需的语义、成语与方言行话的知识；三是具有作为一个读者的能力，以及拥有丰富的文本理解经验。费什认为具有这三个条件就能够防止阅读产生歧义：“有知识的读者”可以达到两方面的积极效果，可以使读者努力成为一个“有知识的读者”。为了阅读和理解某一类型文学作品，读者都会尽力地使自己的思维成为这一类作品所激起的反应贮存库。

意大利学者安伯托·艾柯则提出了“标准读者”的概念。所谓“标准读者”就是在阅读过程中，依照文本的要求和文本应该被阅读的方式去进行阅读的读者。文本被创造出来的目的，是要产生一个“标准读者”，而“标准读者”的积极作用是通过文本勾勒一个“标准作者”，这种标准作者是在文本中表达了文本意图的作者，通过读者对标准作者和文本的连贯性整体策略的勾勒和推测，最终能够使标准作者意图与文本意图相契合。“标准读者”概念充分肯定了读者在阅读中的创造性与语言解读中的开放性，艾柯认为“文本

---

① 转引自[法]热拉尔·热奈特：《叙事话语　新叙事话语》，王文融译，北京：中国社会科学出版社1990年版，第25页。

诠释旨在发现一种策略，以产生一个标准读者”。

接受美学重要的代表人物伊瑟尔提出了“隐含读者”、姚斯则提出了“期待视野”的概念，以及伊瑟尔提出的“双向互动理论”也值得注意。伊瑟尔在《阅读活动》一书中，具体地阐述了双向互动的基本理论，他认为文学的意义是文本与读者相互作用的产物，是“被读者经验的结果”，而不是“被解释的对象”，审美的对象只能在读者与审美活动中形成，文学作品的意义既非都在文本，也并非全在读者，而在于文本与读者二者双向交互的动态作用过程。伊瑟尔的理论为我们进一步揭示文学意义的形成，具有极为重要的启示意义。

2. 读者反应批评的基本特征

尽管读者反应批评内部的各家尚存分歧，但有一点却是共同的，即他们都不赞同意义是完整地和独立地存在于文学文本之中的说法，而且还不同程度地否认文本之客观存在。读者反应批评是以读者为中心的批评理论，它的核心在于：文本只有通过读者对于文本的反应而产生意义，而文本意义又只是在一个特定的社会历史环境中产生，这一思想认知的重大转向，终于将文学批评再度与社会政治及意识形态等密切地挂上钩来，在此历史背景之下，读者反应批评引起西方许多批评家的关注和介入也就不足为奇了。读者反应批评的基本特征有以下三点：

(1)认为文艺作品是由读者和作者共同创造的，排除文本对读者反应的制约作用，从而赋予读者以中心地位

读者反应批评是一种以读者为中心的批评方法，它的基本特征在读者反应批评思潮的萌生期就已体现出来。20 世纪 30 年代，英加登和罗森布拉特就提出了读者是文艺作品的共同创造者的主张，认为文学作品是通过作者和读者之间的沟通来实现的。

读者反应批评理论在德国的代表姚斯，强调文学史应是读者的接受史，他就任康斯坦茨大学教授一职时，发表了著名的《文学史向文学理论的挑战》一文，他在文中强调，迄今为止的文学研究都局限于对文学创作和作品表现的维度里，而读者则被置于无足轻重的地位，事实上，在作者作品和读者的三角关系中，读者绝不仅仅是被动的部分，或者仅仅做出一种反应，相反，它自身就是历史的一个能动的构成。在读者反应批评者看来，只有通过读者的传递过程，作品才进入一种连续性变化的阅读经验视野之中。因此，文学批评与研究的重点就应该落在读者身上，文学史也就是读者阅读的效果史。读者反应批评理论在美国的代表人物斯坦利·费什，则将读者和阅读合

二为一，强调读者在阐释文本意义时的决定性作用，并提出“感受文体学”与“意义即为事件”的观点。关注读者经验，提出文本的意义是一种事件，是发生于文本与读者头脑之间的事件，是读者参与下发生在他身上的一种行为或活动。费什认为读者不再被动地接受作者的奴役，读者的阅读是一个动态的生成过程，他强调读者在这个过程中应是注意的中心，文学的文本的意义并不是一件成品，而是需要召唤更多的读者去参与和创造。

(2)强调文本的价值和意义，在于读者对于文本的解释与体验，因而将不同读者的反应视为文学艺术研究的对象

读者反应批评的理论核心之一，在于文本只有通过读者反应才产生意义。文学艺术真正的对象只能是读者，文学文本只有在读者的阅读过程中，或者说接受者的接受活动过程中，它才能成为“现实的存在”，才能获得其精神价值和审美意义。一件艺术作品虽然是作家艺术家思想和情感的结晶，或用英加登的话来说，是“意向性投射”的结果，但它一旦被创作出来，只能以物质材料的形式存在，尚未转化为“观念的实体”。只有经过读者阅读与反应活动，才能将它从这种物性存在中解放出来，并使其获得艺术生命力。

读者反应批评理论的又一重要特征，就是注重读者对于文本的解释与体验，并将不同读者的反应，视为文学艺术研究的对象，以及文学文本的价值和意义之所在，伊瑟尔在《阅读过程现象学方法论》中曾表述读者反应的重要性：“在研究文学作品时，我们不仅要考虑到文本自身，而且要同样考虑到在对于该文本的反应过程中的读者行为。”伊瑟尔因而认为，评论家的任务不是去阐释文本作为客观事物的意义，应该是重点去阐释作为客观事物的文本给予读者的反应，因为在伊瑟尔看来，一部艺术作品可分为两个层面：即艺术性层面和美学性层面，艺术性层面为艺术家创作的文本，美学性层面则为读者将文本具体化的过程。在这里，伊瑟尔再清楚不过地向人们揭示，一部艺术作品，不仅是能看得见和摸得着的文本，更重要的是还蕴含着读者阅读并将其具体化的过程。

(3)强调读者接受过程的能动性与创造性，关注读者与批评者对于文本心智感受的分析，都具有一种主观的倾向

读者反应批评理论强调文本接受活动的创造性和能动性，并认为这是由人的意识活动的内在本质所决定的。姚斯称“阅读和欣赏并非对作品原始存在状况的追复和重建”①，在这一活动中“并非作品单方面作用于接受者，

---

① ［德］姚斯：《接受美学与接受理论》，周宁等译，沈阳：辽宁人民出版社 1987 年版，第 180 页。

作品与接受的关系也不是纯粹的感知与被感知的因果关系，接受本身便是一种创造性的活动，这种创造性是人的意识所固有的能动性的体现”①。伊瑟尔则认为，尽管文学作品的文本中的每一个单词和句子是不变的，但在读者的具体阅读中，文本的未定性与意义空白，却能促使读者去寻找文本的意义，并赋予读者参与作品意义构成的权利。意义在单词与单词、句子与句子的关系中不断生成，作品的意义不断被读者“现实化”。这样，伊瑟尔强调了读者接受的主动性与能动性，认为只有在读者的阅读接受中，文本才能最终成为艺术作品。

在美国，强调读者的理论称为读者反应批评，这个名称显然比德国的接受美学带有更多的主观色彩。新批评曾用“感发谬见”来切割作品与读者的关系，费什就针对新批评的“感发谬见”发起攻击，并提出了“感受派文体学”这一观点，认为文学文本的意义乃至读者对文本的阅读感受，必然会随着读者主观阅读的变化而发生变化。因而文本与意义等这些概念都只存在于读者的主观心目之中。费什在《文学在读者：感情文体学》中说：“作品的客观性仅是一种假相，而且是一种危险的假相——因为从形式上来说，它过于令人相信，这种假相是一种自成一体、完整无缺的假相。”姚斯在《作为向文学科学挑战的文学史》论文里说：“文学作品不是一个为自身而存在、并在任何时候为任何观察者提供同样面貌的客体。”可见，在对“文学文本的客观性”概念的颠覆中，读者反应的批评家们倾覆了一个偶像，即“文本”，同时也耸立了另一个偶像，即“读者”；在强调读者接受过程“主观性”的同时，也强调读者接受过程的能动性与创造性。

3. 读者反应批评的基本观念和运作范围

(1)“读者的期待视野”

在接受美学诸多批评概念当中，姚斯的“期待视野”无疑是重要的，它与英加登的“召唤结构”一起共同构筑了接受美学理论的艺术殿堂。就读者反应批评理论而言，文学作品注定是要给读者阅读的，在此认识前提之下，姚斯多次使用并发展了“期待视野”。但期待视野并非姚斯的首创。存在主义先驱者海德格尔，以及现象学创始人胡塞尔，都使用过“视野”这一概念。姚斯在现象学美学和阐释学美学的理论基础上，接受“视野”这一概念，并进行了富有新意的理论重构。在姚斯那里，期待视野是指“阅读一部作品时

---

① ［德］姚斯：《接受美学与接受理论》，周宁等译，沈阳：辽宁人民出版社 1987 年版，第 173 页。

读者的文学阅读经验构成的思维定向或先在结构”①，同时，也是“读者在阅读理解之前对作品显现方式的定向性期待，这种期待有一个相对确定的界域，此界域圈定了理解之可能的限度”②。可见，“期待视野”意味着接受者从自己现有的条件出发，对文学作品所能达到的理解范围，也意味着读者调动一切的积累，形成在作品面前最高的认识水平。接受美学的一个重要原则就是“视野融合”，也就是姚斯所说的“期待视野”以及伊瑟尔所说的“流动视点”。只有读者的期待视野与文学文本相融合，才谈得上接受和理解。所谓期待视野，包括人们的思想观念、审美趣味，同时也包括人们的道德情操、接受水平等。而读者的期待视野又是变化、流动与发展的，因人而异，因时代的变化而不断发展。因此，作者在创作文学作品的时候，就应该考虑到所处时代读者的期待视野。

(2)“文本的召唤结构”

“文本的召唤结构”是接受美学的理论基石，是伊瑟尔根据英加登关于文学作品中的不确定性在阅读过程中被具体化的思想而创建的。波兰现象学美学家罗曼·英加登在《论文学作品》一书中认为，文学作品本身仅仅是一种“图式”，“纯粹的文学作品只是一个构架，是在各方面都是图式化的构架，它包含有空白、未确定点和图式化方面”。文学作品作为“图式”的“构架”，需要读者对它进行“填空”。文本就其本身而言，是对读者的“邀请”介入作品的再创造，英加登认为通过读者“积极的阅读”使之具体化，读者与作者就“共同创造”了一个形象化的“审美客体”及“拟现实”。伊瑟尔在前人理论的基础上，富有创见地提出了“召唤结构”的理论。他在《文本与读者的交互作用》一文中指出：“文本的结构空白刺激着读者，根据文本提供的条件来实施的想象过程。”文本的结构空白召唤着读者去填补空白和调整习惯视界，从而使作品的价值得以实现。伊瑟尔还认为：“作品的意义不确定性和意义空白促使读者去寻找作品的意义，从而赋予他参与作品意义构成的权利。”这种意义不确定与空白构成了文本的“召唤结构”。正如伊瑟尔说的：所谓的“文本的召唤结构”，是指“唤起读者填补空白、连接空缺、更新视域的文本结构”。具体地说，指文本具有一种召唤读者阅读的结构机制，它召唤读者把作品中的不确定点或空白，与自己的经验及对世界的想象联系起

① ［德］姚斯：《接受美学与接受理论》，周宁等译，沈阳：辽宁人民出版1987年版，第2页。

② 转引自朱立元：《当代西方文艺理论》，上海：华东师范大学出版社2005年版，第289页。

来，这样，有限的文本便有了意义生成的无限可能性。

(3)“隐含的读者”

在文学创作中，作者创造的文本也应考虑到其消费者，即读者的需求。正是基于此，研究者们开始注意到历来为人所忽视的读者反应问题。接受美学代表人物姚斯认为，文学艺术的本质特征就是作者、作品与观赏者之间的“对话关系”，而这种关系是由文艺的“人际交流性质”所决定的。接受活动早在艺术家进行创作构思时便已开始，这种接受准备过程的“潜在阶段”是一种客观存在。伊瑟尔发展了姚斯的有关论点，进一步提出并论证了“隐在的读者”的理论。他在《读者作为小说结构的重要成分》一文中写道：“在文学作品的写作过程中，作者头脑里始终有一个‘隐在的读者’，写作过程便是向这个隐在的读者叙述故事并与其对话的过程。因此，读者的作用已经蕴含在文本的结构之中。”他在《隐含的读者》中进一步突出了读者对文本积极参与的能动性：“隐含的读者是指文本中预先被设计和规定的阅读的能动性，而不是可能存在的读者类型。”这里所说的读者并不是某一个具体的或现实的读者，而是“为了作品的理解和审美现实化所必需的读者”。可见，所谓“隐含的读者”，是相对于现实的读者而言的，是指文本自身设定的，并能够把文本提供的可能性加以具体化的预想读者。也就是说隐含的读者，是作家艺术家预想出来的，在他的艺术作品问世之后，可能或应该出现的读者。

(4)“不确定性与空白”

任何一个文本都存在着不确定性与空白，波兰美学家罗曼·英加登《对文学的艺术作品的认识》论文中，就谈到文学作品的基本结构由四个层次和两个维度构成，并认为这些层次和维度形成一个框架或“图式结构”，有待于读者的完成。美国霍拉勃在《接受理论》中认为，一部文学作品中的对象，必须保持某种程度的未定性与“空白”，而读者的重要活动，就在于排除或填补未定点、空白或文本中的图式化环节，这个过程英加登称之为“具体化”。伊瑟尔则认为，文学文本所使用的语言包含了许多“不确定性”与“空白”，是一种“具有审美价值的表现性语言”，由于文学作品的基本性质，这种不确定性和空白在文学文本中是不可避免的。但是，这种不确定性和空白在接受过程中极为重要，是沟通创作意识和接受意识的桥梁，不确定性和空白构成了文学文本的基本结构。而且，文本由于不确定性和空白的存在而产生一种“动力性”，吸引着更多的读者参与到文本叙述的人物与事件之中，正如伊瑟尔在《阅读活动》中强调的：“不确定性与空白并不是文本中不存在的、可以由读者根据个人需要任意填补的东西，而是文本的内在结构中通过某些描写方式省略掉的东西。它们虽然要由读者运用自己的经验和想象去填补，但填补的方式必须为文本自身的规定性所制约。”

【思考题】

1. 你认为社会历史批评有哪些优势与不足?
2. 简述文化批评的主要理论资源和主要理论类别。
3. 谈谈你对精神分析理论的“无意识”和“艺术即白日梦”的看法。
4. 简析读者反应批评兴起的具体语境及其基本特征。

第四章　文学批评方法(下)

在上一章里，我们着重介绍了一些立足于作品思想内容的批评方法，因此，本章将立足于作品的形式层面，继续探讨相关的文学批评方法，其中，主要介绍和讨论形式主义批评、神话原型批评及解构主义批评。这三种批评方法，以其先后涌现的顺序，体现着20世纪以来西方文学批评主流的方法谱系。从某种意义上说，这三种批评方法真正代表了自现代以来西方文学批评范式的转换——既代表了现代以来西方文学批评思潮中形式主义精神的崛起，也代表了西方美学传统中形式美学的具体化与实践化。这些批评方法自20世纪80年代陆续进入中国以后，批评界也是趋之若鹜，因为其鲜明的形式主义取向，对统治中国传统文论千年之久并影响至今的“载道”原则构成了有力挑战，成为80年代以来中国文学批评倡导“向内转”的重要理论支撑。它们不仅为阐释80年代以来中国当代文学涌现的崭新思潮(如朦胧诗、先锋文学、新历史主义等)提供了方法、指明了途径，在某种意义上，这些批评方法同时还诱发和推动了当代中国新文学思潮的涌现。

这些批评方法与西方现代语言学所取得的杰出成果密切相关。不管其形态如何，在其理论根部，它们都有着对语言学的倚重。不仅如此，更为重要的是，它们都试图为文学批评寻求终极方案，为文学释义提供终极模式。无论是俄国形式主义对“文学性”的强调、新批评对“本体论”的重视、结构主义对“结构”的迷恋，也无论神话原型批评对“原型”的探求、解构主义对“互文性”的发现，究其实，它们都是想让文学批评回到文学本身，并由此建立关于文学批评的科学体系。

一、形式主义批评

形式主义批评的出现，通常被认为源自柯勒律治提出的文学作品是有机整体的观点，而提出一种新的批评方法。此后，托多洛夫说："形式主义一词从它的对手加给它的贬义来说，指的是1915年到1930年期间在俄国出现的一种文学批评潮流。"①而自"新批评"被正式命名之后，"形式主义批评"就一直被英美批评家认为是"新批评"的理论与实践。实际上，形式主义批评的源流有着更为宽广的脉络以及由此形成的种种冲积平原。在当代西方文学批评理论的谱系里，形式主义批评涵盖了20世纪20年代兴起于俄国形式主义、20世纪四五十年代活跃于英美的新批评、20世纪60年代盛行于法国的结构主义。这股有半个世纪历史跨度的批评思潮，同时还包括了诸如本体批评、语义学批评等诸多的小流派，显然形成了各具特征的阶段性潮流。魏伯·司各特在《西方文艺批评的五种模式》中，将形式主义批评称为"当代最有影响的批评模式"。他说，"事实上，一提起现代批评，人们就自然而然地想到这种批评方法"②。

形式主义批评是一种专注于分析作品自身的美学结构、形式特点和文学风格的文学批评。此前的西方文学批评，或注重摹仿论，以阐释文艺与现实的关系问题，从而在现实世界中寻找文学；或注重表现论，以解决文学与人的主观世界的关系问题，从而在作者的思想感情中寻找文学。而形式论或形式主义批评，则注重研究文学的语言形式问题，在文学自身的形式中寻找文学。③ 威尔弗雷德·L. 古尔灵说："形式主义批评的唯一目的是发现和解释文学作品的形式。这种批评方法把文学本身看作是独立的，因此文学作品以外的考虑，如作者的生平，作者所处的时代，作品对社会、政治、经济和心理等方面的意义，相对来说是不重要的。"他进一步说："形式主义批评家所研究的核心问题可以简述为：文学作品是什么？文学作品的形式和效果是怎样的？这些形式和效果是如何实现的？这些问题的答案都应该直接来自作品

---

① [法]托多洛夫：《俄苏形式主义文论选》，蔡鸿滨译，北京：中国社会科学出版社1989年版，第5页。

② [美]魏伯·司各特：《西方文艺批评的五种模式》，蓝仁哲译，重庆：重庆出版社1983年版，第83页。

③ 参见蔚志健：《二十世纪西方形式主义文论之路》，载《文艺理论与批评》，2005年第2期，第127页。

文本。”①

1. 俄国的形式主义批评

俄国形式主义发端于20世纪初，以维克托·什克洛夫斯基于1914年发表的《词语的复活》为其诞生的标志，同样，它也以什克洛夫斯基于1930年发表的《学术错误志》而宣告一个文学批评时代的结束。

由维克托·什克洛夫斯基、鲍里斯·艾亨鲍姆为领袖的彼得格勒大学诗歌语言研究会和由罗曼·雅各布森为代表的、由七名莫斯科大学生组成的莫斯科语言学小组的这两个自发的研究群体，推动了这股为20世纪西方文学批评揭开新篇章的思想潮流。就其思想来源而言，俄国形式主义明显受到索绪尔的语言学、胡塞尔的现象学及俄国的象征主义、未来派的影响。索绪尔的语言学启发了俄国形式主义将文学研究分为内部研究和外部研究，并与索绪尔强调建立对语言的共时性研究一样，俄国形式主义强调应该将文学研究的重点转向对文学的内部规律的研究，如对文学的语言、结构、功能的研究。胡塞尔的现象学强调的“历史的悬置”，则使俄国形式主义主张文学研究必须把与其相关的哲学、心理学、宗教的阐释进行“悬置”，使对文学的关注进一步地聚焦在文学作品本身。象征主义和未来派则因其对艺术形式和技巧的讲究，以及反传统的革新姿态，直接引导和契合了俄国形式主义的形式主义倾向。托多洛夫说：“这个运动(指俄国形式主义——引注)是和艺术的先锋派——未来主义合拍的。”②

俄国形式主义的目的是要把文艺学“从古老而破旧的传统中解放出来，并迫使它重新检验所有的基本概念和体系”，并最终“使诗学回到科学地研究事实的道路上来”③。俄国形式主义致力于建立一种能把文学研究变成科学的批评理论的全新方法，在研究中抛弃有关作者、读者和文学作品的心理内涵等难以量化的非实证因素，在研究对象、研究方法乃至具体的概念、术语的界定上都追求一种严谨的科学态度，力图客观地分析艺术本身，探求艺术内部各因素的组合和转换规律。④ 在最初的论战中，形式主义者们在提出

① [美]威尔弗雷德·L. 古尔灵等：《文学批评方法手册》，姚锦清等译，北京：春风文艺出版社1988年版，第94、95页。

② [法]托多洛夫：《俄苏形式主义文论选》，蔡鸿滨译，北京：中国社会科学出版社1989年版，第5页。

③ [法]托多洛夫：《俄苏形式主义文论选》，蔡鸿滨译，北京：中国社会科学出版社1989年版，第22、23页。

④ 王先霈等：《文学批评导引》，北京：高等教育出版社2008年版，第169页。

口号的同时逐步形成了一些理论原则。这些原则包括提出文学作品是形式的总和、形式是一切之主宰的艺术观念，推翻了传统原则中关于文学作品是形象思维的产物、由形象构成的观念，它“中止艺术作品是模仿(即占有内容)的常识性看法”，掀起了“批评的革命”。① 在形式主义者看来，有意义的工作是分析作品的语言构成，由此概括出诗歌语言与普通语言的区别。正是在这样的区分中，“文学性”的概念被提出。“文学性”使文学获得了“科学的特殊性”(艾亨鲍姆语)，即“文学性”是使文学能够与其他学科区分开来，成为一门独立自足的系统科学的显著标志。换言之，由于“文学性”这一重要原则的提出，文学研究才成其为科学。

雅各布森说：“文学科学的对象不是文学，而是‘文学性’，也就是说使一部作品成为文学作品的东西。”在一篇题为《现代俄国诗歌》的文章中，雅各布森写道：“直到现在，我们还是可以把文学史家比作一名警察，他要逮捕某个人，可能把凡是在房间里遇到的人，甚至从旁边街上经过的人都抓了起来。文学史家就是这样无所不用，诸如个人的生活、心理学、政治、哲学，无一例外。这样便凑成一堆雕虫小技，而不是文学科学，仿佛他们已经忘记，每一种对象都分别属于一门科学，如哲学史、文化史、心理学等等，而这些科学自然也可以使用这些文学现象作为不完善的二流材料。”②从这段文字中可以看到，雅各布森强调若不将“文学性”列为文学研究对象的重要性，文学批评因此不免会成为社会学、心理学、历史学和哲学等学科的大杂烩，而文学作品也将容易成为其他学科的二流文献。在形式主义者看来，文学性只能在纯粹的文本世界中去寻找。什克洛夫斯基说：“我的文学理论是研究文学的内部规律。如果用工厂的情况作比喻，那么，我感兴趣的不是世界棉纱市的行情，不是托拉斯政策，而只是棉纱的支数及其纺织的方法。”可见，文学不存在于文学作品的内容及与之相关的外在社会因素之中，而是存在于文学的艺术形式和形式构造之中，存在于语言的诗性、特征之中，诚如雅各布森所说：“诗不过是语言的美学操作。”由此，形式主义的文学分析，就进入了由隐喻、转喻、暗喻、明喻、象征等语言修辞学的术语网之中。

将“文学性”确定为文学研究的对象，还产生和牵涉了一系列具有方法

① ［美］弗雷德里克·詹姆逊：《语言的囚牢》，钱汝佼译，南昌：百花洲文艺出版社 1995 年版，第 82 页。

② ［法］托多洛夫：《俄苏形式主义文论选》，蔡鸿滨译，北京：中国社会科学出版社 1989 年版，第 24 页。

论意义的理论范畴，如自动化、陌生化、可感觉性等；其中，“陌生化”是最为重要的概念。“陌生化”(又译奇特化、反常化)概念由什克洛夫斯基提出，是指使文学作品具备文学性的手段。他说：“为了恢复对生活的感觉，为了感觉到事物，为了使石头成为石头，存在着一种名为艺术的东西。艺术的目的是提供作为视觉而不是作为识别的事物的感觉；艺术的手法就是使事物奇特化的手法，是使形式变得模糊、增加感觉的困难和时间的手法，因为艺术中的感觉行为本身就是目的，应该延长。艺术是一种体验事物之创造方式，而创造成功的东西在艺术中已无足轻重。”①陌生化是相对于自动化的习惯、经验和无意识而言，它产生于变形和扭曲，产生于差异和独特。它要求“审美主体对受日常生活的感觉方式支持的习惯化感知起反作用，要很自然地对主体生活于其中的世界不再看到或视而不见，使审美主体即使面临熟视无睹的事物时也能不断有新的发现，从而延长其关注的时间和感受的难度，增加审美快感，并最终使主体在观察世界的原初感受之中化习见为新知，化腐朽为神奇”②。“陌生化”概念的提出给俄国形式主义的批评方法提供了一个有力的支点，如果说对文学性的追求是该批评流派的终极目的，那么艺术形式的陌生化功能则使得文学性获得了实践的价值。

“陌生化”理论运用于诗歌的分析，最著名的是日尔蒙斯基对普希金的诗作《为回到遥远祖国的岸》的细致解析。通过这些解析，他指出，普希金诗歌分行分节方式和押韵方式，诗歌中种种修饰语、修辞技艺和语词组合，以及普希金的细腻、含蓄和朴素的诗歌风格，都源自普希金的诗歌语言对于日常语言的偏离以及对视觉形象的营造，也就是说，正是这种陌生化的诗歌语言给读者带来了新异的审美体验。“陌生化”理论运用于小说的分析，最著名的是什克洛夫斯基对托尔斯泰小说作品的精彩辨析。如在《量布人》中，托尔斯泰从一匹马的角度来观察和叙述人类的生活，使人类的生活变得陌生。因为“马”在“叙述”人类的这一现象时，已经把人类的私有制按自己的“理解”重新“构造”了。习惯于私有制生活的人读到这段文字，会产生一种距离感，甚至震惊。“陌生化”理论运用于戏剧的分析，最著名的是艾亨鲍姆对悲剧如《哈姆雷特》的剖析，他认为哈姆雷特之所以一再拖延复仇的行为，并非如通常认为的那样是因为人物性格的犹豫迟疑，而是由于为使悲剧

① [法]托多洛夫：《俄苏形式主义文论选》，蔡鸿滨译，北京：中国社会科学出版社1989年版，第65页。

② 赵一凡等：《西方文论关键词》，北京：外语教学与研究出版社2007年版，第339页。

情节充分展开，就应当延宕和阻滞悲剧。这里的“延宕”、“阻滞”，是“陌生化”的变体或衍生概念。实际上，“陌生化”理论直接影响了布莱希特关于“间离效果”的戏剧理念。

俄国形式主义对叙事学的贡献同样巨大。除了用“陌生化”理论对叙事文体所作的分析之外，俄国形式主义还区别了“本事”与“情节”，展开了关于“母题”的研究，并有了弗拉基米尔·普洛普《民间故事形态学》这样的重要成果，使形式主义的叙事学直接成为现代叙事学的先驱。

2. 新批评

虽然同属“形式主义”的旗下，但成势较晚的“新批评”与俄国形式主义之间并没有特别密切的承传关系。“新批评”的命名得之兰色姆于1941年出版的《新批评》。这个批评流派于20世纪20年代肇端于英国，30年代形成于美国，并于40、50年代在美国文学批评中占居主导地位。“新批评”是关注文学文本主体的形式主义批评，认为文学的本体即作品，文学研究应当以作品为中心对作品的语言、构成、意象等进行认真细致的分析。

诚如兰色姆在《新批评》一书中所作的追溯，这一批评流派当推艾略特和瑞恰兹为先驱。艾略特在1919年到1923年间撰写了一系列批评论文，其中《传统与个人才能》一文中提出的著名的诗歌非个性论成为新批评的理论基石。艾略特认为，诗人不能超越传统，“诗不是放纵感情，而是逃避感情，不是表现个性，而是逃避个性”①。由此，艾略特强调文学批评不应当着眼于诗人，而应当着眼于诗本身，直接开启了新批评关注文本的批评思路。瑞恰兹则将语义学引入文学批评，并为新批评奠定了诗歌语言研究的方法论基础。他在其1925年出版的名著《文学批评原理》中区分了科学语言与文学语言之间的异趣，他指出，科学语言求“实证”，是可以通过实验等方法得到验证的“真陈述”；文学语言求“情感”，是一种只能在文学文本内部有效的“拟陈述”，它不能直接对应现实，但它能引人产生联想，引起情感反应。在瑞恰兹那里，复义被视为文学语言的必然结果，因此，对文学语言的研究就是对其作语义分析。可以说，瑞恰兹为新批评开启了从语义学进行文本解读的途径。

艾布拉姆斯基把新批评派共有的“几个观点和步骤”概括为：第一，诗歌应被看做是一个独立的、自足的实体；第二，“新批评家与众不同的步骤

① ［英］参见戴维·洛奇：《二十世纪文学评论》（上册），葛林等译，上海：上海译文出版社1987年版，第138页。

是对作品的详细解释，或是仔细阅读：详尽精微地分析一部作品中各组成部分之间的复杂关系和含混”；第三，“新批评的理论基本上是词语的。就是说，文学被设想为一种特别的语言，它的特征是由对科学语言和对富有逻辑性的论说语言的系统性反对来说明。新批评的主要思想是论述词义、词的相互作用、修辞手段和象征”；第四，体裁的差别虽然是偶然地意识到，在新批评中是无足轻重的。他们认为，任何一部文学作品——不管它是抒情的、叙事的、还是戏剧的——其基本组成部分是词语、意象和象征，而不是人物、思想和情节①。这些概括基本覆盖了新批评的主要方面。

我们可以从几个重要的概念和批评范畴来深入地了解新批评。这几个重要的概念或范畴是：本体论、含混、张力、反讽及细读等。

(1)本体论

本体论又称作品本体论。兰色姆在《新批评》的最后一章以“征求本体论批评家”为题，以表明“本体论批评”才是他理想中的文学理论。而早在1938年，他在是年出版的《世界的肉体》中就开始倡导并反复阐释“本体论批评”，他提出诗是一种具有“存在秩序”的“本体”。其门徒布鲁克斯在《精制的瓮》中也强调，一首诗就是一个独立自足的实体，因此，真正值得注意的是“诗之所以为诗”。维姆萨特和比尔利兹合著的《意图的谬误》和《感受的谬误》都是强调作品本体论的力作。《意图的谬误》视对作者意图的探究为谬见，认为一首诗的意义在它的内部，是由其话语层面的语法、词义和句法等决定的，不决定于诗人的谈话、书信和日记里吐露的意向，因此，文学批评应当与作家传记式的研究决裂，因为作家的意图与作品的意义不相干，也与文学批评不相干。《感受的谬误》则反对把艺术效果的分析建立在读者反应的基础上，因为读者的反应可能是盲目的、个别的、主观的和变动不居的，无法加以客观判断，因此，必须以作品为本体，反对把作品视为作家与读者的中介。新批评的捍卫者韦勒克在《文学理论》中通过对文学的“外部研究”和“内部研究”的区分，强调了“内部研究”(即视文学作品为本体的研究)的正宗地位。

(2)含混

含混又名朦胧、复义、晦涩。这是新批评常见的术语，由燕卜荪引入新批评，见其所著《含混七型》(又译《朦胧的七种类型》)。具体地说，含混是指一个单词或表现方法导致多义或歧义，并引发了不同的态度或感情。燕卜

① 参见王先霈等：《文学理论批评术语汇释》，北京：高等教育出版社2006年版，第323页。

荪说，“任何语义上的差别，不论如何细微，只要它使同一句话有可能引起不同的反应”①，就形成语言的含混现象。燕卜荪同时认为，含混的作用是诗歌的基本要素之一。在《含混七型》中，他“按照逻辑和语法的混乱程度”罗列了含混的7种类型，使含混程度一层层提高，与此相应，他分析了39位诗人、5位剧作家和5位散文家的200多部作品片断，以证明含混在文学作品中无处不在，以证明文学批评不存在终极阐释。

(3)张力

张力又称张力论。1938年，美国批评家退特在《论诗的张力》一文中说："我们公认的许多好诗——还有我们忽视的一些好诗——具有某种共同的特点，我们可以为这种单一性质造一个名字，以便更加透彻地理解这些诗。这种性质为称之为‘张力’。”他认为，诗歌的语言中有两个经常起作用的因素：外延(extension)和内涵(intension)。外延是指词的“词典意义”，指词的本义或指称意义；内涵是指词的引申义或暗示意义，或附属于文辞上的感情色彩。退特提出的张力概念，是指语义学意义上的外延与内涵的有机协调，它强调的是诗歌语义结构的复杂多样性，他认为，诗既要倚重内涵，也要倚重外延，也就是说既要有丰富的联想意义，又要有概念的明晰性。他说：“诗的意义就在其张力，即我们在诗中所能发现的全部外延和内涵的有机整体。”②诗歌由此获得辩证意义结构即张力结构。实际上，张力论向来被认为是最成功地总结了新批评对辩证结构问题的见解，它是新批评对诗作为一个独立自足的有机体所具有的内在辩证结构的一种解释，旨在把批评的焦点引向诗的内部研究。退特建议将外延和内涵两词削去前缀，创造一个新词“tension”，即紧张关系。由是，张力这一术语的含义不断被后来的批评家加以引申和发展，使它成为一种更为普遍的规律。罗吉·福勒说：“一般而论，凡是存在着对立而又相互联系的力量、冲动或意义的地方，都存在着张力。”③也就是说，在张力论者看来，一切相互对峙而又相互作用的原则、意义、情感、修辞、语词，都可产生张力。诗歌内部诸种能动的二元对立所产生的张力，使诗歌内部诸要素精确地落位于某种美学序列中，并由此形成一

① [英]燕卜荪：《含混七型》，见赵毅衡：《“新批评”文集》，天津：百花文艺出版社2001年版，第344页。

② [美]艾伦·退特：《论诗的张力》，见赵毅衡：《“新批评”文集》，天津：百花文艺出版社2001年版，第130页。

③ 转引自王先霈等：《文学批评术语词典》，上海：上海文艺出版社1999年版，第287页。

个有机的统一体。在中国古典诗歌中，宋人王籍《入若耶溪诗》中的“蝉噪林逾静，鸟鸣山更幽”句便是“张力诗学”的典范。此句中，“蝉噪”/“林静”、“鸟鸣”/“山幽”分别是一个“动/静”二项式，“动”、“静”之间语义背离，形成两极，但两极间的相互作用却相反相成，营造出一个动中有静的新的意境。清代诗论家吴雷发由此进一步发挥道：“真中有幻，动中有静，寂处有音，冷处有神，味外有味，诗之绝类离群者也。”①

张力论作为对新批评理论的一个出色的总结，受到了新批评派的普遍赞同，“张力”成为新批评理论的标签，他们有时径直将新批评理论称为“张力诗学”，而维姆萨特和布鲁克斯在其《文学批评简史》中则将张力论称为“现代批评的顶点”。

(4)反讽

当言辞的表层结构始终处于言不达意的状态，而真正的语义则在言辞意指方向的反面时，就出现了反讽。反讽作为语言修辞，在新批评派那里被上升为诗歌语言的结构原则。瑞恰兹在新批评派中最早将反讽论作为创作原则进行阐发，并赋予其现代意义。瑞恰兹认为“反讽性观照”(ironic contemplation)是诗歌创作的必要条件，“通常相干扰、冲突、排斥、互相抵消的方面在诗人手中结合成一个稳定的平衡状态”②。在张力论提出之前，反讽论几乎是新批评的一个理论总结。反讽论的主要阐释者布鲁克斯在其著名论文《反讽——一种结构原则》中就认为新批评已将反讽视为诗歌语言的结构原则。他认为，反讽是指认各种不协调事物的最普通的术语，它是“语境对于一个陈述语的明显的歪曲”③，因为语境对词语的歪曲，造成“能指”与“所指”的断裂，“能指”不再指向一个确定的“所指”，而指向另一个“能指”，词的意义也就发生了扭曲与变形。这就是诗歌语言的特性。因此，布鲁克斯认为，反讽普遍存在于诗歌语言，是诗的本质所在，诗的语言就是反讽语言。维姆萨特更是坚持要将新批评更名为“反讽诗学”。

(5)细读

细读是新批评的方法论，或者说，是新批评的一种具体批评方法。在新批评家看来，既然诗是一个复杂的独立自足的有机体，它的内在结构具有张

① 转引自胡经之：《中国古典美学丛编》(上)，北京：中华书局1988年版，第264页。

② 转引自赵毅衡：《重访新批评》，天津：百花文艺出版社2009年版，第47～48页。

③ 赵毅衡：《“新批评”文集》，天津：百花文艺出版社2001年版，第335页。

力，诗歌语言充满反讽、悖论和含混，凡好诗就都值得细读，因此新批评家一致推崇细读。不过，新批评的细读有别于即兴式的印象批评，它反对一种随意的主观抒发，它是一种细致的语义分析，建立在对语言和结构要素的客观主义的详尽解释的基础之上，并具有可操作性。美国批评家文森特·雷奇曾将细读法概括为15个步骤，相当精妙。总体而言，细读法可归纳为如下几点：一是要选择短小精悍、意蕴丰富的文本，如玄学派或现代派诗歌，这些充满含混、悖论或歧义的文本，适合新批评派精微的语义分析。在此基础上，细读法要求对文本作回溯性的多重阅读；二是在阅读过程中，对诗歌中的词语尤其是中心词持有敏感，连续不断地集中于文本及其在语义和修辞上的多重关系，捕捉附着于词语之上的联想、暗示、反讽、隐喻、含混和悖论等语义或修辞要素；三是想象每个文本都是由冲突力量构成的戏剧，是复杂的、综合的，又是有效的和统一的，在分析中注重发现形成诗歌和谐统一的具有张力的整体结构。新批评派认为，通过语义分析，通过细读，找出结构上的统一、平衡或和谐，阅读才算完成。

由于在方法论上显而易见的某种特点，新批评的主要成果集中体现在对诗歌的批评研究上。这是它的优点，但与此同时，它也让人看到了其作为方法论的明显的局限。另外，与俄国形式主义一样，由于强调文本的自足性，其批评的核心集中在考察文本本身，因此新批评论者招致不满、非议的焦点几乎都聚集在其将文本从广阔的历史语境中孤立出来，一些刻薄的嘲讽甚至这样说："在核时代的原子学逻辑下，新批评家的典型文本自然是诗歌这种最小的最自足的文学产品了……英文教授面对一大批缺乏观念史和西方文化背景知识的学生，用这种方法可以提供一种进入文本的途径，而不需要涉及印刷页之外的任何知识。"①更为激烈的批评来自意识形态方面，批评者认为，新批评提供的文学探讨途径不涉及政治，而仅仅依赖诗学的形式方面以及修辞格，因此，"新批评对于文学文本中悖论的解决提供了这样的一些工具，使人们在钳制作为社会探索客体的文学作品时一并钳制了自己在社会领域中的认知异议"②。

新批评家对此作过诸多的辩解。后来的研究者，如乔纳森·卡勒，则有如下相对公允的论断："第二次世界大战以后，新批评受到挑战，甚至贬

① ［新］莱恩·毕肖普：《冷战期全球研究开发型大学》，范静晔译，载《文化研究》(第7辑)，桂林：广西师范大学出版社2007年版，第88页。

② ［新］莱恩·毕肖普：《冷战期全球研究开发型大学》，范静晔译，载《文化研究》(第7辑)，桂林：广西师范大学出版社2007年版，第88页。

斥，但人们却难以全然置之不理。它的对立面不是怯怯缩缩地回避它的影响，而是根本无法回避……无论我们宣布自己具有什么批评倾向，我们都是新批评派，因为要想摆脱文学作品的自足性、阐述作品统一性，以及‘细读’的必要性概念，实在是一件难上加难的事情。”①

3. 结构主义批评

结构主义是20世纪最具革命性的理论之一。其原创思想得之于1913年就已去世的瑞士语言学家索绪尔，五六十年代兴起于法国，并迅速风靡全球，成为一种世界性的社会思潮，几乎覆盖了所有的人文社会科学。简言之，结构主义是对各种关系的研究。霍克斯说，结构主义认为“事物的真正本质不在于事物本身，而在于我们在各种事物之间构造，然后又在它们之间感觉到的那种关系”②。乔纳森·卡勒说：“就比较严格的意义来说，结构主义一词通常限于指现代语言学、人类学和文学批评中的一些思想流派。在这三个领域中，结构主义试图重建现实下面的深层结构体系。”③列维-斯特劳斯解释说，结构主义所要研究的中心课题，就是从混乱的现象背后找出秩序，即事物的结构关系，包括事物内部各成分之间的组合法则和各现象之间的共同模式。

传统语言学动员全部人力和手段，开展大规模的历史调查，但在各种语言变化的背后，我们最终能发现什么？倘若一切都在变，什么才是不变之理？变与不变之间，又是何种逻辑关系？由此出发，索绪尔认识到，必须寻找某种“潜在的基本论据”，没有这些论据，一切语言文字都只能是任意变化、无从限定的。这个索绪尔所要努力寻找的“潜在的基本论据”，便是所谓的“结构”，是卡勒所谓的“深层结构体系”。索绪尔为此在《普通语言学教程》中提出了著名的结构语言学的四项法则：一是历时与共时方法；二是语言与言语；三是能指与所指；四是系统差异决定语义。索绪尔的法则与思想理路经过俄国形式主义的改造和雅各布森在音位学领域的借用，又被列维-斯特劳斯移植到人类学领域，当巴黎结构主义崛起后，这一万能理论的应用

① [美]乔纳森·卡勒：《结构主义诗学》，盛宁译，北京：中国社会科学出版社1991年版，第13页。

② [美]霍克斯：《结构主义和符号学》，瞿铁鹏译，上海：上海译文出版社1987年版，第8页。

③ [美]乔纳森·卡勒：《文学中的结构主义》，见沈恒炎等：《外国文艺思潮》(第3集)，西安：陕西人民出版社1986年版，第204页。

范围更是从文本、符号研究一路蔓延，囊括了神话仪式、社会心理、商品广告、意识形态，乃至马克思主义自身的结构研究。①

结构主义文学批评就是把索绪尔的现代结构语言学创见或法则运用于文学批评的实践。在这种理论的导引下，结构主义批评认为，“任何作品都被认作是一种抽象结构的展现，是这结构具体铺展的过程中各种可能性中的一种可能性的体现”②。就像索绪尔用语言/言语、能指/所指、共时/历时等二元对立的结构概念来研究语言一样，结构主义批评也试图努力找出那些不仅在单部作品中而且在作品与作品之间的关系中发挥作用的结构原则，建立一些恒定的模式来理解文学，以达到一劳永逸地解决文学的本质问题的目的。比如，列维-斯特劳斯认为，“太阳”和“月亮”是具有巨大语义潜能的神话动因：“只要这一对立存在，太阳和月亮的反差几乎可以表示任何意义。”由这个二项式，可以推导出阳性和阴性、丈夫和妻子、姐妹和兄弟，以及两个性格或权力上有差异的女人或男人。以此类推，他说，人们可以“从容自如地运用‘白昼’和‘黑夜’来表示各种各样的对立”③。某种意义上，这与中国道家以阴/阳二元结构来阐说世间万象，可谓如出一辙。

与索绪尔强调现代语言学的研究对象不是言语而是语言一样，结构主义文学批评的着眼点也不是个别具体的文学作品而是存在于众多作品中的结构模式。由此，结构主义批评表现出对于主体论的彻底否定。罗兰·巴尔特更是以极端的“作者死了”的口号来表明结构主义批评与作家研究的决裂。塞尔登说：“文学研究中的结构主义方法对普通读者抱有的某些最珍爱的信仰提出了挑战。长期以来，我们一直认为，文学作品是作家创作生命之子，表达了作家本质的自我。文本是我们可以进入并与作者的思想和情感进行精神的、人文主义交流的领地……然而，结构主义者却要我们相信，作者已经‘死了’，文学话语并没有讲述真实的功能。”④罗兰·巴尔特认为，作家所谓的写作能力，只是把已经存在的写作重新加以组合、调配而已，作家不能使用写作来“表达”他们自己，而只能依靠“永远已经写成的”（always already

---

① 参见赵一凡等：《西方文论关键词》，北京：外语教学与研究出版社2007年版，第250、251页。

② [法]托多洛夫：《结构主义诗学》，见胡经之等：《西方二十世纪文论选》（第2卷），北京：中国社会科学出版社1989年版，第310页。

③ 转引自[美]乔纳森·卡勒：《结构主义诗学》，盛宁译，北京：中国社会科学出版社1991年版，第89页。

④ [英]塞尔登：《当代文学理论导读》，刘象愚译，北京：北京大学出版社2008年版，第76页。

written)语言与文化的巨大词典。在结构主义批评派看来，不是作者的语言反映了现实，而是语言的结构产生了“现实”。意义的来源不是作者或读者的经验，而是那个控制个人的语言体系或结构。因此，结构主义批评不仅是反主体的，也是反人文的，艾布拉姆斯说：“结构主义是与传统人文主义批评的前景和主要概念背道而驰的。”①结构主义者也曾以此来强调他们所反对的其他文学批评形式的立场。

与此同时，由于对所谓终极结构的迷恋与追寻，结构主义批评也是反历史的。历史问题特征是变化和创新，而结构主义则要排除变化和创新，以便突出体系或结构。“因此，结构主义者对小说的发展或从封建时代到文艺复兴文学形式的转变并不感兴趣，他们感兴趣的是叙述的结构、制约一个时期的美学体系。他们的方法是静态的、非历史的：他们既不关注文本产生的时刻(及其历史语境、与以往写作的形式联系等)，也不关注其接受或‘再生产’(及其生产之后人们给予的解释)的时刻。”②可以说，反主体、反历史是结构主义诗学的核心原则。

落实到具体的文学批评实践中，结构主义则体现出如下明显的方法特点：

(1)结构主义在批评实践中强调二元对立的结构观念

从某个二元对立项入手，以此为前提，通过对由此衍生的一系列二元对立项的分析，寻求形成文本意义的基本结构。结构主义将二元对立视为人脑思维产生意义的最基本的动作。列维-斯特劳斯就说：“这一基本逻辑乃是一切思想所共通的最小共性。”罗兰·巴尔特在《S/Z》中对巴尔扎克的小说《萨拉辛涅》所作的语义分析，便是运用二元对立的范例。在小说中，叙述人端坐窗前，他的一侧是一个高雅的舞会，另一侧是一座岑寂的花园，由此项对立开始：“于是，在我的右边，是昏暗和寂灭的死亡意象；左边，却是生命的合乎礼仪的狂饮狂舞。这儿，冷冰冰的自然，黯淡悲凉，披麻戴孝；那儿，人类正其乐陶陶。”巴尔特开始随着叙述人追寻各种可能的象征读义：死亡之舞/生命之舞、自然/人、冷/热、寂静/喧闹。叙述人本身成为对立的焦点，他在窗前的位置被视为模棱两可的位置：“其实是一股穿堂风，吹得我右脚仿佛踏进棺材里。这风冻僵了您的半边身子，而另一半却感觉着大厅

① ［美］艾布拉姆斯：《文学术语汇编》，晓河译，北京：外语教学与研究出版社2004年版，第35页。

② ［英］塞尔登：《当代文学理论导读》，刘象愚译，北京：北京大学出版社2008年版，第96页。

里湿漉漉的情热。"①S 和 Z 是小说中两个人物名字的首字母，S/Z 的对立等同于男/女的对立，但 S 最后被告知，Z 不是女人而是阉人，S/Z 的对立便失去了意义。Z 非男非女，破坏了分类的基础，便得意义无法固着，无法生成，也使得寻求中心意义的 S 失去了生存的凭借，在象征上招致阉割，与 Z 融为一体，最终在肉体上死亡。巴尔特的分析从二元对立项始，以二元对立的消失而终，他试图说明，意义产生于差异，而差异的消失则导致意义的泯灭，而死亡或悲剧便起因于此。

(2)结构主义在批评实践中重视系统的观念

卡勒说："结构主义首先是建立在这样一种认识基础之上：即如果人的行为或产物具有某种意义，那么其中必有一套使这一意义成为可能的区别特征和程式的系统。"②结构主义批评寻求一种文学研究的系统模式，从而为所研究的个体作品提供一种外部参考。因此，与"新批评"注重于对单篇作品的解读不同，结构主义强调文学系统内部要素之间的相互关系，认为"从单个的句子到词语的整体安排，每个文学的片断均能与系统的概念联系在一起。特别是，我们可以把个人的作品、文学的流派及文学的整体看成是相关的系统，把文学看成是在人类文化的大系统中的子系统"③。所以，在文学批评活动中，小到对一部作品的解读，大到对一种思潮的考察，都必须避免采用孤立的方法与手段，而要考虑到其与系统中其他要素的相互关系，在对这些关系的考察中确立批评对象的位置与意义。

(3)结构主义批评是一种共时性的文学批评

所谓共时性批评，是指结构主义批评并不关心文学在历史中的表面流变，而只关心潜藏于其间的恒定不变的"深层结构"。曾有人这样来表述结构主义的共时性概念："如果让我读今天写的任何一页纸——比如就读眼前这一页吧，由于在 2000 年时它还能被人读懂，我也就明白 2000 年的文学了。"④共时性概念使我们意识到，20 世纪 90 年代的中国女性文学极有可能与伍尔芙时代的英国妇女文学有着相同的深层结构，而 20 世纪 80 年代中国

---

① [法]罗兰·巴尔特(因为翻译的习惯，译者在此译为"巴特")：《S/Z》，屠友祥译，上海：上海人民出版社 2000 年版，第 92~93 页。

② [美]乔纳森·卡勒：《结构主义诗学》，盛宁译，北京：中国社会科学出版社 1991 年版，第 25 页。

③ [美]罗伯特·肖尔斯：《结构主义与文学》，孙秋秋等译，沈阳：春风文艺出版社 1988 年版，第 16 页。

④ 转引自[美]罗伯特·肖尔斯：《结构主义与文学》，孙秋秋等译，沈阳：春风文艺出版社 1988 年版，第 18 页。

当代文学中的寻根思潮，与20世纪30年代沈从文的创作是一种历史呼应。批评家黄子平在其论文《同是天涯沦落人》中，曾精辟地分析了从白居易到王实甫，再从郁达夫到张贤亮，朝代更替，历史迁衍，但这些作家的核心叙事，都不过是“同是天涯沦落人”这一深层结构的不同变体而已。这是共时性分析的范例。

结构主义批评最富代表性的成果是其对叙事学的贡献。列维-斯特劳斯在《结构人类学》中对神话结构的卓越研究，为叙事文本的结构分析提供了杰出的范本。罗兰·巴尔特的《叙事作品结构分析导论》、热奈特的《叙事话语》、托多洛夫的《〈十日谈〉的语法》、格雷马斯的《结构语义学》等都是结构主义叙事学的重要著作。具体说来，结构主义批评在如下方面为叙事学作出了重要阐述：

① 叙事结构分析。叙事结构指故事的构成要素和构成原则。叙事结构分析就旨在识别作品的深层结构，在繁多的叙事作品中发现其共同的运作规律。罗兰·巴尔特在其《叙事作品结构分析导论》中提出用三个层次来描述叙事作品的结构：一是功能层，研究基本的叙事单位及其相互关系；二是行动层，研究人物的分类问题；三是叙述层，研究叙述人、作者和读者的关系。托多洛夫则以“语法”为基本结构来剖析叙事作品，认为构成陈述和序列的单位犹如词类，陈述和序列本身则起着句子和段落的作用，构成整个作品。这样，人物即可视为名词，其特征为形容词，行动则为动词，通过分析彼此间的关系，就可最终揭示出支配着陈述和序列的构成规则，即叙事的“语法”。他依此对薄伽丘的《十日谈》进行了精彩的分析。格雷马斯则改造了普洛普的叙事学方法，他对句子进行语义分析，试图建立一种普遍的叙事“语法”。他提出一个三对二元对立的模式，通过一个语义矩阵来展示叙事的终极结构，任何一个叙事，都可以在这个矩阵中获得语义分析。

② 叙述话语分析。叙述话语就是叙述故事的方式。热奈特进一步细化了俄国形式主义关于“故事”和“情节”的区分，将叙事分为三个层次：故事、话语、叙述。例如，在余华小说《活着》中，主人公福贵是故事的讲述者，他对来乡下采风的“我”讲故事(叙述)；他讲了一篇口头的“话语”；在他的“话语”中讲述了以他自己为主人公的一些事件(故事)。叙述中的这三个维度与热奈特提出的动词的三个性质相关，这三个性质是：时态、语气和语态。所谓时态，是指话语与故事的时间关系；所谓语气，是指包含叙述距离和叙事角度这两种叙事信息进行调节的形态；所谓语态，是指叙述情景以及叙述者与接受者的不同表现形式。这些区分意义非凡。比如乔良的《灵旗》，这部小说虽然讲述的是“一个人的五十年”，但这“一个人”在小说中则一人

分饰二角，他们分别是五十年后的讲述者青果老汉以及在讲述中处于历史现场的“那汉子”。也就是说，青果老汉通过他自己年老的叙述声音提供了一个他自己年轻时的视角。这正是通过对时态、语气和语态的区分来甄别叙述者或视角。

③ 叙事视角分析。叙事视角，指叙述时观察故事的角度。① 视角的处理直接影响作品语言的表达、情节的组织、意蕴的揭示乃至整个作品的成败。余华就说过，《活着》的写作曾一度阻滞，当他突然决定选择第一人称叙述时，所有的困难顿时迎刃而解。热奈特在《叙事话语》中，区分了三大类视角：一是“零聚焦”或“无聚焦”，即无固定视解的全知叙述，其特点是叙述者说的比任何人知道的都多，可用“叙述者 > 人物”这一公式表示；二是“内聚焦”，其特点是叙述者仅说出某个人物知道的情况，可用“叙述者 = 人物”这一公式来表示；三是“外聚焦”，即像摄影机一样旁观人物的言行。

此外，结构主义叙事学对叙事时间、叙事媒介等同样也有细致精微的分析。这些研究成果，有力地推动了叙事学成为一门科学。

二、神话原型批评

20 世纪 60 年代，“新批评”在一片质疑与批评的声浪中盛极而衰，取而代之的便是神话原型批评。1957 年，加拿大人诺思洛普·弗莱的《批评的剖析》出版，这部一鸣惊人之作，不仅结束了“新批评”在北美的统治地位，同时也宣告了一个国际性的文学批评流派的诞生。特里·伊格尔顿曾如此评说《批评的解剖》及神话原型批评的问世：“人们需要这样一种文学理论，它既保持新批评派的形式主义倾向，以及新批评派顽固地把文学视为美学实体而非社会实践的作法，同时，又将创造出某种更为系统和‘科学的’东西。到 1957 年，这个问题有了答案，它出现在加拿大人诺思洛普·弗莱所写的《批评的解剖》这一著作中。这部著作对所有文学类别作了详尽的‘归纳总结’。”②

“原型”（Archetype）一词由希腊文 arche（原初）和 typo（形式）组成。柏拉图曾说，宇宙间的万物都是由理念世界的原型创造出来的。神话原型批评虽

① 赵一凡等：《西方文论关键词》，北京：外语教学与研究出版社 2007 年版，第 511 页。

② [英]特里·伊格尔顿：《文学原理引论》，刘峰译，北京：文化艺术出版社 1987 年版，第 109 页。

然与此哲学观有联系，但就直接的理论背景或来源，还是应该追溯到以弗雷泽为代表的“剑桥学派”的人类学与荣格的心理学。雷·韦勒克说，神话原型批评“来源于文化人类学和荣格把无意识当作人类的‘原型’和原始意象的集体贮存库的看法”①。

弗莱说：“弗雷泽在《金枝》中以朴素戏剧的仪式为基础所作的研究，荣格和荣格学派以朴素浪漫故事的梦为基础所作的研究，对原型批评家具有最直接的价值。”②弗雷泽在其12卷的巨著《金枝》中，精辟地论述了仪式、巫术、神话等人类原始文明的源流关系，尤其是在对各种仪式的研究中发现了西方文化和文学中普遍存在的某些原型，如“死亡与复活”的原型。荣格则对“原型”作了心理学的阐释。他认为，人的意识可分三层：意识、个人无意识、集体无意识。其中集体无意识是自原始社会以来，人类世界不断积淀的心理经验，这种经验自发地记忆着人类进化过程中最古老的阶段。这种心理经验被赋予神话形象，其中包含着众多的意象，这就是原型。荣格说，“原型是经验的集结”，“原型从根本上说是一种无意识的内容”，“它是集体的、普遍的、非个人的。它不是从个人那里发展而来，而是通过继承与遗传而来。”③荣格称，原型是反复发生的领悟的典型模式，是种族代代相传的基本原型意象，在文学作品中，原型意象以文学作品中反复出现的形象或结构的形式表现出来。这说明，“艺术创作的源泉是这种集体无意识或原始经验，艺术创作实质上是原型意象的再创造，是创作主体作为人类个体在汲取集体无意识的基础上，融合个人尤其是种族经验，并赋予形式如神话或想像的结果”④。而弗莱的理论则是对上述理论的一次基于科学主义的融合与改造。与弗雷泽和荣格的理念相同的是，弗莱认为文学是贯穿历史的一种集体的乌托邦梦想，它不应被看做是作者个人的自我表达，而是产生于人类自身共有的主题，这也就是它为什么会体现出具有普遍意义的“原型”的原因。

弗莱致力于使文学批评成为真正的科学。首先，他反对以往的文学批评只停留于个别作品的琐碎研究而忽略其与文学整体或文学传统的联系，这样

---

① [美]雷内·韦勒克：《批评的概念》，张金言译，杭州：中国美术学院出版社1999年版，第341页。

② [加]诺思洛普·弗莱：《批评的剖析》，陈慧等译，天津：百花文艺出版社1998年版，第112页。

③ [瑞]荣格：《荣格文集》，冯川等译，北京：改革出版社1997年版，第69、83、84页。

④ 南帆：《二十世纪中国文学批评99个词》，杭州：浙江文艺出版社2003年版，第319～320页。

的研究不仅是偏颇的，而且无助于建立起系统的关于文学的知识体系，因此这样的文学批评是应当摒弃的、毫无意义的批评。其次，他认为必须在文学内部去为批评寻找一种观念框架，而不是像马克思主义、自由人文主义、弗洛伊德主义、荣格主义或存在主义那样将批评隶属到文学以外的形形色色的框架上去。弗莱的研究方法就是以人类学的视野，用归纳法来考察西方文学，特别是叙事文学的深层结构和规律。因此，弗莱的研究方法或原型批评，也被认为是“以原型理论为基础，以结构主义方法为手段，对整个文学经验和批评作原创性的分类对比，寻求文学的本质属性”①。上述所谓文学的“深层结构”或“本质属性”，便是弗莱所谓的“原型”，而对原型的追寻，就是弗莱所谓的“诗学”。他说：“一种批评的理论，其原则适用于整个文学，并在批评过程中足以有效地说明其各种类型的，我认为就是亚里士多德所指的诗学。在我看来，亚里士多德就像一个生物学家解释有机体的体系一样来解释诗，区别出它的属与类，系统地阐释文学经验的主要规律，简言之，他似乎相信存在一种可获得的关于诗歌的完全明了的知识结构，它不是诗歌本身，或诗歌的经验，而是诗学。”②他同时说：“我用原型指一种象征，它把一首诗和别的诗联系起来从而有助于统一和整合我们的文学经验。……通过研究程式和文类，这种批评试图把个别的诗篇纳入作为整体的诗歌体。”③

受弗雷泽和荣格的影响，弗莱也视神话为文学的基本原型，文学及其不同模式，只不过是“神话的移位”。在弗莱看来，神话就是原型，“不过为方便起见，当涉及叙事时我们叫它神话，而在谈及含义时便改称为原型”④。他说：“对神话结构的重新组合便是我们所说的文学。随着神祇时代发展为英雄时代，关于神祇的神话便演变为关于人类卫士的传奇；而当英雄时代成为人民时代后，传奇也变得更为真实可信了。不过，始终贯穿这一过程的，依然是那些相同的神话结构，那些关于故事如何开头、进展以及收场的相同

---

① 赵一凡等：《西方文论关键词》，北京：外语教学与研究出版社2007年版，第827页。

② [加]诺思洛普·弗莱：《批评的解剖》，陈慧等译，天津：百花文艺出版社1998年版，第18页。

③ [加]诺思洛普·弗莱：《批评的解剖》，陈慧等译，天津：百花文艺出版社1998年版，第99页。

④ 吴持哲：《诺思洛普·弗莱文论选集》，北京：中国社会科学出版社1997年版，第89页。

的手段。”①这段话明确地表示，文学或文学史只是神话移位所产生的局部或整体效果。说到底，神话才是最基本的原型。而神话原型批评究其实质则是从文学作品出发进行神话“复位”的研究方式，它着眼于文学作品的内容，最终落实于通过结构对其内在的神话或原型作出行之有效的把握。正如弗莱所说：“批评家的任务之一，在于说明一切体裁是如何都从探险神话中衍生的。”②

基于一种显而易见的人类学方法，弗莱从人与自然的同构关系出发，从日出日落的循环、一年四季的更替以及生与死的交迭关系中，将神话归纳为四种叙述模式：

① 黎明、春天和出生方面。关于英雄出生的神话，关于万物复苏的神话，关于创世的神话，以及关于黑暗、冬天和死亡这些力量的失败。从属的人物：父亲和母亲。这些传奇故事的原型，狂热的赞美诗和狂想诗的原型。

② 正午、夏天、婚姻和胜利方面。关于成为神仙的神话，关于进入天堂的神话。从属的人物：伴侣和新娘。喜剧、牧歌和团圆诗的原型。

③日落、秋天和死亡方面。关于战败的神话，关于天神死亡的神话，关于暴死和牺牲的神话，关于英雄孤军奋战的神话。从属的人物：奸细和海妖。悲剧和挽歌的原型。

④ 黑暗、冬天和毁灭方面。关于这些势力得胜的神话，关于洪水和回到混沌状态的神话，关于英雄被打败的神话，关于众神毁灭的神话。从属的人物：食人妖和女巫。此为讽刺作品的原型。③

以此为基础，在《批评的解剖》中，弗莱简化了他的分析，直接将文学作品的“叙述类型”——喜剧的、浪漫的、悲剧的、反讽或讽刺的——与春、夏、秋、冬四季更迭联系起来。在他看来，“春”的意象对应于“喜剧”，是神的复活与恋爱原型；“夏”的意象对应于“浪漫”，是神的历险与胜利原型；“秋”的意象对应于“悲剧”，是神的受难与死亡原型；“冬”的意象对应于“反讽和讽刺”，是神的复活前的混乱状态的原型。这些观点对于从整体上把握文学史发展的某些规律有很大的启发意义，对于理解文学与人类文化传

① 吴持哲：《诺思洛普·弗莱文论选集》，北京：中国社会科学出版社 1997 年版，第 8 页。

② 吴持哲：《诺思洛普·弗莱文论选集》，北京：中国社会科学出版社 1997 年版，第 91 页。

③ [加]诺思洛普·弗莱：《文学的若干原型》，转引自邱运华：《文学批评方法与案例》，北京：北京大学出版社 2006 年版，第 117 页。

统的深层关系有其独到之处。

由于在弗莱看来，文学是神话的移位：神话移位为文学，神则移位为文学中的各类人物。弗莱考察了虚构作品中的人物品类而归纳出叙事作品的五大类型：

① 如果在性质上既比其他人优越，也比其他人的环境优越，则主人公是神，关于他的故事是神话，即通常意义上关于神祇的故事。

② 如果在一定程度上比其他人和他所处的环境优越，则主人公是浪漫故事中的典型主人公，他的行动是出类拔萃的，但是仍被视为人类一员。

③ 如果虽在一定程度上比其他人优越，但无法超越这个人所处的自然环境，则主人公是一位领袖。他具有权威、激情以及远比我们更强的表达力量，但他的所作所为既得服从于社会评判，也得服从于自然规律。这是“高模仿”模式的主人公，是大多数史诗和悲剧的主人公，基本是亚里士多德所考虑的那种主人公。

④ 如果既不比其他人强，也不比这个人所处的环境优越，主人公就是我们中的一员：我们会对他的普通人性观念产生共鸣，并要求诗人同样具有我们在自己的经验中发现的种种可能性原则。我们这样做便得到了“低模仿”模式的主人公，即大多数喜剧和现实主义小说的主人公。

⑤ 如果某人比我们自己在能力和智力上低劣，从而使我们对其受奴役、遭挫折或荒唐可笑的境况有一种轻蔑的感觉，这样的主人公便属于“反讽的”模式。①

弗莱指出，欧洲的虚构作品在过去的一千五百年间，其重点一直沿着上述五项的顺序往下移：在中世纪之前，文学紧紧依附于基督教、古希腊古罗马后期、凯尔特人的或条顿族的神话；中世纪则是浪漫故事的范畴，涉及骑士制度、游侠行为及圣人传说，它们都以对自然规律的不可思议的违抗来提高故事的趣味性；文艺复兴时期，高模仿被突出起来，悲剧和民族史诗引人注目；接着，一种新的中产阶级类型的文化把低模仿引进文学，它主宰了从笛福时期到19世纪末的英国文学，在法国文学中，它的开端和结束都比英国大约早五十年。在过去的一百年间，则大部分严肃虚构作品与日俱增地倾向于采用反讽的模式。

正是基于对神话移位的理解，弗莱明确提出，“神话可谓文学构思的一

---

① 参见[加]诺思洛普·弗莱：《批评的解剖》，陈慧等译，天津：百花文艺出版社1998年版，第3~5页。

个极端，自然主义则是另一个极端，而在两者之间是浪漫故事之广大区域”①。在弗莱看来，神话移位的原则，在神话中通过隐喻来表明，在浪漫故事中通过明喻来表明，而在现实主义的模式中，联想的意义则减少了。也就是说，随着理性精神的崛起，随着世俗经验的泛滥，神话趋于消亡，它被移用于各种世俗文学中，由此，可将文学叙事归纳为三种组织形式：“1. 由天堂/地狱为象征的、分为神启式—魔怪式两种形态的‘非移用神话叙事’；2. 接近于经验世界的浪漫主义叙事；3. 强调故事内容而忽视其表现形式的现实主义叙事。”②相对于此的，是史诗、戏剧和虚构文学三种文学形态，以及如前所述的四种动态的叙述类型：浪漫的、悲剧的、喜剧的及反讽或讽刺的。通过如此设计，弗莱完成了其关于文学批评逻辑系统的阐释，整体体系作为一种文学史的循环理论就活起来了。对于这个带有明显循环论性质的理论体系，特里·伊格尔顿曾就此说过：“文学从神话转向嘲讽，又从嘲讽转向神话。1957 年，我们显然是处于嘲讽的阶段，但有迹象表明，又要回到神话之中。”③

弗莱的原型批评在西方理论界被认为是建构“系统诗学”的最重要的努力。但由于在方法论上与结构主义的近似关系，所以在大多数时候，弗莱的努力被定位在形式主义的理论向度上。伊格尔顿就在其《文学原理引论》中将弗莱纳入“结构主义”一章中加以论述，批评其将文学视为“封闭的、内视的领域”，这个领域与文学之外的任何现实都没有关系，它只是一个“独立自主的词语结构”。因此，伊格尔顿进一步认为，弗莱的著作“是以极端害怕现实社会、厌恶历史本身为其特征的”，其理论中的几个意象都是城市出现之前的自然循环的映像，是带着怀旧心情对工业主义之前的历史的回忆，“这种理论的妙处就在于它巧妙地将一种极端的唯美主义与一种精神分类的‘科学性’糅合在一起，这样就使文学继续作为逃避现代社会的一种精神方式……它用计算机的功效把每部作品放进指定的神话学的门槽里”④。《批评的解剖》确实存在伊格尔顿所批评的突出症候，它在纵谈文学的结构模式

① [加]诺思洛普·弗莱：《批评的解剖》，陈慧等译，天津：百花文艺出版社1998 年版，第 151 页。

② 徐岱：《批评美学：艺术诠释的逻辑与范式》，上海：学林出版社 2003 年版，第 121 页。

③ [英]特里·伊格尔顿：《文学原理引论》，刘峰译，北京：文化艺术出版社1987 年版，第 110 页。

④ [英]特里·伊格尔顿：《文学原理引论》，刘峰译，北京：文化艺术出版社1987 年版，第 111 ~ 112 页。

时，确实忽略了文学的社会意义、意识形态和其他美学价值。因此，有批评家认为，如果说“新批评”是把单一的文学作品局限在反讽的结构中，那么，弗莱则是把形式主义扩展到了整个文学。

然而弗莱却一直反对这样的批评声音，他一直否认自己的理论切断了文学与社会、文化之间的关系。只是他强调，批评家的社会作用应当同作为整体的文学的社会作用联系起来，他说：“作为整体的文学……是丰富多彩的人类想象，文学是一部人类启示录，人对人的启示；文学批评则是这一启示的意识，是人类最后审判，而不是零星判决的总和。”①1976 年，弗莱出版《批评的道路》，对文学与社会、文化的关系问题作了颇多精彩论述，以消除理论界对神话原型批评的形式主义“偏见”。然而，此时的神话原型批评，已在 20 世纪 60 年代旗帜林立的西方理论界走完了自己的巅峰历程，趋于式微。

三、解构主义批评

20 世纪 60 年代末，随着法国的“五月风暴”及欧洲学生运动的落幕，人们对结构主义者“结构、结构，从不上街参加战斗”的中立立场普遍失望，结构主义思潮遂遭到普遍怀疑和冷落，法国整个思想界开始从结构主义向后结构主义过渡。曾经是结构主义中坚分子的德里达等人迅速摆脱结构主义的思维定式，摇身变成坚定的后结构主义者。后结构主义是一个范围相当广泛的理论，强调体系的变动不居以及描述一个完整、协调、具有明确意义的体系的不可能，将客观知识、总体和能够认知自己的主体都视为或然结果来对待，并由此展开了对三者的批评。当代女权主义、历史主义、西方马克思主义和心理分析理论都带有后结构主义的色彩。

不过，以德里达为代表的解构主义是西方整个后结构主义思潮最重要的组成部分。用言简意赅的字句公式化地定义解构主义并非一件易事，而且本身也有违德里达的精神，因为德里达在被问及这个术语的意思时曾经指正：对于这个问题，他没有简单而公式化的答案。他的所有文章都是要避开这种令人恐惧的问题。解构主义的意思涉及形形色色容易混淆的东西，它是一种哲学立场、一种政治实践、一种思维策略，或是一种阅读模式。那么究竟何谓“解构”？解构最简单的定义就是，它是对传统结构主义按等级划分的一

① 陈厚诚等：《西方当代文学批评在中国》，天津：百花文艺出版社 2000 年版，第 149 页。

系列界限严格的二元对立面及其所代表的典型思想意识的批评，这些二元对立面包括内在与外在、思想与身体、言说与书写、自然与文化、形式与意义、真理与谬误、中心与边缘、表与里、存在与不存在等。“要解构一个对立面就是要表明它原本不是自然的和不可避免的，而是一个结构，是由依靠这个结构的话语所制造出来的，并且还要表明它是一个存在于一部解构作品之中的结构，而这种解构作品正是设法把结构拆开，并对它进行再描述——但这并不是要毁灭它，而是要赋予它一个不同的结构和作用。”①应用于文学领域的解构批评则是一种具有颠覆性和破坏性的阅读理论和实践，它质疑并挑战了语言系统所谓确定文本边界、总体与明确意义的功能，一个典型的解构式阅读旨在呈现原文内同时存在的各种矛盾冲突力量如何将貌似确定无疑的结构和意义消解为不可调和并难以确定的无限可能性，用巴巴拉·约翰逊(Barbara Johnson)的说法，就是揭示“文本之中关于意义的各种论战力量之间的一种嬉戏”②。

解构主义最初是以结构主义阵营内部的反叛姿态崭露头角的。在1966年美国约翰·霍普金斯大学举行的一次讨论结构主义的研讨会上，德里达作了题为《人文科学话语中的结构、符号和游戏》(*Structure, Sign and Play in the Discourse of the Human Science*)的报告，质疑并批判了结构主义的一些原则，消解了结构主义的中心观点，探讨文学的另一种方法，即“解构主义”批评理论出现。但从哲学渊源看，德里达的解构主义思想实乃继承了尼采以来西方一直涌动着的否定理性、怀疑真理、颠覆秩序的强大思潮；其解构的踪迹在胡塞尔、海德格尔和弗洛伊德的思想里面已经存在。尼采的文字超越一切意识形态的思想、海德格尔的语言第一以及以文学艺术解构并拯救哲学的观点，还有弗洛伊德颠覆统一的个人意识的精神分析学说，都是德里达解构主义的思想资源。

德里达的基本观点集中于1967年出版的三本著作：《论文字学》、《写作与差异》和《言语与现象》，之后的著作主要是对这些观点的重申、拓展和运用。1970年，德里达的论文集《批评的语言和人类的科学》因为其中对结构主义的结构观点的批评引起美国的关注，并且使他首先在美国扬名。在英美世界里，德里达艰深晦涩的思想借助佳亚特里·斯皮瓦克、乔纳森·卡勒

① [美]乔纳森·卡勒：《文学理论》，李平译，沈阳：辽宁教育出版社、牛津大学出版社1998年版，第131页。

② 转引自乔纳森·卡勒：《文学理论》，李平译，沈阳：辽宁教育出版社、牛津大学出版社1998年版，第131页。

和J. 希利斯·米勒的阐释性著述，在美国批评界产生了巨大影响。1979年，德里达以及耶鲁大学的保罗·德曼、J. 希利斯·米勒、杰弗里·哈特曼以及哈罗德·布卢姆合作出版了《解构与批评》。在这部书里，德里达详细解释了"解构"作为一个策略和方法的功效。另四位活跃在文学批评领域的有影响的教授也因为这部书被视为一个团体——耶鲁学派，又称"美国解构主义"。从某种意义上说，德里达的解构思想正是通过耶鲁学派的"变形"，发展成为一种新的文本阅读和文学批评的方法，在英美世界发扬光大的。具体而言，解构主义"旗手"德曼的贡献在于充当了文学理论领域的一个中转站，从而"使得大学内外、美国和欧洲之间的一切通道都重新畅通起来"①；米勒的贡献主要体现在及时跟踪德里达的学术道路，并及时地将其各个时期的学术思想和理论建树具体化在文学批评和阅读上；哈特曼在文风上堪称德里达的同道，他在一系列随笔中将文学与批评统一起来，不仅有力反对了把文学批评和文学创作绝对割裂开来的错误观点，拓展了文学和批评的范畴，还推动了德里达的不确定性原则的深入发展；布卢姆则运用解构主义中的"互文性"概念提出了影响即误读理论，给文学创作、文学批评和文学理论带来了新的气息，也把对一些重大文学问题的理解推上了一个新的阶段。

20世纪80年代后期，随着"耶鲁学派"的退入历史，作为一种批评理论思潮的解构主义受到新历史主义和后殖民主义的挑战退居次要地位，但可以肯定地说，在这个没有主潮的"后理论时代"②，"结构主义"这一术语再不可能维持原状了，无论它的信徒把德里达看成是叛逆的刽子手，还是看做英勇的解放者，德里达的解构理论已不同程度地渗透到人文学科的各个相关领域，影响了后结构主义之后的各种批评理论。

德里达始终关注语言问题，他的解构尝试也正是从语言开始的，因此，从文学理论角度考察德里达的贡献必须从构成文学文本的重要因素——语言入手。德里达以及解构主义的同仁们在文学理论上的创见主要体现在他的以下解构策略及几个独创性的概念上。

1. 逻各斯中心主义批判

德里达学说的一个重要特点，就在于颠倒写作与口语的等级序列从而实

---

① JacquesDerrida. *Memoirs for Paul de Man, Revised Edition*. New York: Columbia University Press, 1989: vxii.

② [美]罗里·赖安、苏珊·范·齐尔：《当代西方文学理论导引》，李儒敏、伍子恺等译，成都：四川文艺出版社1986版，第137页。

现对逻各斯中心主义(logocentrism)的批判，也即反对所谓的词语中心主义。在逻各斯中心主义者看来，言语与意义(即真理、上帝的话)之间有一种自然、内在的直接关系，言语是讲话人思想的“自然流露”，是其“此刻所思”的透明符号，言语比文字更接近原始思想。与此同时，言语意味着讲话人“在场”，意味着释义的准确性与稳定性。而书面文字只是一系列符号，是一种声音的代替，是言语的媒介；与声音或言语相比，它总是第二位的，并且，它在释义上也因为讲话者的“不在场”而容易产生歧义，引起误解。因此，思想一旦被书写出来，其准确性就有可能受到破坏。

德里达对逻各斯中心主义的批判，即在于试图颠覆“言语”与“书写”的传统等级关系。在《论文字学》一书中，他通过对索绪尔语言学中差异性原则的分析指出，符号没有一个超验的中心或意义，它的本质是差异，因此意义并不能被固定在任何确定的事物之中：无论是言语，还是文字。因此，言语并没有优于文字的特权。在《象征》一书中，德里达又指出，“写作”、“书写”或“文字”有如下特征，即写出的符号可以重复，在特定情况下，不仅发送符号的主体不出现时可以重复，而且接受者不出现时也可以重复。他认为，只有当一个符号能被重复使用时，它才能被用来指称，这种特性存在于文字而不是言语中。他说，在解释“说出的”符号时，不管说出的话里有什么音调、语调，乃至歪曲，都必须承认某些稳定的和一致的形式——“能指”。这就是说，必须排除临时的语言本体，恢复一种纯粹的形式——可重复的具有“写作”特征的“能指”。也就是说，“言语”是“书写”、“写作”、“文字”的一种样式①。由此，德里达将言语与书写的位置关系颠倒过来，将言语视为书写的派生物，而不是相反的关系。在德里达看来，写作从总体上来说，是一种“元书写”(arch-écriture)，或者说是一种原初的写作，因为，从更大的范围说，总体文字包括了整个语言学的符号系统，因而它也是狭义上的言语和文字赖以存在的基本条件。这种观点和方法对阅读历史文本和从事文学批评显然有着重要的启示意义：我们今天从文本中获得的意义并不是首先通过声音实现的，而是首先从前人写下的文本的书面语中获得意义的，这就从根本上动摇了语音中心主义的大厦。

以批判逻各斯中心主义为起点，以颠覆“言语”与“文字”的等级关系为出发点，德里达展开了对一切植根于形而上学传统的、等级森严的二元对立项的批判与解构。这些二元对立项包括：男人/女人、灵魂/肉体、文明/愚

① 参见郭宏安等：《二十世纪西方文论研究》，北京：中国社会科学出版社 1997 年版，第 417 页。

昧、西方/东方、主体/他者、主人/奴隶等，在这些二元对立项中，前者往往优于后者，它们是逻各斯的变体或化身。德里达的革命性举动在于，他对所有这些处于等级秩序中的二元对立项发出了瓦解号令，从而动摇了整个西方的形而上学大厦。

2. 延异和播撒

“延异”(différance)是德里达自创的瓦解结构意义确定性的关键性概念。这个词来自法语动词“to differ”(区分)和“to defer”(延搁)。“Différance”是一个几乎不可翻译的词语，德里达用一个字母“a”换掉“e”，以使他的概念区别于差异(difference)。德里达生造的这个词有两层意思：第一层意思是差异，主要诉诸空间；第二层意思是延缓，主要诉诸时间。德里达认为语言就是“差异与延缓”的无止境的游戏，永远也得不出最后的结论。文本与文本之间始终是一种互文的关系，因而对文本的阐释就形成一种“阐释的循环”。

索绪尔就曾指出，意义并不存在于某一个符号之内，它零星散布于一系列的无终止的链条内，不会轻易被捕捉、定位于某一个具体的符号上。意义总是被暂缓并不断被延迟下去：一个符号指向另一个符号，另一个符号又指向其他符号，层出不穷，无终无止。例如：如果我们想知道一个词的意义，字典会告诉我们更多的词语来解释它，而这更多的意义又使我们继续不断地查阅下去，所以意义实际是一系列无终止的象征符号的差异。德里达由此得出结论：语言符号无非是一系列不断推延的差异的游戏。因此，延异是一种存在与语言背后或语言中的力量，它产生着构成语言差异的效果。与此同时，它还充分体现了德里达独特的解构主义方法论，体现了其解构的基本立场：世界上不存在所谓终极不变的意义，正如不存在一成不变的结构一样，语言不过是延异的无止境的游戏，终极意义永远可望而不可即。

“延异”是一个杜撰之词，德里达也拒绝给它下明确的定义。他说，“延异既不是一个词，也不是一个固定的概念”，“它不是一种存在——在场，无论你把它看得多么美妙，多么重要或者多么超验。它什么也不支配，什么也不统治，无论在哪儿都不以权威自居，也不用大写字母来炫耀自己”，“它既不存在也没有本质。它不属于存在、在场或缺席的范畴。”①之所以如

① 转引自邱运华：《文学批评方法与案例》，北京：北京大学出版社 2007 年版，第 195 页。

此，是因为德里达努力避免自己创设的概念被“本质化”，从而再次陷入他苦心孤诣要逃出的形而上学牢笼。不过，他曾有一个生动的比喻，说“延异”就像一把扎束的花(sheaf)，其中有着“复杂的组织结构，不同的花枝和不同的词意，各自朝不同的方向散漫开去。与此同时，每一枝花又与其他的花枝或意义紧密联系，形成一种交错结构”。

需要说明，作为延异特征之一的散漫，除了时间上的延迟、空间上的差异这两层含义之外，还含有一种“播撒”(拉丁文 differe)之意。德里达于1972年出版《播撒》，在这本书中，他将 différance 这个词的含义又扩大了，即由原来的延异，发展到播撒(dissémination)。由于作为意义归宿的“在场”已经不复存在，符号的确定意义被层层地延异下来，又向四面八方指涉开去，犹如种子一样到处播撒，因而它根本没有中心可言。播撒瓦解了语义学，播撒的意义是开放的、多义的，并且是不可限定的，它不能被整体化为作者意图的一部分，而是积极地将自己进行无限数量的释放。德里达认为，播撒是一切文字应有的能力，它无休止地瓦解文本，揭露文本的零乱与重复，从而使“不确定性”成为解构主义批评的核心术语，而传统批评中的中心、本源、结构、本质等概念则消失殆尽。

3. 互文性

解构主义认为，文字不是外在实物的反映，而是一系列符号的推迟和差异的永无止境的游戏，文本也不再是外在世界的再现。与之相反，在德里达的解构主义中，客观世界也被文本化了。或者说，整个世界都被归纳为一个文本。德里达还认为，阅读与写作无孔不入地渗入我们的知识和经验世界，而我们的世界除了解释，别无他者。阐释者无法超越解释，因为他被囚禁于语言牢笼之中，必须面对修辞和差异构成的无休止的符号游戏，所以他的解释也是永无止境的。在此前提下，德里达提出了他的互文性观念：一篇作品既不属于某一个作家，也不属于某个时代，它的文本贯穿了各个时代，带有不同作家的文本痕迹。所以，针对一个文本的解释和阅读也只能是开放型的，而且千差万别。任何一个新文本，都与以前的文本、语言、代码互为文本，而过去文本的痕迹则通过作者的扬弃而渗入他的作品。不仅如此，西方形而上学的哲学思想更是无声地潜伏于语言体系中。互文性不仅是语言的互文，它更是一种文化思想的互文。“互文性”不仅指明显借用前人词句和典故，而且指构成文本的每个语言符号都与文本之外的其他符号相关联，在形成差异时显出自己的价值。没有任何文本是真正独创的，所有的文本(text)

都必然是“互文”(intertext)①。

传统的文学批评一直试图探究文学的深度模式、解答作家赋予作品意义乃至所谓的终极意义，解构主义批评认为这是逻各斯中心主义使然。解构主义批评以对多元意义的主张来取缔对超验意义的崇拜，以不确定性来攻击同一性、整体性和总体性。与此同时，一种全新的文学史观也开始显山露水。解构主义反对以往的文学史述使用理论暴力将文学史锻打成一个单一的连续体，相反，在“互文性”概念的观照下，过去、现在、将来之间的界限被取消，连续体消失，历史被置于一个平面之上。互文中“但丁和德·利洛被放在了一起，尽管他们处于毫不相关的历史时期，彼此之间毫无任何的共同之处”②。对于解构主义批评来说，一切历史——确如克罗齐所说——都是当代史。文学史不是对文学史现场的某种还原运动，而是立足于我们这个时代对“历史”的一种重述。

此外，一些尖锐的质疑者认为，解构主义是一种彻底的虚无主义：语言文字永远处于删除号的威胁之下，隐喻和修辞被过度夸大，历史虚拟，真理虚妄，意义不定以及释义的漫无边际……的确，解构主义的一些特性显示了某些显而易见的症候：无中心论让一切陷于漂泊，互文性让“原创性”、“独创性”被消泯，写作越来越“不及物”。但另一方面，解构主义对二元对立项的拆解，取消了在历史与传统中形成的各种等级；对隐喻和修辞的强调则深刻地揭示了历史与真理背后的虚构本质。因此，那种视解构主义只是一种使一切陷于虚无的永动式的拆卸的指责，是片面的。真正的解构主义批评在一个更深的层面上超越了“形式主义”，它在本质上是政治性的。德里达说：“我想那种一般的解构是不存在的。只存在既定文化、历史、政治情境下的一些解构姿态。……这就是为什么解构不是一种简单的理论姿态，它是一种介入伦理及政治转型的姿态。因此，也是去转变一种存在霸权的情境，自然这也等于去转移霸权，去叛逆霸权并质疑霸权。从这个角度来讲，解构一直都是对非正当教条、权威与霸权的对抗。”③特里·伊格尔顿则称赞德里达创造了一种新的阅读技巧，他认为，解构批评完全是一种政治实践，是摧毁一

---

① 有关“互文性”一节，参照了赵一凡的《西方文论关键词》中第265页的相关论述，特此说明。

② [英]特里·伊格尔顿：《后现代主义的幻象》，华明译，北京：商务印书馆2000年版，第56页。

③ [法]德里达：《书写与差异》，张宁译，北京：三联书店2001年版，第14～16页。

个特定的思想体系，以及它背后的那种一整套政治结构和社会制度赖以生存的逻辑。他(德里达——引注)并非荒谬地试图否认相对确定的真理、意义、特性、意图、历史的连续性这些东西的存在，而是试图把它们看做更为广泛、更为深刻的一段历史的发展结果，即语言、无意识、社会制度和实践的发展结果①。正因为如此，解构主义批评的理论潜能不断被释放，在耶鲁学派之后，新历史主义、女权主义等批评流派相继诞生并迅速占据了文学批评的舞台。这些批评流派在把历史、现实等“政治性”因素重新引入文学批评领域的同时，依然把批评的旨归定在了打破文本桎梏之上。就此而言，它们的理论精髓同解构主义理论是一脉相承的。

【思考题】

1. 何为俄国形式主义所谓的“文学性”？陌生化诗学对于我们的批评实践有何启示？
2. 何谓“新批评”派的“张力诗学”？“细读”对于文学批评的意义何在？
3. 结构主义批评在方法上的特点是什么？结构主义在叙事学上的主要贡献是什么？
4. 何谓“原型”？弗莱所谓的“神话移位”是什么？
5. 何谓“互文性”？它对我们的批评实践有何启示？

① 参见[英]特里·伊格尔顿：《文学原理引论》，刘峰译，北京：文化艺术出版社1987年版，第175～176页。

第五章 文学批评的实践

文学批评活动需要批评主体多方面的素养和准备，但是最终的落脚点还是在具体的实践之中，也就是进行文学批评的写作。只有在具体的批评实践中，批评主体此前所作的各种准备活动才能得到真正发挥，批评者的理论和写作素养也才能以创造性的形式体现出来。文学批评作为一种带有理性色彩的文体，与一般的文学创作显然有所差别，但是，它们之间又有一定的相同之处。如李健吾就说："一个批评家是学者和艺术家的化合……创作家根据生料和他的存在，提炼出来他的艺术；批评家根据前者的艺术和自我的存在，不仅说出见解，进而企图完成批评的使命，因为它本身也正是一种艺术。"①文学批评是诗与逻辑的结合，或者说是创作与学术的综合。

所以，文学批评的写作既需要对文学敏锐的判断、剖析能力，又需要严密的逻辑思维和表达能力，还要求有审美的视野、自由的心境、艺术的表现力。与文学创作一样，文学批评的实践也是一项有相当难度和挑战性的工作。文学批评在整个文学活动中起着重要的作用，它与文学创作共同构成了一个时期的文学风貌，是一个时期文学成就的重要组成部分。本章将从文学批评的具体写作和思维方法、文学批评的主体要求等方面着手，全面阐释文学批评写作过程中所要把握的基本问题，帮助我们有效地进行文学批评的实践。

---

① 李健吾：《李健吾文学评论选·序一》，银川：宁夏人民出版社 1983 年版，第 1 页。

一、文本精研：批评的信度

所谓批评的信度，主要是指文学批评的可靠性和说服力。批评主体在从事批评写作的过程中，既不能脱离批评对象进行天马行空的自由言说，也不能抓住批评对象的某一个方面或某一个问题，对其进行整体性的审美判断，而是要立足于文本精研，通过一系列严谨、细致的专业化解读，并借助一种整体性和科学性的眼光，进行批评的具体实践。只有这样，才能确保批评的可靠性和说服力。否则，文学批评就容易变成缺乏信度的、武断的价值评判。

1. 文学批评与文学鉴赏之间的区别

在整个文学生产过程中，文学批评是一个重要的中介。作家是文学作品的创作者，读者是文学作品的阅读者，而文学批评则负责阐释作品、推介作品、梳理思潮，甚至为文学史的建构提供基本的支撑，在创作和阅读之间起着重要的桥梁作用。所以，对文学作品作出细致的研究，挖掘和梳理出其深层的思想和艺术内涵，进行准确的艺术分析和价值判断，并对作品进行恰当的文学史定位，是文学批评最基本的任务。

作品是文学批评最基本的判研对象，阅读和阐释作品是批评家最基本的任务。文学作品在审美传达上具有多种情形：有的表达明白清晰，读者能够比较容易把握；有的则比较含蓄晦涩，文字中蕴含更深邃的思想；还有的作品意蕴复杂，其思想内涵往往超越了作者的创作意图，甚至连作者本人都不能清晰地表达。所以，“对文学作品的分析是可以在几个层面上进行的。作家说出了什么样的意思，是一个层面，作家到底想说什么，又是一个层面；作品在实际上具有什么样的含义，它象征或暗示着什么，是一个层面，而作家没有明确察觉到他想说什么或说了些什么，也是一个层面”①。同样，读者方面也是一样：有些读者鉴赏水平比较高、比较专业，也有些读者水平相对较低。

作品理解和读者构成情况决定了文学批评写作的多层次性。它可以是针对专业读者的、较深层的批评，也可以是针对普通读者的、比较浅层的作品鉴赏。但是，不管哪一种批评形式，文学批评需要承担的基本任务是一致的，那就是对作品的解析，它需要将作品的表层或深藏的含义揭示出来，看

---

① 蓝棣之：《现代文学经典：症候式分析》，北京：清华大学出版社 2002 年版，第 3 页。

看其与作者的意图是否一致，表达是否清晰。然后再传达给读者，促进读者更好地理解和接受作品。也就是说，文学批评的所有工作都需要以文学作品的精细研究为前提。

在这里，需要特别指出文学批评与文学鉴赏之间的联系和区别。文本研究也是一种文学阅读行为，但是它处于比文学鉴赏更高的一个阶段。因为文学鉴赏是纯粹个人的事情，它可以以阅读者自己的喜好和偏见为主导，以个人趣味来主导阅读行为。但是，文本研究作为一种文学批评，是文学整体活动中的一部分，需要面对公众，它与文学鉴赏的要求就存在着一定的差别。

(1)文学批评要求更客观，更具科学性

文学批评是一种专业行为，虽然不可能要求批评者完全放弃自己的偏见和趣味，但他应该不被这些个人性所主导，应该以客观的姿态进入文学现场，力求作出理性和科学的判断。

(2)文学批评要有理论思维和文学史的视野

要做到批评的客观，批评家的理性思维很重要。文学批评活动不是单纯的感性活动，它需要涉及美学、心理学、社会学等多方面的理论知识，还需要有逻辑思维的切入。只有凭借理性和理论的介入，对作品的分析才能更客观深入，也才能体现批评的深度。此外，文学史视野也是重要的前提。因为任何文学作品的价值和缺陷，都不是孤立的，只有在文学史的意义上，在与其他的文学作品进行比较之中才能显示出来。文学史视野越开阔，见识越深远，文学批评才能更客观、评价更准确，才能超越一般的文学鉴赏。

(3)文学批评要求更为系统和细致

文学鉴赏基本上是一种感性行为，建立在阅读者对作品的感性判断之上。并且，文学鉴赏可以比较随意，不要求对文本作出系统的阅读和思考，可以浅尝辄止、不求甚解。但是文学批评不一样，它虽然以鉴赏为基础，却不能停留于此。它要求对文本进行系统细致的阅读，将自己的思考和分析建立在全面系统的认识基础上。它不能根据个人喜好随意选择，而是一种严谨的专业化工作，要求对研究对象负责。

文学批评的基本对象是文本(作品)，阅读文本、分析文本是批评家最基础、最日常的行为。同时，是否以文本分析为中心，以对文本的细致研读为基础，也是对文学批评者信度的一个重要的评判。因为文本研读过程复杂，需要批评者付出较多的心力和时间，因此，一些不认真的批评者往往就忽略这一过程，将自己的批评建立在简单的、粗率的阅读基础之上，这样的批评自然是不可能有深度的，也不可能是准确的。这种情况会严重损害批评在整个文学活动中的地位，也会影响到文学批评的信誉。

2. 文本精研的几个关键性步骤

文本精研是文学批评的基础，也是一项复杂的过程，它涉及文本细读、分析、比较和归纳等几个关键性步骤，这些步骤的次第推进，是顺利完成文本精研任务的重要前提。

(1)细读

“细读”(close reading)是20世纪中叶西方文学批评界出现的一个概念，主要针对诗歌批评，其核心是“非常审慎地咀嚼作品的每一个词，体会它的本义与言外之意(暗示与联想)，并注意词句之间的微妙关系和整体含义”①。这与一般文学批评所讲的“细读”和新文学的概念内涵相关，但又有所区别，即它主要是指对文本进行逐字逐句的解读，力图还原出文本的本来内涵，强调的是对文本的精细阅读。

细读的方式根据文体有较大的差异。最常用的文体是诗歌，因为诗歌内容短小，文本蕴含的意义既深邃又丰富，因此，它被注重文本内部研究的“新批评”流派作为细读方法的主要对象。诗歌的细读要求从字源、字义等多方面解读诗句，对其作出非常细致的阐释。相对而言，对小说、散文等叙事文体，一般不特别强调细读的方法，但实际上，细致的文本阅读是很重要的，甚至是必需的方法。通过细致地阅读文本，能够发现我们粗略阅读中意想不到的细节。它是我们文学批评做得准确深刻的重要基础，尤其是对那些创作背景不是太明晰，或者作者有意淡化创作背景的作品，以及在作品内涵比较晦涩、对创作者的情况不太了解的情况下，细读的方法有特别的价值。深入文本，在字斟句酌的基础上，可以透过文本的外在肌理，把握到文本内部的复杂联系和特征，寻求到文本部分之间的深刻关联。所以，在文学批评工作中，需要特别强调文本细读的训练和培养，把它当做一种基本功来看待。

在具体的文本细读中，文体的差异会直接影响到方法和重点的差异。比如诗歌，需要充分关注意象的关联性，关注音节、韵律和节奏；小说需要关注情节的发展过程，关注细节的处理策略，关注人物关系和叙事方法等；散文需要关注其语言、情感的变化；戏剧需要关注多层次的戏剧冲突、布景等方面。

细读是文本精研的重要方法和基础工作，但是，在具体的批评过程中还是要注意一点，就是与整体观相联系。细读只是一种方法，它的目的是更深入地认识整部作品。所以，细读不能以自身作为结束点，为细读而细读，如

① 傅修延、黄颇：《文学批评思维学》，北京：文化艺术出版社1989年版，第40页。

果这样的话，就可能犯只见树木、不见森林的错误。只有注意了作品的整体，注意了与其他研究方法相联系，细读才是有意义的，才能帮助文学批评走向深入。

(2)分析

分析是文本批评的第二个阶段，即在细致地对文本进行阅读和梳理的基础上，需要进一步深入，对其作出科学性的理性思考。分析的基本内容是对作品进行抽象和概括，是在读懂文本、理解文本的基础上，正确揭示文本的意义内涵和艺术方法。只有在正确分析的前提下，批评活动才能真正完成，才能不走向“误读”。

文本分析的方法，在不同的文体中有不同的运用。但其过程基本相同，就是从文本出发，最后又回到文本。大体步骤是：第一，紧密结合文本细读，在阅读感悟基础上展开分析。也就是说要在细读中发现问题，从细微处寻找到其思想和艺术特征。第二，暂时离开文本，将文本中的内容、特征与作家的整体思想，与作家自己对作品的阐释等资料结合起来，将阅读中的感受和认识予以深化，上升到相关的理论层面。第三，再次回到文本，将上述的深化结果在文本中作进一步的补充、印证和完善，形成最终的审美评价。

文本分析的内容主要涉及思想、艺术层面，也就是作品的精神主旨和艺术个性。作者要借助文本达到什么目的，表现什么思想，在艺术上运用了什么方法，这些方法与文本主旨之间有什么样的关系，达到了什么样的效果，等等，都是文本分析的重点。当然，分析的内容并不是固定的，而是要根据文本的情况来进行具体调整，力图分析出作品最基本的和最有特色的方面。

文本分析以细致的阅读为前提，但也需要理论的切入。只有融合了一定的理论，对文本的分析才能更准确和深入。理论凝结着前人的优秀思想，是对文学艺术等事物普遍现象的考察和一般规律的总结。在具体的文本阅读中，结合恰当的理论，也就是将一般规律运用于个别实践中，能够丰富对文本的理解层面和深入程度。比如论一个作家的风格美，我们当然需要深入其文本进行细致考察，但是，当我们需要深化认识的时候，就需要有关美学理论，如“优美”、“崇高”、“悲剧”和“喜剧”的理论，以风格的具体特征来对应这些作家的创作，考察这些作品到底属于哪一种风格，有什么样的体现。没有理论的切入，文本的精研只能停留在表面上，不能进入更深的空间。

对文学作品的分析不是单纯的数理思维，它还需要结合联想、想象等形象思维方式。也就是说，文本分析尽管是科学行为，但批评主体需要调动其形象思维能力，对材料、细节作出丰富的联想和想象，以形象来进行沟通和关联。这是文学(艺术)文本分析的特别要求。

(3)比较

比较是文本精研中的一个重要方法，就是将文本分割为不同的部分，考察这些部分之间的相同和不同点，并考察这些相同和不同中蕴含着什么意图，从而深入地理解文本的特征。

比较运用于文本精研，既可以在文本内部，作为细致理解文本的一种方式，也可以在不同的文本之间，通过比较文本之间的差异和相同点，来加强对文本和作家的认识。比如对某一文本的研究，可以比较阅读同一作家的其他创作，考察它们之间的变化和不变之处，从而深入地认识该文本。

比较的方法主要有两种：一是对比，二是类比。所谓对比，就是将与研究对象的不同点进行比较；类比则比较二者之间的相同点。文本比较的应用也主要有两种方式：一是影响研究。就是比较对象之间不是平行的关系，而是一个受到另一个的影响，相互之间存在着影响与被影响的关系。二是平行研究。就是双方之间没有直接联系，需要选取一个角度，显示其可比性。

比较，要遵循一定的原则，其最基本的是有可比性。首先，作为比较的对象确实有一定的相同或相似之处；其次，也是更重要的，即能够从这些相同或相似处中分析概括出深刻的、有意义的东西，这个有意义的东西就是可比性。如果不能通过比较得出有价值的结论，这样的比较是没有意义，也就是没有可比性的。“对于批评家来说，可比性像是露出地面的矿苗，他们先是寻找它，确定它，然后再循着它掘入底下丰富的矿藏——即决定它存在的那些东西。”①所以，文学批评中不能滥用比较的方法，要注意比较的前提和比较的意义。盲目地比较可能会偏离作品本身的特点，走向理论主导实践的歧途。

在文本精研中，比较方法并不一定以直接和外在的方式表现出来，也就是说，比较可以以显性方式表现，也可以以隐性方式体现，它可以作为一个潜在的背景，一个考察作品的深远环境。但是，比较方法在文本批评中是必不可少的，或者说，只有有了比较，才能见出深度，才能见出独特性。

(4)归纳

“归纳法是从实验、观察中搜集得来的许多个别的事实材料出发，得出一般性结论或规律的一种推理方法。”②具体来说，归纳的基本方式是从个别

① 傅修延、夏汉宁：《文学批评方法论基础》，南昌：江西人民出版社 1986 年版，第 214 页。

② 傅修延、夏汉宁：《文学批评方法论基础》，南昌：江西人民出版社 1986 年版，第 51 页。

到一般，从具体而大量的实验事实到抽象的、一般的理论。它包括完全归纳推理和不完全归纳推理两种基本类型。当然，归纳并不是简单的数据堆积和整理，它应该是一种思维的创造和深化。也就是说，在归纳的过程中，需要进行理论的概括和思维的升华。归纳法是我们日常生活中一种非常重要的逻辑方法，在文学批评中运用得也很广泛。

具体到对文本的精研，归纳主要应用在这样几个方面：首先，将文本局部的、阶段性的表现归纳为整体性的特征。无论是艺术特征还是内在思想，文本中的表现通常都是分散的，散播在各个部分和各个细节之中。文本阅读应该将这些复杂的表现作整体考察，进行从个别到一般的归纳，得出具有普遍性的结论。其次，将不同文本的共同点进行归纳，对作家创作的阶段特点或总体风格进行归纳，这是对文本研究的集中和深入。

同样，归纳不只是在针对作品本身的研究时适用，它同样适用于对作家、文学思潮和现象等方面的关系研究，也就是说，归纳要求文学批评必须将所有这些方面综合起来加以考察："如果我想研究一位作者的我思，我必须不仅仅注意他的生平及作品的某些孤立的时刻，还要重建由这些深刻产生的绵延的全部辩证法。"①

在文本研究中，归纳的运用一般都要与其他方法相联系。如对文本内部特点或不同文本的特点进行归纳，就蕴含着一定的比较意识，所以，它要与比较方法作一定的结合。同样，将作品的时代环境、作家思想进行归纳，又需要运用大量的方法，需要结合分析的逻辑思维。所以，文学批评工作中对归纳方法不能过于依赖，"因为囿于一种经验的、表面的、现象的归纳推理方法，它本身带有很大的或然性，它不可能深入到文学的内在结构，对文学的本质进行深入的认识，也不可能真实地全面地把文学的内部联系解释清楚"②。尤其要注意将归纳方法与其他方法结合起来，多种方法的综合运用是避免单一方法局限性的重要手段。

3. 文本精研的社会因素

完整的文学批评过程应该是上述几个阶段的综合应用，也就是说，要经历细读—分析—比较—归纳等多个层次的过程。只有经历了上述多个过程的

① [比]乔治·布莱：《批评意识》，郭宏安译，天津：百花洲文艺出版社 1993 年版，第 284 页。

② 傅修延、夏汉宁：《文学批评方法论基础》，南昌：江西人民出版社 1986 年版，第 51 页。

文本研读，文学批评对文学作品的认识才能超越简单的文学鉴赏层面，进入更高的境界。对文学作品的理解也自然而然地突破简单的字面和印象式感受，达到文学史的评判高度。所以，在整个文学批评活动中，一方面，文本分析是文学批评的起点，对它的解读决定着文学批评的深度与准确性；但另一方面需要特别强调，文本不是超越于社会产生的，它与作家、时代、读者等社会因素有着密切的关系，而且，文本意义的呈现也不是绝对固定不变的。所以，在进行文本研究时，需要特别注意其社会因素，具体表现在两个方面：

(1)注意文本与社会因素的关联性

任何一个文学文本都是开放性的，属于社会文化的一部分。文本研究要避免孤立和封闭的倾向，不能割断文本与社会、作家之间的关系。具体说，文本研究既要入乎其内，又要出乎其外，注意将文本精研与文本产生的时代、文化、政治等外在因素作密切联系。

这当中，尤其需要突出文本与作者的密切联系。按照西方现代结构主义思想，文本是与作者没有干涉的，作品一旦诞生，就意味着“作者死了”。于是，结构主义的文学批评专门研究文本内部，丝毫不考虑文本的外部社会和作家因素。但我们认为，文本(作品)是作家思想的体现，是社会文化体现和影响的结果，“实际上，任何文学作品都浸透了作者的精神。在让我们阅读的时候，他就在我们身上唤醒一种与他之所想或所感相类似的东西。理解一部文学作品，就是让写这本书的那个人在我们身上向我显露出来”①。只有充分地考虑了作者、时代等外部因素，结合了作家的人生、创作等思想，对它们进行全面的综合分析之后，才能真正地深入文本，将文本研究推向深入。

(2)注意考察文本的读者接受问题

文本一旦产生，它的意义就可能不是单一的、固定的，而可能是多元的、变化的。这种情形非常典型地表现在文学接受的过程之中。著名的接受美学理论家姚斯就认为：“文学作为一次事件的一致性基本上是在当代和后代的读者、批评家和作家的文学经验的期待视野内实现的。”②也就是说，文本的意义在作家、读者和批评家各阶段会有差异，在不同时代、民族的接受

① [比]乔治·布莱：《批评意识》，郭宏安译，天津：百花洲文艺出版社1993年版，第260页。

② [英]塞尔登：《文学批评理论——从柏拉图到现在》，刘象愚等译，北京：北京大学出版社2000年版，第216页。

者那里也会存在一定的变异和差异，只有充分地将文学阅读与文学接受结合起来，对文本的精研才能说是完备和全面了。这一方法虽然不应该影响我们对文本研究的重视，但应该对我们的批评视野有所补充。

二、缜密论析：批评的效度

所谓批评的效度，主要是指文学批评的科学性和有效性。文学批评是一项具有科学性质的工作，包含有严谨、客观、准确的要求。要实现这一点，批评者首先应该具有严谨的工作态度，此外，思维的缜密、方法的恰当、表达的准确，都是批评工作中需要特别强调的要求。也就是说，对批评对象进行科学、缜密的论析，是批评工作得以顺利完成的重要前提。只有具备了严密的逻辑力量和缜密的思维，文学批评才能具备充分的说服力，才能获得广大读者的认可，从而体现出批评应有的价值和力量。

1. 思维的全面与缜密

思维的全面与缜密是文学批评家的基本素质，也是文学批评超越于一般的文学阅读之所在。一般的读者当然也会有自己的阅读感受，有其对作品的评价和见解，但是，它可以是随意的、简单的。文学批评不一样，它是一项专业化的工作，所下的结论、所做的分析，都必须言之有据，其论析的思维也要缜密而细致。

(1)思维的全面性

所谓全面性，就是指批评主体对作家作品的分析要尽可能地全面，不作简单和片面的判断。中国传统文学批评强调“知人论世”、“以意逆志”。“知人论世”就是说认识人(作家)要看全面，要从时代环境中去了解一个人，看他的整体面貌，而不是只看某个方面，以偏概全。“以意逆志”指对文学作品的分析要与其创作者联系起来，既可以通过对作家的认识去深化作品的分析，反过来也可以通过作品来认识作家。鲁迅也认为：“我总以为倘要论文，最好是顾及全篇，并且顾及作者的全人，以及他所处的社会状态，这才较为确凿。”①这都体现了思维全面性的要求。

在具体的批评中，思维的全面性表现在多个方面。如对作品的研究，就不能简单地寻章摘句，局限于狭窄的局部认识，而是要立足于全篇和整体，于宏观基础上进行理解；对作家的认识也一样，要观其整体创作；对一个时

---

① 鲁迅：《鲁迅全集》(第6卷)，北京：人民文学出版社1981年版，第430页。

代的文学批评也是如此，要看其整体格局，不能只看某些现象。而且，在所有的文学批评活动中，都要有整体意识，即将一个时代的文学当做一个整体的文化生态；即使在进行任何局部的批评时，也要有意识地将它与整体生态联系起来，综合起来思考。所谓牵一发而动全身，一叶可以知秋，就是整体思维的表现。

(2)思维的严谨性

对作家作品的分析，下结论必须慎重，必须要有充分的论据。论据是下结论、作论证的基础。它不是随意的抬高或贬斥，要从事实出发，实事求是，言之成理，言必有据，这是文学批评的思维前提。同时，还要遵循严密的逻辑推理。逻辑推理决定思维的科学性；周密的、无懈可击的逻辑思维，能够保证论证的严密，使自己的立论精确可靠。

除此之外，思维的严谨性还要求批评主体必须充分考虑文学创作的独特性。文学的一个重要特点是虚构(写实类文体例外)，在进行文学批评时，批评者不能将文学创作与现实社会作简单对应，也不能将文本(作品)与作家之间作简单的对等式理解。小说的叙述者、诗歌的抒情者并不等同于作家和诗人本身，作品的主题倾向不能认定为就是作家的思想倾向。要遵循文学创作的规则，将文学的真实与生活的真实作出恰当的区分，将文学与社会、作家之间的关系作出严密的思考和辨析。

在文学批评史上，经常出现因为思维不严谨而导致对作品误读的情况。比较典型的如对《红楼梦》的研究。在《红楼梦》研究中有一个著名的“索隐派”，其基本方法就是将《红楼梦》完全等同于作者曹雪芹的个人自传，于是，他们就将《红楼梦》中的人物事件与曹雪芹生活的时代环境作简单的意义对应。这种批评方式显然忘记了文学的虚构特征，也忘记了文学是作家的创造物而不是简单的生活记录。“索隐派”的批评在20世纪初昙花一现，留下的只是批评的教训，显然，关键原因在于它没有遵循思维严谨的批评原则。

思维缜密对文学批评至关重要，违背这一要求的批评经常对文学造成危害。比较典型的，如“文革”和“十七年”的文学中，简单的、违背逻辑的批评很普遍，很多批评家深文周纳，望文生义，丝毫不考虑文本本身的实际意义，以个人之见片面地理解甚至歪曲作家的思想，对其作政治上的上纲上线，酿成了许多文学批评的冤假错案，这是文学批评的污点。同样，当前文学批评中的“酷评”也有这方面的缺陷。“酷”并不是严酷的意思，而是指攻其一点不及其余，不从整体、全面来看问题，只是以偏见来批评。再如某些简单化的比较研究，也是思维不严密的表现。这些“比较”只谈论某作家的这点不如某人，另一点不如某人，却没有考虑到文学作品本来就没有千篇一律的规范，而富于个性正是文学创作的特征。

2. 材料的完备与准确

要做到批评思维的全面与缜密，要有一个重要的前提，即论据要有足够的说服力，也就是论证材料的完备和准确。文学批评的基础是文本和作家，对文本和作家的材料分析自然要求细致准确，而且，完备的文学批评材料不只是单纯的文本分析，还涉及文本外的更多材料。这些材料主要包括以下几方面：

一是可以作为比较的同类材料。这包括几个层次的意思。如果是单篇作品批评，就应该拓展到该作家的其他创作；如果是作家批评，就应该延伸到同时期或同类型的其他创作。因为文学批评是在一个潜在的宏大视野中进行的，因此，对单篇作品、作家的研究必须扩展到更广阔的范围，寻求它们的内在关联性，作出更全面科学的判断。一个作家、一个时代，只要是与批评对象有关联的创作，都具有某种整体性，都是应该搜集的材料。

这当中，对所研究的作家自身创作有特别完备的要求。除了要尽可能完整无缺，还要注意原始出版和刊发情况，也就是要有版本意识。因为作家作品的发表和出版有时间落差，在这一过程中可能存在作家的修改等情况，批评家应该充分考虑到版本的差异，尽可能寻找到最初文本，做出切实的研究。

二是有关作家生活和作家对作品的谈话等的材料。这包括作家对自己生活的写实创作、作家的传记材料，以及作家的创作谈等。这是"知人论世"的原则，也是深入了解作品的基础。因为任何作品都是作家的精神产物，作家自己对作品的谈论体现了作家自己的思考，而作家生活的轨迹对于深入理解作品也具有一定参考作用。

三是作品创作时期的社会文化背景。作品是在什么环境下创作出来的，是动荡还是平和，是主动还是被动，等等，都能帮助我们正确认识作品。这一点在对古典文学作品进行批评时尤其重要，因为我们对古代作家的生活轨迹的了解不像对当今的作家这么清晰，对作家创作时的背景不清楚，很容易影响我们对作品的理解。像李商隐的"无题诗"之所以成为文学史上著名的难解作品之一，在很大程度上就是因为我们对他的生活轨迹理解得不是很细致，不能将其作品与其生活环境作出明确的对应。再如中华人民共和国成立后的一些作家在"文革"时期的创作，就不可避免会带有特殊政治环境的印记。如果不考虑这一背景，就难以对这个时期的创作作出全面的认识。

批评材料的适用原则与批评思维的原则是密切关联的。在对材料进行分析时，要从严谨的思维原则出发，不能简单地将某一材料当做例证来分析，尤其不能使用孤证。包括作家自己谈论创作的话，都不能简单地作为分析作品的典型证据。因为作品虽然是作家的产物，但是，它的意义和内涵并不局限于作家自己的思想，它有可能超出作家的思想，也有可能偏离作家的思想。在分析中，证据的关联性是一个必要的前提。也就是说，如果有多重证据相关联，可以相互补充，那就可以成为确切的论据了。所以，作为文学批评的准备，材料要尽可能地丰富和完备，这是文学批评获得有效性的重要基础。

还需要补充的是，外在材料的丰富不能代替文本阅读和分析。外在材料的研究主要局限于作家主体，在于寻求文本与作家、社会之间的关系，但是，批评的独立性却不应该被掩盖和抹杀，应该建立具有强烈主体意识和自我个性的文学批评。

3. 表达的严密与充分

表达的严密首先表现在批评主体对批评方法的科学选择上。文学批评可以运用多种方法，但是，方法的采用不是随意的，不是顺从方法去理解作品，而应该是以适应作品为前提。如果是自传色彩强的作品，就适合心理分析的方法；而对于写实色彩突出、社会性强的作家的作品，就适合运用社会文化批评方法；对于形式主义作品，则应该侧重于作细致的文本分析，如果撇开实际文本，硬去寻找它的社会意义，就显得勉强而不得其所了。

其次，还表现在表达方法的运用要细致准确。任何方法都有其优势，也有其局限性，这就需要以其他方式来进行补充和完善，不能将某种单一而狭隘的方法运用到极致。比如细读方法在批评中运用得很普遍，也很有效果。但是，如果运用过度，则可能走向偏激和片面，导致过度诠释。比如对鲁迅散文诗《秋夜》的研究，加拿大学者李天明采用了细读方式，发现了文本中写到枣树时在人称上“他”和“他们”的差异，并将这一差异与具体应用的场所相联系，探询其中所包含的复杂因素。应该说，这一细读是很见功力，也是颇有见地的。但是，他最后将之简单归因于鲁迅个人的情感生活，将“两株枣树”简单对应于鲁迅与其夫人朱安，就显得有些牵强①。

再如对《红楼梦》的批评。20 世纪初胡适、俞平伯运用实证法，考证出

---

① 参见李今：《研究者的想象和叙事——读〈鲁迅：为爱情作证——破解〈野草〉世纪之谜〉想到的》，载《中国现代文学研究丛刊》，2006 年第 4 期。

曹雪芹的身世及其与《红楼梦》创作的关系，确实很有贡献，开创了《红楼梦》研究的新时代。但是，他们的某些判断，尤其是许多后继者所进行的研究，却将曹雪芹的个人生活与《红楼梦》中的贾宝玉作简单对应，事实上是将文学创作等同于生活，显然违背了文学创作的规律，是这一方法运用得不够严密所致，这也导致了人们对这一研究方法的怀疑。

再次，表达的严密还体现在论证的充分和语言的周密准确上。文学批评的基本方式是论证，也就是由一个个的局部论证形成一个整体的论证。所以，论证是文学批评表达的基本方法。论证的方法有很多种，如演绎论证、归纳论证、类比论证、事例论证等。论证的严密当然首先体现为思维的严密，但如何进行论证，也就是说如何进行论证表达同样具有严密的要求。具体来说，就是将可以作为论据的有关理论、材料、观点进行整合，综合运用论证方法，作出合乎逻辑性的清晰表达。这是论证思维的严密性得以实现的重要前提。

另外，批评语言也要求注重逻辑性和科学性。批评可以有活泼生动、严谨细致等多重风格，但周密准确是它们共同的前提。即使是抒情的笔法，在用词方面也要注意严谨科学和周密，不能以偏概全或无边际地夸张。尤其是概念的运用一定要准确、注意其周延性。以科学的语言表达思想，是实现科学结果的必备基础。

4. 结构的严谨与灵活

文学批评的写作可以有多种样式，在写作方法、结构安排上也可以充分体现批评者的个性风格。但是，需要注意的是，文学批评毕竟不是文学创作，它的基本方式是逻辑思辨，是理论论证，因此，文学批评在结构上应该注意严谨性。

从总体上说，一篇批评文章应该是一个完整而严密的推论过程。它需要有作者明确的观点展示，有具体的论证过程和丰富的论据材料。因此，文学批评写作需要遵守一般的逻辑思维规律。具体说来，批评的结构可以从大前提出发，再到小前提，最后到结论。或者说，批评文章应该包括引论、本论、结论三个部分。总的论点由各分论点支持，论文的结论建立在论据和论证之上，是各分论点的综合，理论、事实和数据则是其坚实的支撑。而且，不只是批评文章的整篇需要如此，具体到各个分论点也是一样。也就是说，分论点的组织也要遵循严密的逻辑结构方式，在严谨的论证过程中产生出来。

批评的结构尽管在逻辑上包含三段论的特征，但具体的表现形式却可以较为灵活，可以先表述结论，再展开论证，也可以从论证开始，最后到结论。形式不拘一格，目的只有一个，就是最充分地展示批评观点，准确切入批评对象。具体到论证过程，可以采用并列、递进等方式来安排结构，在各分论点之间的合理关系中展开论证。总之，批评结构安排的基本要求是清晰，也就是说，不管采用什么结构形式，但应该观点明确，思路清晰完整，能够让读者清晰地理解论者所表达的意思，观察到其论证过程和论据情况。

需要特别强调的是，强调批评写作中结构的严谨不是对批评的僵化和固定，它拥有较大的自由发挥的空间。比如中国传统的批评写作方式就强调感悟，不重逻辑，表达方式和结构方式都很灵活。现代著名批评家李健吾在一定程度上借取了中国传统的批评精神，将现代科学与传统精神很好地融合在一起，体现了严谨中的个性和活泼。当前学术研究对论文(包括批评文章)结构有非常严格的要求，如要求一篇论文(批评)得关注多少前期研究情况，一定要有多少注释、多少个参考文献等。这在一定程度上限制了文学批评写作的自由空间，会影响其创造力。事实上，像何其芳、李健吾等优秀的文学批评家很少在批评文章中用注释。所以，应该科学对待这一要求，既不失严谨，又保持必要的张力。

还要指出的是，文学批评的缜密既是技术上的、方法上的，同时也是态度和品格上的。因为批评主体的态度直接决定其对作品的基本判断，决定批评能否在一个合理的、公正的基础上进行。在当前的文学批评界，比较流行夸张的赞扬或批评语言，动辄“史诗”、“巨著”、“终结”、“跨时代”。这些论断是建立在批评态度不够严谨、批评品格不够纯正的背景之上的，其批评的效度也就大打折扣。所以，谈论文学批评的缜密，一定要特别强化对批评主体精神品格的要求，将方法与主体精神结合起来。

三、审美视野：批评的气度

文学批评的角度可以多样化，譬如从文化、心理、社会、政治等角度，都可以评价一部作品、一位作家和一个时期的文学思潮，寻找出文学与它们之间的关系。但是，所有这些批评角度都不能离开审美的角度，也就是说，审美评判是文学批评的基本立场，审美视野是文学批评的基本视野。

这与文学自身的特性密切相关。文学是人类精神活动中以美为基本要素、以语言为承载体的一种艺术形式。它具有知识性、教育性、娱乐性等多重功用，但最基本的却是审美功能。审美功能的存在，赋予了文学以独立的个性和存在的基础。以文学思想为例，“美”是文学思想独立价值的重要前提。比如，历史著作《三国志》和小说《三国演义》叙述的事情基本相同，但是二者的价值观差别非常之大。从历史角度看，《三国志》无疑更符合历史真相，符合历史的要求；但是，《三国演义》有它存在的独立价值，其原因就在于它显示了独立的文学审美视野，也正是这一审美视野赋予了《三国演义》独特的个性和艺术感染力。

美不同于历史，也不同于政治，它的标准和价值观念都有自己的要求。以美为特征的文学也因此而个性鲜明。韦勒克、沃伦的《文学理论》认为，“虚构性”、“创新性”和“想象性”是文学最基本的特征。这三大特征的基本点，都是围绕着审美的本质。可以说，美的视角赋予了文学之所以成为艺术的基础，也是文学批评的基本前提。

1. 批评的审美标准

首先，文学批评的审美特性体现在批评的标准上。尽管文学批评标准不是唯一而是多元的，但是美学标准应该是最基本的，美学应该是文学批评的重要视角。这主要包括两方面的内容：

一是我们在进行文学批评的时候，应该特别重视对文学审美特征的关注，将它作为文学批评的重点。具体说来，就是应该强调文学的内部分析。所谓文学的内部分析，主要是指对文学形式问题的关注，如叙述方式、文学语言等。文学生存于具体时代，与社会、文化等有密切联系，但是任何一种带有强烈自律性的艺术形式，都有着自身发展的独特规律，有其发展历史和演变过程。因此，文学批评除了要注意文学的外部因素，考察文学的社会、文化关系，还应该特别注重对文学内部进行批评。比如诗歌体例的演变，需要考察文学史过程，从文体内部来研究；同样，小说叙述方式的演变也有丰富的内涵，值得研究者挖掘。

由于中国传统的文学批评一直比较注重文学的社会性，对文学的内部批评重视不够，这也影响到20世纪以来的文学批评。我们的文学批评一直存在重思想和社会、轻形式和审美的趋向。因此，文学批评中的形式研究比较匮乏，深度也有所不够，这应该引起批评工作者充分的注意；加强文学内部批评、强化对其形式的关注，是文学批评初学者应该注意的方面。

二是批评主体在进行文学评价时，不能够离开审美的标准，不能以其他标准来取代美学标准。文学因为其独特性，往往会与其他意识形态构成冲突，尤其是涉及比较敏感的道德、政治、宗教等问题时，文学的审美要求与之构成的冲突往往会非常尖锐。在这方面，当然不能简单地以审美标准大于其他标准来评判作品，但也不应该离开审美的标准来评价作品。以对周作人散文的评价为例。由于周作人的政治人品有污点，文学史一直对他的文学成就严重忽略，对他的政治评价掩盖或代替了对其文学创作的文学评价。这其实不是正常的文学批评。

当然，文学不是纯粹美学领域内的事情，它与社会、文化、政治都有复杂的关联。文学批评也是一样，它也具有两面性，"一面朝向文学的结构，另一面朝向组成文学的社会环境的其他文化现象。它们在总体上是平衡的，一旦我们只研究其中的一面而排斥另一面，批评的方向就需要调整"①。所以，审美批评的基本要求并不是排斥其他批评方式，审美的视角也不是排斥其他视角。文学批评也可以包含道德批评、政治批评等多种方式，侧重于对其社会文化心理、政治现实态度等方面的论述。多种视角的切入是对审美视角的补充和丰富，也能促进对文学批评的全面和深入。应该在坚持审美标准基础的前提上，寻求最适于具体文学对象的方式来进行文学批评，同时要力求保持审美与其他方面的平衡。

文学批评的标准主要体现在具体的批评方法上。在文学批评中，有一些方法特别注意审美之外的其他因素，因此需要特别注意甄别清楚它们与审美批评的关系和位置，并从中进一步明确文学审美批评与其他批评方式之间的关系。下面具体介绍两种非审美的批评方法：道德批评与政治批评。

道德批评中"道德"的含义并不完全等同于传统的伦理学概念，它主要是强调文学的社会责任，它的关键在于文学是否受普通的道德原则约束。最早表现出道德批评思想的是柏拉图的《理想国》，它以否定的立场来看待文学，认为文学对社会起了不良的道德作用。此后，道德批评始终有其一定的市场，像英国作家劳伦斯的《查泰莱夫人的情人》、乔伊斯的《尤利西斯》，都受到非常严厉的道德批评，甚至被出版机关查禁。20 世纪中叶，苏联文学批评也特别强调道德批评的意义，将作家称作"人类灵魂的工程师"，就是显著的表现。20 世纪中叶后的中国文学批评，也受到苏联道德批评的重要影响。

政治批评是与道德批评密切关联的另一种社会批评。政治批评的特点是更为注意文学的政治内涵，强调文学与现实的联系，关注其政治作用和政治倾向的关系。政治批评的极端表现是将文学当做政治的工具，要求文学为现实政治理想服务。政治批评在 20 世纪中叶的中国文学界非常流行。毛泽东的《在延安文艺座谈会上的讲话》明确要求文学为工农兵服务、为政治服务，

① ［法］托多洛夫：《批评的批评：教育小说》，王东亮、王晨阳译，北京：三联书店 2002 年版，第 121 页。

也成了对文学批评的重要要求。如毛泽东在《关于正确处理人民内部矛盾的问题》中就特别强调文学批评的政治任务:“我们是反对一切毒草的,但是我们必须谨慎地辨别什么是真的毒草,什么是真的香花。我们要同群众一起来学会谨慎地辨别香花和毒草,并且一起来用正确的方法同毒草作斗争。”① 特别是在“文革”时期,人们完全将文学批评当做政治批评。在对文学功能有着特殊要求的政治环境下,文学批评的政治性被发挥到了极致。

但是,不能简单地否定道德批评和政治批评的意义。一方面,文学与社会文化和社会现实的关系密切,它不可能完全离开道德评价和政治评价;局限于文学内部、单纯的形式批评难以全面地挖掘出文学的内涵,体现出文学的意义。所以,应该重视道德批评和政治批评存在的合理性和积极性,将它们作为文学审美批评的辅助和补充。另一方面,美与道德、与政治之间的界限,有时候也确实比较模糊,难以清晰地界定。尤其是在与批评对象时间很切近的文学批评工作中,更是存在难以判断的情况。毋庸置疑,文学有责任承担一定的社会道德和政治功能,那些在道德或政治上违背社会公共利益的作品有可能危害社会,因而文学批评有责任予以批判和谴责。所以,批评主体在这方面需要慎重,既要敢于坚持文学的原则,又要考虑文学的社会功能。近年来,围绕贾平凹的《废都》、朱文的《我爱美元》、池莉的《有了快感你就喊》等作品,文学批评界都存在着审美批评与道德批评的冲突。对这方面的理论问题还有待进一步深化。

当然,一些基本的批评原则是需要坚持的,那就是文学不等同于政治和道德,政治批评和道德批评不能代替文学的审美批评。诗人雪莱明确区分了文学与一般道德的差异,突出了文学思想的独特性:“举凡是指摘诗之不道德的议论,都是由于误解了诗所用来改进人类道德的方法。……诗的作用却是经由另外一种更为神圣的途径。”②这对于我们认识文学的独特性,认识文学批评的审美优先原则,是有启发意义的。

特别需要指出的是,当道德和政治要求凌驾于文学之上,以道德和政治要求对文学进行简单粗暴的干预时,会对文学发展构成巨大的伤害,影响对文学作品的正确判断。比如,《查泰莱夫人的情人》和《尤利西斯》虽然有较大胆的性爱描写,但事实上,作品的性爱描写绝无色情渲染之处,它都是围绕着人性的自由与解放这一主题而展开的,所体现的是人性解放的现代观

---

① 《毛泽东著作选读》(下册),北京:人民出版社1986年版,第788页。

② [英]雪莱:《诗之辩护》,见《英国作家论文学》,汪培基等译,北京:三联书店1985年版,第98页。

念。而当时对这类文学作品的粗暴批评，无疑阻碍了文学的自由发展。政治批评对文学的干预可能更为强烈。在20世纪60年代的中国文学中，不正常的政治批评完全取代了正常的审美批评，政治成为评价文学的唯一标准，也成为压制和打击许多作家的重要武器，严重戕害了文学的正常发展。所以，强调文学批评的审美标准，意味着对文学自身特征和利益的重要维护。

2．批评的美学视野

一切优秀的文学批评都拥有高远的视野和雍容的气度，它们能够高屋建瓴，甚至举重若轻，体现出批评实践在美学视野上的丰富性和持久性。美是人类精神世界的产物，它具有超越时空的意义，比政治、生活、文化、种族等概念的范围更宽阔，也更少受现实的羁绊。因此，文学批评的审美视野，决定了文学批评的立场是开阔而不是狭窄，其姿态是开放而不是封闭。

任何文学作品和文学现象都存在于具体的时空之中，因此，要对其进行深远的美学审视，文学作品的价值和创新意义都只能在跨时空的比较中才能得以体现。批评的一个重要原则，就是将文本的基本点揭示出来，将它与众不同、独特的地方揭示出来。它在同时期创作中有什么突破，在题材上有何创新，在叙事方法、语言运用上有何新颖之处，都需要充分的考虑。而对于那些更优秀的作品，那些超越于同时期一般创作的作品，更应该放置在更远的文学史背景上加以考察，如新文学的背景、中国文学的背景，甚至是世界文学的背景。在何种背景上能够显示其新意，往往意味着该作品所达到的艺术高度。如果能够在世界文学背景下具有创新性，那显然是具有重大文学影响意义的作品。美学视野的坐标体系应该包括纵向与横向两个方向。纵向是历史的、时间的，横向是现时的、空间的。二者结合起来，就是完整的批评视野。

纵向视野就是从文学史发展的角度，将批评对象放置在深远的文学史背景中，从文体、形式、思想等角度来进行考察，探悉其于历史关联中的突破之处和创新意义。这一方法的前提是文学发展有自己的规律，有独特的历史延承和发展轨迹。这既体现在文学思想上，更体现在文学形式上。因此，文学语言、文学体例等内部因素是这一批评的主要内容。如人们在评论建安诗人曹植的创作时，都特别强调他对五言诗体的贡献。因为在他之前的文人，包括他的父亲曹操，基本上都是创作四言诗，只有民间乐府诗才采用五言体。而曹植很熟练很巧妙地运用五言诗体，大大地丰富和发展了这一体例。将曹植的诗放置在诗歌体例的发展历史中来考察，其形式的创新价值就一目了然，其文学史意义也就清晰了。宽阔的纵向文学史视野，对于正确评价一个作家的历史地位，是必不可少的。

横向视野主要是考察作品、作家在同时期创作中的意义和价值。因为与该作品、作家同时期的肯定还有其他创作，那么，它(他)的价值地位如何，需要与同时期创作进行比较审视，才能更为具体清晰。这也可以从文体等形式方面着手，即考察其与同时代作品、作家的差异，突出其独特和创新之处。但是，相对而言，这一方法更侧重于时代文化角度，即关注其受时代文化的影响和对时代文化的突破，以及在时代文化中的意义等。因此，这一批评视野不像纵向批评那么单一，它所涉及的内容更加丰富广阔。

视野的宽阔是对文学批评的重要要求，但是，这并不意味着批评的视野是固定不变的，是僵化的，它应该随着批评对象的情况做出适当的调整。纵向的范围可以灵活，长的时段可以达到数百年甚至更长，短的也可以到十年或几十年；横向也一样，可以根据具体情况选择范围。如一篇作品的创新价值非常高，具有世界文学的高度，那么，就应该从世界文学的视野上来进行批评，因为只有在这一视野背景下，才能充分认识其价值和意义。但是，如果一篇作品创新度有限，就不适合采用这么广阔的视野，因为这样去衡量，它可能就见不出任何价值了。这时候就需要适当降低标准，缩小批评视野，在一定范围内考察其价值和创新之点。

总的来说，批评的视野应该比所批评的对象更加宽阔，要将批评对象放在较为宽阔的视野里来审察、来探究。只有这样，才能真切而准确地认清作品的地位和艺术价值，既能看清作品的局限，也不至于湮没了作品所具有的独特价值。由于审美视野的要求，在文学批评中要特别强调对文学创新性的要求。文学的价值只有在纵向与横向的宽广视野里才能显现出来，文学的意义也需要经历宏阔视野的检验。同样，从文学批评角度来说，能否体现出深远的审美视野，能否根据批评对象的具体情况选择合适的范围和角度进行审美比照，是评价一个批评家是否优秀的重要条件。

3. 批评自身的美学追求

很多人认为文学批评是与美绝缘的，甚至由于历史的影响，很多人将文学批评等同于戴帽子、打棍子，看做权力和暴力的化身。这其实是对文学批评的误解。“文革”期间文学批评的粗暴化不过是政治对文学批评的粗暴干预，是对文学批评的伤害。真正的文学批评，应该是一种艺术的创作，是一种审美的表达。

这种美学追求首先体现在其思想的创造性上。优秀的文学批评也是一种创造，一种艺术，它呈现出自身美的效果。批评是一种智性的美。优秀的文学批评充满智慧、睿智犀利、准确深入，给人以智力的享受；同时，文学批评也可体现文学之美。优秀的文学批评中体现出批评者的心灵感悟，是其灵性的体现，也传达出文学的感染力。其中，文字表达的美是一个重要部分。文学批评还是一种深邃之美。优秀的文学批评应该是深刻的，体现着对事物的深刻认识。阅读这样的批评文章，既能使人们深化对文学作品的认识，更能增进人们对社会人生的体悟。

其次，它体现在文学批评的态度和气质上。文学批评不是偏激粗暴的化身，它的本质应该是理解和宽容。“宽容是文艺发达的必要的条件。”①“各人在文艺上不妨有他的一种主张，但是同时不可不有宽阔的心胸与理解的精神去赏鉴一切的作品，庶几能够贯通，了解文艺的真意。”②这种宽容体现出批评的胸襟和气度，是一种雍容的美。

文学批评的宽容具有深刻的合理性。因为一方面，文学作品本身所包含的内涵是多方面的，不同的读者可以从不同的方面去认识它，很难说哪一种就是绝对正确或全面的。同样一部莎士比亚的戏剧作品，“头脑最简单的人可以看到情节，较有思想的人可以看到性格和性格冲突，文学知识较丰富的人可以看到词语的表达方法，对音乐较敏感的人可以看到节奏，那些具有更高的理解力和敏感性的听众则可以发现某种逐渐揭示出来的含义”③。另一方面，文学评判标准和趣味本来就存在一定的时代差异，很难以哪种看法简单地否定或代替另一种。韦勒克对文学批评的权力描述是非常客观和冷静的：“所以这样，并不是因为我们的观点必定就比它们的更深刻，而是因为我们站在一个有利地位，使我们能用现在的眼光去审视过去。”④

所以，文学批评的判断既要有严谨的标准，又要注意宽容的姿态，不能狭隘，尤其不能借助于政治、权力等打击、压制其他的批评。在坚持自己与容忍别人之间要找到平衡。在这方面，批评家李健吾对批评工作的告诫非常有意义：“我不大相信批评是一种判断。一个批评家，与其说是法庭的审判，不如说是一个科学的分析者。科学的，我是说公正的。分析者，我是说

① 周作人：《文艺上的宽容》，选自《自己的园地》，长沙：岳麓书社 1987 年版，第 9 页。

② 周作人：《文艺上的异物》，选自《自己的园地》，长沙：岳麓书社 1987 年版，第 30 页。

③ [美]雷内·韦勒克、奥斯汀、沃伦：《文学理论》，刘象愚等译，南京：江苏教育出版社 2005 年版，第 290 页。

④ [美]雷内·韦勒克、奥斯汀、沃伦：《文学理论》，刘象愚等译，南京：江苏教育出版社 2005 年版，第 317 页。

要独具慧眼，一直剔爬到作者和作品的灵魂的深处。”①他所推崇的文学批评原则也很有针对性：“就缺点来批判任何事物，总是不聪明的：首先是应当努力发现事物的优点。”②这些话可以看做是给予批评工作者的一剂良药。

再次，它体现在对话式的文学批评方法和姿态上。很多人认为文学批评是以俯视的姿态看待批评对象，这其实是对文学批评的误解。批评者和批评对象之间应该是平等的，正确的批评姿势应该是平等的对话，其内在精神是批评家与作家、批评家与读者多方面的共同交流。所以，批评对作品、作家和读者保持尊敬的、平等的态度，既不自卑，也不傲慢。与之相应，批评的方法应该以理服人，不是以姿态而是以道理来表达思想、说服别人，即批评主体应该立足于最基本的文本分析、立足于美学基础上来进行批评。批评家不能忘记批评的基本任务：“有时候，艺术家可能根本没有想到，他自己在描写什么；但是批评家之所以存在，就是为了说明隐藏在艺术家创作内部的意义。”③

当然，也不能简单从字面上来理解“对话批评”。对话式的批评并不是排斥批评，更不是要求批评主体局限于认同作家的范围内，文学批评的对话精神立足点不是在作品或作家，而是在更高远的文学本身，甚至应该超越批评对象。托多洛夫对对话批评的阐述能够帮助我们正确理解这一批评方式：“对话批评不是谈论作品而是面对作品谈，或者说，与作品一起谈，它拒绝排除两个对立声音中的任何一个。被批评的作品不是应起‘元语言’作用中的物，而是批评家所遇到的话语，被批评的作家是‘你’而不是‘他’，是我们与之探讨人类价值问题的对话者。……为了进行对话，应该把真理当成一种背景、一个调节原则。”④

所以，文学批评强调对话性和强调宽容一样，不是要求批评家中庸、没有观点，它主要针对批评的态度，反对颐使气指、剑拔弩张的批评方式。在批评立场上，批评家应该有始终坚持自己主张的勇气，有坚定的立场和态度，敢于表达观点、坚持自己的独立性。优秀的批评家需要分清楚姿态和立场的关系，应该将二者有机地结合在一起。

---

① 李健吾：《李健吾文学评论选》，银川：宁夏人民出版社 1983 年版，第 50 页。

② 李健吾：《李健吾文学评论选·序一》，银川：宁夏人民出版社 1983 年版，第 1 页。

③ [俄]杜勃罗留波夫：《黑暗的王国》，选自《杜勃罗留波夫选集》(第 1 卷)，辛未艾译，上海：上海译文出版社 1983 年版，第 349 页。

④ [法]托多洛夫：《批评的批评：教育小说》，王东亮、王晨阳译，北京：三联书店 1988 年版，第 175 ~ 177 页。

四、自由表达：批评的风度

文学批评的态度和方法都必须以严谨客观为基本要求，但是，文学批评并非就是一种枯燥的、“八股式”的写作，甚至缺乏批评家自由发挥的空间。事实上，无论是在批评精神还是在批评形式等方面，批评同样可以充分地体现出批评家的个性和风格，尽情地施展自己的艺术才情和审美思考。文学批评的自由表达，既体现了批评作为一种艺术创造在实践中的特殊魅力，也展示了批评主体的审美气质与个人风采。

1. 批评的自由精神

文学批评应该体现出一种自由创造的批评精神，因为只有自由才能带来审美的发现，带来艺术的再创造。王尔德曾说：“最高的评论的真正本色，是其人自己的灵魂的记录。”①也就是说，批评者精神的自由是文学批评自由的首要前提，只有拥有独立卓越的精神个性，文学批评才有可能体现出独立的、创造性的批评态势，附庸的、怯弱的批评精神只能酝酿出平庸的批评文字。所以，文学批评也存在着品位的高下、境界的高低。如果将文学批评定位在对作品的复述、介绍，只能算是低层次的；一般意义上的文学批评应该以批评者自己的观点，以自己的文学史见识，对作品阐发出自己的思考、分析和判断；而真正优秀的文学批评，应该是具有独立的姿态和超拔的精神，在对作品进行深刻把握的基础上，对批评对象进行超越，进入更深远的文学空间，总结出比作品价值意义更为深广的文学规律、文学思想。所以，在文学史上，文学批评与文学创作互相促进，也有着平等的地位：“在这里，说不上是艺术促成批评，或者是批评促成艺术，而是二者都发自同一个普遍的时代精神。二者都是对于时代的认识，不过批评是哲学的认识，而艺术是直感的认识。”②自由的批评精神赋予文学批评以灵性与活力，也是文学批评具有独立品格和个性风度的前提。

独立自由的批评精神，其最基本的要求是批评者心灵的自由。所谓心灵自由，指的是批评家拥有独立自治的精神空间，不为政治、关系、利益等外

---

① ［英］王尔德：《评论家也是艺术家》，选自《英国作家论文学》，汪培基译，北京：三联书店1985年版，第261页。

② ［俄］别林斯基：《别林斯基选集》(第3卷)，满涛译，上海译文出版社1980年版，第575页。

物所羁绊，也不受各种偏见和其他因素的影响，能够以独立的心态进入文学环境，从事文学批评工作。只有在心灵自由的前提下，批评主体才能谈得上独立，也才能对批评对象进行超越，表现出自由独立的批评精神。反之，如果为政治、金钱等利益所收买，就可能成为其奴仆，对文学批评构成伤害。“文革”时期的姚文元就是这样一个文学批评家，他的文学批评完全背离了文学自由的原则，沦为政治的大棒，是文学批评的悲哀。

要想获得独立自由的批评精神并非易事，特别是批评主体与所批评的对象生活在同一个时空区域中，更容易受到各种关系、人情的羁绊和影响。同时，作为一种意识形态，文学批评很容易受到现实政治与商业文化的影响。在严酷的政治时代，文学批评者可能会因其工作而触犯权威，遭遇政治上的严厉打击；在商业文化盛行的时代，文学批评也很容易受到金钱的腐蚀和诱惑，容易堕落为金钱的奴隶。当前，中国社会正处于转型期，社会上的不良风气正对文学批评工作构成巨大的冲击和影响，保持独立的批评精神是一个批评工作者重要而艰难的课题。

自由精神还体现为批评家个人心灵的投入。批评家将自己的心灵投入批评对象中，以自己的心灵进行发言。真正优秀的文学批评，往往是批评家自己与所批评的对象在心灵上有了契合，在所批评的对象中找到了自己，从而写出最真切、最有感染力的文字，达到优秀文学批评的高度。

2. 批评的个性气质

自由的心灵酿造独立的个性。文学批评要求客观公正，排除个人偏见，但这不是要人云亦云、四平八稳，没有主见和个性。批评者要敢于表现自己的见解，在这当中，也并不是完全不允许某些价值偏向的存在。因为事实上，任何批评都是个人化的，它不可能淹没批评主体的个人喜好、个人的思想和个人才华。所以，批评也是一种个性化的审美创造：“评论本身就是一种艺术。正如艺术创作必须运用评论的才能一样，评论也完全是创造性的。实际上评论既具有创造性也具有独立性。”①从文学批评史看，真正优秀的批评家都是富有个性、具有高度创造精神的。

勃兰兑斯是西方优秀的批评家，他的批评个性也非常突出。他对19世纪文学所进行的批评，就不是遵循陈规，而是大胆地背离了人们习惯的编年或文体的体例，按照个人对当时文学状况的认识，在他看来，“文学史，就

---

① ［英］王尔德：《评论家也是艺术家》，选自《英国作家论文学》，汪培基译，北京：三联书店1985年版，第259页。

其最深刻的意义来说，是一种心理学，研究人的灵魂，是灵魂的历史。一个国家的文学作品，不管是小说、戏剧还是历史作品，都是许多人物的描绘，表现了种种感情和思想。感情越是高尚，思想越是崇高、清晰、广阔，人物越是杰出而又富有代表性，这本书的历史价值就越大，它也就越清楚地向我们揭示出某一特定国家在某一特定时期人们的内心真实情况”①。正是这一见解，充分体现了他个人独立的文学思想，也赋予了他良好的史识，造就了《十九世纪文学主流》这样一部优秀的文学史著作。同样，在20世纪中国文学批评中，李健吾的文学批评也非常有个性。他坚持文学批评的个性，甚至认为：“什么是批评的标准？没有。如若有的话，不是别的，便是自我。”②与此同时，他又保持必要的谨慎：“一个批评家不是一部书的绝对的权威。”③因此，尽管他的批评对象都是与他同时期的作家，却能以独立的立场，既不回避对优点的褒扬，也敢于对缺点进行尖锐的针砭，见解非常独到深刻，不只是受到读者的好评，也深得被批评的作家们认可。

批评的个性是独立批评精神的体现，也是文学批评力量的体现，使之不堕为文学创作的附属物，而是以独立的姿态参与到时代的文学精神中。它也不局限于被批评对象本身，能够以之为基础，进行更深层次的探索，实现更高的文学追求。真正优秀的文学批评能够以其人格、思想、艺术魅力，引领文学发展，既可以得到读者和社会的认可，也会受到同时代作家们的认可，是时代文学中重要的组成部分。比较典型的，如19世纪俄国著名批评家杜勃罗留波夫对《奥勃洛摩夫》的批评，将人物性格概括为一种精神典型，虽然尖锐，却是深刻切中了时代的精神病症，产生了很大的社会反响。同样，在20世纪30年代的中国，瞿秋白、茅盾等人对阳翰笙《地泉》的批评，对这部作品所代表的“革命加恋爱”小说群体的思想和艺术症结作出的概括性的总结和批评，凭借着独立的批评精神和锐利的目光，切中了这一创作的弊端，更将该作品与时代的创作倾向结合起来，体现了更广泛的意义。其结论也成为时代共识，在本质上总结了这一潮流的创作。文学批评的个性赋予其特殊的力量：“批评是人类心灵路程上的指路牌，批评沿路中指了树篱，点燃了火把，批评披荆斩棘，开辟新路……批评移动了山岳，权威的、偏见

① ［丹麦］勃兰兑斯：《十九世纪文学主流》（第1卷），徐式谷等译，北京：人民文学出版社1982年版，第2页。

② 李健吾：《李健吾文学评论选》，银川：宁夏人民出版社1983年版，第215页。

③ 李健吾：《李健吾文学评论选》，银川：宁夏人民出版社1983年版，第41页。

的、死气沉沉的传统的山岳。”①

文学批评个性也会受到时代环境等因素的影响和制约。尤其是在政治环境比较严厉的时代，批评家的个性往往是与独立精神相联系在一起的。比如20世纪50年代，茅盾、何其芳等人能够不被时代潮流所束缚，对《百合花》、《青春之歌》等作品作出比较公正的评价，对作品和作家都起到了保护作用，是其批评个性和批评精神的重要体现。

文学批评的个性还容易遭遇到“影响的焦虑”，也就是当批评者遇到优秀或伟大作家作品的时候，很容易丧失自己的个性和独立精神。那种以仰视和崇拜的眼光看待那些伟大作家作品的习惯，使许多批评家不敢表现出自己的主体个性。事实上，任何作品都不可能是完美的，批评家应该有胆识与被批评的作家作品站在同等立场上进行对话，不应该被其他外在因素所遮蔽。

3. 批评的多样形式

文学批评的自由品格还体现在批评形式上。也就是说，文学批评者可以针对批评对象和自己的批评个性选择灵活多样的形式，尽可能发挥出自己的批评特长，对批评对象作出最充分的把握。

批评形式与批评内容有密切关系。一般来说，文学批评形式包括这样几种：一是当代文学的批评著作和当代文学史。虽然一般来说文学史著作被排除在文学批评之外，但因为时间的切近性，当代文学史其实也是一种文学批评。二是一般的批评文章，这中间又大体包括作家作品论、作家生平批评、文学现象批评、文学思潮或运动批评等。三是作家与批评家的对话，包括访谈、公开信、文艺座谈、博客文章等形式。

文学批评形式并不只是一种表达方式的差异，而是蕴含着不同的特点，传达出不同的个性。具体而言，文学批评著作和文学批评论文形式上比较严谨，要求符合有关学术规范；而其他批评形式则比较活泼自由。像对话式的批评比较轻松，方式也比较平等；公开信方式将具有私密性质的信件和公开的文学批评方式结合起来，体现了批评者与被批评者较深层的心灵交流。但总体而言，文学批评形式不应该过于死板，应该体现出批评家的灵性和个性气质，或者说，自由的形式是文学批评个性化的标志之一。它应该与一般的学术研究文章有所差别，不适合以学术论文同等严格的要求来对待文学批评。

---

① ［丹麦］勃兰兑斯：《十九世纪文学主流》（第5卷），徐式谷等译，北京：人民文学出版社1982年版，第383页。

批评形式体现着批评者的精神个性，应该鼓励批评家采用合适的、丰富的形式来进行批评。比如当代文学史著作，就不一定写成完全规范的论文体例。像《十九世纪文学主流》这样彰显个性的文学史，也应该在文学批评中占有一席之地。同样，批评文章也可以体现作者的个性。像李健吾、何其芳等批评家的批评文章都很自由活泼。中国古代文学中的诗歌体作家评论也很有活泼自由的特点。杜甫著名的"尔曹身与名俱灭，不废江河万古流"诗评，韩愈"李杜文章在，光芒万丈长"的著名议论，都脍炙人口，流传千古。

文学批评形式与批评所能达到的深度和广度有着直接的关系。比如中国的传统文学批评形式比较单一，影响了整个形式的丰富和发展，而反过来，这一形式缺陷也影响到整个中国传统文学批评的成就，它"限制了批评主体的发挥，使中国古代的文学批评长期局限于笺注、评点的范围……诗话、词话、评点也就成为中国古代文学批评的主要体式，难有阐释思想的批评巨制，也难有系统完整的批评力量；至若大量的解经著作，更多的是阐发经义、崇尊圣贤，难有通过批评而创立新思想的巨著"①。

4．批评的智性表达

瑞恰兹曾说："一个优秀的批评家要具备三个条件。他必须是个善于体验的行家，没有怪癖，心态要和他所评判的艺术作品息息相通。其次，他必须能够着眼于不太表面的特点来区别各种经验。再则，他必须是个合理判断价值的鉴定者。"②优秀的文学批评家同时也应该是一个优秀的文学家，他不但有敏感的文学鉴赏能力，还有较强的文学表达能力。它需要批评者敏锐地捕捉文学作品的艺术魅力，以传达出对作家艺术心灵的准确感知；同样，优秀的文学批评著作，也同时是优秀的文学作品。在文学批评史上，如《十九世纪文学主流》、《李健吾文学批评》，以及沈从文、周作人、茅盾等作家的批评，都很好地表现出了"自由"的特征，既敏锐犀利，又富有才情。

文学批评写作的最高境界是体现批评主体深邃独特的个性风貌，优秀的批评家往往都拥有自己鲜明、独立和自由的个体风格。批评风格的形成，通常包括独立精神、思维方法等多个方面，但自由表达是其中的一个重要方面。

批评表达的自由主要体现在两个方面：首先是语言。文学批评的语言有多种风格，有尖锐的、冷峻的、热情洋溢的、严谨的、诗化的，等等。批评

---

① 鲁原：《文学批评学》，济南：山东文艺出版社 2002 年版，第 42 页。

② ［英］瑞恰兹：《文学批评原理》，杨自伍译，天津：百花洲文艺出版社 1992 年版，第 101 页。

主体可以自由选择适合自己的语言表达，优秀的批评家会形成自己独特的语言风格特征。其次是行文方式。批评文章有犀利、平和、冷静、活泼等多种行文方式。它既体现在语言上，也是整个批评文章的综合特色。“文如其人”，行文方式往往体现着批评主体的个性气质，是文学批评风格的重要构成。

文学批评的表达有两种不同的方式：一种是偏重于学术论文形式的、强调逻辑严密的表达，它长于归纳推理和概念的运用；另一种是体现中国传统印象和感悟式特点的表达，它的方式较为灵活，侧重传达批评主体的直觉和印象。但不管哪一种方式，都应该注意表达的活泼和生动，应该将学术性与趣味性结合起来，让读者在阅读中思考问题，得到启迪，也在阅读过程中获得审美的愉悦。

自由是文学批评的品格，但这并不意味着批评的写作就可以放纵而不需要限制，而应是一种更高的内在要求。自由的基本前提是对作品的尊重，对文学的尊重。批评的自由与批评主体情感的真诚、直面真实的精神都有内在联系。所以，在文学批评工作中，真正的自由表达，需要遵循以下几个方面的统一。

(1)情与理的合一

文学批评要有个性，可以传达批评主体的感情，但是，它一定要建立在对作品充分尊重、认真阅读的基础上，需要以客观、审慎的态度为前提。随意的褒贬不是自由，而是不负责任。只有渗透了批评家的认真态度和仔细审读的批评，将作品的客观性与批评者的主观性融会在一起的批评，才是科学的、客观的批评。

在文学批评史上经常出现中立性文学批评的要求，如弗莱就主张文学批评要放弃价值评判：“价值判断是主观的喧声，当我们分析文学时，我们在谈文学；当我们评价文学时，我们却是在谈自己。”①但事实上，文学批评在任何时候都不可能完全排除批评家的主观性，也不应该否定主观性的意义。当然，这句话对我们的文学批评还是有警醒意义，即让人们意识到任何批评都具有相对性，任何批评都必然带有批评主体自身的局限和偏见。文学批评不能变成情绪的宣泄，不能变成攻击的工具，更不能作为权力打击和政治迫害的手段。这样，我们才能更好地理解作家对批评的态度，也能更客观地看待文学批评工作。

---

① 转引自[英]特里·伊格尔顿：《二十世纪西方文学理论》，伍晓明译，西安：陕西师范大学出版社1986年版，第114页。

(2)思与诗的统一

一方面，文学批评可以表露个人的丰富才情，可以充盈批评主体的灵感和才华，对批评对象作出诗意的、情感化的表达，也就是说，可以包含“诗”的因素；但另一方面，文学批评又必须具有“思”的审慎，要有思维和表达的严谨。逻辑的严密、表述的准确、定论的谨慎、语言的明晰，是文学批评应该遵循的前提。

在文学艺术史上，海德格尔对凡·高画作《农鞋》所作的阐释是最富诗意，也是充满哲理色彩的：“在这鞋具里，回响着大地无声的召唤，显示着大地对成熟谷物的宁静馈赠，表征着大地在冬闲的荒芜田野里朦胧的冬眠。这器具浸透着对面包的稳靠性无怨无艾的焦虑，以及那战胜了贫困的无言喜悦，隐含着分娩阵痛时的哆嗦，死亡逼近时的战栗。”①而在中国现代文学批评史上，李健吾的批评同样富有才情和诗意，是哲理与诗歌的融会，是感悟与理性的结合：“犹如自来传统的诗人，他对于秋具有特殊的敏感。我们晓得，情人和春天很近，而一个寂寞的诗人，却更能体味秋黄。但是，作者不仅止于这种浅尝的诗意。他把秋天看做向‘生’的路……”②

(3)内与外的统一

文学批评不能完全局限于对作品的分析，不能封闭于作品内部，但是，它又需要以文学作品为前提，从这个意义上说，文学批评是“戴着镣铐跳舞”的一种活动，这副“镣铐”就是作品。优秀的文学批评家往往能够做到既“入乎其内”，又“出乎其外”，是真正的内外合一。

批评需要自由，但这种自由包含了高度自律的要求。换句话说，批评的自由并不意味着无原则的放纵，相反，批评主体对这种自由的需要，是因为他拥有这方面的理性掌控能力，拥有自制的力量来承担自由的责任。这里涉及批评主体的自我修养问题，有关此点，本书已在第一章里有所阐述，此处不再细论。

但是，在具体的批评实践中，任何批评主体既要充分地发挥自由的个性创造，又要遵循科学理性的专业精神，首先就必须要加强思想的修养。这包括思想深度和人格素养两个方面。一个优秀的文学批评工作者，需要有深刻的思想，也需要有独立的人格精神。只有这样，他才能形成充分的独立个性，成为自由的批评家。其次还要具备较强的文学表达能力。文学批评的写

① [德]海德格尔：《诗·语言·思》，彭富春译，北京：文化艺术出版社1991年版，第85页。

② 李健吾：《李健吾文学评论选》，银川：宁夏人民出版社1983年版，第119页。

作毕竟不同于文学创作，有着自己独立的专业性要求，尤其是兼具诗意和逻辑严密的双重特性，这是对批评主体在文学表达上的基本要求。再次还要对文学现场熟悉和深入把握。要真正自由地进行文学批评的实践，批评主体必须是文学的亲历者，要有深远的精神视野和对文学现场的关注，只有如此，他才能公正客观地运用自由的权力，不致让偏见和盲动主导其批评的写作。

【思考题】

1. 如何理解一名优秀的文学批评家所应该具备的文学素养？
2. 为什么审美是文学批评的基本气度？
3. 学习了本章后，谈谈你对文学批评与自由之间关系的理解。

第六章　文学批评的类型

在纷繁多姿的文学批评实践中，由于时代语境、文学思潮、批评主体文学观念和批评方法的差异，以及批评对象的斑驳陆离，文学批评在文本层面上也会呈现出不同的形态。就其文本形态而言，古今中外的文学批评可谓林林总总，本章从中遴选出具有一定代表性的感悟式批评、主题式批评、技术式批评、透视法批评和关键词批评这五种批评类型进行介绍。由于这些文学批评类型在一定程度上也是相关文学批评方法的伴生物，因此，本章将避免重复第三、第四章的方法论介绍，而是以一些古今中外具有代表性的批评家和经典的批评文本形态为例，着重阐述其文本形态的特征和独到的批评价值。

一、感悟式批评

感悟式批评是中国传统文学批评通常采用的一种类型。中国传统文学批评在其悠长的历史演进过程中，形成了与崇尚含蓄、意在言外的中国古代文学艺术的审美取向和充满诗性智慧的中国传统文化语境相契合的感悟式文学批评的深厚传统，选本、摘句、诗格、诗话、诗品、评点等中国古典文学批评形态中，都程度不一地体现了感悟式批评的特点。在时间老人步履匆匆地迈入现代社会之后，感悟式批评虽然不再成为主流批评模态，却仍然在新的时代语境中显示出不可小觑的对接与沟通中西文化的勃然生机。

在中国现代文学史上，与顺应时代趋势渐成主流的左翼批评相异其趣的，是以北平和周边北方城市为活动中心的“京派”批评。“京派”批评的主力多为教授、学者，他们学贯中西，创作批评兼善，虽从未正式结社成团，但都受到周作人、沈从文的影响，形成相近的文学观和批评旨趣。这批批评家既有深厚的民族文化根基，又都有留学西方的背景，汲取了西方文化的精神资源。这种文化背景使得“京派批评力图融合中西文化传统和批评传统，建构相对稳定和综合的批评范式”①。如留法多年的李健吾，就堪称为“京派”批评最为著名的代表者之一，他受到阿诺德、法朗士、王尔德、勒麦特、蒙田等西方文学批评家的影响，在批评实践中自觉或不自觉地融合了中国古典感悟式批评与法国印象主义批评。

文学批评是批评者在文学欣赏的基础上，在相关文艺理论的指导下，对文艺创作、文艺思潮、文艺现象、文艺实践活动等进行阐释和评判的专业活动，是批评者科学理性认识的体现，更多地是以理性思维见长。而感悟式批评的一大特色，恰恰是在这种理性色彩极为浓重的文体中融入了形象化的手法，具有极强的写意性。感悟式文学批评是建立于赏析品评之上的启悟性批评，具有鲜明朗然的特点：在思维方式上重视审美直觉和感悟，强调批评主体的深度介入和深切的情感体验，在话语形态层面灵动自由，充满形象化的诗性表达。

1. 倚重审美直觉的运思方式

在运思方式上，中国古代文学批评讲究“活参”、“顿悟”、“神会”式的直觉思维，强调在潜心赏品的批评过程中臻达“不落言荃，自明妙理”之类直接领会和把握作品意蕴情致的高妙境界。感悟式批评是一种直觉感悟式的品鉴和批评，不以理性思维见长，更多地体现为跳跃性思维和发散性思维，尤擅品评批评对象的整体审美风貌和艺术特征。老庄的“目击道存”、禅宗的“不立文字”和“直指人心”等直观感悟方式对中国文学批评形态有着深远的影响。《庄子・秋水》说：“可以言论者，物之粗野，可以意致者，物之精也。”庄子认为用语言可以进行探讨的只是事物粗野之处，而事物的精深微妙之处是难以用语言作出详尽分析的，只有通过心灵的体味才可以达到。刘勰《文心雕龙・神思》所云“至于思表纤旨，文外曲致，言所不追，笔固知止”，表达的也是相近的意思。严羽《沧浪诗话・诗辩》以禅论诗，强调“悟”——“大抵禅道惟在妙悟，诗道亦在妙悟”，“惟悟乃为当行，乃为本色”。当然，传统的感悟式批评缺少严谨的体系性与严密的推理论证，正如朱光潜所言，存在“零乱琐碎，不成系统”，“缺少科学的精神和方法”之阙。② 作为一种灵活的散论型评论体式，这种评点体的系统性虽然不够，但

① 黄键：《京派文学批评研究・序》，上海：三联书店2002年版，第3页。
② 朱光潜：《朱光潜全集》(第3卷)，合肥：安徽教育出版社1987年版，第3页。

在吉光片羽的即兴评说中往往闪现灵思，妙语惊人，使人茅塞顿开，受益匪浅。如金圣叹对《水浒传》、毛宗岗父子对《三国演义》、脂胭斋对《红楼梦》的评点，在中国文学史上都有着重要意义。现代文学批评中的感悟式批评，在主要采用整体直觉体悟思维方式的同时，兼用系统分析与实证的科学思维，实现了传统文学批评的现代性转化，并与西方印象批评形成了对接。

西方19世纪末20世纪初盛行的印象批评，以西方现代人本主义哲学思潮和审美直觉理论为理论基石，它在强调批评的主体意识、重视批评的独立品格、推崇情感体验和内心直觉等方面，与我国传统的感悟式批评有契合之处。叔本华、尼采等认为，人的非理性意识只有凭借个人孤独的非理性的内心体验，通过只能意会不能言传的直觉才能达到。叔本华在《作为意志和表象的世界》中强调“世界是我的表现”，并指出形成表象的认识方法便是直观，甚至认为只有直接或间接以直观为依据才有绝对的真理。法国生命哲学代表人物伯格森认为，宇宙最根本的实在是“绵延”，它是一种永不停息、持续不断的生命冲动，这种生命冲动本能只有通过直觉这种特殊的感知方式才能够把握。

正是在中国重视直觉顿悟的传统思维方式的熏染和西方印象主义、唯美主义批评的牵引下，李健吾形成了具有个人特色的批评旨趣与审美追求。李健吾注重对作品的个人体味，以其敏锐的艺术触角，捕捉并形成对批评对象的最为真切的整体直观印象和感悟，并以此为其批评的基础。但他并未止步于此，而是强调批评家在批评过程中要“使自己的印象由朦胧而明显，由纷零而坚固”，即在形成“独有的印象”之后，还应对这种印象进行适当梳理，使之得到深化与精纯，以“形成条例”①。

譬如，他对萧乾《篱下集》的批评，就既重视自己的阅读感受，又有一定的理性剖析，在二者的水乳交融之中进行精准、新颖、深入的品评，用充盈灵性的语句和生动鲜活的比喻淋漓、透彻地揭示评论对象的特性。《〈篱下集〉——萧乾先生作》一文的开篇并未直接评析萧乾的《篱下集》，而是用了较多的篇幅，针对沈从文为该书写的《题记》畅谈自己的感悟：

> 一家铺面的门额，通常少不了当地名流的款识。一个外乡人，孤陋寡闻，往往忽略落款的题签，一径去寻找那象征的标志，例如一面酒旗子，纸幌子，种种奇形怪状的本色，那样富有野蛮气息，那样燃灼愚人

① 郭宏安：《李健吾批评文集》，珠海：珠海出版社1998年版，第42~43页。

的智慧，而又那样呈有无尽的诗意或者画意。《篱下集》好比乡村一家新开张的店铺，前面沈从文先生的《题记》正是酒旗子一类名实相符的物什。我这落魄的下第才子，有的是牢骚，有的是无聊，然而不为了饮，却为了品。所以不顾酒保无声的殷勤，先要欣赏一眼竿头迎风飘飘的布招子。①

在这段半是幽默半是调侃的表述之后，李健吾对沈从文的人生观进行了分析，并以《边城》作为佐证。李健吾从探究作品的观念内容的理性分析迅即回转到个人的阅读体悟：

当我们放下《边城》那样一部证明人性皆善的杰作，我们的情思是否坠着沉重的忧郁？我们不由问自己，何以和朝阳一样温煦的书，偏偏染着夕阳西下的感觉？为什么一切良善的歌颂，最后总埋在一阵凄凉的幽噎？为什么一颗赤子之心，渐渐褪向一个孤独者淡淡的灰影？难道天真和忧郁竟然不可分开吗？②

这一串具有浓烈抒情意味的设问句、反问句，既饱含了李健吾个人深切情感体验的直觉感悟，又隐含了逻辑推演。随后，他以渗透着理性分析的感性意象“绮丽的碎梦”、“命运更是一阵微风”为隐喻，恰切地指出了沈从文所具有的“浪漫主义者的忧郁气质的自觉的艺术表现”。开篇看似花费诸多笔墨评论沈从文的文字绝非批评家纯然的随兴所至，而是以此作为对萧乾《篱下集》展开批评的理论前提，后文在此基础上分析了萧乾《篱下集》中人物淳朴坚韧却又命运多舛的性格特征。在其重点赏品的《蚕》中，李健吾的审美味蕾和批评神经被“蚕”这一富有象征意味的意象激活：

现在，我们不觉得这些蚕都是老黄之流的常人吗？这一生，充满了忧患浮光，不都消耗在盲目的竞争上吗？为生存，为工作，一种从不出口的意志是各自无二的法门。然而隐隐有什么支配着它们。一对年轻男女是它们的主宰。那么谁又是人生朝三暮四的帝王？我们自然而然想到命运。对于现代人，命运失去它神秘的意义，沦在凡间，化成种种人为的障碍。这也许是遗传，是经济，是社会的机构，是心灵

① 郭宏安：《李健吾批评文集》，珠海：珠海出版社 1998 年版，第 64 页。
② 郭宏安：《李健吾批评文集》，珠海：珠海出版社 1998 年版，第 65 页。

> 的错落。作者似乎接受所有的因子，撒出一面同情的大网，捞拾滩头的沙石。于是我们分外感到忧郁，因为忧郁正是潮水下去了裸露的人生的本质，良善的底里，我们正也无从逃避。生命的结局是徒然。①

李健吾由这一触拨自己心弦的审美意象提炼了作品的主题内涵，同时极为自然地回抱了篇首论及沈从文所得的结论“浪漫主义者的忧郁气质的自觉的艺术表现”。通览《〈篱下集〉——萧乾先生作》一文，在倚重整体直觉思维的同时，有机融入了抽象理性思维。正如有评论者指出的，“整体直觉思维所产生的意象作为一种思维符号，经由理性的反思与抽象，而获得较为清晰的意义导向，从而加入了整体上以逻辑与理性为潜在规则与流程的批评思维过程之中。在其中，经由逻辑思维的渗透而实现意义诠释定向的直觉意象或是充当了逻辑推断的起始条件，或是成为逻辑推理的结果的一种意义凝聚，在思维的进程中充当了某种跳板与驿站的作用”②。

2．注重批评主体的深度介入

感悟式批评的批评主体与批评对象之间的关系，总体上表现出彰显主体意识的趋势，由于批评主体的深度介入，并强调个人的情感体验和文学欣赏的主观性，因而通常洋溢着批评主体的诗性美。无论是中国传统的小说评点，还是西方印象主义、唯美主义文学批评都表现出高扬批评者主体意识的批评旨趣。不过，在不同的批评家那里，批评主体与批评对象的关系也有不同。概而言之，不论是否受到西方批评话语的影响，中国本土的感悟式批评都在高扬批评主体的同时能兼顾创作主体的性灵，西方印象主义和唯美主义批评则过于崇尚批评的独立性，甚至出现过于夸大批评家主观能动性的批评取向。

中国传统小说评点集“评”、“改”于一身，评点者多视自己的评点为一种艺术再创造活动。对中国小说评点的发展产生重要影响的金圣叹，就曾在《贯华堂第六才子书西厢记·读法》中宣称：“圣叹批《西厢》是圣叹文字，不是《西厢记》文字。”金圣叹评点《水浒传》时，虽在《楔子回评》中自言担心“作者之精神不生，将作者之意思尽没，不知心苦，实负良工”，因而揣度施耐庵创作时的用意布想，体现了对作者的尊重，却仍然表现出强烈的主体

① 郭宏安：《李健吾批评文集》，珠海：珠海出版社 1998 年版，第 74 页。

② 黄键：《京派文学批评研究》上海：三联书店 2002 年版，第 99 页。

性，根据自己的好恶改编甚至腰斩《水浒传》。① 命运多舛、悲愤忧郁的张竹坡在《第一奇书金瓶梅·竹坡闲话》中谈到评点《金瓶梅》的生发时曾言："迩来为穷愁所迫，炎凉所激"，本欲自撰一书，又恐"前后结构甚费经营"，故借评点《金瓶梅》"以排遣闷怀"。并说："我自做我之《金瓶梅》，我何暇与人批《金瓶梅》也哉！"正因为他视评点为个人情感的抒发，其对《金瓶梅》评点也成为张扬个性的文字。蒙古族作家哈斯宝撰《新译红楼梦》时亦谓："那曹雪芹有他的心，我这曹雪芹也有我的心。"因此，他在《新译红楼梦·回评·总录》中明确宣称："摘译者是我，加批者是我，此书便是我的另一部《红楼梦》。"评点是中国古代小说批评的重要形式，充分体现了批评主体对小说文本的深度介入，在对文本的赏评和赏之不足继而修订之的"评"、"改"中，突出地表现了批评主体的性情和美学追求。被视为狂狷之士的金圣叹为人狂放不羁，愤世嫉俗。廖燕《金圣叹先生传》说他"为人倜傥高奇，俯视一切。好饮酒，善衡文评书，议论皆前人所未发"。

金圣叹还将自己的人生感慨、政治抱负和忧患意识诉诸《水浒传》的评点。在评点《水浒传》的情节、人物时常与历史、现实相连，借此抒发悲愤不平之气，使小说评点成了他情感表现的载体。金圣叹的评点融入了他个人的情致意趣和人生理想，强化了批评者的主体意识，其批评文字极富个性的主观色彩和批评气质。正是由于批评主体情感的强力投注，自他胸臆中流出的饱蘸主体情感体验之浓墨，抒发了对污浊世事的愤恨、对贪官污吏的抨击和对真英雄的歌赞。"无论他的正经处、调侃处、幽默处、愤激处，无论他的深入阐发处、牵强附会处、强词夺理处、标新立异处，他都出自己意，率情纵性，是性情文字。他是在评《水浒》，也是在评一切小说；他是在表述着他对于《水浒》和小说的见解认识，他也在描述着一个正在品读《水浒》的人，他将自己的才情、个性、生活、交游、阅读《水浒》的心理细节心理过程甚至阅读《水浒》时的一声长叹也写进了评点。"②《水浒传》第 61 回写卢俊义被关押进大牢后，接连有三人来找押牢节级蔡福：燕青不忘旧主，送讨来的半罐饭菜给卢俊义充饥；与卢俊义的娘子早有奸情的管家李固则为求蔡福杀了卢俊义而来行贿；梁山好汉柴进只身入虎穴欲搭救卢俊义。金圣叹在第 61 回回评中批曰：

---

① 参见陈果安：《金圣叹小说理论研究》，长沙：湖南师范大学出版社 1999 年版，第 8 页。

② 陈果安：《金圣叹小说理论研究》，长沙：湖南师范大学出版社 1999 年版，第 59 页。

吾读第一段燕青，不觉为之一哭失声……哭竟，不免满引以大白。又读第二段李固，不觉为之怒发上指……怒甚，又不免满引一大白。再读第三段柴进，不觉为之慷慨悲歌……感激之至，又不免满引一大白。或曰："然则当子读是篇也，亦既大醉矣乎？"笑曰："不然。是夜大寒，童子先睡，竟无处索酒，余未尝引一白也。"

这段文字表现了金圣叹对三个人的三种表现和三种心态的不同情感态度，被燕青的忠耿感动得"一哭失声"，对李固的丑陋行径则不禁"怒发上指"，为柴进的英雄气概"慷慨悲歌"，这三种情绪体验是金圣叹贬斥小人感佩英雄之真性情的自然流露，而最后虚拟的关于三番"满引一大白"的诙谐对话则又令人忍俊不禁，一个恣意无忌地表现自我真情的批评者形象如立面前。

西方印象主义批评"试图用文字描述特定的作品或段落的能被感觉到的品质，表达作品从批评家那里直接得到的反应(或印象)"①。其代表人物法朗士否认艺术和批评的客观性，直言"天下无所谓客观的批评，犹之无所谓客观的艺术"②。他极度推崇批评的主观性和相对性，在《文艺生活》第1卷序言中提出"优秀批评家讲述的是他的灵魂在杰作中的探险"，并说"批评家若是坦率的话，就应该说：先生们，关于莎士比亚，拉辛，帕斯卡尔，或是歌德，我所要谈得是我自己"③。印象主义批评的另一位领军人物勒麦特也认为，所谓批评不过是"说明具体的艺术作品在一定时刻给我们留下的印象，而作家本人则是把他在某个特殊时间从世界上得到的印象一一记录下来"④。从这个意义上说，批评也是一种艺术，"这便是一种欣赏书籍的艺术，一种增富并提纯人们由书籍接受的印象的艺术"⑤。

---

① [美]艾布拉姆斯：《简明外国文学词典》，曾忠禄等译，长沙：湖南人民出版社1987年版，第72页。

② 转引自[美]琉威松：《近世文学批评》，傅东华译，上海：商务印书馆1928年版，第5页。

③ 转引自[美]雷内·韦勒克：《近代文学批评史》(第4卷)，杨自吾译，上海：上海译文出版社1997年版，第29页。

④ [美]琉威松：《近世文学批评》，傅东华译，上海：商务印书馆1928年版，第5页。

⑤ [美]琉威松：《近世文学批评》，傅东华译，上海：商务印书馆1928年版，第41页。

李健吾深受勒拜特、法朗士等西方印象主义批评家的影响，崇尚批评主体的个性与创造性，以自我和个性作为批评的依据。李健吾视自我为批评标准，强调个人体验感悟，注重对作品的沉潜体味。李健吾认为批评是灵魂与灵魂接触，好的批评家要“叙述他的灵魂在杰作里面的探险”①，“探幽发微，把一颗活动的灵魂赤裸裸推呈出来”，“一直剔爬到作者和作品的灵魂深处”②。与西方印象主义不同的是，李健吾既重视自己阅读作品的主观印象和情绪体验，又不忘关注作者生平背景，寻绎作者的心路历程。李健吾曾明确提出：“认识一件作品，在他的社会与时代色彩以外应该先从作者身上着手：他的性情，他的环境，以及二者相成的创作的心境。从作品里面，我们可以探讨当时当地的种种关联，这里有的是社会的反映，然而枢纽依旧握在作者的手心。”③李健吾评蹇先艾《城下集》就探究作者的心灵世界，在“凄清”与“凄凉”的细微辨析中勾画其“寂寞而又忠实”的精神气质：

> 蹇先艾先生的世界虽说不大，却异常凄清；我不说凄凉，因为在他观感所及，好像一道平地的小河，久经阳光熏炙，只觉得清润可爱：文笔是这里的阳光，文笔做成这里的莹澈。他有的是个人的情调，然而他用措辞删掉他的浮华，让你觉不出感伤的沉重，尽量去接纳他柔脆的心灵。这颗心灵，不贪得，不就易，不高蹈，不卑污，老实而又那样忠实，看似没有力量，待雨打风吹经年之后，不凋落，不褪色，人人花一般地残零，这颗心灵依然持有他的本色。④

李健吾虽然尊重作者的个性，却不为作者意图所牵引，不以作者为作品解释的权威，他曾就《爱情三部曲》、《鱼目集》与巴金、卞之琳往复辩诘。

在强调批评者主体意识的同时，李健吾又说“妨害批评的就是自我”，因为“如若学问容易让我们顽固，执拗，愚昧，自我岂不同样危险吗”？⑤他认为“批评最大的挣扎是公平的追求”⑥，当这种对公平中肯批评的追求与

---

① 郭宏安：《李健吾批评文集》，珠海：珠海出版社1998年版，第184～187页。

② 转引自黄曼君：《中国20世纪文学理论》，北京：中国文联出版社2002年版，第368页。

③ 郭宏安：《李健吾批评文集》，珠海：珠海出版社1998年版，第15页。

④ 张大明：《李健吾创作评论选集》，北京：人民文学出版社1984年版，第455页。

⑤ 郭宏安：《李健吾批评文集》，珠海：珠海出版社1998年版，第184～185页。

⑥ 郭宏安：《李健吾批评文集》，珠海：珠海出版社1998年版，第311页。

批评主体意识之间发生矛盾时，李健吾在批评主张和批评实践中仍是以批评主体个性为主要追求的。“一个真正的批评家，犹如一个真正的艺术家，需要外在的提示，甚至于离不开实际的影响。但是最后决定一切的，却不是某部杰作或者某种利益，而是他自己的存在，一种完整无缺的精神作用，犹如任何创作者，由他更深的人性提炼他的精华，成为一件可以单独生存的艺术品。”①在评论林徽音的短篇小说《九十九度中》时，李健吾用了大多数的篇幅畅谈自己的人生感想，再说到这部作品最值得称道的是它的现代性：

> 我绕了这许多弯子，只为证明《九十九度中》在我们过去短篇小说的制作中，尽有气质更伟大的，材料更真实的，然而却只有这样一篇，最富有现代性……用她狡猾而犀利的笔锋，作者引着我们，跟随饭店的挑担，走进一个平凡然而熙熙攘攘的世界：有失恋的，有做爱的，有庆寿的，有成亲的，有享福的，有热死的，有索债的，有无聊的……全都那样亲切，却又那样平静——我简直要说透明；在这纷繁的头绪里，作者隐隐埋伏下一个比照，而这比照，不替作者宣传，却表现出她人类的同情。一个女性的细密而蕴藉的情感，一切在这里轻轻地弹起共鸣，却又和粼粼水纹一样轻轻地滑开。②

3. 偏重灵动鲜活的诗性呈现

在文本形态和话语呈现方面，感悟式批评偏重灵动鲜活的诗性呈现，较多地采用比喻、拟人等形象化的文学笔法，表现批评主体的阅读体验和审美感悟。中国传统文学批评尤重形象化赏评，从钟嵘的《诗品》、皎然的《诗式》、司空图的《二十四诗品》、严羽的《沧浪诗话》到王国维的《人间词话》等，都善于取譬引喻，通过一些含蓄蕴藉的意象，将批评家幽微精深的内心体验转化为生动具体的视觉形象，诗意地传达对作品神韵的领悟。这种意会体悟和形象说诗的批评风格形成了以意象、比喻、象征等为主的形象化批评传统，充分体现了诗性智慧与诗意表达，批评文字本身往往同时就是华美卓绝的文学作品。

魏晋南北朝时期，钟嵘的《诗品》将诗品与人品密切结合，用极具文学

① 郭宏安：《李健吾批评文集》，珠海：珠海出版社 1998 年版，第 44 页。

② 张大明：《李健吾创作评论选集》，北京：人民文学出版社 1984 年版，第 454 页。

意味的手法对五言诗人及其诗作的韵味进行察辨评析。其中《魏陈思王植》说“陈思之于文章也，譬人伦之有周孔，鳞羽之有龙凤，音乐之有琴笙，女工之有黼黻”，钟嵘在排比与类比中极赞曹植“骨气奇高，词彩华茂，情兼雅怨，体被文质，粲溢今古，卓尔不群”的卓绝诗品。又假设“孔氏之门如用诗”，让曹植与其他著名诗人各司其职：“公干升堂，思王入室，景阳潘陆，自可坐于廊庑之间矣！”通过诗人之间分工和地位的相异，在对比和衬托中再次凸显了曹植诗歌的突出价值、地位与贡献。即便是稍早于钟嵘《诗品》的刘勰，在其系统性极强的《文心雕龙》的各章的具体论述中，也频见形象化的文学性表达。《文心雕龙·宗经》阐明六经文章风格各异，却在内容深刻、形式完美方面具有共性时，用的就是大段的比拟：“至根柢槃深，枝叶峻茂，辞约而旨丰，事近而喻远；是以往者虽旧，余味日新，后进追取而非晚，前修文用耳未先；可谓太山遍雨，河润千里者也。”司空图的《二十四诗品》对诗歌风格进行了细密的分类和细致的辨析，借物象比拟象征性地说明对诗歌不同意境与风格特征难以言表的体味辨赏，其中对典雅风味就用了这样的描述：“玉壶买春，赏雨茅屋。坐中佳士，左右修竹。白云初晴，幽鸟相逐。眠琴绿荫，上有飞瀑。落花无言，人淡如菊。”在一种诗情画意的情境描摹中，让读者感受和揣摩诗歌之典雅。

中国古代甚至出现了直接以审美文体的形态表现批评理念的现象，譬如用诗歌的形式来评论作家、作品或文学现象的论诗诗就是中国古代诗歌批评的常见形式。盛唐诗人杜甫的七绝《戏为六绝句》首开此风，在论诗诗的形成过程中具有标志性的意义。《戏为六绝句》以“别裁伪体”、“转益多师”为贯穿主脉，运用诗歌的形式和比喻等形象化手法，表现了对诗人及诗歌的品评。这种评论方式对文艺现象进行了形象传神的评析，同时又具有诗歌的韵味，给人独特的审美享受。韩愈的《调张籍》、元好问的组诗《论诗三十首》、王士祯的32首《戏仿元遗山论诗绝句》、沈德潜《戏为绝句》等均深受杜甫影响，凸显了中国传统文学批评的诗性特征和诗化倾向。

深受中国传统批评熏染的小说评点，也同样不是以学理的逻辑论证见长，而是形成了笔随心欲、形式不拘的批评风格，评点者偏好运用生动灵活的笔致，传达丰富、微妙而又独特的审美感受、情感体验和艺术情趣。金圣叹在《四十二回回评》中点评《水浒传》，分析牛二、张保等次要人物之于杨志、杨雄的陪衬作用时，用了“借勺水兴洪波”的比喻说明次要人物在引出主要人物、推动故事的发展方面起着重要的结构作用。在强调情节布排上应有不同格调的徐疾跌宕的节奏变化时，金圣叹在《第二十三回回评》中评点说：“上篇写武二遇虎，真乃山摇地撼，使人毛发倒卓。忽然接入此篇(说风情)写武二遇嫂，真又柳丝花朵，使人心魂荡漾也。"这里"山摇地撼，使人毛发倒卓"和"柳丝花朵，使人心魂荡漾"都很准确、形象地表达了风韵相异的情节间隔错致之节奏美。言及情节的完整性，金圣叹在《第十二回回评》中以"写大风者，始于青萍之末，盛于土囊之口。吾尝谓其后当必重收到青萍之末也"为喻，借大风兴起平息的全过程，形象地说明情节的始终也都经历了一个起始极其精微、逐渐发展、臻之高潮、渐趋平息的发展过程。这与亚里士多德《诗学》对情节完整性的纯理论思辨的表达——"它所摹仿的就只限于一个完整的行动，里面的事件要有紧密的组织，任何部分一经挪动或删削，就会使整体松动脱节"①——迥异，但在感性和诗性表达中同样蕴含了理性思考，大量描述性笔法的采用使其评点文字充盈生机。

与中国古代批评的主流风格相似，李健吾也往往采用饱蘸情感的诗性语言，在对批评对象的意象化表达中凝练了自己丰富多彩、曲致微妙的阅读体验。身为作家的李健吾，曾为中国现当代文坛贡献了文采斐然的小说与散文，他早年的小说《终条山的传说》受到鲁迅文采"绚烂"的称誉。② 他的文学批评也是一种审美创造，才情横溢的批评文字背后也存有其敏慧的诗心和睿智的哲思。李健吾用一连串的妙喻，铺陈描述对何其芳《画梦录》的感悟："这年轻的画梦人，拨开纷披的一切"，"他把若干情境揉在一起，仿佛万盏明灯，交相辉映；又像河曲，群流汇注，荡漾回环；又像西岳华山，峰峦叠起，但见神往，不觉险巇。他用一切来装潢，然而一紫一金，无不带有他情感的图记。这恰似一块浮雕，光影匀均，凹凸得宜，由他的智慧安排成功一种特殊的境界"③。论及叶紫小说"苦难"中"向上"的反抗精神的悲壮质朴风格时，李健吾用了这样的比喻："叶紫的小说始终仿佛一棵烧焦了的幼树……不见任何丰盈的姿态，然而挺立在大野，露出棱棱的骨干，那给人茁壮的感觉，那不幸而遭电殛的暮春的幼树。"④在比较茅盾和巴金行文风格的异趣时，李健吾如是说："读茅盾先生的文章，我们象上山，沿路有的是瑰

① ［古希腊］亚里士多德：《诗学》，罗念生译，上海：上海人民出版社 2006 年版，第 37 页。

② 参见许道明：《中国现代文学批评史新编》，上海：复旦大学出版社 2002 年版，第 189 页。

③ 张大明：《李健吾创作评论选集》，北京：人民文学出版社 1984 年版，第 485 页。

④ 张大明：《李健吾创作评论选集》，北京：人民文学出版社 1984 年版，第 517 页。

丽的奇景，然而脚底下也有的是绊脚的石子；读巴金先生的文章，我们象泛舟，顺流而下，有时连你收帆停驶的工夫也不给。”①这里用动感十足的比拟对茅盾和巴金的文风进行了细致的区分：茅盾文风华美却难免有晦涩做作处，巴金文风则如行云流水般平易畅达。李健吾的批评鲜明地体现了感悟式批评与其他类型的文学批评文章之不同：讲究表达的文学性，讲究辞章与内容共荣，不仅以睿智独到的见解新人耳目、予人启迪，还以鲜活生动、富有文采的言辞给人审美愉悦，内容与形式相得益彰。

二、主题式批评

主题式批评是中外文学批评通常采用的一种类型，它由思想内容探析与艺术特征分析这两条相互渗透的线脉交织而成。一条线脉的批评重心是文本意义追寻，着力探究文学作品蕴含的主要思想意旨，关注的是作品的思想内涵，强调精神内涵文化哲学的阐释；一条线脉的批评重心是艺术价值探询、依托相关的人文理论资源，注重挖掘文学作品的审美内涵，并探讨作品如何更好地表现思想意旨。主题式批评代表人物有别林斯基、车尔尼雪夫斯基、杜勃罗留波夫、茅盾、周扬、冯雪峰等，他们从文本的主题思想、人物形象、情节形式、语言风格、时代环境等方面展开研究，构筑了文学批评社会学与美学相统一的基本原则。

1. 文本意义追寻：探究文学作品的思想意旨

社会历史批评和阶级论批评所采用的主题式批评，除上述的思想内容探析与艺术特征分析这两条线脉外，大多持有一个坚实的批评基点，即以阐发作品的教育意义为批评的立足点，这种构成模式可概括为“一个基点和两条红线”。教育意义往往成为判定一部艺术作品价值高下的核心标准，思想内容与艺术特征，则是考量文学作品教育意义实现方式和程度的两大批评路径。主题式批评站在时代发展的制高点上考察作家作品，注重以揭示文学作品所蕴涵的历史内容和思想意义为评价尺度来考察作品的倾向性，关注文学作品的社会性和思想性，强调思想性、时代性、现实性、社会功用。主题式批评认为，这在很大程度上折射了作家对现实生活的理解和评价，故而以此可以评判作家有无站在社会历史发展的高度认识生活，其作品是否符合历史发展的趋势，是否有利于促进社会的进步等。

① 郭宏安：《李健吾批评文集》，珠海：珠海出版社1998年版，第36页。

别林斯基的文学批评就渗透着强烈的社会现实色彩。他主张文学应当反映社会生活，回答时代提出的问题，认为理论问题的重要性有赖于它和现实的关系。作为俄国革命民主主义美学的创始人和俄国19世纪社会批评的奠基者，别林斯基自觉以文学批评为武器为社会现实生活服务，他在15年里所写的千余篇论文，都着重阐述了文学的思想性、艺术性、人民性、时代性、真实性、典型性、民族性等一系列现实主义文学的根本问题。他旗帜鲜明地宣称，如果一部艺术作品为描写生活而描写生活，没有发自时代主导思想的强大的、主观的激动，如果它不是痛苦的哀号或者欢乐的颂赞，如果它不是问题或者对于问题的回答，那么，对于我们的时代说来，它便是一部僵死的作品。① 别林斯基还提出文学应在再现生活真实面貌的基础上表现出生活的广阔性和深刻性。所谓广阔性，指文学与自己时代的脉搏一起跳动，它是时代的生活面的延伸和发展；所谓深刻性，指文学对现实本质规律的揭示和开掘。② 别林斯基对普希金和果戈理的论评就体现了他一贯的批评立场。别林斯基赞扬普希金的诗是时代精神的表达，表现了俄国社会的基本矛盾和新旧事物之间尖锐而复杂的斗争现实，从而反映了俄罗斯民族精神的复杂性和多样性。果戈理将艺术的触角伸向社会各阶级的普遍生活，关注普通人的生活和命运。别林斯基高度褒扬果戈理“能够在其全部深度和广度上看透对象，在其全部现实性的丰满和完整上把握住它”③，通过平凡的日常生活表现了不平凡的重人思想。

车尔尼雪夫斯基则将文学与人类社会活动以及特定群体的倾向性联系在一起，明确主张文学不能不是某一种思想倾向的体现者，这是一种它的本性中所包含的使命，是一种它即使想摆脱也没有力量可以摆脱的使命。在《俄国文学果戈理时期概观》里，车尔尼雪夫斯基还提出文学只有那些在强大而蓬勃的思想的影响之下，只有能够满足时代的迫切要求的文学倾向，才能得到灿烂的发展。杜勃罗留波夫也以文学批评为推翻沙皇政权及其农奴制度的武器，强调文学的“神圣使命”是“为改善社会这个事业而服务”，指出现实主义文学必须反映当代生活，回答当代生活提出的问题，发挥文学的思想教

① ［俄］别林斯基：《别林斯基选集》（第3卷），满涛译，上海：上海译文出版社1980年版，第575页。

② 参见伍蠡甫、胡经之：《西方文艺理论名著教程》（上），北京：北京大学出版社1986年版，第461页。

③ ［俄］别林斯基：《别林斯基选集》第2卷，满涛译，上海：时代出版社1953年版，第339页。

育和改造社会的作用。在《论俄国文学中人民性渗透的程度》中，他提出批评的真正任务就在于阐明艺术家创作里面所隐藏的意义，帮助读者理解作品的主题思想和艺术特色。杜勃罗留波夫在评论冈察洛夫、屠格涅夫、萨尔蒂可夫、陀思妥耶夫斯基等人的作品时，都将作品中包含的思想与人民的“自然意向”符合到什么程度作为批评的重要标准。

受时代政治语境的熏染，加之为中国革命斗争现实服务的批评理念以及马克思主义唯物史观与阶级斗争学说的深重影响，20 世纪 30 年代至 70 年代的中国主流批评在理论与实践上都发生了倾斜，由思想内涵分析和艺术特征分析这双线并重，转向了以围绕着政治主题和教育意义挖掘思想意义为主、艺术分析为辅的批评套路。当时，文学批评的基本思路多为先归纳作品的思想内容，关注点首先为从题材和表现领域考察作品是否描写了与革命斗争和工农兵生活有关的题材，再看它有无体现阶级和阶级斗争的关系，然后从阶级和阶级斗争的观点归纳其主题意义，最后从艺术上简略分析其得失。周扬、茅盾等人具有丰赡的学识、良好的艺术修养和敏锐的艺术感受力，但他们在战争语境、革命氛围的浸淫以及自身政治激情的推促下，自觉地将文学批评融入时代主潮，使他们的批评不以审美意趣为批评中心，而是偏重社会功利性，以对作品的社会价值探问和理性评判为批评诉求。他们在进行主题式批评时，往往将文本的核心意义提取为主题，再由此追溯作家的写作旨意。其具体批评策略多为引用作品中的现成语句，然后开掘其引申的意义。

譬如，茅盾将庐隐“五四”落潮时期所创作的一批小说的主题概括为“感情与理智冲突下的悲观苦闷”，并用《或人的悲哀》中主人公亚侠的话“我的心彷徨得很呵！……我还是游戏人间罢”来归纳“五四”时代“从狭的笼里出来的一部分女子的宇宙观与人生观”，并证明庐隐的小说虽具有时代性却又在思想上滞步不前。茅盾擅长在时代发展对作家思想创作历程的渗透影响中把握批评对象，进而挖掘作品的思想意蕴。他所开创的“作家论”就运用阶级分析的方法，充分考虑到作家的阶级出身、社会阅历及政治态度，对作家的生活、思想、写作立场、创作个性、心理特征等方面进行研究。茅盾特别关注由特定历史时期的政治态度、时代变革而引发的作家世界观的变化，由此深入考察作品的思想倾向和社会价值。基于此种批评思维，茅盾在《庐隐论》中指出庐隐是“五四”的产儿，是“被‘五四’的怒潮从封建的氛围中掀起来的，觉醒了的一个女性”①。在《冰心论》中，茅盾提出是“‘五四’时期的

① 茅盾：《茅盾全集》(第 20 卷)，北京：人民文学出版社 1989 年版，第 109 页。

热蓬蓬的社会运动激发了冰心女士第一次的创作活动"①，还指出冰心早年"诗意"的生存环境对其"爱的哲学"生成的重要作用。同时，他还结合冰心的小说、散文和诗歌，分析了"爱的哲学"在其创作中的具体表现，并指出冰心"以自我为中心的宇宙观人生观"使她处处以"自我"为起点去解释社会人生。

周扬是我国左翼文学的重要理论家，始终与我国无产阶级革命文艺和社会主义文艺的发展紧密地联系在一起。20 世纪 20 年代末，周扬以文学阶级论者的身份涉足文艺批评。在处女作《辛克莱的杰作〈林莽〉》中，周扬引用了辛克莱的话："一切的艺术宣传，普遍地不可避免地是宣传；有时是无意的，而大底是故意的宣传。"这种对文艺宣传功能的强调，也是周扬文艺思想的基本观点之一。周扬对文学功能的认识与其时的革命氛围相应，特别强调文艺的政治功能和教育意义，他甚至认为"文艺工作者应当而且只能写与工农兵群众的斗争相关的主题"，文艺工作者必须真实地反映群众的要求和情绪，而且站在一定的政策思想水平上回答群众从实际斗争中提出的问题。文艺反映政治、服务政治，主要就是把群众在斗争中及执行政策中的丰富经验加以吸收、消化，生动地描写出来，使这些经验反过来再普及到群众当中去，并且借文艺之力，潜移默化，深入人心②。正因如此，周扬等人的艺术分析，也是紧贴思想内容展开的，因为在他们看来，文艺作品"以新的内容要求新的形式来表现"③，而新的艺术形式是服务于政治斗争的需要的。

阐发作品的政治思想意义，是周扬等人批评的着眼点，如周扬谈到《同志，你走错了路》时，首先肯定它"是一个优秀的、具有深刻教育意义的政治剧本"。周扬为解放区剧本《把眼光放远一点》作的序，也体现了典型的政治主题批评话语和范式。他先是总结了这出表现了现实主义特色的独幕剧在大众性与艺术性两方面成功结合的经验，然后从思想内容与艺术特征两方面概括了它的主题和政治意义：用喜剧形式传达了严肃的斗争故事，描写敌后生活斗争，通过一个农民兄弟的家庭反映出敌后人民的生活、斗争以及精神的世界。④ 在《论赵树理的创作》中，周扬结合解放区政治环境的巨大变化，

① 茅盾：《茅盾全集》（第 20 卷），北京：人民文学出版社 1989 年版，第 154 页。

② 参见周扬：《周扬文集》（第 1 卷），北京：人民文学出版社 1984 年版，第 501 页。

③ 周扬：《周扬文集》（第 1 卷），北京：人民文学出版社 1984 年版，第 503 页。

④ 参见周扬：《周扬文集》（第 1 卷），北京：人民文学出版社 1984 年版，第 474 页。

阐述了赵树理的《小二黑结婚》、《李有才板话》、《李家庄的变迁》等作品描绘出了在农村发生的“伟大变革的庄严美妙的图画”的主题意义，揭示农民群众只有在党的领导下才能真正走上翻身解放之路的历史必然性。在周扬看来，赵树理的小说表现了历史发展的本质规律，体现了人民大众的立场和现实主义方法的真正结合。周扬认为，赵树理的成功“正是他实践了毛泽东同志的文艺方向的结果”，把“艺术性和大众性相当高度地结合起来”，其意义在于是延安文艺座谈会后“文学创作上的一个重要收获”，是“毛泽东文艺思想在创作上实践的一个胜利”。①

2. 艺术价值探询：挖掘文学作品的审美内涵

除关注文学作品的思想内涵外，以作品的题材、语言、形象塑造等为切入点来阐发艺术价值和审美意蕴，也是主题式批评的一个侧重点。以别林斯基为代表的俄国革命民主主义批评，既注重文学批评的社会现实针对性，又强调艺术创作的内在规律与美学价值，甚至把对作品艺术性的分析视为批评活动的前提。别林斯基在高扬思想旗帜的同时，明确主张不能忽略艺术的美学需要本身，并认为“当一部作品经受不住美学的评论时，它就已经不值得加以历史的批评了”②。

而在阶级矛盾和民族矛盾凸显、民族解放和民主进步成为当时进步知识分子的共同选择的历史情势下，茅盾、周扬等中国现代批评家，虽然也在文本意义追寻与艺术价值探询上偏重于前者，但还是会不自觉地表露出对文学审美本性的执著追求。1946 年茅盾在为萧红《呼兰河传》作的序中，虽然从思想意旨表达方面指出了作品的不足在于“作者写这些人物的梦魇似的生活时给人们以这样一个印象：除了因为愚昧保守而自食其果，这些人物的生活原也悠然自得其乐，在这里，我们看不见封建的剥削和压迫，也看不见日本帝国主义那种血腥的侵略”③。但另一方面，他又肯定它有比“小说更‘诱人’些的东西：它是一篇叙事诗，一幅多彩的风土画，一串凄婉的歌谣”，“开始读时有轻松之感，然而愈读下去心头就会一点一点沉重起来。可是，仍然有美，即使这美有点病态，也仍然不能不使你炫惑”④。字里行间透露

① 周扬：《周扬文集》(第 1 卷)，北京：人民文学出版社 1984 年版，第 498 页。

② [俄]别林斯基：《别林斯基选集》(第 3 卷)，满涛译，上海：上海译文出版社 1980 年版，第 595 页。

③ 茅盾：《茅盾文集》(第 10 卷)，北京：人民文学出版社 1961 年版，第 97 页。

④ 茅盾：《茅盾文集》(第 10 卷)，北京：人民文学出版社 1961 年版，第 97 页。

出茅盾对文学审美品性的倚重，也比较突出地表现了像茅盾这样的批评家执著而深层的艺术情趣追求与注重思想意义的时代主流趋向之间的矛盾。其实，茅盾在批评主张和实践中常常表现出这种游移和矛盾。一方面他非常重视作品的思想价值，认为作品必须有“中心思想”，不满那些“并没有怎样深湛的意义”的作品①；另一方面却又认为文艺本来是多方面的，不苛求作家一定要有“积极的精神”和表现什么“中心思想”，重要的是作者“努力要创造些新的能够放大了他的敏密的感觉”②。

周扬也并非不重视文学作品的艺术价值，受到恩格斯倾向性应该“从情势和事件中自行流衍出来”的影响，他强调所要表现的思想不要带着主观说教的性质③。他在1937年为反驳黄芝冈在《从〈雷雨〉到〈日出〉》中对曹禺《雷雨》、《日出》的非难而写的《论〈雷雨〉和〈日出〉》，也反对那种要求作者笔下人物起来反抗旧势力、为新生活而奋斗的观点。周扬对文学作品主题的构成作出了如下解析：“艺术作品的主题是人物和事件的综合，如果这个综合是偶然的或者勉强的，如果艺术作品分裂成了各各单独的插话，如果里面没有一种浑然一致，那艺术作品的价值就会遭到损失。因为真正的精炼的艺术总是有明确的主题的。”④可见，周扬在将主题作为统领包含艺术价值在内的文学作品总纲的同时，也强调要有艺术地处理观念和主题的能力，否则就变成了“写一篇长序”或“在戏里卖弄自己独到的见地”⑤。

在《在延安文艺工作座谈会上的讲话》的影响下，周扬努力发掘艺术文本中的政治主题及艺术追求的统一。譬如，在《论赵树理的创作》一文中，周扬就从人物塑造和作品语言两个方面，阐释了赵树理在小说艺术的民族化、群众化方面所作出的重大贡献。他赞赏赵树理的小说在人物塑造上没有在静止的状态上消极地描写人物，而总是将人物安置在一定的斗争环境中来展示人物的性格和发展，而且每个人物的心理变化都决定于他在斗争中所处的地位的变化，以及与其他人物相互之间关系的变化。周扬还指出，赵树理采用的是普通却符合每个人物的特殊身份、状态和心理的话

① 茅盾：《茅盾全集》(第18卷)，北京：人民文学出版社1989年版，第199～205页。

② 茅盾：《茅盾全集》(第19卷)，北京：人民文学出版社1991年版，第175页。

③ 参见周扬：《周扬文集》(第1卷)，北京：人民文学出版社1984年版，第200页。

④ 周扬：《周扬文集》(第1卷)，北京：人民文学出版社1984年版，第208页。

⑤ 周扬：《周扬文集》(第1卷)，北京：人民文学出版社1984年版，第208页。

语，他的小说语言来自现实又高于现实，来自民间又有新的发现与创造①。

成功的主题式批评，不仅能注意到作品可能蕴含丰厚的主题意蕴，而且能够结合文本的审美表现探讨作品是如何表现其思想意旨的。在这方面，威尔弗雷德·L. 古尔灵等人所著《文学批评方法手册》的第5章《意义标志批评方法》，就确立了一个很好的批评典范。古尔灵等人认为每个主题都有其自身的意义标志，每一个意义标志都给读者提供线索，使读者能够越来越深地挖掘某一特定的主题，并看清一个主题与另一个主题之间的联系，展现出艺术品的丰富复杂的内容和意义②。在他们看来，主题成分可以是一个主题思想、一个意象、一种情节行动或一种原型，它反复出现，贯穿一部作品的始终，并加强作品的审美感召力，可以成为表明一部作品的意义或经验的符号或标记。文学作品中的意象、陈述和主题，就像织花毯的线或像音乐的音符、和声与旋律，交错有致，起伏跌宕，有时密切配合，有时激烈冲撞。意义标志是文学作品中表明一个意义模式、一个反复出现的思想、一种感情、一种态度的符号或标记，可以充当越来越深入地鉴赏一部作品的线索。

古尔灵等人所强调的“意义标志批评方法”，是以“真正的文学作品的确是要以具有某种审美价值的形式传达或至少体现有意义的经验”为前提的。他们认为，文学作品主题往往是借助意象和象征来表达的，因而要辨认出这些意象和象征，进而研究这些意象和象征是如何艺术地交织成有意义的模式的。“意义标志批评方法”的研究重心在于，如何通过寻找模式的意义标志区找到那些模式。所谓意义标志，就是表现或象征——甚至构成——那些模式的词语、物体、人物等。他们将此称为“意义标志批评方法”，并申明这一名称同时包含了主题成分、意象、象征和原型等多层次意思③。

譬如，对莎士比亚作品的分析，就非常典型地体现了古尔灵等人“意义标志批评”的理念与运作。古尔灵等人对莎士比亚的第73首和第60首十四

① 参见周扬：《周扬文集》(第1卷)，北京：人民文学出版社1984年版，第490～498页。

② 参见[美]古尔灵等：《文学批评方法手册》，姚锦清等译，沈阳：春风文艺出版社1988年版，第306、457、333、448页。

③ [美]古尔灵等：《文学批评方法手册》，姚锦清等译，沈阳：春风文艺出版社1988年版，第268～271页。

行诗进行了细密而有说服力的分析，从意象的角度令人信服地阐释了主题意义的艺术生成。他们指出，第73首在三个十四行诗节中使用了三个特定的模式，核心分别是：秋天几乎光秃无叶的树；黄昏降临时即将下山的太阳；快要熄灭的火。这三组各自独立的意象都具有“几乎”的共同特点，是热和冷、死亡和腐朽这类主题的不同变体。第60首中，“海滩”、“成长”、“耕种”这三个看似没有联系的意象模式在这一首诗中却融于一体，成为表现时间及其影响力这一中心主题的意义标志①。他们认为，莎士比亚的《哈姆雷特》中的各种主题意象和表述也都在《哈姆雷特》这块织锦花毯中占有自己的位置，每一根线都织出了独特的花样，呈现出这种经验的丰富多彩。他们提出《哈姆雷特》至少涉及四个主题层次，它们交织成复杂的网络：①各种类型的爱；②理智、疯狂、野蛮三者之间的关系；③思想和行动之间的冲突；④宗教和文化的影响。他们注意到剧中多次出现的有关“陷阱”的象征，并对这些以不同形象出现的关于各种不同的纠缠的引喻进行分析。这些有关“陷阱”的象征主要出现在剧中以下地方：第一幕第三场，波洛涅斯警告奥菲利娅不要相信哈姆雷特“指天誓日的神圣的盟约”，说那些誓言是“捕捉愚蠢的山鹬的圈套”；第三幕第二场，哈姆雷特有意将《贡扎古的谋杀》这个戏名错说成《捕鼠机》；第三幕第三场，克劳狄斯觉得自己上了圈套：“啊，越是挣扎，越是不能脱身的胶住了的灵魂！”第五幕第二场，哈姆雷特落在阴谋家手中，发现自己“这样被恶人从四面网罗住”，而克劳狄斯已经抛出鱼钩要“钩取我的生命”；第五幕第二场，雷欧提斯临死前告诉奥斯里克说自己就像“一只自投罗网的山鹬”。

圈套、罗网、粘鸟胶、鼠夹子、鱼钩或普通钩子等“陷阱”是动物意象的意义标志，而动物意象又进而暗示并发展了那个起到全剧主题作用的问题：“人是什么？”因为那些人像动物一样落入陷阱，他们的困境就是陷阱。古尔灵等人认为“陷阱”这一象征模式作为意义标志能把我们引入《哈姆雷特》的主题，还从陷阱与关于爱的主题成分，陷阱与关于理智、疯狂和兽性的主题成分，陷阱与关于思想和行动的主题成分，陷阱与宗教和文化的困境等层面阐释了这些主题成分是如何交织成复杂网络的②。

---

① 参见［美］古尔灵等：《文学批评方法手册》，姚锦清等译，沈阳：春风文艺出版社1988年版，第278～279页。

② 参见［美］古尔灵等：《文学批评方法手册》，姚锦清等译，沈阳：春风文艺出版社1988年版，第317～319页。

三、技术式批评

在科技主义思潮的影响下产生的技术式批评，是20世纪以来文学批评通常采用的一种类型，主要体现在形式主义、结构主义、叙事学、符号学等注重发掘审美形式的批评流派中。技术式批评最典型的代表，当属结构主义批评，它深受索绪尔语言学理论影响，并前承俄国形式主义，后启叙事学、符号学、解构主义等批评流派。20世纪60年代，结构主义的研究方法渗透到社会学、历史学、心理学、人类学等众多人文学科领域，对西方哲学及其他人文社会科学产生了重要影响。技术式批评使得文学批评进一步漫漶了学科疆域，不再拘囿于传统的文学研究领域，不仅跨越了语言学等不同社会学科的界线，还与自然科学进行了碰撞与对话。技术式批评在整体批评观念上深受语言学研究模式的影响，在具体方法上则受到语言学和其他学科的影响，较为普遍和广泛地采用科技分析手段。

1. 语言学研究模式的深重影响

俄国形式主义、结构主义都可谓20世纪人文社会科学"语言论转向"的产物。俄国形式主义是20世纪初期出现的一种以考察文学形式为中心的文学批评理论流派，极富影响力和活力，被看成是西方各色现代批评理论流派的源头。俄国形式主义借鉴语言学关于语言符号系统、共时性和历时性、内部研究和外部研究的理论，视文本为一个符号系统，强调文学艺术的独立自足性，他们主张从文艺内部的语言、结构、功能等方面来研究其独特规律。俄国形式主义的兴起，标志着西方文学批评在研究模式上由以作者为中心、侧重社会学和心理学等外部研究转向以作品为中心、侧重本体论和语言论等内部研究。而结构主义最显著的特征，就在于以现代语言学为基本模型，借鉴语言学的理论、方法、术语，其批评理念、理论假设和批评实践都受到语言学的极大影响。结构主义将文学作品视为一个由各种因素相互联系而形成的一个封闭的结构整体，重视构成整体结构的各要素之间的联系，力图寻绎出文学作品的结构原则，用结构、规律、代码及系统等概念建构抽象的、相对稳定的文本结构模式，透过可感知的表层结构发掘潜藏其后的深层结构，揭示隐匿在文本中的意义及使该意义成为可能的阐释程式系统。

现代语言学奠基之作——索绪尔的《普通语言学教程》，与普洛普的民间故事叙事结构功能模式的研究，对结构主义的兴生和发展产生了深刻而持久的影响。不论是被称为结构主义“五巨头”的列维-斯特劳斯、罗兰·巴尔特、雅克·拉康、福柯、阿尔都塞，还是格雷马斯、托多洛夫、热奈特等批评家，都受索绪尔区分语言与言语、能指与所指、历时与共时等思想的烛照，展开了对文学作品结构的理论分析。普洛普在《民间故事形态学》中通过对一百个俄国民间故事的研究，建立了一个民间故事的基本结构模式。普洛普看出民间故事的母题看似变化多端，但其结构与功能却大都相同。如：①沙皇赏赐给英雄一只苍鹰，苍鹰负载他至另一国度；②一位老人赠予苏森林一匹骏马，苏森林骑着这匹马到另一王国；③巫师送给伊凡一艘帆船，伊凡乘这艘船到另一王国；④公主赠给伊凡一个指环，指环中跳出的一个年轻人背负伊凡至另一国度，这四个故事中的人物身份虽然不同，但故事中的人物关系和基本功能却是一致的。他根据人物在情节发展过程中的意义提出了“功能”的概念，并概括了31种功能和7个行动范畴(行动范围)及与此相应的7种角色。普洛普发现，在故事中，每个人物都可以承担一个以上的角色，一个角色也可以由多个人物承担，但他们的功能和行动范畴是固定不变的。他认为所有民间故事的叙事结构都具有共同本质，具体体现为以下四点：①人物的功能是故事的稳定不变的基本成分，不受谁和如何完成的限制，它们构成了故事的基本要素；②民间故事已知的使用功能是数量有限的31个；③这些功能的排列顺序完全一样；④民间故事的结构都属于同一类型①。普洛普的民间故事形态研究，用结构语言学方法打破了传统的按主题对童话进行分类的方法，超越了对具体作品感性经验层面的分析，着眼于同类作品内在的结构特点，从看似千姿百态的文本表层抽象出了相对恒定稳固的结构模式，开创了文本的结构功能批评。

法国著名人类学家、社会学家列维-斯特劳斯借助索绪尔语言学方法，对人类亲属关系、古代神话以及原始人类思维本质等展开研究，其神话结构模式的分析，意在揭示神话及其语言结构是如何反映人类思维本质的。列维-斯特劳斯认为，表面看上去缺乏逻辑性和连贯性的神话具有惊人的相似性，为此，他力图从零乱无序的众多神话中确定其内在恒定不变的结构系统。他把神话各自单独的具体表述看做神话的“言语”，而把整个神话的基本结构系统看做神话的“语言”。从列维-斯特劳斯对俄狄浦斯神话的研究中，可以见出其神话分析的模式和方法的要义。列维-斯特劳斯尝试以不同的配置方式来排列神话素(见下表)：

① 参见[美]罗伯特·肖尔斯：《结构主义与文学》，孙秋秋等译，沈阳：春风文艺出版社1988年版，第95页。

卡德摩斯寻找被宙斯劫走的妹妹欧罗巴			
		卡德摩斯杀死凶龙	
	斯巴达人自相残杀		
			拉布达科斯（拉伊奥斯的父亲）＝跛足（?） 拉伊奥斯（俄狄浦斯的父亲）＝左脚站立（?）
	俄狄浦斯弑其父拉伊奥斯		
		俄狄浦斯祭杀斯芬克斯	俄狄浦斯＝肿足（?）
俄狄浦斯娶其母伊俄卡斯特			
	厄忒俄克勒斯弑兄波吕涅克斯		
安提戈涅不顾禁令安葬其兄波吕涅克斯			

这样就一共有四列纵栏，每一列纵栏都把属于同“束”的几项关系归并在一起。列维-斯特劳斯认为，如果我们的任务是讲述神话，那就不必考虑这种纵栏式的配置，只要从左到右、从上到下地逐行阅读即可。而如果我们必须理解神话，历时性范畴的一半（从上到下）就会丧失功能性价值，阅读就应从左至右逐栏进行，把各列纵栏当作一个整体。同一纵栏中的所有关系都表现出一个共同的特点：左边第一列纵栏的共同特点是被高估了的血缘亲属关系；第二列纵栏以相反的符号为标志，表现的是被贬低或贬值的血缘亲属关系；第三列纵栏与杀死怪兽有关；第四列纵栏显现出俄狄浦斯的祖父、父亲和他本人三代的名字都与难以直立行走有关。列维-斯特劳斯进一步解析第三列纵栏，认为通过征服来自地狱的神怪——凶龙和以与人类本性有关的谜语作祟取人性命的斯芬克斯，表现出了对人类的原地孳生性的否定。列维-斯特劳斯认为第三列纵栏的共同特征有助于理解第四列纵栏的意义。他注意

到许多民族的神话中经常出现人类在创始初期尚不会行走或只能蹒跚而行的情形，他得出第四列纵栏的共同特征其实是固守人类的原地孳生性。他认为这四列纵栏呈现出两组二元对立模式：第一列纵栏与第二列纵栏之间高估了血缘亲属关系和低估血缘亲属关系的对立；第三列纵栏与第四列纵栏之间存在否定人类孳生于土地和坚持孳生于土地的对立①。

由上例可见，列维-斯特劳斯神话模式研究的基本步骤为：首先把神话切分成一个个的关系单位，如"俄狄浦斯弑其父拉伊奥斯"、"俄狄浦斯娶其母伊俄卡斯特"等，这些抽离出来的神话的基本构成成分即为"神话素"；"神话素"只有以"关系束"的形成组合才能获得表意功能，因而可以根据历时、共时的维度用这些"关系束"重组神话；最后通过二元对立的方式排列出神话的组合方式，阐释神话的深层结构，并由此揭示出神话的本质特征及意义。在列维-斯特劳斯看来，神话在横向组合和纵向聚合两条轴线上同时活动，相互关联而成为一个自足完整的结构系统。他将其比拟为"和声"，"因为一部交响乐曲必须沿着一根中轴线(即一页接一页，从左到右地)历时地阅读，但同时又必须沿着另一条从上到下的中轴线共时地去读"，而"写在竖行里的全部音符组成一个大的构成单位，一个关系束"。②

立陶宛裔法国著名结构主义语言学家阿尔吉达斯-于连·格雷马斯也深受语言学理论的影响，将叙事文本看成一个被扩展了的句子。他认为，看似千变万化的故事，其形成规则与结构却有着共同的"语法"，如同我们掌握的语法规则虽是有限的，实际说出的"话语"却是无限的。在《结构语义学》中，格雷马斯采用了符号学方法，通过对句子结构的语义分析发展了普洛普等人的研究模式，旨在提出一种有关某种文体乃至所有叙事的普遍性"语法"的理论。他用"行动元"来代替普洛普的"行动范畴"，六种"行动元"形成了三对语义形态的"二元对立"：主体和客体、施动者和受动者、助手和对手。格雷马斯认为主体/客体、施动者/受动者、助手/对手这三对二元对立的"行动元"，可以表示在所有叙事中出现的三种基本模式：①欲望、追求或目的(主体/客体)；②交流(施动者/受动者)；③支持、帮助或阻碍(助手/对手)。格雷马斯还提出，它们在具体事件中构成以主体欲望中的客体为中心、以主体欲望反映于助手和对手关系为模型两个轴系，它们之间的联

① 参见[法]列维·斯特劳斯：《结构人类学》，张祖建译，北京：中国人民大学出版社2006年版，第228~231页。

② 参见[法]列维·斯特劳斯：《结构人类学》，张祖建译，北京：中国人民大学出版社2006年版，第227页。

系与对立形成了叙事的基本结构模式。格雷马斯把叙事作品中的意义结构分为表现层结构、表层结构和深层结构三个层次：表现层结构是话语成分，其研究的主要对象有现象、主题、角色以及它们在话语中的组织；表层结构是叙述语法，研究句子是如何组织成话语的；深层结构即符号学方阵，是意义的基本结构，决定着叙述语法和话语形式。

与格雷马斯一样，茨维坦·托多洛夫也确信存在一种作为一切语言基础的"普遍语法"。文学作为一种符号指示系统，只是某些语言属性的扩展和运用，其深层必然存在一种普遍的"叙事语法"，可以借鉴语言学的"语法"模式来进行叙事分析。托多洛夫在1969年发表的《叙事的结构分析》中提出"叙事学"，将其确定为对"叙述的本质和叙述分析的几条原则，提出几点一般性的结论"。可见，托多洛夫意图在普洛普、格雷马斯等人的基础上构建一种结构主义叙事的"语法"，也旨在叙事作品中寻找一个恒定的结构，以揭示叙事文学的普遍的规律。这一点，从托多洛夫研究薄伽丘《十日谈》的结构分析专著《〈十日谈〉的语法》中，即可管窥其研究倾向。托多洛夫认为，所有的文学作品都可以在语义、句法、语词三个层次上进行研究，其叙事学研究集中于叙事时态、语式、语态等方面。他将小说的基本结构与陈述句的句法类比，认为小说中的人物相当于名词，而人物的行动就相当于谓语，他们行动的对象、结果则相当于宾语。每一个故事都可以被理解为一个延伸的陈述，其"句子"成分可以不同方式组合。

相对于重视"外部"规律研究、忽视"内部"规律研究的传统文学批评理论而言，形式主义、结构主义、叙事学、符号学等学派注重审美形式探讨的批评流派，凸显了文学"语言"的意义，并注重文学自身内部规律的研究。他们强调，透过纷纭的文学现象把握其内在的普遍本质，力图构建一个从内部对文学现象进行整体观照的宏观框架。这一批评的艺术理念，无疑给文学批评注入了新的活力，对传统文学批评起到了一定的矫正补缺的作用。但技术式批评也存在过于夸大文学的形式因素，将一切归置于文学结构模式的弊端。此外，技术式批评对语言学模式的直接挪移和过度依赖，也把文学批评变成一种类似于语言学的科学研究，缺乏对文学的艺术价值和审美特性的细微体察和深入揭示。正如韦勒克所说："没有任何的普遍法则可以用来达到文学研究的目的：越是普遍就越抽象，也就越显得大而无当、空空如也；那不为我们所理解的具体艺术作品也就越多。"①

---

① ［美］雷内·韦勒克、奥斯汀·沃伦：《文学原理》，刘象愚等译，南京：江苏教育出版社2005年版，第7页。

罗兰·巴尔特对结构主义理论兼具建构与颠覆的作用，其前后期的观点变化，有助于我们客观评析结构主义和与之类似的技术式批评的特点和得失。罗兰·巴尔特的早期力作《叙事作品结构分析导论》，正是基于将叙事作品的表面各异的形态及其结构与索绪尔的言语和语言相提并论的理论前提，比照语言学借进了一个关键性的概念——描述层。描述层在语言学中是指对一个句子进行多层次的描述，而它们各自独立无意义，结合进高一级层次方具意义。受此启发，并借鉴普洛普、布雷蒙、格雷马斯、托多洛夫等人的研究成果，罗兰·巴尔特把叙事作品分为三个描述层：功能层、行动层、叙述层；并强调这三个层次是按逐步归并的方式联系起来共同运作的。后期的巴尔特由结构主义走向解构主义，否定文学文本存在一个恒定的结构，着眼于意义的"多元性"。巴尔特认为文本是一个"能指系统"，而不是"所指结构"，可以通过考察文本的内涵去寻找作品的多义性。他提出一种"多义的阅读方法"，即开放性的、文本在阅读过程中不断产生意义的方法。

在《S/Z》中，巴尔特将巴尔扎克的小说《萨拉辛》分解成561个词汇单位或意义单元，试图证明小说看似连贯的意义系统，其实质则是与所指单元并无直接联系的能指碎片的整合。巴尔特在《S/Z》中还说道："据说某些佛教徒凭着苦修，终于能在一粒蚕豆里见出一个国家。这正是早期的作品分析家想做的事：在单一的作品里……见出全世界的作品来。他们认为，我们应该从每个故事里抽出它的模型，然后从这些模型中得出一个宏大的叙事结构，为了验证起见，我们再把这个结构应用于任何故事：这真是个令人殚精竭虑的任务……而且最终会叫人生厌，因为作品会因此显不出任何差别。"①在这里，罗兰·巴尔特不仅否定了一些结构主义文论家运用归纳法探求叙述结构这一劳而无功的做法，而且也否定了他自己在《叙事作品结构分析导论》中提出的叙事作品"共同具有一个可资分析的结构"，且意欲以此"同一"把握"有别"的可能性。由于给自己构筑了一个封闭的系统，罗兰·巴尔特和其他结构主义学者的理论存在着这样或那样的弊病和漏洞。但是，他们无疑为全面、深入地研究文学现象、规律及其本质提供了新的视角和思路，也开阔了我们的理论视野，拓展了我们的思维空间。

2. 科技分析手段的大量使用

毋庸置疑，20世纪科学技术的突飞猛进，使得文学研究领域也受到科

① ［法］罗兰·巴尔特：《S/Z》，屠友祥译，上海：上海人民出版社2000年版，第55页。

技主义浪潮的强劲影响，俄国形式主义、结构主义、叙事学、符号学等研究都表现出了借鉴包括自然学科在内的其他学科的理论与方法和借助科技分析手段解析文学作品的倾向，具有鲜明的跨学科性。俄国形式主义文论家雅各布逊提出“文学性”这一概念，就在强调文学本体研究的同时体现出了追求文学研究科学化的趋向。雅各布逊认为“文学性”即文学之所以为文学的区别性特征，使文本成为艺术品的技巧或构造原则是文学研究的真正对象。“文学性”概念的提出，维护了文学系统的独立自足性，并试图揭示文学构成的内在秩序，表现出追求文学研究科学化的倾向。“俄国形式主义的主要目标之一是促使文学研究的科学化。他们相信这样一种冶金方法是可能的，也是唯一正确的。但每当这一学派成员讨论文学的科学化研究的可能性时，他们多只表示深信其研究成果将提高读者以适当的方式阅读文学文本的能力，也就是说，使读者能领略作品的‘文学性’或‘艺术性’。他们推论说，通过艺术形式而来的感知，将恢复我们对世界的认识，并使事物得到生命。”①结构主义叙事学的重要代表格雷马斯的研究和计算风格学研究，在跨越人文科学与自然科学的研究上，为我们提供了很好的例证，并进一步强化了文学研究的科学化特征。

格雷马斯基于二元对立原则，提出了“语义方阵”或称“符号学矩阵”，试图根据逻辑方阵对语义结构进行解释。格雷马斯的“语义方阵”是一种抽象的、普遍的思维架构模式，由两种不同性质的对立关系构成，其中一种是对比强烈的相反对立，另一种是对比较弱的矛盾对立。他将一项设立为 X，它的对立一方则是反 X，此外，还有与 X 矛盾但并不一定对立的非 X 和反 X 的矛盾方——非反 X。格雷马斯通过语义方阵的推演和分析，以高度抽象的方式，对叙事作品内部要素之间的关系进行辨析和把握。在格雷马斯看来，故事起源于 X 与反 X 之间的对立，但在故事进程中又引入了新的因素，从而又有了非 X 和非反 X，当这些方面因素都得以展开，故事也就形成了。

有研究者提出，格雷马斯实际上提出了两种类型的“语义方阵”：一种是强调语义之间的对立关系的“X 型语义方阵”，其两大理论来源分别是列维-斯特劳斯“神话结构学”中的“四项结构”和“传统逻辑学”中的“逻辑方阵”；另一种是强调语义之间的综合关系的“O 型语义方阵”，其数学基础是“克莱因变换群”，在心理学上被称为“皮亚杰群结构”。这两种类型的“语义方阵”是有区别的，在“X 型语义方阵”中，对角关系(A 与 D、B 与 C)是“矛

---

① ［荷］佛克马、易布斯：《二十世纪文学理论》，林书武等译，北京：三联书店 1988 年版，第 14 页。

盾关系”，A 与 B 是“反对关系”，不具有“相容性”；在“O 型语义方阵”中，对角关系可以是“矛盾关系”，也可以是“反对关系”；上下左右四边的“结合”关系(包括 A 与 B 的关系)都具有“相容性”。①

在《结构语义学》中，格雷马斯以贝尔纳诺的作品为例，指出其作品中“死”和“生”这两个概念并不指两种功能，而是两种交错的指示性“存在”：人可以虽死犹生，也可以虽生犹死。换而言之，人类生存由生和死组成，它们是人类精神存在的两个互相矛盾又互相补充的项。格雷马斯认为塔辛·于杰尔在其博士论文《贝尔纳诺的想象世界》中设定的同位意义集体是一个基本结构的复合体现，可用公式将此表示为：

$$E=(V+M)$$②

格雷马斯进而指出贝尔纳诺的话语是处在同位意义集 E 层次上的神话型呈现，该同位意义集则是显现之范围，并需要经受一系列连续的结构把握，亦即由互相矛盾的两个项之结合开始，继而在正负两个项之间游移：

$$E1=(V+m),\ E2=(M+v)$$③

再倾向于组成项的极化，即复合结构的分裂：

$$V\ \text{vs}\ M$$④

从语义方阵和对贝尔纳诺话语的解析，可以明显看出格雷马斯的研究在理论模型架构和具体文学批评实践中，均表现出了一种追求科学主义的雄心，这种执拗于追求文学作品普遍规律的宏观批评意识，有助于厘清文本的叙事脉络和话语脉络，挖掘文本背后的深刻含义。格雷马斯的上述研究，还明确地体现了结构主义文论对“二元对立”的青睐，直接受到索绪尔区分语言与言语、能指与所指、历时与共时的语言学研究模式的影响。结构主义文论家往往以成对的概念为基础来建构批评范式，列维-斯特劳斯的神话批评模式也是用文明与自然、男与女等“二元对立”模式纲举目张地对文学作品进行整体观照和宏观把握。列维-斯特劳斯就认为，“太阳”与“月亮”的意义反差是具有巨大语义潜能的神话动因，这种差异可以是性别：太阳为阳性，月亮则为阴性，或者相反；它们可以是丈夫与妻子、姐妹和兄弟，甚至还可

---

① 参见黄卫星：《叙事理论中的“语义方阵”新探——兼论学术界对“语义方阵”的误用》，载《江西社会科学》，2008 年第 11 期。

② 译注：E = 存在，V = 生，M = 死。

③ 原著说明：大写字母表示结构的支配成分，小写字母表示被支配成分。

④ [法]格雷马斯：《结构语义学》，蒋梓骅译，天津：百花文艺出版社 2001 年版，第 332 ~ 333 页。

以是同性的、两个性格或权力上有差异的女人或男人。“只要这一对立存在，太阳和月亮的反差几乎可以表示任何意义。”①“二元对立”模式用对立项的矛盾形式，概括出繁杂众多事物和现象的特征，便于突出而集中、迅速而明确地分别事物、把握整体，利于发现和抓住事物和现象的本质所在，是一种简化了的却非常有效的思维方式。这种思维方式也是人们片面追求简单化、齐一性和思维经济原则的产物，有时非但不能有效地说明和解决问题，反而会造成忽略事物和真理的相对性等问题的后果。结构主义批评也存在把错综复杂的现象简单化和极端化的一面，从而将具有多种可能性的选择简化为非此即彼的弊端。

除结构主义批评外，不少学者都借鉴科技手段对文学问题进行探究，计算风格学就在作家作品风格研究等领域大显其威，进一步彰显了科技手段对文学批评的强力渗透。计算风格学利用计算机计算一部作品或作者平均词长和平均句长，对作品或作者使用的字、词、句的频率进行统计研究，从而了解作者、作品的风格。一些研究者对《红楼梦》和《静静的顿河》的作者的研究就颇具代表性。

《静静的顿河》出版后，有人怀疑是肖霍洛夫从哥萨克作家克留柯夫那里抄袭来的，捷泽等学者从《静静的顿河》四卷本中随机地挑选了 2000 个句子，再从肖霍洛夫和克留柯夫的其他小说中各取一篇，也从中随机地各选出 500 个句子。将三组样本输入计算机进行处理，对之进行句子结构分析后，确认《静静的顿河》为肖霍洛夫所作。

《红楼梦》的作者之谜是困扰红学界多年的问题，不少学者就利用“数理语言学”、“语言统计学”和“计算风格学”对之进行研究。1954 年，瑞典汉学家高本汉考察了 38 个字在《红楼梦》前 80 回和后 40 回出现的情况，认为前后作者为一人。赵冈、陈钟毅用“了”、“的”、“若”、“在”、“儿”五个字出现的频率分别作均值的 t 检验，却发现前 80 回和后 40 回明显不同。1981 年，陈炳藻在《从词汇上的统计论〈红楼梦〉的作者问题》中从字、词出现频率入手，通过计算机进行统计、处理、分析，把曹雪芹常用的句式、词语和搭配方法等作为样本输入计算机，把前 80 回和后 40 回作一个比较，发现它们之间的联系程度有 80%，由此判断《红楼梦》120 回均为曹雪芹一人所写。1983 年，陈大康对《红楼梦》全书的字、词、句作全面的统计分析，特别关注“端的”、“越性”、“索性”等词语在各回中出现的情况，认为前 80 回为

① [美]乔纳森·卡勒：《结构主义诗学》，盛宁译，北京：中国社会科学出版社 1991 年版，第 89 页。

曹雪芹一人所写，后40回为另一人所写，但后40回的前半部分含有曹雪芹的残稿。1987年复旦大学数学系李贤平教授用陈大康对每个回目所用的47个虚字出现的频率，作为《红楼梦》各个回目的数字标志，输入计算机，然后将其使用频率绘成图形，从中看出不同作者的创作风格。据此，他认为《红楼梦》的最初版本是佚名作者所作的《石头记》，曹雪芹只是“批阅十载，增删五次”，将自己早年所作的《风月宝鉴》插入《石头记》，定名为《红楼梦》，成为前80回书；后40回是曹雪芹的亲友在其草稿基础上整理而成的，其中宝黛故事为一人所写，程伟元、高鹗为整理全书的功臣①。

可见，学者们虽然采用高度精确的科学技术分析手段，开创了一种新的研究方法，但由于选择的词汇和具体方法的不同，得出的结论仍有很大差异。韦勒克在《近年来欧洲文学研究中对于实证主义的反抗》和《文学史中的演变概念》两篇文章中，都明确反对用自然科学的方法来研究文学作品，认为这种方法忽视了文学作品的审美价值。其实，俄国形式主义、结构主义等流派也存在一个内在的矛盾：既注重文学性，又主要借鉴文学之外的科技手段来研究文学。对技术分析手法的过度依赖和运用，存在机械肢解文本之弊，恰恰有损文学作品的文学性与审美因子。毕竟，文学批评不是纯粹的科学活动和理论活动，而是融入了批评主体的审美憧憬和人生感悟，带有或鲜明或隐匿的褒贬倾向和思想观念，是以审美评价的形式所反映出来的一种社会评价。

四、透视法批评

透视法批评是美籍捷克裔当代著名文艺理论家雷内·韦勒克提出的一种文学批评类型。作为“耶鲁集团”四人(雷内·韦勒克、威廉·维姆萨特、克林思·布鲁克斯和奥斯汀·沃伦)中影响最大的批评家，尽管韦勒克否认自己是新批评派的成员，但文学理论界普遍认为，他实际上是“二战”后第三代新批评派批评家的核心人物、新批评理论之集大成者，并认为他与沃伦合著的《文学理论》对新批评派的观点进行了系统化的理论总结，将新批评派的理论推至高峰。韦勒克从语义学角度区分了文学与非文学、文学研究与非文学研究，强调文学作品是文学研究的中心。韦勒克在《文学理论》、《批评的诸种概念》等论著中提出的“透视法”，虽然秉承了新批评派以作品研究为

① 参见易南轩、王芝平：《多元视角下的数学文化》，北京：科学出版社2007年版，第316～317页。

重心的核心理念，但他在理论主张和批评实践中，采取的是以新批评为主兼顾其他的批评立场，提出了注重文学内外部研究结合、对文学作品的不同层次进行审美观照的文学整体观，体现了兼顾历史与现实的宏阔批评视野，超越了拘囿于文本研究的既有的新批评理论。

1. 强调内容与形式合一的分层文学整体观

在韦勒克看来，一部文学艺术品不是一件简单的东西，而是交织着多层意义和关系的一个极其复杂的组合体。韦勒克主张将艺术品看成是“一个为某种特别的审美目的服务的完整的符号体系或者符号结构”①，他反对将艺术品分为内容和形式的传统的二分法，主张形式与内容具有不可分割的统一性。韦勒克认为内容往往暗示着形式的某些因素，他以小说为例分析道：“小说中讲述的事件是内容的部分，而把这些事件安排组织成为‘情节’的方式则是形式的部分。离开这种安排组织的方式，这些事件就无论如何不会产生艺术效果。”韦勒克选择使用“材料”和“结构”两个术语分别指称“所有一切与美学没有什么关系的因素”和“一切需要美学效果的因素”，并特别说明这并非对旧的一对概念即内容与形式重新命名，而是“恰当地沟通了它们之间的边界线”。因为他所谓的“材料”既包括了原先认为是内容的部分，也包括了原先认为是形式的一些部分，“结构”这一概念也同样包括了“原先的内容和形式中依审美目的组织起来的部分”②。在《文学理论》的第15章“意象、隐喻、象征、神话”中，韦勒克、沃伦申明“意象”、“隐喻”、“象征”、“神话”这四个术语“使我们注意到文学作品的各个方面，把传统文学理论中被分割开来的‘形式’与‘内容’准确地沟通并联系在一起”③。

在反对内容与形式二分的基础上，韦勒克提出文学作品是可以分层的整体结构。韦勒克坦言，虽然他曾向俄国的形式主义和德国的文体学家学习过，但“并不想将文学研究限制在声音、韵文、写作技巧的范围内，或限制在语法成分和句法结构的范围内”，而认为“唯一正确的概念无疑是‘整体论’的概念，它将艺术品视为一个千差万别的整体，一个符号结构，然而却

① ［美］雷内·韦勒克、奥斯汀·沃伦：《文学理论》，刘象愚等译，南京：江苏教育出版社2005年版，第157页。

② ［美］雷内·韦勒克、奥斯汀·沃伦：《文学理论》，刘象愚等译，南京：江苏教育出版社2005年版，第157页。

③ ［美］雷内·韦勒克、奥斯汀·沃伦：《文学理论》，刘象愚等译，南京：江苏教育出版社2005年版，第216～127页。

是一个隐含着并需要意义和价值的符号结构"①。在波兰现象哲学家茵伽登观点的启发下，韦勒克提出了一种从不同角度对文学作品的内在构成及多重因素进行全面研究分析的所谓"透视主义"。以这种"透视主义"为理论依据，韦勒克主张从结构、符号和价值三方面观照作品，并将作品分为多个层次：①声音层面，包括谐音、节奏和格律；②意义单元，它决定文学作品形式上的语言结构、风格与文体的规则，并对之做系统的研讨；③意象、隐喻、象征、神话，这是诗歌结构的主要组成部分，意象和隐喻是所有文体风格中可表现诗的最核心的部分，它们悄然转换生成存在于象征和象征系统中的诗的特殊"世界"，韦勒克和沃伦称这些象征和象征系统为诗的"神话"。韦勒克自己认为，提出的符号和意义的分层结构这一概念，其目的正是"为了克服形式和内容相分离的旧矛盾"②。韦勒克的这种分层结构整体观，为从多个层面和不同维度深入研究文学作品提供了理论支点。

2. 以文学的内部研究为主综合文学内外部研究的批评倾向

韦勒克和沃伦合著的《文学理论》，力图在文学与非文学、文学研究与非文学研究、文学的内部研究与外部研究之间，划出一条明晰的分界线。他们提出的将文学理论批评分为"外部研究"和"内部研究"这一著名分类，在文学理论批评史上影响深远。在韦勒克和沃伦看来，关于文学与社会生活、思想政治、作家生平、文化心理等关系的研究都属于文学的"外部研究"，他们将那些盛行的侧重文学外在因素研究的方法归为四类：①认为文学主要是创作者个人的产品，因此断定文学研究必须从考察作者的生平和心理着手；②从人类组织化的生活中——经济的、社会的和政治的条件中——探索文学创作的决定性因素；③从人类精神的集体创造活动如思想史、神学史和其他艺术中探讨文学的起因；④从时代精神，即一个时代的精神特质、知识界气氛或舆论"环境"以及从其他艺术的特质中抽取出来的一元性力量，来解释文学。韦勒克、沃伦认为，既有的文学的"外部研究"有一定的合理性，但不能解决分析和评价等文学批评问题③。文学作

① ［美］雷内·韦勒克：《批评的诸种概念》，丁泓、余徵译，成都：四川文艺出版社1987年版，第276~277页。

② ［美］雷内·韦勒克：《批评的诸种概念》，丁泓、余徵译，成都：四川文艺出版社1987年版，第276页。

③ ［美］雷内·韦勒克、奥斯汀·沃伦：《文学理论》，刘象愚等译，南京：江苏教育出版社2005年版，第73~74页。

品有其独特的生命，其意义不取决于作者的意图和读者的感受，也不取决于外在流行的社会价值准则。因此，文学研究的对象既非作者，也非读者和现实人生，而是作品本身。韦勒克和沃伦主张“文学研究的合情合理的出发点是解释和分析作品本身”，过去的文学史过分关注文学的环境和背景研究，而集中精力分析研究实际的作品，重新认识和评价修辞、批评和韵律等才是健康倾向①。这种聚焦文学作品本身的关于作品的存在方式、韵律、节奏、格律、意象、隐喻、象征、神话等方面的研究就是文学的“内部研究”。

显而易见，韦勒克的文学观念和批评理念，深受俄国形式主义、美国的“新批评”等注重文学本体研究的观点的综合影响。对文学的“外部研究”与“内部研究”的区分，突出了文学作品的审美价值和内在因素，韦勒克把研究的重心也放在了对文学的内部研究上。但他在理论的包容性上比其他新批评家迈进了一大步，确立了以文学的内部研究为主、综合文学内外部研究的批评倾向。在《比较文学的危机》中，韦勒克特别申明他对文学作品的研究区分为“内在”研究和“外在的”研究“并不意味着应忽略甚至是蔑视渊源关系的研究，也并不是说内在的研究不过是形式主义或不相干的唯美主义”，他说：“否认艺术与人的关系，在历史研究和形式研究之间设立障碍，这决不是我的意思。”②因此，《文学理论》虽然一方面强调“文学研究的合情合理的出发点是解释和分析作品本身”，批评那些属于作品的外部范畴的有关作者生平、所处社会环境以及创作过程之类以文学外在因素为对象的因果式研究、编年史式的解释文学研究方法，并未触及作品的本质，不能恰当地分析、描述和评价文学作品，应对文学的内在结构展开研究，却仍用了大量篇幅来讨论“文学的外部研究”。在《文学理论》的第10章“文学和思想”中，韦勒克和沃伦强调，“思想还仅仅是一些原始的素材和资料，就算不上文学作品中的思想问题。只有当这些思想与文学作品的肌理真正交织在一起，成为其组织的‘基本要素’，质言之，只有当这些思想不再是通常意义和概念上的思想而成为象征甚至神话时，才会出现文学作品中的思想问题”。他们结合对乔治·桑、乔治·爱略特、布里奇斯等人的作品的评论说明“哲理诗像其他诗一样，不是由它的材料的价值来评判，而是由它的完整程度与艺术水

---

① [美] 雷内·韦勒克、奥斯汀·沃伦：《文学理论》，刘象愚等译，南京：江苏教育出版社2005年版，第155~156页。

② [美] 雷内·韦勒克：《批评的诸种概念》，丁泓、余徵译，成都：四川文艺出版社1987年版，第276~277页。

平的高低来评判的"①。由此可见，韦勒克注重作品审美结构"内在"研究的倾向是显而易见的，与此同时，在不忽视作品外在因素方面，较之其他新批评家来说，却显示出了更为全面的研究视野。韦勒克既倚重对文学的存在方式进行所谓的"内部研究"，又不完全拒斥"外部研究"，而是以一种建基于深入研究文学作品之上的综合文学内外部研究的批评理念极大地充实和发展了新批评理论。

3. 穿越历史与现实时空的宏阔批评视野

韦勒克的"透视主义"批评，除了强调文学作品的整体性之外，还有一层意思是："这个整体在不同时代都在发展着、变化着，可以互相比较，而且充满着各种可能性。"②韦勒克赞同克罗齐认为艺术作品是拥有自己独特生命的价值系统的观点，他承认艺术品具有一种可以称作"生命"的东西，并说它在某一时刻诞生，在历史的过程中变化，还可能死亡，我们可以在一定程度上根据有关批评家的判断、读者的经验以及一件特定的艺术品对其他作品的影响重建这件艺术品的历史。③ 以《伊利亚特》为例，韦勒克指出，虽然作品产生的时代已经过去，但是它仍"存在着"，并一次一次地表现出它的影响。韦勒克并不否认《伊利亚特》存在着一种经历许多世纪仍旧不变的"结构"的本质，但这种"结构"是动态的，在历史的进程中通过读者、批评家以及与其同时代的艺术家的头脑时发生变化。④

韦勒克反对那种认为文学研究必须设身处地地体察古人的内心世界并接受他们的标准，竭力排除我们自己先入为主的"历史主义"的观点。他认为，这忽视了不同时代有不同的文学批评观念和批评标准，过度关注了作家的创作意图，并视确定作家的创作意图为批评的最终目的。韦勒克强调，历史重建论者宣称只需探索原作开始的那个时代的意义，其实是不必要而且实际上也不可能成立的说法。因为我们在批评历代的作品时，根本不可能不以一个 20 世纪人的姿态出现，"我们不可能忘却自己的语言会引

---

① ［美］雷内·韦勒克、奥斯汀·沃伦：《文学理论》，刘象愚等译，南京：江苏教育出版社 2005 年版，第 138 ~ 139 页。

② ［美］雷内·韦勒克、奥斯汀·沃伦：《文学理论》，刘象愚等译，南京：江苏教育出版社 2005 年版，第 37 页。

③ ［美］雷内·韦勒克、奥斯汀·沃伦：《文学理论》，刘象愚等译，南京：江苏教育出版社 2005 年版，第 172 页。

④ ［美］雷内·韦勒克、奥斯汀·沃伦：《文学理论》，刘象愚等译，南京：江苏教育出版社 2005 年版，第 174 页。

起的各种联想以及我们新近培植起来的态度和往昔给予我们的影响”，文学作品的意义不止步于也不等同于作家创作意图和其同时代人的看法，而是一个历代读者对此作品批评过程的不断累积的过程。① 他设想，即便我们能够重建《哈姆雷特》一剧对当时观众的意义，结果却是我们只会排斥此剧所含有的其他的丰富意义，并否认后人在此剧中不断发现的合理含义和此剧有新的解释的可能性。韦勒克推崇的批评姿态，是能从第三时代的观点去看待一件艺术品——既不是批评家所处的时代的，也不是原作者所处的时代的观点，或者纵观历来对这一作品进行解释和批评，以此作为探求它的全部意义的途径。

韦勒克认为，文学不是均匀划一的、一成不变的“封闭的体系”，文学的各种价值产生于历代批评的累积过程之中，要防止“虚假的相对主义”(价值判断上的无政府主义)和“虚假的绝对主义”(“不变的人性”或“艺术的普遍性”)这两种偏向。他指出，相对主义把文学史降为一系列散乱的、不连续的残编断简，而大部分的绝对主义论调，不是仅仅为了趋奉即将消逝的当代风尚，就是设定一些抽象的、非文学的理想。绝对主义和相对主义的论点都是不完善的，必须用一种新的综合观点取代并使它们成为和谐体，这种新的综合观点使价值尺度具有动态性，但又并不丢弃它。这种新的综合观点就是韦勒克所谓的“透视主义”。他特别说明，这一术语并不表示对价值随心所欲的解释和对个人怪诞思想的颂扬，而是表明从各种不同的、可以被界定和批评的观点认识客体的过程。② 以“透视主义”观照文学，我们会发现文学既不是一系列独特的没有相通性的孤立的作品，也不是被某个时期(如浪漫主义时期和古典主义时期，蒲柏的时代和华兹华斯的时代)的观念所能完全束缚的一长串作品。一件艺术品既是“永恒的”(即永久保有某种特质)，又是“历史的”(即经过有迹可循的发展过程)。

因此，以“透视主义”来研究某一艺术作品，要承认一部作品既是“永恒的”，又是“历史的”，必须能够同时指出它自己那个时代和以后历代的价值。这就意味着，既要把作品置于其产生的特定的历史环境之中，考察它在当时当地的意义，又要注意到这种意义是随着时代变化而变化的，要能够指

① ［美］雷内·韦勒克、奥斯汀·沃伦：《文学理论》，刘象愚等译，南京：江苏教育出版社 2005 年版，第 36、37 页。

② ［美］雷内·韦勒克、奥斯汀·沃伦：《文学理论》，刘象愚等译，南京：江苏教育出版社 2005 年版，第 37、174 页。

出该作品在它自己那个时代的和以后历代的价值。① 以对艾略特的评价为例，韦勒克一方面指出，“艾略特是二十世纪英语世界迄今为止最重要的批评家。他对他那个时代的审美情趣产生了十分显著的影响”；另一方面，韦勒克又不满足于学界对艾略特批评成就的评定，从历史和现实两方面对他的批评理论和实践进行了评判，一针见血地指出，“人们不能简单地按照古典主义和浪漫主义这一对立来说明艾略特的诗歌审美情趣与他自己解释的他的传统归依。尽管艾略特具有古典主义的思想上层建筑，他的审美情趣却可以划入中世纪—巴洛克—象征主义这一传统”②。

五、关键词批评

如果把文学活动比喻为一个纵横交错的网络的话，那些在某一时期的文学现象、文学批评或文学思潮中起到过核心作用的基本概念和批评术语，就是这个网络上的经纬线脉相交处的“网结”。这些“网结”在某种意义上说，就是文学批评重点审视的对象，并由此形成了“关键词批评”。关键词批评这一文学批评类型，发轫于1976年英国马克思主义批评家雷蒙德·威廉斯的《关键词：文化与社会的语汇》，其最基本的批评理路和批评特色就是甄别、遴选核心术语，以这些在某一时间段内起到重要作用的词语为考察重心，从历时和共时层面对其进行考察梳理，呈现出问题的起源、发展与流变，揭示出词语背后的思想与人文踪迹。

所谓关键词批评，是以关键词钩沉为写作模式，以历史语义学为写作方法，对文化与社会研究的基本术语进行带政治立场的历史考察，形成了集辞典性、文论性、资料性为一身的批评体例。关键词批评并非像其表面形态那样，是一个个孤立的术语并置串联而成的，而是以这些关键词为“结点”勾连了相关层面的问题，通过以点带线、以线带面的辐射作用，提纲挈领地勾勒了所涉及批评对象的整体状貌，在以散点透视的形式从微观上解剖批评对象的同时，又巧妙地进行了总揽全局的俯瞰式批评。

关键词批评在20世纪后期起较为流行，至今方兴未艾。西方学界在20世纪后期对人文社会科学不同领域中的关键词都进行了深入的研究，主要运

① 参见[美]雷内·韦勒克、奥斯汀·沃伦：《文学理论》，刘象愚译，南京：江苏教育出版社2005年版，第37页。

② 转引自盛宁：《二十世纪美国文论》，北京：北京大学出版社1994年版，第106页。

用于文化、文论和文学等领域，代表人物和论著主要有雷蒙·威廉斯所著的《关键词：文化与社会的词汇》，安德鲁·本尼特、尼古拉·罗伊尔合著的《关键词：文学、批评与理论导论》，丹尼·卡瓦拉罗所著的《文化理论关键词》。而在中国，代表人物和论著有赵一凡等主编的《西方文论关键词》，汪民安主编的《文化研究关键词》，王晓路编著的《文化批评关键词研究》，柯思仁、陈乐合著的《文学研究关键词：概念、理论与中文文本解读》，廖炳惠编著的《关键词200：文学与批评研究的通用词汇编》，洪子诚、孟繁华主编的《当代文学关键词》，陈思和所著的《中国当代文学关键词十讲》，南帆主编的《二十世纪中国文学批评99个词》，管怀国所著的《迟子建艺术世界中的关键词》等。此外，有出版社还酝酿推出了《文化研究关键词》、《文学关键词》、《语言学关键词》、《历史学关键词》、《哲学关键词》、《伦理学关键词》、《美学关键词》、《逻辑学关键词》、《宗教学关键词》、《教育学关键词》、《心理学关键词》、《社会学关键词》、《人类学关键词》、《人类学关键词》、《传播学关键词》、《政治学关键词》、《经济学关键词》、《艺术学关键词》等涵盖众多人文社会科学领域的一套大型“人文社会科学关键词”系列丛书。

1. 纵横交织的“网结式”批评理念

关键词批评源于英国学者雷蒙·威廉斯的创造性想法。他于1976年出版的《关键词——文化与社会的语汇》，开创了把关键词作为进行社会和文化研究的有效路径的别开生面的研究方法。我们应该看到，词语的意义不是固定不变的，也不仅限于其词典意义，它在使用中会发生裂变，以及在不同历史时期、不同现实身份和不同文化背景的使用者那里会表现出不同理解和意义差异。词语意义的演变不是单纯的语言问题，而是反映了社会、政治、文化、思想等的变迁合力作用的结果。威廉斯的关键词批评另辟蹊径，为我们提供了一个新的文学观照维度。关键词批评通过探询词语意义的变化过程，从语言角度深入社会、政治、文化、思想及其历史演进的过程，揭示出其中隐含的意义的差异、矛盾、断裂和张力。

采用关键词批评方式的批评家，虽然在比较与鉴别各种观点的基础之上形成自己的看法，却并不试图给出一个最后的结论。这种充满学术张力的研究方式与思维方式表明，他们大多认识到这些概念的意义与鲜活的理论活动和阐释实践不可分割，因而他们的阐释并非要提供一个有关这些关键词界定的“标准答案”，而是看到了关键词的开放性与流变性，重视的是这批概念的缘起、生成语境、基本理论内涵及其在批评实践中的发展、异变等。

以安德鲁·本尼特和尼古拉·罗伊尔合著的《关键词：文学、批评与理论导论》为例，此书选择的32个关键词，既包括了文本与世界、人物、悲剧等属于传统意义上的文学理论问题的关键词，又涉及了自我认同、战争、怪异、述行语言、变异、种族差异、性别差异等近年文艺批评中心涌现的关键词，批评视角独到、理论视野开阔，提供了文学研究的新的观照维度，对许多问题提出了令人耳目一新的见解。作者追求的是一种美国批评家赛义德所倡导的"复调式的阅读"和"多元对话的复调效果"，即"在对文学问题的多元探讨和文学文本的多种解读中呈现文学理解得多种可能路径，为读者提供多样化的看待和理解文学的方式"。在具体操作环节，他们注重理论研究与文本范例分析的结合，因而"在对文学问题的多元探讨和文学文本的多种解读中呈现了文学理论的多种可能途径"①。

在第2章"读者与阅读"中，他们以英国浪漫主义诗人雪莱那首著名的十四行诗《奥西曼德斯》为范例进行文本分析，通过文学理论近几十年来发展中涌现的新批评、读者反应批评、女性主义批评、后殖民批评、解构主义批评等流派对该诗解读的分歧，说明"《奥西曼德斯》赋予读者和阅读的，也像它所牵连的事物一样多"，可见文学的阅读与被阅读的关系"令人惊奇地纠缠不清：不仅是我们在读诗歌，而且诗歌也读我们"。② 正是本着这种开放的文学批评理念，作者对我们熟悉的经典文学作品和通行的解读做出了富有新意的阐发。如在第24章探讨"种族差异"时，作者在解读通常被视为描写妇女解放问题的夏洛蒂·勃朗特的小说《简·爱》时，注意到赛义德所说的"勘察文本所叙述的以及作者所忽略的方面"③，提出《简·爱》除了性别问题，也提出了种族差异问题，"对种族问题的表征可以说建构了一种文本无意识：就像弗洛伊德提出的无意识理论中受压抑的部分，它们总是以伪装的形式不断地重现"④。安德鲁·本尼特、尼古拉·罗伊尔通过对一些对话和细节的深入解读，令人信服地分析了《简·爱》中把简·爱和罗彻斯特的妻子（从西印度群岛来的土著女性、被囚禁的贝莎·梅森）相对立以显示白人的种

---

① ［英］安德鲁·本尼特、尼古拉·罗伊尔：《关键词：文学、批评与理论导论·译者序》，汪正龙、李永新译，桂林：广西师范大学出版社2007年版，第4页。

② ［英］安德鲁·本尼特、尼古拉·罗伊尔：《关键词：文学、批评与理论导论》，汪正龙、李永新译，桂林：广西师范大学出版社2007年版，第17页。

③ ［英］安德鲁·本尼特、尼古拉·罗伊尔：《关键词：文学、批评与理论导论·译者序》，汪正龙、李永新译，桂林：广西师范大学出版社2007年版，第16页。

④ ［英］安德鲁·本尼特、尼古拉·罗伊尔：《关键词：文学、批评与理论导论》，汪正龙、李永新译，桂林：广西师范大学出版社2007年版，第201页。

族优越性，又颇具反讽意味。让简·爱通过继承了买卖奴隶所获得的一笔财富的方式摆脱了“做家庭教师的奴隶”身份而获得了经济以及由此而得到的社会的独立和自由。安德鲁·本尼特、尼古拉·罗伊尔还注意到这部小说通过锁链和囚禁的隐喻多次提到蓄奴制，如罗彻斯特以调情的口吻对简·爱说：“有朝一日牢牢抓住了你，我就会——打个比方——把你像这样拴在一根链条上(摸了摸他的表链)，紧紧捆住不放。”①安德鲁·本尼特、尼古拉·罗伊尔指出，这个“打比方”的说法表明了小说在文本的字面或比喻意义中存在着一种性别和种族关系的深层结构，并隐含了对蓄奴制地位的焦虑②。

关键词批评所触及的那些关键性术语，都是相关批评领域不可或缺的核心范畴，大多为学科发展史上产生重要作用、蕴含着巨大理论能量的词语。这些词语往往关涉重点、热点、焦点和难点问题，对于科学认识研究对象甚至一个学科的深入发展都具有不可或缺的意义，其重要性是不言而喻的。正如洪子诚、孟繁华在《期许与限度——关于“中国当代文学关键词”的几点说明》中谈到关键词之于当代文学学科的重要性时所说的那样，当代文学应该有“社会主义文学”、“两结合创作方法”、“集体创作”、“手抄本”、“鲜花”、“毒草”、“阴谋文艺”等属于它自身的基本概念，因为这些概念体现了当代文学的性质，联系着当代文学的特殊问题③。不仅在当代文学学科，在文学批评、文化研究以及其他学科领域，也都存在着这样一批身系学科魂灵命脉的核心语汇。这些关键性概念，通常在相关学科中起着举足轻重的基石作用，许多重要命题和争论往往围绕这些概念展开，对这些概念的关注和阐释，关系着一个学科的基本问题和发展趋势。南帆谈到“关键性概念”的标准时，认为这些概念在特定文化网络之中占据“核心位置”，而每一个时代都会产生一些隐含了这个时代最为重要的信息的关键概念，并使之成为复杂的历史脉络的聚合之处，因此，阐释这些概念也就是从某一方面阐释一个时代。他本人主编的《二十世纪中国文学批评 99 个词》就力图阐释一批活跃在 20 世纪中国文学批评史上的关键性概念。④

---

① [英]夏洛蒂·勃朗特：《简·爱》，黄源深译，南京：译林出版社 1993 年版，第 305 页。

② 参见[英]安德鲁·本尼特、尼古拉·罗伊尔：《关键词：文学、批评与理论导论》，汪正龙、李永新译，桂林：广西师范大学出版社 2007 年版，第 202 页。

③ 参见洪子诚、孟繁华：《当代文学关键词》，桂林：广西师范大学出版社 2002 年版，第 1 页。

④ 参见南帆：《二十世纪中国文学批评 99 个词》，杭州：浙江文艺出版社 2003 年版，第 1 ~ 2 页。

关键性的词语在批评实践中的使用频率极高，并切实有效地推进了批评的进程；但另一方面，学术界往往在对这些核心范畴的理解和使用当中存在着不可忽视的混杂性。这种混杂性在当前中国文学批评界表现得分外明显：有些表现为忽略对其产生语境及特定含义的细致考辨而望文生义，甚至导致由于缺乏必要的辨析而误用和滥用的现象；有些概念在提出之时就缺乏科学的界说，在使用中更是各执一词，需要对它们与学科构造之间的生成、互动等复杂关系进行审慎的甄别；有些关键术语也随着时代和社会的发展，内涵、外延发生了变异，有其自身演进的过程，需要对之进行重新厘清和界定，而不是采取彻底抛弃或继续沿用的简单轻慢姿态；也有些是囫囵吞枣式地搬用、挪移异邦话语，对这些包含异质性的外来批评话语未及充分辨识、咀嚼、消化和吸收，就仓促应用于批评实践，而这种从概念到概念的空洞滑行的批评，未能有的放矢地解决本土问题。

总之，由于学术界术语使用中存在上述种种复杂现象，词语本身也具有变异性和多样性，因而对关键词进行认真的滤汰与梳理和必要的反思与甄别就显得十分必要。譬如，在中国20世纪90年代以来的文学批评现状的认识和评价中频现的“失语”一词，就是个大家都在使用，却多义杂陈，甚至存在意义抵牾的词语。一方面，众多批评家高举批判旗帜，痛陈文学批评的失语与乏力；另一方面，也有一些批评家质疑这种“失语”说，认为这种观点漠视了批评家的努力和批评实绩，是夸大其词和危言耸听。黄浩在《文学评论》1990年第2期发表的《文学失语症》一文，首先在当代文论领域使用“失语”一词。此后，“失语”这个原指语言的功能性障碍的词语，便频频见于文学批评的话语场，并大致形成了三类涵指：一是黄浩、陈晓明等人用以批评与分析20世纪80年代中后期先锋小说的“语言革命”；二是王安忆、韩少功等人指出的在以北方语为书面阅读语的情况下，南方方言区的一种语言表达的困境和障碍；三是曹顺庆等人用以批评与反思当代文论中遗弃传统话语而大量借用西方理论的西化倾向。① 孟繁华则指出，所谓失语，并不是知识分子真的丧失了他们学术表达的话语能力，重要的是，他们丧失了对自己生存方式和价值的自我解释能力。② 南帆也摆脱了在中西二元对立的前提下言说“失语”的窠臼，认为

① 参见南帆：《二十世纪中国文学批评99个词》，杭州：浙江文艺出版社2003年版，第90～91页。

② 参见孟繁华：《众神狂欢：世纪之交的中国文化现象》，北京：中央编译出版社2003年版，第7页。

文论的失语与否要看它是否具有阐释现实的能力，是否形成“自洽的阐释系统”。①

白烨在《文艺争鸣》2004 年第 1 期发表的《想象力 · 大众化 · 文化批评——2003 年理论批评一瞥》认为，进入 20 世纪 90 年代之后，文学批评因种种原因面临诸多困境，表现出分散、滞后与失语等不景气现象，已越来越多地失去了在新时期曾经拥有的辉煌与地位，进入 21 世纪后，这一基本状况一直未有根本改变。在一些批评家就当代文学批评的失语提出批评的同时，也有批评家对“失语说”进行了批评。夏中义在《文艺理论研究》1994 年第 6 期撰文《假说与失语》批评“失语”的滥用。吴义勤也提出，文艺界忽视一大批青年批评家的成长，一再以“失语”、“缺席”来指责文学批评是有失偏颇的。② 戴锦华则站在更高的层面审视流行一时的“失语”观，指出，“90 年代初年的中国文化跌入了一份苍白的窒息与失语之中”，“一种深刻的挫败与无力感弥散在这份社会文化的沉寂之间”，“一个颇为怪诞的情形是，对于 90 年代的中国文化界说来说，失语却并非无言。整个 90 年代，所谓‘文化失语’的命题被不断地提出并讨论。但事实上，一种躁动的、有如精神病患者的谵妄式的语词涌流，是 90 年代文化‘失语’症的主要表征”。③ 从上述论断可见，面对“失语”这样一个我们熟悉的文学批评的关键词，批评家的界说和使用就有着很大的分歧。因此，我们在使用这类批评术语时应正本清源，厘清其概念的指涉对象及在使用中呈现的扩延和异变。

关键词批评看上去系统性不强，其实，这些如珠玑般散落着的一个个关键词同样也自成系统，其背后潜藏了相应的理论脉络，构成了纵横交织的“网结式”批评。这些关键性词语之间本身具有关联性，不是一颗颗孤立地散发炫目光芒的星星，而如威廉斯在进行关键词研究时所强调的，特定词汇与另一些词汇构成了一个“星座”，进而彰显出该词汇的复杂意义。而批评家对关键词的遴选和阐述也同样不是随意性的行为，无论是从浩若繁星的批评词语中筛选出所谓的“关键性”词语，还是关于不同批评流派、不同时代和不同文化语境对同一个或相近词语使用上的或显著或微妙的差异甚或对立进行辨析和考察，都体现了批评主体自己的批评立足点、批评理念、批评视

---

① 参见南帆：《隐蔽的成规》，福州：福建教育出版社 1999 年版，第 68 页。

② 参见路英勇、吴义勤等：《“e 批评”与“新活力”：90 年代以来中国文学新生力量的检视与展现》，载《文艺报》，2004 年 6 月 22 日。

③ 戴锦华：《隐形书写——90 年代中国文化研究》，南京：江苏人民出版社 1999 年版，第 50 ~ 51 页。

阈和批评敏感度。

2. 辞书性与文论性兼具的批评体例

雷蒙·威廉斯的《关键词：文化语社会词汇》对130多个社会文化基本词语的解说，虽然有些简略，但作者以对这些关键词演变的敏锐洞察以及这一独特体例的构思，开启了关键词批评研究的文本先例。20世纪90年代以来，西方不少出版公司相继出版了《文学研究批评术语》(1990)、《约翰斯·霍普金斯文学与批评指南》(1994)等文学、语言、文化理论方面的关键词研究成果，也推出了《哥伦比亚现代文学语文化批评词典》(1995)、《文化与批评理论词典》(1997)、《当代文学理论术语》(2000)等工具书和词典性质的关键词研究成果。有些还以"一词一书"、"一人一书"的方式，推出了一批专著类的关键词研究或批评家研究丛书，深入考察这些在相关领域产生重大影响和作用的词语或批评家。如劳特里奇出版公司出版的"批评新成语"系列丛书，就包括了《自传》、《阶级》、《殖民与后殖民主义》、《话语》、《历史主义》、《人文主义》、《意识形态》、《互文性》、《现代主义》、《神话》、《叙事》等30余种；20世纪90年代起，又陆续推出了包括《萨义德》、《法农》、《保罗·德曼》等当代文学和文化批评家在内的"批评思想家系列"。①

在关键词批评方面，安德鲁·本尼特和尼古拉·罗伊尔合著的《关键词：文学、批评与理论导论》在体例编排上颇有创意。该书总共分32章，以文学活动中的32个关键词结构全书，以"开端"这一章开始，以"结局"这一章结束，看上去形成了秩序或序列井然，各词条其实是相互独立的，可以从其中任何一章开始阅读，像作者所言"从'结局'这一部分阅读，也会是一个不坏的开始"，合起来又共同构成了文学活动的方方面面和大致风貌。② 该书提供了一种新颖独特的文学理论与文学批评范式。在论述每一个核心范畴时，力图呈现问题的起源、发展与流变，揭示该问题的生成语境和变形图景，具有较强的历史感，每一章的最后都以进一步阅读的若干提示总括该部分。

中国关键词批评的体例受西方关键词批评的影响较大，但也形成了自己的特点。如赵一凡、张中载、李德恩主编的《西方文论关键词》以20世纪发展起来的西方批评理论和文化理论为研究对象，以独立论文的形式汇聚成

① 参见王晓路等：《文化批评关键词研究·序》，北京：北京大学出版社2007年版，第8~9页。

② 参见[英]安德鲁·本尼特、尼古拉·罗伊尔：《关键词：文学、批评与理论导论·第一版序》，汪正龙、李永新译，桂林：广西师范大学出版社2007年版，第2页。

书。该书用一词一文的形式对西方文学及文化批评理论当中的关键用语和时新词汇予以明确阐释，共收录论文 83 篇，均提供简明扼要的概念解说和背景介绍，对每一概念的发展衍变过程进行了仔细的梳理辨析，力求在外国理论与评论基础上提出我国学者的自家见解；在文末提供了相关中外文参考书目，以利读者进一步查阅或跟踪研究。此书在明确所选术语与概念的源流、内容、特点和演变，凸显中外学者及其观念之间彼此交流对话的学术效应的同时，反映西方文论在中国的接收、发展、变异及其独立品格，在外国理论与评论的基础上提出了我国学者的自家见解。① 此外，相对而言，中国关键词批评的“编选”、“编著”的色彩更为浓重些。不少此类著作都具有少数批评家策划，多数人参与编撰，各写一个或数个词条的运作共性。而且，这些关键词批评往往存在先在相关刊物上设立关键词词条专栏，1～2 年后再将这些论文集结成书的相似批评路数。如洪子诚、孟繁华主编的《当代文学关键词》就建基于广西出版的文学理论批评刊物《南方文坛》自 1999 年第 1 期起开设的专栏，赵一凡、张中载、李德恩主编的《西方文论关键词》也是在《外国文学》2002 年 1 月起开设专栏的基础上完成的。

总体观之，关键词批评的论著收入的词条数目虽然多寡不一(一般二三十条，也有的少至 5 条，如陈思和所著《中国当代文学关键词十讲》，有的则多至两百条，如廖炳惠编著的《关键词 200：文学与批评研究的通用词汇编》)，但在批评体例上都体现了辞书性和文论性二者的结合，并表现出理论性和个案研究兼顾的特点，在对文学现象和文学问题的多元探讨和文学文本的多维解读中呈现了文学理论行进的多条路径。不过，在不同的批评论著中，这两种特性的比重各有差异。有的辞书性更强一些，如廖炳惠编著的《关键词 200：文学与批评研究的通用词汇编》和周宪编著的《文化研究关键词》。前者将收入的 200 个词分别按字母的顺序予以精简定义，除对某些词语的解说篇幅略长之外，篇幅都浓缩在千字之内；后者收入 43 个词条，每个词条分为“关键视窗”(以三五百字对所涉关键词语进行简单勾勒，可视为“引子”)、“关键视点”(罗列了具有代表性的不同观点和用法)和“关键著作”(具有代表性的相关重要著述索引)三部分。有的文论性更强一些，如陈思和所著《中国当代文学关键词十讲》选择了“战争文化心理”、“潜在写作”、“民间文化形态”、“共名与无名”、“中国文学的世界性因素”五个极富创见的文学史研究关键性术语，各选录两篇论文，一篇是对这些关键词的

① 参见赵一凡、张中载、李德恩：《西方文论关键词·编者序》，北京：外语教学与研究出版社 2006 年版，第 2～3 页。

阐述，一篇是相关的当代文学个案研究，把文学史理论研究的学术性论文与当代文学批评结合在一起，“以理论研究来推动文学批评，以批评实践来检验理论探索”①，体现了理论见解与批评实践的有机结合。

这些关键词批评的作者大多否认意在编撰关于关键词的词典。威廉斯就反复强调他的《关键词——文化与社会的语汇》并非一本词典，“它应该算是对于一种词汇质疑探寻的记录；这类词汇包括了英文里对习俗制度广为讨论的一些语汇及意义——这种习俗、制度，现在我们通常将其归入为文化与社会”②。可见，威廉斯只是借鉴辞书编撰的外壳，重心却在解析文化与社会。洪子诚、孟繁华谈到《当代文学关键词》的编撰初衷时也表示，“主要不在于编写一本有关当代文学主要语词的词典，以期规范使用者在运用这些概念时的差异和分歧，进而寻求通往概念确切性的道路”，主要目的是“质疑对这些概念的‘本质’的理解，不把它们看做‘自明’的实体，从看起来‘平滑’、‘统一’的语词中，发现裂缝和矛盾，暴露它们的‘构造’的性质，指出这些概念的形成和变异，与当代文学形态的确立和演化之间的互动关系，通过从对象内部，在内在逻辑上把握它们，来实现对‘当代文学’的反思和清理”③。不论编著者的初衷如何，关键词批评在批评体例和文本构造上显然受到词典等工具书编撰的启发和影响，具有较强的全面性与客观性，事实上关键词批评的论著已经成为相关研究领域的经典工具书。

需要特别指出的是，关键词批评在借鉴辞书编撰理念和体例时，又突破了辞书以话语权威的姿态为词条进行“一锤定音”式的界说，而是体现了一定的“反辞书”性。一方面，关键词批评有很强的积聚性，集中论述了某一领域的主要批评术语；另一方面，由于人文学科自身的特性，很多概念在鲜活的批评实践中仍处在不断的动态变化当中，关键词批评又表现出极富弹性的批评思维。陈思和就在《中国当代文学关键词十讲》中坦言，他所论的五个关键词的内涵和意义是他在文学史研究的实践中逐步形成、逐步丰富的，到现在也还在尝试中，所以本来也没有什么确定的意义④。关键词批评大多

① 陈思和：《中国当代文学关键词十讲·自序》，上海：复旦大学出版社 2002 年版，第 3 页。

② 转引自周宪：《文化研究关键词·总序》，北京：北京师范大学出版社 2007 年版，第 1 页。

③ 洪子诚、孟繁华：《当代文学关键词》，桂林：广西师范大学出版社 2002 年版，第 2 ~ 3 页。

④ 陈思和：《中国当代文学关键词十讲·自序》，上海：复旦大学出版社 2002 年版，第 3 页。

既可以用作工具性理论辞书，又不同于一般意义上的辞书，而是以关键词为切入点对相关问题进行深入探究，具有鲜明的文论性。

关键词批评自成系统的批评体例，彰显了其开放的批评理念，正如有研究者对威廉斯的《关键词——文化与社会的语汇》所评价的那样，它"不是一本辞典，也不是一份简单的词汇表，而是一种历史的语义学，作者关注的是这些词义的历史和复杂变化。……威廉斯想要强调的是，词义的变异和变化不是一个自发的自然过程，往往是不同社会利益集团之间斗争的结果，语言的社会运用乃是'各种转换、利益和控制关系表演的舞台'，词语是各种社会力量交往互动的产物，不同倾向的社会声音在这里冲突的交流。因此，如果我们仔细研究词汇的意义及其用法的变化，我们就能能够很好地把握变化背后的隐含动机和意义形态意图，发现社会里的权力所在和分配机制，进而找到抵抗力的源泉"①。威廉斯强调关键词的指涉是在日常生活关系中呈现出变异性和多样性，但对这种变异性和多样性的研究本身也是多样的。安德鲁·本尼特、尼古拉·罗伊尔说他们"试图避免对各种主义作简单化的概括"，并"通过对特定文学文本的阅读，我们将这些概念运用于文学实践"，研究重心是关于文学作品本身何以有力量，它的复杂性以及让我们惊奇的原因。他们称撰写《关键词：文学、批评与理论导论》的目标是"解释文学，从文学中得到娱乐，激发对文学的好奇心，对文学的通常理解进行质疑"②。

在某种程度上讲，关键词的流变就是一个社会、时代或学科的发展历史和研究前沿的浓缩。不过，现今的学术界也存在热衷于发明新概念和新名词的浮躁批评倾向。这也暴露出了批评主体问题意识的匮乏和批判精神的失落，一些文学批评正在冷漠地游离于文学实践，似乎在作秀与喧哗中凌空高蹈，越来越成为圈中人"在那遥远的地方"的自娱自乐。只有那些真正能够有力解释文学现象和解决文学关键问题的理论创见和批评术语才能在批评实践和历史发展的长河中经受住考验；也只有在鲜活的批评实践中张扬批判精神、强化问题意识，才能保存文学批评的生机与活力。

从庞杂的文学批评脉流中，我们集中选择介绍了感悟式批评、主题式批评、技术式批评、透视法批评和关键词批评。这些批评方法有的如古柏劲松历史悠久，有的如初蕾新枝崭露头角，却都在文学批评史上烙下了深深的印

① 付德根：《词义的历史变异及深层原因——读雷蒙·威廉斯的〈关键词〉》，载《文汇读书周报》，2005 年 5 月 6 日。

② ［英］安德鲁·本尼特、尼古拉·罗伊尔：《关键词：文学、批评与理论导论·第一版序》，汪正龙、李永新译，桂林：广西师范大学出版社 2007 年版，第 1 页。

痕，已经、正在并还将继续产生重要的影响。通过对一些具有代表性的批评家和经典的批评文本形态的阐释，我们不难发现，其实无论哪种批评类型，都既有自己鲜明的文本形态特征和突出理论贡献，又存在各自的局限和弊端，并突显了学科资源、学科发展、学科框架等文学批评自身建设的瓶颈问题。

即便如此，这些批评理念和批评类型的开拓者，都以其深刻独到的理论思考和充满生机的批评实践，冲击着传统批评理念和批评话语，显示了强劲的穿透力。迅疾发展和多元交融的时代背景，使当代文学批评越来越日益明显地置身于全球化、技术化和市场化合力打造的宏观境遇中，也映现出繁杂斑驳的文艺镜像，而文学创作、文学传播、文学接受与文学批评之间的良性循环和动态平衡，仍是人们预设的理想运行状态。正因如此，我们企望在新时代语境下，文学批评能有更多更富生机的理论新见。

【思考题】

1. 弗·杰姆逊在《后现代主义与文化理论》中用“语义方阵”对蒲松龄《聊斋志异》中的《鸲鹆》进行了分析，有研究者认为其分析是对格雷马斯相关理论的误用。对此，你有何看法？

2. 韦勒克透视法批评和结构主义的技术式批评都注重文学作品的整体性，请对二者的异同进行比较。

3. 关键词批评是晚近新兴的批评方法，与其他批评方法相比较，你认为它的最大理论贡献是什么？

第七章　信息时代的文学批评

从 20 世纪后半叶开始，随着互联网技术在全球各地的高速发展，人类逐渐进入信息时代。所谓信息时代，就是人类通过各种快捷、直观的电子媒介，以全球同步的即时性方式，将信息的作用提高到绝对重要的地位——无论信息量、信息传播的速度，还是信息处理的速度、应用信息的程度等，都以几何级数的方式进行疯狂的增殖，并进而创造了一个比任何传统公共领域都庞大得多的“虚拟空间”。在这个全新的公共领域中，无限量的信息资源，让全球各领域、各阶层的人们在共享原则下获得了巨大的心理满足，从而直接改变了人类的生存方式、文化生态甚至价值观念。

文学当然也不例外。信息时代的到来，不仅使传统的文学承载方式和传播形式产生了根本性的变化，而且导致了写作群体、审美趣味和艺术观念的巨大变革。一方面，它“为文学写作提供了新的广阔的空间和新的机缘，开拓出文学写作的新方式和潜力”；另一方面，它又“无情剥夺了文人和知识精英的文化特权，像一场大地震重组了文化秩序，重塑了文化生态”①。这种变化同样使文学批评面临着诸多新的挑战，以至于有人曾发出这样的慨叹：“文学研究的时代已经过去了。再也不会出现这样一个时代——为了文学自身的目的，撇开理论的或者政治方面的思考而单纯去研究文学。那样做不合时宜。我非常怀疑文学研究是否还会逢时，或者还会不会有繁荣的时期。”②尽管这

---

① 马大康：《电子媒介时代文学的文化生态》，载《文艺争鸣》，2007 年第 7 期，第 23、19 页。

② ［美］J. 希利斯·米勒：《全球化时代文学研究会继续存在吗?》，国荣译，载《文学评论》，2001 年第 1 期，第 138 页。

种看法过于偏颇和悲观，但它在一定程度上也反映了信息时代的文学秩序，正在对文学批评产生极为重要的影响。

一、信息时代的文化伦理

信息时代又被称为后工业时代、电子时代，是以电子信息业的突破与迅猛发展为标志的新科技时代。其中，以现代技术作为内在支撑的电子媒介发挥了极为重要的作用。可以说，没有电子媒介的迅猛发展，人类几乎不可能轻松地摆脱时间和空间的限制，快捷而又充分地接纳来自全球的各种信息。正是在这个意义上，麦克卢汉强调："媒介即是信息"，因为媒介"就是真实的世界，它们为所欲为地重新塑造旧世界遗存的东西"。① 而在一系列现代电子媒介中，又尤以互联网、电视、广播等媒介最为突出。它们借助互动性、即时性和大众化等特殊手段，使自身不仅成为一个单纯的信息载体，还成为政治、经济、文化等重大社会活动的交流平台和引导平台，从而使信息真正地渗透到人类日常生活的每个角落，潜移默化地影响并改变着人类的生活方式。

因此，信息时代的本质特征，就是各种电子媒介以其无所不在、无时不在的方式，贯穿着每一个现代人的生活，不知不觉地影响着每一个人的生存方式和生活观念，犹如托夫勒所描述的那样："一枚信息炸弹正在我们中间爆炸，这是一枚形象的榴霰弹，像倾盆大雨向我们袭来，急剧地改变着我们每个人内心世界据以感觉和行动的方式。在从第二次浪潮向第三次浪潮信息领域转移的同时，我们也在改变自己的心理。"②而这种改变的结果，便是一种新型文化生态的逐渐形成。它以自下而上的革命方式，导致人类的文化秩序和文化观念产生了诸多耐人寻味的变化。这些变化，促使了传统文化结构中一整套相对稳定的关系，或呈现出某种微妙的博弈状态，或呈现出角色互换的情形，从而形成了一系列信息时代所具有的文化特征。

1. 主体与客体之间的微妙博弈

自西方启蒙运动以来，人类一直将自身视为实践的主体和历史的主体，

① [加]马歇尔·麦克卢汉：《麦克卢汉精粹》，何道宽译，南京：南京大学出版社2000年版，第310页。

② [美]阿尔文·托夫勒：《第三次浪潮》，朱志焱等译，北京：新华出版社1996年版，第170页。

并以明确的主体意识参与到社会文明的建构过程之中。所谓人的主体性，就是指作为活动的人在认识世界和改造世界过程中所体现出来的根本特性，即，人的主观能动性，包括独立性、自主性、主动性、选择性、创造性、超越性等。它隐含了人与世界的关系就是一种主体与客体的关系。在此基础之上，人类又形成了人本主义的价值观念，并且使这一观念成为启蒙运动以来人们反复强调的核心思想。正是在这种人本主义思想的驱动下，人类社会沿着自由、民主、理性和科学的轨道，经历了以生产力和技术进步为中心的、极为重要的工业革命时代，实现了自身历史向现代文明不断演进的总体目标。

然而，随着信息时代的到来，尤其是多媒体、互联网等电子媒介的出现，人类在充分享受这些具有高智能化的技术成果的同时，也越来越依赖这些技术成果，越来越成为一个个“单向度的人”，甚至变成技术的仆役。人的主体意识逐渐减弱，主体性日趋模糊。有人就认为，计算机的出现，“在为人们带来诸多方便的同时，也预示了可怕的前景：人将失去作为主体的自我，变成机器的奴隶。随着生产、经营和国家管理的电脑化和网络化，人们将须臾离不开计算机，自我意志和自由选择必须受制于计算机的网络程序。换句话说，人和机器的界限将日益模糊”①。如果从主体与客体之间的关系来考察，人们就会发现，由强大的理性精神所支撑起来的人类主体意识，正在面临电子技术的巨大挑战——面对不断被完善的、具有高智能化和精确性的电子技术，普通人已很难与之抗衡。对于大多数人而言，除了被动地接受之外，其自身的主观能动性在发挥的空间上被大大压缩，由此也导致主体与客体之间呈现出某种微妙的博弈状态。

值得注意的并不仅仅是电子技术本身，还有依托于该技术所形成的电子媒介，以及由这些媒介所带来的丰富信息。除了极少数相对偏远或落后的国家和地区，今天的人类大多已生活在信息的包围圈中。信息不仅渗透到我们日常生活里的一切吃、住、行之中，而且渗透到工作、娱乐和思考之中，使我们的一举一动都必须面对信息做出选择。一方面，我们需要信息，没有信息甚至寸步难行；另一方面，我们又恐惧信息，因为无论自己怎样选择，我们都已被信息成功地牵制。作为主体的人，逐渐成为信息的俘虏；人类一直引以为荣的思考力、创造力、独立性和个体自由，也在受到各种海量信息的潜在规约。“无论是电视或计算机网络，现代电子媒介都共同改变着主体与

① 王逢振等：《网络幽灵·前言》，天津：天津社会科学出版社 2000 年版，第 3 页。

客体、现实与虚构、外部与内部、真与伪之间的关系，改写着由文字印刷文化建构起来的理性主体，使自我去中心化、分散化、多元化，使感性和欲望更为肆虐并凌驾于人类精神之上。”①或许，这也是后现代主义的文化镜像之一。不管是出于自愿还是不自愿，在信息时代，人的主体身份与世界的客体身份显然都受到了冲击，他们之间的关系也在微妙的博弈之中变得日益暧昧和模糊。

2. 时间与空间之间的不断重组

信息社会的一个重要目标，就是通过现代电子技术有效地突破某些客观上的物理限制，努力实现“人的延伸”，就像麦克卢汉所说的那样：“技术的影响不是发生在意见和观念的层面上，而是要坚定不移、不可抗拒地改变人的感觉比率和感知模式。”②这种个体生命的“感觉比率”与“感知模式”的改变，从本质上说，就意味着人的主观体验和认知方式已经突破了客观世界的限制，人的主观能动性获得了更大的伸展空间。它是一切技术主义的基本目标，更是现代技术尤其是信息技术的核心任务。美国学者卡斯特斯曾经指出，“信息主义是建立在随着微电子和基因工程双重革命，人类信息处理能力大大增强的基础上的一种技术范式”，它具有三种重要的特征：一是对容量、复杂性和速度的自我扩展的处理能力；二是重组能力；三是分配的灵活性。③ 应该说，这三种特征都是信息时代为了有效突破时间和空间的客观限制而形成的技术优势，体现的是对时间和空间关系的角色重组，以便成功地突破物理时空给人类自由带来的束缚。

在第一个特征中，信息技术以高速度和高精确性，极大地降低了人类以往所需要的社会成本，尤其是时间成本，使信息共享在全球范围内走向了“即时性”。无论是电视、广播还是互联网，“即时性”带来的不仅仅是工作效率和经济效益，更重要的是，它使时间本身具有了特殊的魅力——当很多重大信息以“现场发布”的方式实现了全球共享的目标，空间的障碍也就被压缩到最小范围内，甚至被取消，世界各地的社会运转也顺利地实现了高效

① 马大康：《电子媒介时代文学的文化生态》，载《文艺争鸣》，2007 年第 7 期，第 21 页。

② ［加］马歇尔·麦克卢汉：《理解媒介》，何道宽译，北京：商务印书馆 2005 年版，第 46 页。

③ ［美］派卡·海曼：《黑客伦理与信息时代精神》，李伦等译，北京：中信出版社 2002 年版，第 120 页。

率化。在第二、第三个特征中，信息技术则极力规避了各种物理空间的障碍。任何信息使用者都可以实时地决定自己的特定目标，并通过“超文本链接”轻松地重组所有现存的信息与通信，使空间的延伸变得无限广阔。特别是互联网，由于其本身就是一系列相互联系的节点，其重组方式灵活多变，从而在资源分配上拥有无穷的灵活性，彻底改变了任何社会现实制度所引起的时空制约。更重要的是，由信息技术所建构起来的“虚拟空间”，从理论上说具有无限的空间性，其结构的复杂性也远远超出我们日常生活中的空间概念。

信息时代所拥有的这种“即时性”和空间上的无限性(即“虚拟空间”)，不仅给人类带来了一种全新的生存感受，还引发了人们对时空观念的改变。卡斯特斯就曾指出：“根植于信息主义的网络逻辑也改变了我们的时空观念。这种流动的具有网络社会特点的空间，以电子线路和快速传播通道为基础，把有共享功能和意义的遥远地方链接起来，孤立和征服嵌入在这些地方的空间中的经验逻辑。一种新的时间形式，即我所谓的没有时间的时间，从将按年代顺序排列的时间压缩成最小可能的符号(就像在瞬间发生的财务往来一样)和模糊时间顺序的整体趋势中浮现出来，正如在难以远离可预测的组织发展的职业生涯模式的转变中所看到的，男人现在正被机动的女人所取代。”①

3. 经典与时尚之间的微妙对抗

在追求“即时性”的同时，信息时代的电子媒介还将信息的快速淘汰和更新作为其生存的重要法则，从而促使了“快餐文化”的迅速流行。从客观上说，随着社会本身的飞速发展，个体生存的竞争态势也在日益加剧，人们的生活节奏不断加快，个人的内心空间日趋萎缩，人们迫切需要用轻松、娱乐和消遣的文化形态来作为心灵的减压阀和润滑剂。这也导致了人们在文化消费方式上的重要变化——由以前的“读”和“想”向现代的“看”和“听”转变，理性的审美愉悦逐渐被感官的娱乐满足所取代。而电子媒介则充分利用自身的特殊优势，以图像化的视觉方式不断地展示各种信息，并通过简单的复制和转播，使人们随时随地接收这些信息，非常有效地满足了大众娱乐的审美需要。

与此同时，电子媒介又借助其良好的开放性和互动性，随时把握大众的

---

① 转引自[美]派卡·海曼：《黑客伦理与信息时代精神》，李伦等译，北京：中信出版社2002年版，第127～128页。

文化需求，了解大众的文化心理，及时调整信息资源的发布方式，从而与广大的受众群体形成了一种紧密的共振关系。在这种共振关系中，大众既是信息消费的主体，又是引导电子媒介发展的“文化导师”：为了满足大众的审美趣味和日新月异的现实变化，电子媒介必须通过永不停歇的信息“创新”来吸引大众，必须在短、频、快的理念中适应大众的多元化审美期待。所以，在信息时代，时尚化、新奇性和感官化，已成为所有电子媒介的立身之本。它不需要接受时间的考验，也不需要经受理性的辨析，“一次性消费”是其通用的模式之一。

这种以时尚和新奇为目标的信息文化，直接颠覆了经典文化所需要的时间沉淀和理性思考，使经典的价值变得越来越边缘化，也使经典在人类文化中的核心地位受到巨大的冲击。有人就认为：“现代电子媒介空间化传播的特点，取消了经典和文化传统赖以生成的时间性条件；而它敏锐地捕捉新信息，高效地生产新信息，并将其聚焦、放大，以高速度在片刻间大面积覆盖受众，则正足以不断地制造轰动和新潮，不断地更新时尚。在这里，只有当下，只有时尚，没有历史、传统和经典。任何刚刚逝去的存在都被推入遗忘之中，与当下切断了联系。”①全心全意地追逐当下的生活信息，彰显当下生活的时尚和新奇，并对传统的经典保持特有的对抗姿态，这便是信息时代的又一个十分突出的文化特征。

4. 图像与文字之间的不断融合

在传统的文化生态里，文字一直是信息传播的基本符号，图像的运用在很大程度上只是为了更好地展示文字内部的信息。文字与图像之间的关系，始终处于主导和从属的关系。文字在接受过程中所具有的思辨性和回味性，是体现人类主体意识的重要特征。然而，为了全力打造信息本身的时尚化和新奇性，现代电子媒介却将视觉化、感性化奉为文化发展的圭臬。利用多媒体技术的特殊优势，现代电子媒介日益成为一个巨大的视觉制造机器：影像、仿真、复制……所有这些信息制造手段，都直接指向视觉文化，直接迎合大众的感官享受，从而使文字所提供的信息魅力逐渐下降，文字在人类文化传递中的核心地位正在削弱。

对此，博德里亚尔认为，这是人类自我导演的一场“完美的罪行”：“大众传媒的‘表现’就导致一种普遍的虚拟，这种虚拟以其不间断的升级使现

① 马大康：《电子媒介时代文学的文化生态》，载《文艺争鸣》，2007 年第 7 期，第 19～20 页。

实终止。这种虚拟的基本概念，就是高清晰度。影像的虚拟，还有时间的虚拟(实时)，音乐的虚拟(高保真)，性的虚拟(淫画)，思维的虚拟(人工智能)，语言的虚拟(数字语言)，身体的虚拟(遗传基因码和染色体组)……人工智能不经意落入了一个太高的清晰度、一个对数据和运算的狂热曲解之中，此现象仅仅证明这是已实现的对思维的空想。”①在这种电子媒介所营造的虚拟空间里，复制代替了创造，感受代替了思考，碎片代替了整体，短暂代替了永恒。

尽管图像不可能从根本上取代文字，但是，随着图像文化的大面积蔓延，以及接受群体对视觉文化的普遍追捧，信息时代的文化生态已不可避免地出现了图像与文字的紧密融合，甚至是图像开始走向主导地位，文字降格到从属地位。这种日益强化视觉功能的文化倾向，在很大程度上削弱了人的理性思考能力，其负面作用不言而喻。有人就指出：“狂轰滥炸而又瞬息万变的图像文化消费培养了一种文化惰性，使得人们惯于以休闲的消遣性的心态和眼光来对待一切纷至沓来的图像信息。这样，即使是世界性的、社会性的重大事件，也往往在人们的视觉性消费中变质为一种泛审美的娱乐活动，或者一次廉价的煽情表演。”②问题不在于这种视觉文化的泛滥究竟有多大的负面作用，而在于它已成为一种不可阻遏的文化趋势，并与广大的受众群体在消费的层面上结成了紧密的同盟，形成了一种自觉的循环状态。

5. 精英与大众之间的地位互置

在信息时代到来之前，人类社会的主流文化一直由精英阶层所控制，是一种精英文化主导下的多元文化生态。所有重要文化体系的建构，文化价值谱系的界定，文化观念的确立与倡导，都是基于精英文化的判断和认同。也就是说，社会文化的话语权是由精英阶层所把持的，精英文化具有不可置疑的权威性，扮演了主流文化“立法者”的角色。而大众文化则一直处于民间的从属地位，甚至在很多时候处于遮蔽状态。但是，信息时代凭借其开放性的媒介特征和话语权的平等分配原则，为大众阶层主动参与社会文化建构、积极表达自身的文化诉求打开了方便之门，大众文化开始风起云涌，甚至逐渐成为现代社会的主流文化，迫使精英文化走向边缘。这种地位上的彼此置

① [法]让·博德里亚尔：《完美的罪行》，王为民译，北京：商务印书馆 2000 年版，第 32～34 页。

② 彭亚非：《图像社会与文学的未来》，载《文学评论》，2003 年第 5 期，第 33 页。

换，已成为全球学界的共识。

在这种角色互换的过程中，引人瞩目的是，大众文化在不断取代精英文化的过程中，并不仅仅是以单纯的信息消费主体而出现的，它同样具有信息符号的生产功能和发布功能。也就是说，大众既是电子媒介的主体，又是它的市场依托，因此大众可以有效地利用电子媒介等现代信息资源，不断地推出各种适合自身审美趣味的、虚拟的文化消费符号，甚至建立完全符合自身的文化价值体系。这就是人们常常谈论的“日常生活审美化”的问题。

这种特殊的文化表征，直接导致了大众与精英之间所形成的“二元对立”的文化格局，逐渐走向彼此的消解。大众文化不仅以其平民化、世俗化的方式，自觉地颠覆了精英文化追求经典化的精神趣味，还以其感官化、娱乐化的手段，倾力打造符合自身审美趣味的消费群体和文化符号。譬如，“红极一时的‘超级女声’现象、‘芙蓉姐姐’、‘菊花姐姐’现象，大量网络文学和网络写手的出现，手机短信文学的面世，文学艺术向广告、时装、家庭装修等日常生活领域的渗透(所谓‘日常生活的审美化’)，等等，都是典型的大众和商业结合的解精英现象/思潮。这些新的文化和文学艺术形态用精英的标准看或许根本就不是文学艺术，甚至也够不上‘文化’的资格，但是它们已经是今天的文学和文化生产的主要形态，其受众数量大大超过精英文化/文学”①。对此，很多精英文化的捍卫者颇感怨愤，抵抗者有之，斥驳者有之，讥嘲者有之，但效果寥寥。

在这种大众文化的强力统摄下，作为曾经的精英群体，不得不退到社会文化的边缘地带，由文化的“立法者”变成了“阐释者”。而且，在消费主义的作用下，精英文化因为自身的价值追求和审美理念，已经无法赢得广泛的市场份额。“现代电子媒介的本性就是大众的。当它凭借现代高科技以压倒优势排斥文字书写和印刷媒介，轻而易举地攫夺了文化主导权，成为生产和传播文化的主渠道的时候，文人、知识精英的文化地位和权威就被颠覆了。”②但是，必须注意的是，精英文化的边缘化又使大众文化的发展失去了有效的监督和批判，从而导致了“去中心、去理性、去整体”的后现代主义文化的急速膨胀。

---

① 陶东风：《当代中国文艺思潮与文化热点》，北京：北京大学出版社 2008 年版，第 6 ~ 7 页。

② 马大康：《电子媒介时代文学的文化生态》，载《文艺争鸣》，2007 年第 7 期，第 19 页。

精英文化之所以由社会文化的中心走向了边缘，虽然还受到很多其他因素的影响，譬如消费主义等，但关键还是在于现代电子媒介的冲击：一方面，电子媒介从诞生的那一刻起，就是面对大众的文化需求。它竭尽所能地发布大量信息，以便最大程度地满足不同群体的各种需求，为人们提供最为广泛的自由选择，并在技术上提供强有力的保障体系。另一方面，作为一种新型的公共空间，它又充分地利用开放性，在互动性中广泛地吸纳不同阶层的群体和不同观念的表达。尤其是互联网，以其特有的开放性和自由度，既表明了对权力意识形态和公共信息的容纳，又显示了对大众群体个人言说和信息发布的尊重，从最早的 BBS 到博客、播客、晒客等个人平台的出现，都为大众文化的全面展示提供了灵活而又多元的空间。可以说，没有电子媒介的作用，大众文化就不可能迅速取代精英文化而成为社会文化的主流。

尽管信息时代所显示出来的文化伦理并不仅仅限于上述五种情形，但是，这五种关系的变化是最为明显和最为突出的，也是对人类文化的未来发展最具影响力的。它从多个角度动摇了人类自启蒙以来所精心构建的种种秩序，也消解了建立于种种传统秩序之上的文化伦理，从而以新的伦理体系规约着人类未来文化的发展。无论是信息本身的即时性共享、超时空链接，还是现代媒介中所包含的开放、自由和平等，从它们对人类文化的最终影响来看，也基本上隐含在这五种关系之中。因此，我们可以将这五种关系视为信息时代的新型文化伦理。

二、媒介批评的审美挑战

信息时代所出现的一系列新型文化伦理，尤其是大众文化的全面崛起，对传统文学秩序产生了极为深远的影响。它改变了文学发表与传播的基本方式，使创作主体获得充分自由的同时，也使写作变得不再注重专业化的审美追求，而是更加信奉随意性的内心表达。尤其是作为电子媒介核心载体的互联网，它所提供的发表平台极为宽松，没有编辑的专业化审稿，无需被动的文本修改，任何人只要拥有这一基本平台，就可以在任何时候发表自己的作品，并且其受众范围可以覆盖全世界。“发表的空间打开以后写作也变得自由了，爱怎么写就怎么写，甚至胡说八道、文不对题都无所谓，也为通过爆隐私、贴照片吸引眼球的成名战术提供了捷径。写作与发表不再是一个垄断性职业，而是普通人也可以参与的大众化活动。这些‘网络写手’和‘网络游民’不是职业作家，但是往往比职业作家更加活跃。”因此，“这是人人可以参加的文学狂欢节，是彻底的去精英化的文学”。①

这种“去精英化”的文学写作，虽然在一定程度上摆脱了传统文学在传播过程中的种种制约，打破了原有的“中心—边缘”这一文学格局，使自由表达与业余写作成为可能，但也使文学脱离了必要的专业性筛查和审核，导致文学的自律性变得模糊不清，写作逐渐滑向更为纯粹的文字游戏。譬如，在中国网络文学发展过程中，尽管也出现了一些有价值的作品，但热闹非凡的，仍是那些反中心、反整体、碎片化的“大话文学”，或者说是一些“快餐文学”。更重要的是，这种创作格局，还直接导致了文学批评主体的日趋分化。

在传统文学领域中，文学批评始终是一种专业性较强的学科，其群体构成的要件是必须经过良好的专业训练和必要的理论储备。但是，在信息时代，由于电子媒介的自由与开放，文学批评不再成为一种专业化的行为，甚至不需要经过必要的理论积淀，任何人只要愿意，就可以随时向公众发表自己的批评文字。文学批评在彰显主体自由的同时，也使各种草率的判断、缺乏深度的言说大行其道，哗众取宠、耸人听闻的言论屡见不鲜。文学批评的主体从严格的专业化、理论化逐渐走向大众化、随意化。其中，“媒介批评”的强势崛起，对传统文学批评的挑战尤为突出。

所谓“媒介批评”，主要是指以各种大众媒介作为传播载体的文学批评，包括报纸、流行杂志、电视、广播和网络中出现的、适应于大众文化的、短小而通俗的文学批评。它摆脱了传统文学批评的系统性、逻辑性和建设性，强调批评的即时性、浅俗性和娱乐性。具体而言，它既包括报纸和流行杂志中那些带有新闻性质的评述性文字，广播电视中的那些以批评为主旨的谈话性节目，也包括互联网上出现的各种即兴式的评述文章。有关媒介批评的主要特征，有些学者曾将其归纳为八种：新闻性、事件性、随机性、暂时性(非历史化)、青年性(亚文化性)、尖锐性(攻击性、挑衅性或批判性)、宣泄性、普及性(大众性)。② 尽管这种归纳并不科学，但从这九种特征中可以看出，无论哪一种特征，其实都是在消解传统文学批评以理性与科学为基础的基本价值规范，并对传统文学批评构成了尖锐的审美挑战。

① 陶东风：《当代中国文艺思潮与文化热点》，北京：北京大学出版社 2008 年版，第 9 页。

② 参见王山：《批评：碰撞中的坚守与新生——“网络批评、媒体批评与主流批评”研讨会述评》，载《文艺报》，2001 年 7 月 10 日。

1. 媒介批评的即时性和随意性，与传统文学批评的自律性形成冲突

传统的文学批评，主要是以批评的自律性作为理论参照所进行的批评实践活动。所谓批评的自律性，就是指文学批评在长期实践过程中所形成的、具有共识性和完整性的理论谱系，是文学批评成为一个独立专业的、相对完善的学科依据。一切文学批评活动，包括品鉴、阐释和判断，一方面必须立足于其专业自身的理论体系和学术规范，另一方面也要丰富和发展它的理论体系，使其不断地适应批评自身的发展。它尊崇每一位批评个体的自由和创造，但这种自由和创造是立足于必要的“学理”层面上，符合批评自身的一些基本规范，具有相对的系统性和完整性。

而在信息时代，立足于电子媒介的文学写作，从根本上说是一种反自律性的自由写作，同时也是一种反整体的碎片化写作，就像本雅明在《叙事人》中所说的那样，电子媒介向受众传播着非经历的、碎片化的信息，从而瓦解了叙事人通过口口相传所形成的完整经验(故事)。“经验(故事)是在讲述人与接受者的经历中积累起来的具有整体性的、有意义的世界经验；相反，信息是无根基的、碎片化的、无意义的事件，它给予受众的只是瞬间即逝的感受。”因此，“电子媒介扩张剥夺了我们对世界(现实)的整体经验能力，将我们置于无意的碎片的信息冲击中”。① 这种碎片化的写作，不需要系统化的知识储备，也不需要严谨的理论化思考，从而导致了文学批评呈现出即时性和随意性的特点。

无论是对批评对象的选择，还是在具体的批评过程中，媒介批评都隐含了现代媒介自身对信息传播的潜在规约。因此，媒介批评的主要功能是强调自身的“评介”作用——“评述”虽不可少，但“介绍”的作用更是不可或缺。这也意味着媒介批评之所以追求“即时性”，是因为它体现了媒介本身在信息传播中的即时性要求，并且不可避免地带有新闻性和事件性等特点。同时，由于受制于大众群体对信息接收的要求，又因为即时性的制约，再加上媒介批评的主体构成自由松散，并不一定具有专业化的知识背景，媒介批评并不需要(也很难做到)系统化、学理化的长篇大论，从而形成了随意化的倾向。这种随意化表现在批评对象的选择上，他们更多地注重对象本身的新闻效应，而不是强调对象所隐含的艺术价值；表现在具体的批评过程中，他们更多地注重个人观点的直接表达，突出是与非的简单判断，而不是依据必

---

① 肖鹰：《媒介扩张与文学批评——当前中国主流批评症候》，载《天津社会科学》，2007 年第 1 期，第 92 页。

要的理论进行充分的阐释和论证。

媒介批评的即时性和随意性，无疑迎合了现代电子媒介的价值规范，可以说是信息时代的文化伦理对文学批评伦理的一种强制性规约。它对传统文学批评的自律性所构成的审美挑战，不仅表明了信息时代对一些既成的、稳定的批评体系所造成的解构性冲击，也意味着传统文学批评在发展过程中还有待于进一步丰富和完善。

2. 媒介批评的感性化与平面化，与传统文学批评的科学性形成对抗

作为文艺学学科中的一个重要组成部分，文学批评的建设和发展一直恪守科学性的总体目标。批评不是简单的解构，而是通过合理的建构来进行必要的辨析和评判。所谓“合理的建构”，即指批评的科学性，其主要依据是文学在不断走向自律的过程中所形成的种种共识性的价值标准，既隐含了对经典文本的集体认同，也折射了其他人文科学成果对文学实践的重要影响。它既是文学理论形成的重要价值谱系，又是文学史形成的核心依据。当然，它也是确保文学批评具有公信力和有效性的基本尺度。

科学性意味着理性。因为理性的缺席，必然导致科学性的丧失。当文学批评强调其科学的属性时，就意味着批评主体必须保持理性的自觉。不错，文学批评离不开批评主体良好的艺术感知力和审美鉴赏力，也离不开敏锐的艺术直觉，像“感悟式批评”等，就是一种直觉化的批评模式。但是，必须承认的是，随着文学批评本身的发展，在一种专业化的要求之下，当批评主体将这些感受转化为文字时，仍然需要理性的分析、阐释和推衍，亦需要严谨的、富有创见的评判，从而使批评保持必要的说服力。这是现代文学批评日益强调的一种基本规则。

信息时代的出现，在给人类的整个文化生态带来革新的同时，也使社会本身陷入了一种新的巨大矛盾：“以最高的知识与理性为生产要素所生产出来的东西，其无心之果竟是最极端的（也是信息性的）非理性的充斥与超载。”①所谓“非理性的充斥与超载”，其实表明了信息时代本身依靠强大的技术支撑，在电子媒介的扩张中，不断吞噬着人的理性精神和价值规范，使个体的人在泛自由主义的冲动下，催生了非理性的感性欲望，失去了必要的精神深度和对生存本体的形而上的思索。而且，这种感性欲望又与电子媒介所拥有的“仿像”世界形成紧密的精神互动，在一种不断循环的状态中，导

---

① ［英］斯各特·拉什：《信息批判》，杨德睿译，北京：北京大学出版社2009年版，第124页。

致欲望化的生存景象愈演愈烈。几乎所有的东西方学者在研究媒介文化时，都高度关注了这一充满悖谬的现象。

在这种文化环境的影响下，文学写作不仅由中心走向边缘，而且也不自觉地走向媒介化和欲望化。肖鹰就曾经指出："文学的边缘化并不意味着文学的终结，而是意味着文学的信息化转型：文学不再成为我们对世界的整体性经验的叙事，它不再传达我们对世界的整体感，不再向我们呈现一个有意义的世界图像，相反，文学附着在电子媒介的机体上，以脚注或模拟的方式再现当前世界的破碎而空洞的电子图像。作为文学灵魂的诗意被'堂皇'地粉碎了！"①面对这样的文学现实，附着于现代媒介之中的媒介批评，同样不可避免地走向感性化和平面化。它们不强调理性的评析，也不追求阐释的科学性，更多地依赖主体的主观感受，在一种平面化的描述过程中完成批评的过程。

这种感性化和平面化的追求，一方面是由于媒介本身的即时性要求——因为时效的关系，批评主体很难拥有较长时间进行理性的审美思考和文本梳理，也无暇从科学性的层面上省察自身的批评实践；而且，信息社会的基本法则就是快速更新，朝生暮死，崇尚信息的奇观化，并不注重批评文本是否具有长久性和稳定性的价值，这些都意味着媒介批评对理性深度的自然回避。另一方面，作为信息接收对象的大众群体，大多都是以感官化、反理性和反深度的思维来猎取信息，这同样使文学批评在接受层面失去了科学性的意义。因此，从某种程度上说，媒介批评的感性化和平面化，折射了信息文化对传统理性精神的消解，当然也使建立在理性之上的文学批评的科学性受到颠覆。

3. 媒介批评的大众化和娱乐化，与传统文学批评的精英化产生分裂

从信息接收方面来看，大众化和娱乐化是信息发展的必然趋势。在信息爆炸的社会里，与信息的大量生产和高速传播相伴随的，往往是不同程度的"信息匮乏"——当人们获取的信息远远高于他们的"吸收"能力时，接受主体便会感到信息更加不通畅，作出自己的选择也更为困难。心理学家将这种情形称为"信息超载"。对此，有些专家提出了这样一种"熵定律"：发出的信息越多，受众可吸收、保留和利用的信息就越少。那么，受众又如何通过选择信息来满足自己的需要呢？施拉姆曾经设计了一个数学公式来说明这一

① 肖鹰：《媒介扩张与文学批评——当前中国主流批评症候》，载《天津社会科学》，2007 年第 1 期，第 92 页。

问题：

选择的或然率 = 报偿的保证 ÷ 费力的程度

对于广大受众来说，娱乐化信息带给他们的娱乐过程就是审美的同化过程，娱乐顺应了受众原有的认知体系，它使人获得快感而不需要心理上的改变，不用动脑就可以完成；而其他非娱乐化的信息，常常需要受众发动自身的主观能动性，调用受众原有的经验、理解、决定和判断，对新的刺激加以注意、解释和记忆，方能获取快乐。而这，常常会遭到一般受众的本能式拒绝。

正因如此，美国学者尼尔·波兹曼在《娱乐至死》一书中指出，现代媒介最为主要的功能就是娱乐。娱乐主宰一切：在娱乐或享乐原则面前，人们成为一种日益肤浅、浮躁的消费主义者，不仅丧失了消费自主能力和批判鉴赏能力，而且容易丧失植根于文明传统最深层的羞耻心。媒介经营者极端化的产业意识和经营理念为娱乐业开辟了较为宽泛的生存空间，极大地促进了娱乐业的繁荣和昌盛。信息产业和娱乐业构成巨大的产业链，紧紧地利用和压挤人们包括大学生的业余时间。“这是一个娱乐之城，在这里，一切公众话语都日渐以娱乐的方式出现，并成为一种文化精神。我们的政治、宗教、新闻、体育、教育和商业都心甘情愿地成为娱乐的附庸，毫无怨言，甚至无声无息，其结果是我们成了一个娱乐至死的物种。”①在波兹曼看来，造成这种结果的关键因素就是现代媒介，“如果没有用来宣传它们的技术，人们就无法了解把这一切纳入自己的日常生活”。也就是说，正是电子媒介凭借其强大的现实渗透力，才使娱乐化火借风势，在人类日常生活里大面积地蔓延。

现代媒介的这一大众化和娱乐化倾向，不仅使文学写作走向了游戏化和娱乐化，而且也使文学批评呈现出非常突出的大众化和娱乐化的特点：既迎合广大受众的娱乐需求，又实现了自我宣泄的审美体验。它导致批评主体越来越走向极端，越来越注重喧闹，追求所谓明星化的“作秀”效果，诚如有人所描述的那样：“在娱乐疾风劲吹的大众媒介的参与下，娱乐界和文化界越来越密不可分，由大众媒介制造的学术超男、学术超女和酷评家们非但频繁往返于媒体参与搭建的学术秀场，像布道者一样分赏着他们熬制的心灵鸡

① ［美］尼尔·波兹曼：《娱乐至死·童年的消逝》，章艳、吴燕莛译，桂林：广西师范大学出版社2009年版，第5～6页。

汤，同时也频频参与‘好男儿’之类的纯娱乐秀场，与娱乐超男和超女们进行着亲密的正面接触。如果说，对于易中天、于丹和《百家讲坛》的走红，我们应该充分认识到它们的正面价值，比如对于中国传统文化的推广以及普及等等，但同时我们也有理由心存质疑，毕竟，大众媒介和文化学术圈的互动是以经济利益为首要纽带而非学者的文化批评意识为首要宗旨形成的。学者以及讲述内容的选择权最终是掌握在媒介手中的。换言之，学者是没有话语权的，只有媒介赋予的娱乐权，尤其是在当前媒介制造的全民娱乐风潮中，学术话语和文化批评中批评品格的失落将是不可避免的事情。”①尽管我们不能简单地认定批评主体在现代媒介面前丧失了话语权，但是，就媒介批评来说，批评主体确实缺乏对自身话语权的自觉维护。

媒介批评所呈现出来的这种大众化和娱乐化倾向，表明了批评主体自愿以狂欢的方式，将自己纳入大众群体之中，为电子媒介的娱乐化添砖加瓦。这种批评实践，直接消解了文学批评应有的精英化审美品格，也使文学批评的阐释和建构功能受到极大的削弱，从而与传统文学批评的精英意识产生了巨大的分裂。传统的文学批评之所以成为一个相对重要的专业，除了要为文学理论和文学史建设提供一些重要的价值参照，还要针对创作本身提出有效的阐释和判断，并对文学创作的发展提供一定的引鉴和指导；而媒介批评则以“与民同乐”的方式，取消了批评拥有的独立姿态和精英文化立场。

4. 媒介批评的世俗化与商业化，与传统文学批评的独创性背道而驰

在信息时代，所有媒介已不再是一个单纯的信息传播工具，而是一个巨大的产业机器，或者说，它本身就是一种极为重要的生产力。鲍德里亚就指出：“媒介构成了新的、巨大的生产力，并遵从着生产力的辩证法。”②在他看来，这一特殊的生产力，一方面借助其技术优势，通过各种隐秘的信息配置——包括“对世界进行剪辑、戏剧化和曲解的信息以及把消息当成商品一样进行赋值的信息、对作为符号的内容进行颂扬的信息”等，在看似杂乱无章的过程中，却以其“有条不紊的轮换强制性地造成了唯一的接受模式，即消费模式”③。这种消费模式有两个特点：一是“向人们暗示了世界历史之

① 丁莉丽：《娱乐化时代的批评困境》，载《文艺报》，2007年11月6日。

② [法]鲍德里亚：《生产之镜》，仰海峰译，北京：中央编译出版社2005年版，第215页。

③ [法]鲍德里亚：《消费社会》，刘成富、全志钢译，南京：南京大学出版社2008年版，第112、113页。

冷漠无情而只有消费物品值得投资的，并不完全是广告的语调增值”；另一方面，更为隐秘的是，媒介还“通过信息有条不紊的承接，强制性地造成了历史与社会新闻、事件与演出、消息与广告在符号层次上的等同。真正的消费效应恰恰是在于此处，而不是在于直接的广告话语之中”①。

电子媒介在信息配置上的这种消费策略，与其说是体现了媒介自身的商业化诉求，还不如说是消费社会本身的直接产物，或者说是消费文化的一种典型的代表，因为“消费文化使用的是影像、记号和符号商品，它们体现了梦想、欲望与离奇幻想；它暗示着，在自恋式地让自我而不是他人感到满足时，表现的是那份罗曼蒂克式的纯真和情感实现”②。而这正是人类孜孜以求地将电子媒介打造成视觉化之“梦幻工厂”的内在动力，它为商品拜物教的时代提供了巨大的生产力。美国学者杰姆逊在《后现代主义与文化理论》中曾将资本主义社会分为三种形态：市场资本主义，垄断资本主义、晚期资本主义。其中，所谓的“晚期资本主义社会”又被称为多国化资本主义社会、后工业化社会、媒介社会、住处社会、电子社会、消费社会、“高技术”社会等。这些说法在一定程度上反映了晚期资本主义社会的某些本质倾向——商品拜物教占领所有领域，传统道德和情感失去固有的地盘，消费主义成为社会发展的主导。

作为一种重要的生产力，电子媒介还带来了大规模的机械性复制，不仅是工业产品的复制，文学艺术也同样成为可以无限复制的符号化商品。但复制不存在原创性，不需要强劲的创造力。所以，很多人认为信息时代的消费文化从某种意义上说就是一种复制的文化，它不仅是可以复制在胶片、磁带、激光唱盘上进行批量生产的商品，而且它的类型、风格、模式，甚至语音也是复制出来的。它日复一日地为人们提供各种大同小异的流行符号，如同满街林立的快餐，廉价而畅销，而个体的原创造能力、批判热情、个性气质却消失殆尽。

在这种消费文化的制约之下，媒介批评的世俗化和商业化也不可避免。有人就认为，“现在确实存在着一个比过去复杂得多的文学的生产、流通和消费过程，而在这个过程中始终在起作用的一个功能就是如何估定价值——这个价值既是文学意义上的价值、也是市场价值，衡量价值的标准及这个价

① ［法］鲍德里亚：《消费社会》，刘成富、全志钢译，南京：南京大学出版社2008年版，第112页。

② ［英］迈克·费瑟斯通：《消费文化与后现代主义》，刘精明译，南京：译林出版社2000年版，第39页。

值标准的异动决定了文学消费活动的不同特性”①。事实上，面对“如何估定价值”这一信息时代的文化难题，媒介批评并没有呈现出独立的理性姿态，相反，它依然遵循电子媒介本身的大众方针和消费策略，不断地让批评主体接受媒体的“规训”。

这种规训的结果，导致媒介批评与传统文学批评的独创性背道而驰。“媒体化批评家们在媒体的统一体制规定下，集体阅读、集体思考、集体发言。媒体化批评家不再发现，而是沿着媒体预定的文化路线跟进；他们不再思考，而是按照某种既定的主旨发言；他们不再判断，而是对规定的判断添加表现‘个人批评风格’的修辞。”这种主体立场的放弃或异化，致使“媒体化批评给予读者的只是关于作品的虚假(过剩)信息的媒体轰炸，它不是让读者进入作品，而是强行将读者卷入关于作品的‘信息’的狂躁症的混合滚动，从而达到出版——媒体——批评的利益共同体的利益最大化”②。所以，媒介批评常常以“嘉年华式”的聚焦方式，在世俗化的伦理语境中，精心制造一个个文化消费符号，而不是提供种种富有魅力的审美发现；它不再关注批评本身在审美创造上的愉悦，而只关注批评的商业化效果。

尽管信息时代以其特有的文化伦理，促使文学批评的主体日益走向分化，甚至利用电子媒介自身的特殊功能，繁殖了包括网络批评在内的媒介批评，并且与传统的文学批评形成了激烈的冲突；但是，这并不意味着媒介批评就可以取代传统的文学批评，也并不意味着专业化的文学批评从此走向彻底的衰落。与同精英化的文学创作一样，在这个多元的时代里，传统的精英化专业批评依然存在广阔的发展空间。

三、资讯甄别与审美创造

美国学者尼尔·波兹曼曾说：“有两种方法可以让文化精神枯萎，一种是奥威尔式的——文化成为一个监狱，另一种是赫胥黎式的——文化成为一场滑稽戏。”③在他看来，“奥威尔害怕的是那些剥夺我们信息的人，赫胥黎

① 王山：《批评：碰撞中的坚守与新生——“网络批评、媒体批评与主流批评”研讨会述评》，载《文艺报》，2001年7月10日。

② 肖鹰：《媒介扩张与文学批评——当前中国主流批评症候》，载《天津社会科学》，2007年第1期，第93~94页。

③ [美]尼尔·波兹曼：《娱乐至死·童年的消逝》，章艳、吴艳莛译，桂林：广西师范大学出版社2009年版，第132页。

担心的是人们在汪洋如海的信息中日益变得被动和自私；奥威尔害怕的是真理被隐瞒，赫胥黎担心的是真理被淹没在无聊烦琐的世事中；奥威尔害怕的是我们的文化成为专制文化，赫胥黎担心的是我们的文化成为充满感官刺激、欲望和无规则游戏的庸俗文化。……简而言之，奥威尔担心我们憎恨的东西会毁掉我们，而赫胥黎担心的是，我们将毁于我们热爱的东西。”①随着时代的发展，我们已经看到，奥威尔的恐惧已经成为历史，而赫胥黎的担心却正在变成现实——对于信息异常发达的现代社会来说，任何文化专制主义显然已难有立足之地，而在“汪洋如海的信息”里，庸俗的文化娱乐主义却愈演愈烈。

正因如此，波兹曼毫不含糊地指出：“在一个科技发达的时代里，造成精神毁灭的敌人更可能是一个满面笑容的人，而不是那种一眼看上去就让人心生怀疑和仇恨的人。”②波兹曼的这一判断，明确地道出了信息时代的潜在危机：当人们越来越崇尚感官满足的娱乐文化，当人们越来越沉迷于各种无规则的庸俗游戏，理性的自省精神便会走向荒废，真理不再成为人们自觉关注的对象，人类则有可能躺在欲望的温床上不知不觉地走向精神的毁灭。

事实上，这种信息文化伦理已经对我们的文学生态造成了巨大的影响——它不仅借助媒介自身的巨大优势，催生了“媒介批评”这一特殊的文学批评类型，使其对传统文学批评构成了尖锐的挑战；还通过对信息文化的开放、迅捷、平等和自由等精神理念的倾力打造，使文学创作由精英化逐渐走向大众化和多元化，作家的审美追求也变得繁芜驳杂，从而导致文学批评对评析对象的选择变得愈加艰难，批评主体的个体创造和价值评判尤为不易。

1. 印刷文化与信息文化的区别

印刷时代是指印刷术出现之后，以印刷品作为主要传播媒介的时代，亦可称为纸质媒介的时代。它彻底改变了人类口头传播的生活方式，使语言在稳定的文字结构中得以长久留存，也使各种信息以纸质的固态方式得以广泛传播。它有效地激活了人类的主体意识和理性精神，使人类自觉地走向自我的觉醒和启蒙。波斯特就认为，西方启蒙思想与印刷术的成熟有着十分密切

① ［美］尼尔·波兹曼：《娱乐至死·童年的消逝》，章艳、吴艳莛译，桂林：广西师范大学出版社 2009 年版，第 4 页。

② ［美］尼尔·波兹曼：《娱乐至死·童年的消逝》，章艳、吴艳莛译，桂林：广西师范大学出版社 2009 年版，第 132 页。

的关系，“启蒙主义的自律理性个体理论从阅读印刷文章这种实践中汲取了许多营养并得到强劲的巩固。……句子的线性排列、页面上的文字的稳定性、白纸黑字系统有序的间隔，出版物的这种空间物质性使读者能够远离作者。出版物的这些特征促进了具有批判意识的个体的意识形态，这种个体站在政治、宗教相关因素的网络之外独立阅读独立思考。以页面文字所具有的物质性与口传文化中言辞的稍纵即逝相比，印刷文化以一种相反但又互补的方式提升了作者、知识分子和理论家的权威”①。这段话非常精辟地道出了印刷时代与人的主体意识之间密切共振的特点，说明了纸质媒介对人类理性启蒙的重要作用，也表明了精英文化所具有的天然优势。可以说，正是纸质媒介的出现，强有力地提升了人类个体的思考能力和主体意识，实现了人类社会的现代启蒙。

在谈到纸质媒介这一重要特征时，波兹曼也曾毫不含糊地说道：“在18和19世纪，印刷术赋予智力一个新的定义，这个定义推崇客观和理性的思维，同时鼓励严肃、有序和具有逻辑性的公众话语。先后出现在欧洲和美国的理性时代和印刷文化并存，并不是什么巧合。印刷术的传播点燃了人们的希望，至少人们可以理解、预测和控制这个世界以及存在于这个世界上的种种奥秘。”②为此，波兹曼将“印刷时代”命名为“阐释年代”，“阐释是一种思想的模式，一种学习的方法，一种表达的途径。所有成熟话语所拥有的特征，都被偏爱阐释的印刷术发扬光大：富有逻辑的复杂思维，高度的理性和秩序，对于自相矛盾的憎恶，超常的冷静和客观以及等待受众反应的耐心”③。相对于波斯特而言，波兹曼从公共话语的角度，更加明确地肯定了印刷文化对人类主体意识的张扬作用，尤其是对人类精神中的逻辑力量、秩序感以及客观性的支撑作用。

印刷文化对人类精神生活所产生的这些重要作用，在本质上，极大地弘扬了人类的主体意识和理性的自觉，使一切重要的人文科学在不断走向自律的过程中，获得了系统性、完整性和科学性。就文学艺术而言，它有效地控制了文学传播的速度和规模，在客观上还控制了文学作品的粗制滥造，为文

① ［美］马克·波斯特：《第二媒介时代》，范静哗译，南京：南京大学出版社2005年版，第60页。

② ［美］尼尔·波兹曼：《娱乐至死·童年的消逝》，章艳、吴艳莛译，桂林：广西师范大学出版社2009年版，第48页。

③ ［美］尼尔·波兹曼：《娱乐至死·童年的消逝》，章艳、吴艳莛译，桂林：广西师范大学出版社2009年版，第58页。

学走向经典化提供了强有力的保障。同时，它也有效地阻隔了作者与受众之间的互动关系，使文学批评拥有特定的距离和独立的空间，从而为批评主体发挥自身的个体思考和创造潜能提供了良好的条件。

而在信息时代，这一情形却发生了质的变化。尤其是当电视、互联网等已逐渐赢得“元媒介”的地位之后，固态化和稳定性的纸质媒介开始走向边缘。如今，这些电子媒介不仅开始决定人们对世界的认识，而且决定了人们认识世界的工具。它们不只是向我们提供纯粹的休闲和娱乐，更糟糕的是，它们已广泛地“涉足严肃的话语模式——新闻、政治、科学、教育、商业和宗教——然后给它们换上娱乐的包装”①。将一切严肃的话语进行娱乐化处理，表面上看是为了迎合大众的接受心理和美学趣味，实际上是削弱或取消广大受众的理性思考，因为它们并不关注你在“看完”之后能够获得什么，而只是关注你是否在“看”，“看”的过程远比“看完”之后的思考更重要。

为了增强“看”的效果，电子媒介总是不厌其烦地利用各种技术手段，将影像奉为传播的主要符号。因此，信息时代又被人们称为“图像时代”，与被称为“阐释时代”的印刷时代相比，它不仅实现了媒介语言的彻底重构，而且以快速更迭和永无止境的信息刷新，在动态化和非稳定性的状态下，果断取消了个体思考的时间和空间，以巧妙的方式遮蔽了人类主体意识的全面彰显。波斯特就曾强调：“信息方式的出现，以及其电子媒介的交流系统，改变了我们思考主体的方式，也带来了改变社会形态的前景。电子文化促成了个体的不稳定身份，促成了个体多重身份形成的连续过程，并且提出一种超越现代的社会形式这个问题，提出了后现代社会的可能性这个问题。”②事实上，后现代社会之所以愈来愈显得突出，关键正在于信息时代对个体理性空间的压缩，对人类主体价值的忽略，从而使平面化、感官化、碎片化的生存镜像赢得了合理的存在空间。

与此同时，信息时代还充分利用其开放性和互动性的特点，在自由平等的基础上，彻底取消了纸质媒介对话语传播进行必要控制的一整套模式，使任何不经过理性思考或主体自省的话语，在转瞬之间即可抵达全球。文学写作更不例外。尤其是在互联网中，无需专业化的训练，无需编辑的审读，无需出版机构的研判，任何一种粗制滥造的文字都可以冠以“文学作品”随时

① [美]尼尔·波兹曼：《娱乐至死·童年的消逝》，章艳、吴艳莛译，桂林：广西师范大学出版社 2009 年版，第 136 页。

② [美]马克·波斯特：《第二媒介时代》，范静哗译，南京：南京大学出版社 2005 年版，第 61 页。

发表。可以说，在信息时代，一切有关文学艺术的理论常识，都可弃之不顾。写作成为了一种即时性、时尚化的话语狂欢，抑或是娱乐文化的一种修饰方式。在很多时候，人们将这种文学写作视为一种后现代主义思潮，并以反主体、反中心、平面化、碎片化等来对这种写作加以概括，实质上，它也是信息文化对文学创作潜在规约的结果。

如果说印刷时代是一个理性高扬和有序稳定的时代，那么信息时代是一个理性衰微和无序缭乱的时代。如果说在印刷时代，人们追求的是精英化和经典化的写作，那么进入信息时代后，人们追求的是平民化和即时性的写作。

2. 批评主体的资讯甄别与对象选择

对批评对象的有效甄别与选择，既是文学批评的一项基础任务，也是确立批评意义的一个重要前提。批评主体在从事文学批评的实践活动时，并非随意选择那些并没有多少代表意义的作家、文本或现象，而是要充分考虑到对象本身所具有的普泛性、典型性和表征意义，在独到而深刻的解析中传达主体的审美思考，展示他们的价值判断和审美创造。可以说，批评对象的选择，本身就隐含了批评主体的艺术感知力和审美眼光，也是保障批评主体能够充分发挥自身专业能力的重要前提。

在印刷品作为主要媒介的时代，人们面对的主要是以书面文字为主的批评对象。一方面，印刷时代的书面文字，一般都经过了出版机构的精心遴选，经过了较为谨慎的审读与编辑过程，在某种程度上说，已完成了一次重要的艺术甄别；另一方面，静态而稳定的书面文字，也决定了人们在选择批评目标时，可以时刻保持客观和理性的思维，从而在对批评对象甄别的过程中，能够做到更为全面和科学。因此，在这种历史环境中，批评主体对批评对象的选择，拥有相对集中的、可控制的范围，而且能够从容地发挥批评主体全面而又客观的理性精神和全局性的眼光。

而在信息时代，由于互联网等电子媒介已赢得核心地位，人们面对的不只是静态的书面文字，还有大量动态性的网络文字。尤其是网络文学的出现，使批评主体在有效地选择批评对象时，增添了很大的难度。首先，互联网的开放机制，使文学写作群体无限制地扩张，作品数量也无限制地膨胀，无论是写作者的"泛专业化"，还是作品的"泛文学化"倾向，都越来越突出，也越来越普遍。它迫使所有从事文学批评的人在选择批评对象时，首先需要进行文学与非文学的资讯甄别，而不是直接进入纯粹的文学作品。有人曾说道："据不完全统计，全世界中文文学网站总数在4000个以上，而国内汉语原创文学网站也已超过1500家。一个文学网站一天收录的各类原创作品可达数百乃至数千篇。如目前最大的中文网络原创文学网站‘起点中文网’，就存有原创作品20余万部，日新增3000余万字，总字数超过120亿。”①面对如此庞大的作品数量，要进行一种专业化的资讯甄别，并进而选择一些具有典型意义的作家或文本，显然是非常困难的。

其次，网络文学的评断标准通常是借助于“点击率”。“点击率”并非建立在受众的理性阅读基础之上，更不是建立在文学艺术的专业化眼光之上，而是具有很大的随意性甚至商业性。因此，通过“点击率”的高低来进行文学作品的价值甄别，缺乏最基本的科学依据，亦缺乏文学本身的表征意义。这也意味着，面对那些网络上热捧的作家或作品，批评主体倘若将之确定为具有典型意义的评析目标，也同样是不可靠的。

信息时代给人类带来了无限丰富的信息量，但在强大的信息包围之中，任何个体的人在发挥自身的主体意识时，却变得越来越难。任何一个从事文学批评的人，面对这样一个时代的写作境况，既无法从所有原创作品中迅速有效地确立批评对象，又无法借助网络自身的“点击率”来实现目标的甄别。这是文学批评在信息时代所遭遇的巨大的挑战。

除此之外，信息本身还具有一种明确的消费主义特质，并以强大的传播方式不断地制造各种文化消费的符号。借助消费主义的文化逻辑，各种现代电子传媒在反经典、反自律的时尚化思维激发之下，不断地创造出各种新型的文化叙事文本。马克·柯里就曾指出：“日常生活中经常被引用的叙事例证有电影、音乐录像片、广告、电视和报纸新闻、神话、绘画、唱歌、喜剧性连环画、逸闻、笑话、假日里的小故事、逸闻趣事，等等。在更为学术化的语境中，人们都承认，在个人回忆和自我表述中的个人身份表达中，或者在诸如地域、民族、性别等集团的集体身份的表达中，叙事都占有中心地位。人们一直对历史、法律制度的运作、心理分析、科学分析、经济学、哲学中的叙事有着广泛的兴趣。叙事犹如普通语言、因果关系或一种思维和存在的方式一般不可避免。”②这些新型叙事文本的不断增殖和转化，通过快速化、大面积的信息传播，大大强化了自身的商业优势，从而严重削弱了经典叙事的生存空间。在这种消费主义的文化语境中，任何一个批评主体同样也

① 欧阳友权：《网络文学：前行路上三道坎》，载《南方文坛》，2009年第3期，第41页。

② [英]马克·柯里：《后现代叙事理论》，宁一中译，北京：北京大学出版社2003年版，第3~4页。

不能简单地认同市场法则，不能以市场占有率来确立自身的批评对象，而必须以更加审慎的专业态度，剥离某种商业化、时尚化等非文学因素，确立科学的选择眼光和评判立场。

总之，信息时代涌现出来的文学创作景观，既自由灵活，又繁芜驳杂；既隐含了某些文学创新的可能，又包含了大量非艺术性的精神诉求。面对这种复杂的文学创作现状，批评主体在从事专业化的艺术实践时，从资讯的甄别到目标的选择，难度都越来越大。然而，愈是具有难度，就愈是需要文学批评的有效介入，这是文学批评的基本职责和使命。真正的文学批评，只有通过对一些纷繁复杂的文学现状进行科学而清晰的追踪与考察，对一些具有表征意义的文学作品进行及时而又富于理性的盘点与评判，对一些具有典型意义的作家创作进行严谨而又富于创见的梳理和剖析，才能彰显批评自身的价值，也才能实现批评主体在艺术实践过程中所应有的存在价值。

3. 批评主体的个体思考与审美创造

文学批评的功能，主要在于有效的艺术阐释、独到的审美发现以及富于启迪性的审美创造。文学批评的创造性，既体现了批评主体的个体思考，又展示了批评本身的独立性和自律性，是批评的核心价值之所在。从某种意义上说，文学批评从目标的确定到有效的阐释，最终都是为了展示批评主体的审美发现与创造。

但批评主体的审美创造，必须立足于批评者自身的主体意识。也就是说，只有批评者拥有了明确的主体意识，拥有了相对独立和自由的精神空间，才能够实现其个体的有效思考和审美创造。刘再复在讨论文学的主体性时，曾经将批评家视为一种专业化的高级读者，并充分阐述了批评家主体性的价值之所在：批评家“能以作品为媒介，通过自由联想和自由想象，使自己超越了作家的眼界和感觉，超越了作家的意识范围和作品提供的现实限度，也超越了自身的种种一般感觉而达到对美的冲动性的神秘的体验，以至发现作家未发现的东西，感悟到宇宙人生的潜在真理。此时，批评就不再仅仅是科学，而且变成一种艺术，批评家再也不是批评‘匠’，而是真正的悟道的批评‘家’，从而在更高的水平上实现了自身的主体性”①。这也意味着，批评主体的个体思考与审美创造，是建立在自身的主体性之上，它既源于对批评对象的有效阐释，又可以超越批评对象，甚至“感悟到宇宙人生的

① 刘再复：《论文学的主体性(续)》，载《文学评论》，1986年第1期，第13页。

潜在真理”。

应该说，在印刷品作为主要媒介的时代，文学批评要实现这种主体性并不是特别的困难，因为相对有限的文本和静态化的作品，都为批评主体的个人思考提供了相对稳定的空间，也提供了相对从容的时间。更重要的是，无论是文学创作还是文学批评，在此一时期，都自觉地维护了艺术本身的自律性，拥有一系列规范化的价值系统，从而为个人的思考与创造提供了明确的参照系。

然而，信息时代不仅改变了一切批评对象的可控范围，而且在后现代主义文化的冲击下，越来越走向反中心、反理性、反意义、反自律的倾向。由于缺乏必要的专业审查机制，文学创作的随意性和自由度空前膨胀，大量作品都颠覆了我们长期形成的文学观念，既打破了文学与非文学之间的界限，也消解了不同文体之间的界限，而且很多文学作品都是以市场化为目标，具有流行文化的短暂性特征。更重要的是，现代电子传媒还以其巨大的时空优势，不断地发布各种体现自身权力意志的价值导向。这一切不仅使文学批评在主体意识的确立上变得更为艰难，使批评主体在充分发挥个人思考与审美创造上变得异常含混，而且让那些即使具有个人独特声音与审美创造的批评变得异常微弱，甚至被人们轻易地忽略。有例为证，在20世纪90年代以来的一些文学批评中，当某些体现了鲜明的个人思考与审美创造的批评文字出现时，它们要么被公众以“酷评”粗暴地加以嘲讽和否定，要么被淹没在海量的信息潮中迅速消失。

四、从“立法”到“阐释”

无论是从功能还是从作用上看，文学批评之所以发展成文艺学领域中的一个重要分支，都隐含了批评本身的“立法”倾向。可以说，文学批评面对各种文学现象、作家作品乃至文学史，进行这样或那样的甄别、比较、阐释和判断，每一个过程都渗透了审美价值的观照，也折射了批评本身为文学“立法”的最终目标。当然，这种“立法”不是仅靠批评家的个体实践所能实现，而是通过批评群体所形成的共识来完成的，甚至是不同代际的批评主体在漫长的时间里进行不断阐释而获得的。譬如对《红楼梦》的批评和研究，正是由于不同代际的学者的持续跟踪，以及不同派别研究群体的不断涌现，才使得这部著作从主题到人物、从结构到语言、从作者身份到故事背景，无论宏观还是微观，都获得了较为精深的分析和阐释，并进而奠定了其经典化的文学地位。如果没有文学批评的持续努力，很难说如今的人们对《红楼梦》的经典地位会产生如此高度的集体认同。

文学批评极力强调科学、理性和有效，也就是为了实现评判的合理，既展示批评主体独特的艺术发现和审美创造，又传达出对批评对象的理性分析和公正评判。正是在这个意义上，米兰·昆德拉曾由衷地说道："我从来不讲文学批评的坏话。因为对于一个作家，没有比面临批评的不存在而更糟糕。我所指的文学批评是把它作为思索和分析：这种批评善于把它所要批评的书阅读数遍（如同一部伟大的音乐，人们可以无穷无尽地反复地听，伟大的小说也一样，是供人反复阅读的）；这种文学批评对现实的无情时钟充耳不闻，对于一年前，30 年前，300 年前诞生的作品都准备讨论；这种文学批评试图捉住一部作品中的新鲜之处，并把它载入历史的记忆之中。如果思索不跟随小说的历史，我们今天对于陀思妥耶夫斯基、乔伊斯和普鲁斯特便会一无所知。没有它，任何作品都会付诸随意的判断和迅速的忘却。"①无论是对"要批评的书阅读数遍"、"对现实的无情时钟充耳不闻"，还是要"捉住一部作品中的新鲜之处"，昆德拉既指出了文学批评为经典"立法"的路途和方式，也道出了文学批评为经典"立法"的价值和意义。

事实上，任何一种文学史的形成，包括对作家作品在文学史中的科学定位和价值评判，都离不开文学批评的有效介入，甚至是文学批评长期实践的一种结果。面对历史长河中浩如烟海的文学现象、作家作品，文学批评通过不断的甄别、遴选、阐释和判断，对个案进行反复研析和评价，逐步确立了一系列重要的文学坐标，从而为文学史的梳理与建构提供了重要的参照。可以说，离开了文学批评，文学史很难确保全面和科学。因此，文学批评的"立法"倾向，同样也可以从文学史的建构中获得确认。

1. "立法"身份的隐退

文学批评从其诞生之始，便具有了某种"立法"身份。这种"立法"的身份，具体地表现在三个方面：

(1) 为文学经典的选择和确定提供重要依据

所谓经典，就是不同时代的人们基于这样或那样的理由，不断去反复阅读的作品，就像卡尔维诺所说的那样："经典作品是这样一些书，它们带着先前解释的气息走向我们，背后拖着它们经过文化或多种文化（或只是多种

① ［捷］米兰·昆德拉：《被背叛的遗嘱》，孟湄译，上海：牛津大学出版社、上海人民出版社 1995 年版，第 22 页。

语言和风俗）时留下的足迹。”①经典作品的产生，需要经受时间的考验。任何一个时代的文学创作都必须经过大浪淘沙式的发展过程，让时间来检视其最后的创作质量。曾经显赫一时的作家，不一定能够成为杰出的作家；曾经喧嚣一时的作品，也不一定能够成为经典的作品。相反，有些在当时并无多少反响的作品，反而战胜了时间的淘洗，最后成为经典。从表面上看，经典的存在，是由一代代的读者在时间的历练中来完成的。但是，由谁来引导一代又一代的读者去不断阅读那些过去的作品？又由谁来揭示那些历史长河中的作品所拥有的特殊魅力？这无疑是文学批评的使命。批评不仅要对当时的创作进行紧密的跟踪和评述，还要对既往的作品进行重新梳理和评判。正是一代又一代的文学批评者以持续的文学热情和严谨的专业姿态，对某些作品进行反复的选择、阐释和评述，并由此激发了广大读者的阅读热情，使一代代的读者对某些作品产生审美情感的持续共鸣，经典才得以形成。在这一过程中，文学批评的选择和阐释，都具有举足轻重的地位。

（2）为文学史的科学定位提供重要的参照目标

众所周知，一部文学史的构成必须立足于三个方面的重要内容：文学现象或思潮、重要作家、重要作品。文学史的编撰者们在确立了自身的“史观”和“史法”之后，首要任务便是对自己所规定的历史时段内的文学发展轨迹进行全面、细致的梳理，从中确定一系列具有坐标意味的文学现象或思潮、作家和作品，并进而完成对整个历史时期文学发展主脉的科学建构。在这一过程中，文学史的编撰者不仅要广泛参考目前的学界对这一历史时段的文学研究所取得的各种最新成果，还要紧密跟踪文学批评对该时段中某种重要文学现象和作家作品的评述情况，以便从中寻找自己筛选各种坐标性对象的依据，加强文学史建构的普适性和合理性。可以说，任何一部文学史的完成，都离不开文学批评的直接参与和长期实践。

（3）为文学理论的健全和完善提供具体的实践检验

当文学批评的主体从专业化的角度，对任何一个过去或现在的文学对象进行批评活动的时候，他所依据的标准和尺度，虽然会在一定程度上受到个人趣味和思维方式的影响，但不可能彻底颠覆共识性的文学价值谱系，也不可能完全违背业已形成的美学体系。也就是说，正是文学批评的实践，实现了文学理论与文学创作之间的对接关系，使文学理论对文学创作产生最为直接的影响。反过来说，文学批评的实践过程，一方面检视了业已形成的文学

① ［意］卡尔维诺：《为什么读经典》，黄灿然、李桂蜜译，南京：译林出版社2006年版，第4页。

理论在解析和评判文学创作时的有效性和科学性，另一方面又在创作出现新的变化时，及时为文学理论的健全和完善、丰富和发展提供具体的问题参照。事实上，文学理论在很多方面的丰富和发展，都是建立在文学批评的具体实践之中的。从这一角度上说，文学批评就像电脑系统的操作员，正是他们在专业化的层面上通过反复的操作和运演，才能发现系统本身的各种不足和缺陷，然后将这些不足和缺陷反馈给系统设计者，由设计者对整个系统进行修正和完善。

文学批评在这三个方面所体现出来的"立法"倾向，虽然并不表明它本身就具有一种为文学"立法"的身份，但它所隐含的实践目标却是为了"立法"的科学。实际上，文学批评的这种"立法"倾向，与知识分子本身的"立法者"角色也存在着高度的一致性。众所周知，自启蒙运动以来，知识分子一直承担着社会"立法者"的角色。不同专业领域中的知识分子，都在致力于利用自己的专业优势和文化伦理，行使自身的社会伦理使命和职责，从而在自律化的层面上奠定了自身的"立法"身份。齐格蒙·鲍曼就认为，"知识分子"一词本身就是用来指称一个由不同的专业人士所构建的集合体，其中包括小说家、诗人、艺术家、新闻记者、科学家和其他一些公众人物，这些公众人物通过影响国民思想、塑造政治领袖的行为来直接干预政治过程，并将此看做他们的道德责任和共同权利。这些"文化精英分子对于改造他人思想的这种传教士般的狂热，与其说是来源于他们未加批判的对人的无限的完满性的信仰，不如说是从自己在对其他群体(不是对他们自己)的训诫、操练、教育、疗治、惩罚和感化作用的体验中，塑造了人类本性的可塑性观念，塑造了人类本性可以接受社会的铸造和改造的思想"①。知识分子的这种努力，不仅彰显了精英文化的权威地位，也使其本身逐渐成为真理、道德价值和审美判断这三者的集合体和代表。

所以，齐格蒙·鲍曼直言不讳地说："'立法者'角色这一隐喻，是对典型的现代型知识分子策略的最佳描述。立法者角色由对权威性话语的建构活动构成，这种权威性话语对争执不下的意见纠纷作出仲裁与抉择，并最终决定哪些意见是正确的和应该被遵守的。于是，社会中的知识分子团体比非知识分子拥有更多的机会和权利来获得更高层次的(客观)知识，他们被赋予了从事仲裁的合法权威。之所以知识分子有更多的机会和权利来获取知识，应该归功于程序性规则，这些程序性规则保障了真理的获得，保障了有效的

① [英]齐格蒙·鲍曼：《立法者与阐释者》，洪涛译，上海：上海人民出版社2000年版，第149页。

道德判断的形成和艺术趣味的适当的选择。因为这些程序性规则具有普遍有效性，运用这种规则所导致的结果因而也就具备了普遍有效性。由于运用这种程序性规则，知识分子(科学家、道德哲学家和美学家)便成了知识的集体所有者，他们的知识，与社会秩序的维护和完善有着直接的和决定性的关系。”①文学批评的主体本身就是知识分子，他们从专业的角度向广大读者传达自己对文学的认识和看法，因此，其批评活动本身就具有了某种知识分子的“立法”行为。

但是，随着信息时代的到来，由于知识分子的“立法者”角色在整个社会中开始走向衰落，文学批评的“立法”身份也不可避免地走向隐退。在鲍曼看来，知识分子“立法”角色的衰落，主要在于由其所预设和掌控的“理性王国”的发展进程已日趋停滞，“理性王国其实从来都意味着它的代言人的统治。现在这种统治变得愈来愈遥远，愈来愈少可能性。人类并没有变得更富于人性，也就是说，不是那些更具有人性的人，而是其他的一些类型的人，在规划着社会秩序，并负责规划的实施，‘被启蒙的’那一部分人的权力在日益增长，而启蒙者的地位也愈来愈趋于中心，两者的联合却已破裂”②。因此，“知识分子已经不再适合作为立法者存在于当今社会”③。应该说，作为工业时代的思想结晶，由知识分子所预设的“理性王国”并非只是一种空想，但是，当人类步入信息时代之后，尤其是当电子媒介以其即时性、开放性、大众化、感官化和娱乐化的手段，逐渐征服并改变人类的生存方式及其观念之后，所谓的“理性王国”便不可能拥有广阔的生存空间。失去了对“理性王国”的强力维护，也就意味着知识分子丧失了其自身话语的统摄地位。文学批评自然也不例外，因为批评的所有努力就是为了在理性的层面上实现审美评价的科学和公正。

“理性王国”的破灭，同样导致了精英文化迅速失去了社会文化的主导地位，并由大众文化取而代之。所谓“大众文化”，主要是指在现代工业社会产生、与市场经济发展相适应的一种反精英文化。它是通过全球化的现代传媒(特别是电子传媒)为介质，进行大批量生产的一种当代文化形态，是

---

① ［英］齐格蒙·鲍曼：《立法者与阐释者》，洪涛译，上海：上海人民出版社2000年版，第5~6页。

② ［英］齐格蒙·鲍曼：《立法者与阐释者》，洪涛译，上海：上海人民出版社2000年版，第151页。

③ ［英］齐格蒙·鲍曼：《立法者与阐释者》，洪涛译，上海：上海人民出版社2000年版，第163页。

由消费意识形态来筹划、引导大众的，采取时尚化运作方式的当代文化消费形态。商业性、流行性、娱乐性和普及性可以说是其最主要的基本特征。20世纪90年代之后的中国大众文化，不仅出现了“大话西游”、“Q版语文”，还出现了“芙蓉姐姐”、“竹影青瞳”等，呈现出鲜明的反智主义特征。他们以一种反权威、反中心的思维，消解了一切精英文化的价值，所以，即使文学批评仍然致力于“立法”的目标，也很难受到人们的集体认同，相反却常常成为反讽和嘲解的对象。

2. “阐释”角色的确立

文学批评之所以逐渐丧失了其“立法”的自信力，一方面固然源于知识分子“理性王国”的破灭，使文学批评所依托的传统文学理论价值体系正在受到质疑和解构；另一方面还源于大众文化的崛起，以及由此所形成的多元文化形态——这一点正是信息时代精心制造的文化景观。因为信息社会所秉持的信念就是自由、开放和平等，它从根本上解决了话语权的重新分配，使每一个社会的人都拥有自身的审美诉求和文化选择，而且每一个人在逻辑上和心理上都开始自己赋予自己以正当性，由此形成了哈贝马斯所说的“合法性的危机”。

“合法性的危机”消解了知识分子的立法权威，使知识分子的文化精英地位被无情地颠覆。对此，鲍曼就说道：“审美判断的有效性依赖于它所诞生的‘位所’(site)，权威性是属于这个位所的；这个陷于疑问中的权威，并不是这个位所的‘天然的’、不可剥夺的财产，而是随着这个位所的位置的变化而变化，这个位所则是处在一个更为广阔的结构当中；传统上的由美学家——艺术领域中的知识分子专家——保藏这个位所的权威性，已不再被视为理所当然的了。”这种知识分子精英“位所”的消失，直接导致了他们在话语发布上的影响力，所以，“在艺术专家看来，用传统方式表述的审美判断(所谓传统方式，既关涉到知识的既定内容，亦关涉到既定程序，此两者体现为自我繁衍的话语及其特权成员)，显然没有能力起着一种自我论证的作用，从而重新导致了一种混乱状况。在本质上，这种混乱是一种我们无法预知，无法改变，无法控制的事态”①。面对这种看似多元实则无序的混乱现实，人们开始用“后现代主义”这一概念来对其进行描述，以示区别于现代主义所强调的高度理性化、秩序化的文化形态。

---

① [英]齐格蒙·鲍曼：《立法者与阐释者》，洪涛译，上海：上海人民出版社2000年版，第183页。

问题当然并不在于什么是“后现代主义”或如何认识“后现代主义”，而是在于“后现代主义”出现的文化根源是什么。对此，费瑟斯通和鲍曼都强调，它源于消费主义的兴盛。代表着消费主体的大众带着“顾客即上帝”的文化伦理，以自己的趣味和欲望迅速占领了主流文化层面，并以无需协商的方式直接取代了精英文化的霸权地位。而鲍德里亚、波兹曼和本雅明等人则从信息文化的角度，进一步阐释了后现代主义的兴起与信息媒介之间的关系。信息媒介的高度发达，不仅改变了人与世界的关系，而且改变了人与人之间的关系，“主体不再将自己的欲望投射到客体上；相反，主体与客体之间的距离已经内爆。最终的结果是，主体占据了这样一个世界：文化的信息流通已经吞噬了个体空间。我们各种最隐秘的事情通过媒介技术像举行仪式一般被公之于众。不再存在涉及禁忌的主题：每一件事情都被曝光，而且每一件事情都被议论，不论这些事情是多么的琐碎”①。即使是那些曾被现代文化一致认定的诲淫文化，在信息时代也都以最为直接和最为透明的方式四处呈现，因为它缺少隐私。更重要的是，信息时代以其发达的技术手段，使各种文化的生产出现高度过剩，这种文化生产的过剩，意味着被生产出来的信息量远远超出了主体的阐释能力，从而导致了主体无法正常地行使自己的判断能力。

这一情形已经在文学创作领域中越来越突出地体现出来。网络作为信息时代的标志性载体，其表现尤为明显。譬如中国盛大文学旗下的“起点中文网”，该网站“平均每天就有超过 1100 人为其长篇网络原创小说写稿。每天，这个网站内容更新超过 3400 万字”②。仅一家文学网站，每天就可以“创作”出如此海量的作品，如果将全国所有文学网站每天上传的作品累计起来，那将会是一个什么样的庞大数字？如果再将它们一年的上传作品统计出来，那将会是一个什么样的天文数字？而网络文学还仅仅是文学创作的一个方面，同样存在的，还有大量的纸质媒介中的作品。面对这样一种海量的信息，稍有常识的人都会明白，任何一个批评主体都无法获得客观而公正的评断能力。

面对这一现实，鲍曼指出：“正是在艺术领域和艺术批评中，在知识分子世界及其所从事的工作中，一场范围广泛的调整似乎正在开始。”③这种调

① [英]尼克·史蒂文森：《认识媒介文化——社会理论与大众传播》，王文斌译，北京：商务印书馆 2001 年版，第 245 ~ 246 页。

② 潘笑天：《中国网络文学如火如荼发展迅猛》，载《人民日报》(海外版)，2009 年 6 月 2 日。

③ [英]齐格蒙·鲍曼：《立法者与阐释者》，洪涛译，上海：上海人民出版社 2000 年版，第 186 页。

整的一个最明显的特征就是：知识分子由“立法者”转变为“阐释者”。所谓“阐释者”，就是选择平等对话而不是话语命令的方式，与多元主义文化建立一种新型的艺术关系。“与他人对话而不是斗争；理解他人而不是驱赶或把他们当异己分子消灭；通过自由地从另一源泉中汲取体验来使自身的传统得到提升，而不是在观念的交往中割断自身的传统。”①正是在这一思路的激发之下，阐释学以及新实用主义开始盛行，用“某种文化”之类模糊的概念来概括文化的多样性，已成为知识分子普遍推崇的话语策略。其中，“后现代主义”就是最为典型的一个概念。

在这种历史语境之中，批评即阐释即对话，也同样成为文学批评中颇为流行的观念。作为应对信息时代的批评策略，这一观念虽然隐含了批评主体对“立法”目标的放弃，但从根本上说，它亦是文学批评的基本任务之一。因为在任何具体的批评实践中，阐释(或对话)是判断的重要前提，只有在丰沛而独到的阐释之上，判断才能做到科学和公正，判断的“立法”作用也才能得以有效的彰显。如今，由于信息时代的各种文学创作已大大超过了批评主体的接受和控制能力，价值观念的多元也动摇了既定的传统理论体系，大众文化本身也开始致力于日常生活的审美化，文学批评确实失去了“立法”的基本前提。那么，退回到“阐释者”的角色中来，与批评对象保持某种积极的、平等的对话关系，通过专业化的阐释来实现对一切对象的甄别和选择，仍是一项重要的任务。

3．“立法”与“阐释”的有机相融

从表象上看，文学批评从“立法”回到“阐释”，似乎表明了文学批评的功能和作用正在衰减，而实质上，情况并非如此。因为“立法”与“阐释”并不是一个二元对立、非此即彼的概念，也不存在严格的、孰先孰后的层递关系，而是一个相互依赖甚至彼此包容的概念。一方面，“立法”必须建立在可靠的“阐释”之上，没有坚实可靠的“阐释”，任何具有“立法”色彩的判断都会缺乏基本的理性基石，都是一种武断的行为，但是至于是先判断再对之进行阐释，还是先阐释再推导出判断，完全没有任何的规定；另一方面，“阐释”也不是单纯而独立的客观分析，因为批评本身也隐含了某种艺术的再创造，具有高度的能动性，其阐释的每一个过程，都渗透了批评主体的个人体验和审美发现，事实上也隐含了个人的审美立场。没有主体立场和个人

---

① ［英］齐格蒙·鲍曼：《立法者与阐释者》，洪涛译，上海：上海人民出版社2000年版，第191页。

倾向的机械主义文学批评，或许可以从形式主义批评中找到，但从批评的整体情形来看，要从绝对客观的角度来认定，几乎是不可能的。这也意味着，无论是突出“立法”还是突出“阐释”，只是表明了不同时代的文学创作对文学批评提出了不同的要求，或者说是文学批评在不同时代做出了不同的选择，它并没有从根本上否定批评存在的必要性和合理性。

从客观现实本身的要求上说，文学创作变得愈是复杂多元，就愈是需要专业化的文学批评发挥作用。在自由和开放的文化背景下，信息时代为文学创作提供了极为丰富而又便捷的展示平台，也为广大读者提供了各种海量的文学信息。因此，作为一般的读者，都会不可避免地遭遇选择的迷惘和困惑。面对这一困境，文学批评显然应该肩负起甄别和阐释的职责——尽管批评主体也同样遭遇了海量信息的困扰，尽管批评本身的“立法”身份已被消解。这是文学批评的两难之境，也是信息时代对文学批评的一种考验。

总之，无论是“立法”还是“阐释”，都是文学批评在具体实践过程中所体现出来的基本状态，它们之间是一种有机的融合，而不是一种孰优孰劣的对立关系。真正有效的文学批评，并不是一种简单的是非判断，也不是权威式的指导，而是要让一些有价值的艺术探索获得及时的跟踪和肯定，对一些新的文学现象和思潮做出独到和科学的预测，从而有力地激活作家们的创作热情，激励作家进行更为自由、更为广阔的审美追求。的确，不同的批评主体或许因为不同的艺术立场，导致对同一个批评对象产生不同的阐释效果和判断结果，这种效果或结果有时甚至会完全相反，但它不足为怪。所谓“君子和而不同”，只要它们恪守了各自的艺术立场，体现了他们具有说服力的论析依据，所有读者都可以凭借自己的理性加以选择性地接受。事实也是如此，当批评主体站在文学的第一现场对文本进行阐释和判断时，常常会出现这样和那样的差异。这种丰富的差异性，不仅表明了一部作品存在的多重意义，同时也折射了批评者各自的解读方法和解读能力。

正因如此，蒂博代曾由衷地说道：“好的批评家，像代理检察长一样，应该进入诉讼双方及他们的律师的内心世界，在辩论中分清哪些是职业需要，哪些是夸大其词，提醒法官注意对律师来说须臾不可缺少的欺骗，懂得如何在必要的时候使决定倾向一方，同时也懂得（正像他在许多情况下都有权这样做一样）不要让别人对结论有任何预感，在法官面前把天平摆平……一个带有明显的偏见，或者站在古人一边或者站在今人一边做出判决的批评家，在我看来，不如一个理解诉讼的必要性和永恒性，理解它的一张一弛犹如文学心脏的节奏运动的人那样聪明，后者才是真正和纯粹的批评家。”①蒂博代的这番话，既非常生动地道出了批评活动中“阐释”的重要性，也形象地说明了其“立法”的倾向性。

信息时代对文学批评所构成的挑战是多方面的，甚至是全方位的。它在改变人类生存方式和社会秩序的同时，也改变了人类的文化结构形态和价值观念，当然也改变了文学艺术的基本格局和审美观念。即使我们认同鲍曼所言，信息时代是一场人类自我导演的“完美的罪行”，或者像波兹曼所说的，它终将使人类变成“娱乐至死的动物”，也都不再重要。重要的是，面对这一挑战，文学批评既不能固守传统的思维方式和批评经验，也不能固守以往的理论体系和文学观念，而是要直面现实困境，从中寻找更为灵活、更为丰富也更为有效的批评思维、批评策略，并进而为丰富和发展我们的文学理论体系提供重要的参照。

【思考题】

1. 在信息时代的文化伦理中，哪些方面对传统文学秩序构成了最直接的影响？

2. 作为一种新型的文学批评范式，媒介批评在哪些方面还有待完善？

3. 面对网络文学，你认为文学批评怎样才能发挥自身的有效性？

---

① ［法］蒂博代：《六说文学批评》，赵坚译，北京：三联书店2002年版，第149～150页。

第八章　走向多维的批评空间

早在20世纪80年代，雅克·德里达就在《明信片》一书中发出这样的预言："在特定的电信技术王国中(从这个意义上说，政治影响倒在其次)，整个的所谓文学的时代(即使不是全部)将不复存在。哲学、精神分析学都在劫难逃，甚至连情书也不能幸免……"①至此之后，有关"文学终结论"的口号开始流布于全球。

21世纪初，美国著名的文艺理论家J. 希利斯·米勒直言不讳地说道："事实上，如果德里达是对的(而且我相信他是对的)，那么，新的电信时代正在通过改变文学存在的前提和共生因素(concomitants)而把它引向终结。"②随着文学时代的"终结"，米勒还在德里达的思想基础上，进一步强调文学研究的时代同样也已经成为过去："文学研究从来就没有正当时的时候，无论是在过去、现在，还是将来。不管是在过去冷战时期的文学，还是现在新的系科格局正在形成的全球化了的大学，文学只是符号体系中一种成分的称谓，不管它是以什么样的媒介或者模式出现，任何形式下的大学院所共同的、有组织的、讲究实效的、有益的研究都不能把这种媒介或者模式理性化。文学研究的时代已经过去，但是，它会继续存在，就像它一如既往的那样，作为理性盛宴上一个使人难堪、或者令人警醒的游荡的

---

① 转引自[美]J. 希利斯·米勒：《全球化时代文学研究还会继续存在吗?》，国荣译，载《文学评论》，2001年第1期，第131页。

② [美]J. 希利斯·米勒：《全球化时代文学研究还会继续存在吗?》，国荣译，载《文学评论》，2001年第1期，第132页。

魂灵。”①

米勒虽然对文学充满了某种悲观主义的色彩，但他并没有简单地将“文学终结论”视为一种人类文化发展的必然。事实上，他只是传达了文学在新的历史境域中所面临的诸种困境。在《文学死了吗》一书中，他再一次说道：“文学就要终结了。文学的末日就要到了。是时候了。不同媒体有各领风骚的时代。文学虽然末日将临，却是永恒的、普世的。它能经受一切历史变革和技术变革。文学是一切时间、一切地点的一切人类文化的特征——如今，所有关于‘文学’的严肃反思，都要以这两个互相矛盾的论断为前提。”②面对这种两极化的对立观点，米勒还是坚信文学有着自身不可替代的审美价值，因为“它是对文字或其他符号的一种特殊用法，在任一时代的任一个人类文化中，它都以各种形式存在着”③。

事实上，从全球范围来看，文学的发展也并未出现“是生存还是毁灭”之类的严峻局面，只不过随着时代的发展，文学本身也在不断地发生变化——从审美内涵、表现形式到传播载体，都开始挣脱由启蒙运动以来所形成的、高度自律的价值谱系和审美规范，日益走向了多元和松散，或者说，走向了日趋多维的审美空间。面对这种情形，文学批评当然也不能恪守既定的理论规范和思维模式，而必须顺应文学的发展态势进行不断的更新和整合，以更为开放和灵活的姿态来丰富和发展自身。只有这样，文学批评才能够在真正的意义上介入文学实践之中，并有效地参与人类精神生活的塑造。

一、多元观念的碰撞与融会

自第二次世界大战以来，人类的文化发展迅速进入了一种不同文化彼此共生且又难以协调的时代。很多学者通常从现代性的角度，将之命名为“审美现代性的崛起”，以区别此前的“启蒙现代性”。“如果我们把启蒙的现代性视为秩序的追求的话，那么，审美的现代性则是对混乱的渴求和冲动……如果我们把启蒙的现代性当作一种对绝对的完美的追索的话，那么，审美的

① [美]J. 希利斯·米勒：《全球化时代文学研究还会继续存在吗?》，国荣译，载《文学评论》，2001年第1期，第138页。

② [美]J. 希利斯·米勒：《文学死了吗》，秦立彦译，桂林：广西师范大学出版社2007年版，第7页。

③ [美]J. 希利斯·米勒：《文学死了吗》，秦立彦译，桂林：广西师范大学出版社2007年版，第21页。

现代性则是一种在创新和变化中对相对性和暂时性的赞美；假如我们把启蒙的现代性看成是对普遍性片面强调的话，那么，审美的现代性则显然是对普遍性的反动，是对平均一律的日常生活的冲击，因为它更加关注个别和差异；如果说启蒙的现代性把意义的确定性作为目标的话，那么，审美的现代性则是对意义不确定性与含混多义的张扬，甚至是对意义的否定；倘若我们把启蒙的现代性界定为对人为统一规范的建立的话，那么，审美的现代性无疑是以其特有的片断和零散化的方式反抗着前者的'暴力'，它关注着内在的自然和灵性的抒发。"①一言以蔽之，审美现代性在很大程度上代表了后现代主义的反叛、不确定、混乱和碎片化，是后现代主义对启蒙运动以来所形成的新传统主义的全面颠覆。

在这种审美现代性的追求中，西方不仅出现了有关后现代主义的决裂与反叛的文化冲动，而且，随着德里达的解构主义理论的兴起，语言进一步成为混沌不明的事物，所谓传统艺术上的摹仿论、表现论、反映论等，再一次遭到瓦解。但是，这种审美现代性在追求自由表达的同时，又遭受理性自身的叛逆；它反对资本主义的精神整合，却又始终遭受自我表达的困难，就像齐格蒙·鲍曼所言："现代性的历史是社会存在与其文化间充满张力的历史。现代存在迫使其文化成为自己的对立面。这种不和谐正是现代性需要的和谐。"②虽然鲍曼从辩证法的角度，将这种"不和谐"视为现代性的发展动力，但如果从文化生态的表现形态来看，这种"不和谐"又恰恰表明了现代社会内部所出现的诸种文化冲突。它们彼此共生，但又很难协调；它们是无序的，但又维系着社会的整体运转。因此，审美现代性同样也是以其特有的复杂与困顿，展示了人类精神在迈向审美自由过程中的艰难与曲折。中国的现代性启蒙本身就比较晚，因此这种矛盾丛生的景象并不是十分突出。但是，从20世纪90年代开始，借助信息媒介的传播优势以及全球化浪潮的冲击，审美现代性的蔓延也异常迅速，反抗启蒙现代性的文化态势日趋明显。

这种以多元文化为背景的审美现代性，在人类精神生活中最为具体的表现，便是各种时尚化、感官化、通俗化文化形态的扩张，包括后现代主义文化、消费主义文化、大众文化的泛滥。这些以颠覆统一、理性、主体、自律

---

① 周宪：《现代性的张力——现代主义的一种解读》，载《文学评论》，1999年第1期，第135~136页。

② ［英］齐格蒙·鲍曼：《现代性与矛盾性》，邵迎生译，北京：商务印书馆2003年版，第15页。

等为主要目标的文化形态，不仅彼此各有价值取向，同时又紧密相联，形成一种相互渗透且永难分割的解构性力量。与此同时，全球化、媒介文化以及后殖民主义等文化思潮也开始进入人们的精神视野，并以各自特有的理论思维广泛地影响着整个社会的政治、经济、哲学和艺术等。可以说，在当今的世界格局中，任何一个国家和民族、任何一种社会结构中，都不得不经受多元文化的碰撞与融会。

1. 后现代主义、消费主义与大众文化的紧密关联

作为一种开放性的动态文化思潮，后现代主义从诞生之日起，便一直处于争论不休的状态。无论是詹姆逊、伊哈布·哈桑，还是安德烈亚斯·海森、斯潘诺斯，他们一方面致力于后现代主义文化研究，另一方面却一致认为，要在科学的层面上界定什么是“后现代主义”是非常困难的，让-弗朗索瓦·利奥塔也只是用一种描述性的方式，认为“‘后现代’是对元叙事的怀疑”。当然，无法界定后现代主义概念，并不意味着人们对这种文化就无法进行归纳性的研究。事实上，大多数学者在论及后现代主义文化时，都指出了它所具有的某些普遍性的倾向，包括：取消深度、取消秩序、取消整体，甚至取消一切必要的理性支撑。后现代主义极力取消对一切本质的认同，带着明显的“反规律”倾向。从根本上说，它是试图颠覆启蒙哲学以来的“基础主义”、“表象主义”和“普遍主义”等以人为主体依据的现代理性逻辑。因此后现代主义极力反对中心意义的建构，也否认中心意义的存在，并进而拒绝阐释，“我们需要的是一种艺术的生命欲望，而不是艺术的阐释学”①。

如果仅仅从它对人们的生存观念的影响来看，后现代主义有时还会表现出某种艺术的先锋性——尤其是它对理性主义进行了义无反顾的革命，在很大程度上突显了个体生命的内在自由。它所推崇的多元化、碎片化的世界观，也在某种程度上帮助我们重新审视了人与世界的关系，并为我们寻求人类可能性的生存方式开拓了新的叙事视野。更为重要的是，后现代主义所体现出来的巨大的解构性、反叛性和对抗性，还与先锋艺术所必须具备的颠覆传统圭臬的精神禀赋完全一致。但是，深而究之，人们就会发现，后现代主义在本质上却是一种颠覆大于建构、破坏大于创新的消解性文化思潮。在文学领域中，“它是一种自由无度的、‘破坏性的’文学，同时也是一种表演性

---

① ［荷］佛克马、伯顿斯：《走向后现代主义》，王宁等译，北京：北京大学出版社1991年版，第19页。

的文学，一种活动经历的文学。它所醉心的是语言文字的操作游戏，全然不顾作品有无意义，或者干脆就是反意义、反解释、甚至反形式、反美学的”①。在这种文化思潮的影响下，越来越多的文学创作开始走向语言的游戏，或者对经典文本的嘲解，如各种“无厘头”的“大话文学”的流行。

紧随着后现代主义而来的，是消费主义文化的流行。从文化的角度来看，消费主义不是一种单纯的经济行为，而是一种牵动着整个社会结构及其运行机制的生存方式和观念。它在人本主义口号的掩饰下，以极具诱惑力的即时享乐、纵欲狂欢和快速多变等方式，颠覆了人们固有的生活观念，展示了种种新的价值观念、文化伦理和审美趣味。在消费主义时代，人们消费的不再是商品所具有的使用价值，而是更多地体现为商品所负载的符号价值。因为，这种符号价值所具有的象征意义，在很大程度上彰显了消费者的经济地位、政治地位、文化地位等阶层差别，以及个人的美学趣味。

消费主义文化所崇尚的，永远是一种求新求异的变化法则，因为消费本身迎合的是个体欲望而不是知识身份，它所依托的是金钱法则而不是思想境界。有人就认为，消费主义是“以新的价值范型对知识阵营进行引诱、分化与收编，从而也实现对平民大众的有效引导”，因此，在20世纪90年代所形成的中国社会秩序中，“知识阶层事实上不再作为一个统一的文化阵营存在，它被分散纳入到各个学术体制和专业分工中……居于秩序核心的，表面看来是所谓的‘市民阶层’：对政治意识形态来说，他们是现状稳定的主要力量与主要体现者；对市场意识形态来说，他们则是潜在的最大消费主体；不过，对于人文知识分子而言，他们则是被无奈失落的‘大众’”②。的确，在消费主义的伦理关系中，主体的认同不是以思想的深度或文化水平的高低来决定的，而是以消费能力和消费符号所隐含的象征意义来决定的。

更重要的是，这种消费主义文化本身，还通过市场的高速运转，形成了一套迥异于传统社会体系的结构形态，并以自下而上的方式确保了自身的合法化。齐格蒙·鲍曼就曾指出：“市场是一种系统整合的机制，它倾向于控制所有可以想象的系统合法化的方式，并将它们纳入自己的范围。国家的作用已经被简化为一种运用政治手段服务于使市场统治的条件永恒化的工作。

① ［荷］佛克马、伯顿斯：《走向后现代主义》，王宁等译，北京：北京大学出版社1991年版，第323页。

② 王世诚：《断裂时代的肯定性写作——九十年代文学精神及其思考》（上），载《扬子江评论》，2008年第5期，第5页。

国家首先是一种再商品化的工具。"①与此同时，"由于系统的合法化能力的欠缺，市场成为了社会整合的主要机制。市场的作用推动了社会成员的极端的个体化；市场使得系统需求被转化为私人消费，由此，社会成员被构造为个体。这种个体性结构的特征，导致了用消费活动来界定个体性的存在。市场把社会成员改造为许多消费个体。这样，系统的合法化的压力被减轻了，原因是系统的非理性通过日益增长的个体的消费而得到了解决。这样，由于缺少一种对整体性的理性安排而产生的那种张力也发生了变化。它们不再需要创造一种必要性，以强制逐步推进理性价值和现代社会的目标的实现，取而代之的是，它们产生了一种强烈的欲望，以强化个体消费和对后者需求的商品供给。个体自律的现代规划已经从属于由市场界定和市场引导的消费者的选择自由，并被纳入后者的轨道"②。

从表面上看，消费文化推崇个体的自由选择，但实质上，它在激发个体自由意志的同时，又将个体的欲望在一种合法性的伦理中推向了至高地位，使欲望横流成为一种触目惊心的现实。"由于个体被看做是一个消费者，现代性规划的失败产生了各种各样的情况，其中最主要的乃是一种永远无法缓解的强烈的渴望：占有愈来愈多的商品。人格自律、自我认识、真诚生活、人格完善，这些个体的需要都被彻底地转化为占有并消费由市场提供的商品的需求。然而，这种转化只是涉及附属于商品表面的使用价值，而不涉及商品本身的使用价值；从而，这种转化就本质而言是贫乏的，归根结底，它将暴露出自己的空虚性，欲望的缓解是刹那间的，欲求永远得不到满足。欲求的受挫感如要得到暂时的缓解，只有靠产生更多的新的欲望，更多的新的执著于得到满足的希望。"③齐格蒙·鲍曼的这番阐释，非常精确地道出了消费文化对人类生存方式的影响。

与后现代主义、消费主义文化遥相呼应的，还有大众文化的崛起。在西方，大众文化兴起于第二次世界大战之后，并在20世纪60年代之后逐渐取代了精英文化。而在中国，大众文化则在20世纪90年代之后变得空前活跃。这一方面是由于市场化的变革，引发了中国社会阶层的裂变和部分文化

---

① [英]齐格蒙·鲍曼：《立法者与阐释者》，洪涛译，上海：上海人民出版社2000年版，第252页。

② [英]齐格蒙·鲍曼：《立法者与阐释者》，洪涛译，上海：上海人民出版社2000年版，第253页。

③ [英]齐格蒙·鲍曼：《立法者与阐释者》，洪涛译，上海：上海人民出版社2000年版，第253页。

精英的边缘化；另一方面也是因为大众文化自身所具有的生命力和自信力，开始主动地向精英文化挑战。戴锦华曾经说道："90 年代中国社会转型对人文学者们所构成的挑战，不仅仅意味着研究与关注对象的转移与扩展，而且意味着对既定知识结构、话语系统的质疑；它同时意味着对发言人的现实立场和理论立场的追问。如果说，站立于经典文化的'孤岛'上，将杂芜且蓬勃的'大众'文化指斥为'垃圾'并慨叹当代文化的'荒原'或'废都'，是一种于世无补的姿态，那么，热情洋溢地拥抱'大众'文化，或以大理石的基座、黑丝绒的衬底将其映衬为当代文化的'瑰宝'，则同样无益且可疑。"①但是，大众文化并不需要精英们的拥抱，因为它们拥有巨大的消费欲望以及由此带来的市场空间。

大众文化的崛起，标志着消费主义时代的主体对精英文化的拒斥和消解，这是一个不争的事实。尽管人们并不想从二元对立的观念上来讨论这一话题，但大量的事实却已印证了这种逻辑。"红极一时的'超级女声'现象、'芙蓉姐姐'、'菊花姐姐'现象，大量网络文学和网络写手的出现，手机短信文学面世，文学艺术向广告、时装、家庭装修等日常生活领域的渗透(所谓'日常生活的审美化')，等等，都是典型的大众和商业结合的解精英现象/思潮。这些新的文化和文学艺术形态用精英的标准看或许根本就不是文学艺术，甚至也够不上'文化'的资格，但是它们已经是今天的文学和文化生产的主要形态，其受众数量大大超过精英文化/文学。"②面对这种自下而上的文化现象，很多精英文化的捍卫者自然颇感怨愤，抵抗者有之，斥驳者有之，讥嘲者有之，但效果寥寥。

值得注意的是，在市场化的现实境域中，大众文化的崛起并不只是以单纯的、被动的消费者身份而出现，其自身同样也具有消费符号生产的功能。因为大众既是现代传媒的主体，又是它们的市场依托，大众可以有效地利用大众传媒等现代信息资源，不断地传达各种适合自身审美趣味的、虚拟的文化符号，并以此促动消费生产的不断变化。因此，可以这样认为，没有大众文化的崛起，便没有消费主义的盛行；消费主义之所以成为当代社会的一个巨大神话，无论是立足点和最后的归宿，都取决于大众文化的发展。同样，大众文化之所以能够取代理性主义至上的精英文化，获取社会价值秩序的表

① 戴锦华：《隐形书写——90 年代中国文化研究》，南京：江苏人民出版社 1999 年版，第 2 ~ 3 页。

② 陶东风主编：《当代中国文艺思潮与文化热点》，北京：北京大学出版社 2008 年版，第 5 ~ 6 页。

达权和统摄力，也有赖于消费主义的全面勃兴所催生的“商品拜物教”观念。它直接改变了大众的社会身份和地位，使他们不再受制于思想和知识在社会阶层上的逻辑规定。

无论是消费主义，还是大众文化，它们与后现代主义都保持着极为紧密的内在关联。在《消费文化与后现代主义》一书里，英国学者迈克·费瑟斯通就详尽地阐释了消费文化与后现代之间的精神肌理。在他看来，消费是后现代社会的内在动力，以符号与影像作为主要消费对象的后现代文化，引起了艺术与生活、学术与通俗、政治与生活方式、神圣与世俗之间区别的消解，所以后现代社会既形成了一个同质性、齐一性的整体，又追求生活方式的奇异性，甚至使反叛与颠覆合法化。后现代主义并非仅仅是失去了影响的知识分子为使自己的权力潜能得以实现而精心设计出来的一个“人为的”东西。恰恰相反，它所提出的问题，涉及知识和文化的生产、传递、传播等各个方面。① 正是从文化的生产和传播入手，并借助消费主义的基本形态，费瑟斯通以詹姆逊的研究成果为依据，发现并确立了后现代主义文化的一些基本特征，诸如“日常生活的审美呈现”、文化消费与后现代生活方式以及大众文化向后现代的转变等。而这些特征，又恰恰是消费主义的主要目标。

2. 全球化、后殖民主义以及新历史主义的兴起与碰撞

如果说后现代主义、消费主义和大众文化在某种程度上代表了世俗文化的全面兴起，那么，随着全球化、后殖民主义以及新历史主义等思潮的出现，精英文化内部同样也呈现出一系列极为复杂的碰撞或冲突。

在这种碰撞或冲突中，全球化思潮尤为突出。所谓全球化，主要是指全球各地之间联系的不断加强，人类生活在全球规模的基础上迅速发展，以及人类对全球意识的普遍认同。其具体表现为：国与国之间、地区与地区之间在政治、文化、经济贸易上日趋紧密，并且互相依存，世界被压缩为一个难以分割的整体。如今，从政府决策者、政党领袖、工商界、学术界、行业协会领袖以至大众传媒，无不谈及全球化的巨大影响以及对人类生活的改变，甚至不少人都认为，全球化在推倒各国疆界、使全球经济一体化的同时，也将世界变成了“地球村”。它所透示出来的重要信息是：一方面，全球化是通过资本、信息和市场而形成的另一种形态的帝国体制，文化全球化则是一种新型的帝国主义文化；另一方面，全球经济和市场的一体化，又促使了世

---

① 参见[英]迈克·费瑟斯通：《消费文化与后现代主义·前言》，刘精明译，南京：译林出版社2000年版，第5页。

界资源的优化组合和信息共享，是人类进步的历史进程，是推动社会、政治、经济转型的主要动力，并正在重组社会和世界秩序。

对于全球化的冲击，齐格蒙特·鲍曼曾在《全球化——人类的后果》一书里进行了颇为全面的阐释。在他看来，全球化永远处于一种流动的状态之中，既有联合又有分化，其联合表现在全球范围内商务、金融、贸易和信息流通的不断强化，而它的分化则不仅导致了全球社会贫富两极的不断加剧，而且还使人们在认知感受上产生了巨大的分野，“对某些人看上去是全球化的东西，对另一些人则意味着本土化。对某些人来说全球化标志着一种新自由，而对许多其他人而言，它则是残酷的飞来横祸”。更重要的是，“由于公共空间的消除超越了本土化生活的所及，本土正在消却其意义生成和意义转让的能力，而且日益依赖于它们所无法控制的意义给予和阐释活动”①，由此而导致的后果之一，便是人类文化的趋同性。

如果说全球化体现了人类文化的趋同性，那么后殖民主义则强调本土文化的差异性及其重要意义。后殖民主义文化思潮产生于20世纪70年代，主要立足于宗主国和前殖民地之间关系的文化研究，并广泛地涉及文化与帝国主义、殖民话语与西方对东方的文化再现，第三世界的文化抵抗，全球化与民族文化身份的认同，以及种族、阶级、性别的关系等诸多方面的问题。在后殖民主义理论中，人们试图将现代性、民族国家、知识生产以及西方文化的霸权地位同时纳入视野，以反对文化的“同质性”来强调“异质性”的重要，以民族文化的起源来突出主体形成的过程，并进而探讨“自我”文化与“他者”文化之间的复杂关系。

必须承认，没有地域文化的差异性便没有世界文化的多元化。后殖民主义在强调本土文化与殖民者文化之间抗争的重要意义时，虽然突出的是各种文化霸权主义对被殖民者的观念侵袭，但它也不是简单地恪守狭隘的民族主义，认为本土文化高于一切，而是提出了被殖民者必须具有清醒的主体意识等一系列重要观念。尤其是在全球化的历史语境中，不同国家和民族的人群无论交流还是迁徙都日趋频繁，散居的族裔置身于不同族群的文化之中，但他们又依然保持着以往的集体记忆和文化归宿。面对这种“从何处来”和“身在何处”的心理冲突，后殖民主义不断地从文化身份上给予了积极的关注。

与全球化、后殖民主义思潮有所不同，新历史主义文化思潮则通过立足于文学本身，来审视人类文化内部的诸种关系，并试图解决文学与世界之间

① ［英］齐格蒙特·鲍曼：《全球化——人类的后果》，郭国良、徐建华译，北京：商务印书馆2001年版，第2页。

的关系。这个世界包含历史、政治、社会、意识形态、经济乃至人类本身等诸多方面，是人类文化的一种综合体现。文学只是新历史主义观察的一个出发点，或某种视角，它并不具有独立的本体意义。新历史主义主张将历史考察带入文学研究，指出了文学与历史之间不存在所谓“前景”与“背景”的关系，而是相互作用、相互影响。它强调文学与文化之间的联系，认为文学隶属于大的文化网络。在着重考察文学与权力政治的复杂关系时，它认为文学是意识形态作用的结果，同时也参与了意识形态的塑造。新历史主义的核心主张，就是要打破文学与其他人文科学的界限，打破长期形成的文学本体论的壁垒，把文学融入政治、社会、历史乃至经济的整体文化视野中去，使文学从文学理论、文学批评等自律性的束缚中解放出来，走向文化诗学或文化批评。

如果对 20 世纪后期以来的文学批评进行一种宏观性的巡视，人们不难发现，新历史主义具有巨大的影响力。无论是在西方还是在中国，越来越多的文学批评都在走向一种文化诗学，文学研究或批评不再成为一种自主自律的行为，而是打破了各种人为的学科界限，进入各种文化的本然状态。一个明显的事实是，在当今的文学批评中，既有全球化、后殖民主义等理论思潮的大量涌现，又有媒介文化、大众文化、消费文化等相关思潮的自由介入。它们或立足于审美现代性，或立足于后现代主义这样一种笼统的概念之下，使文学批评不断突破传统学科的疆界，走向广阔而多维的文化空间。

3. 多元观念的碰撞与文学批评的多维空间

就像“全球化”是人类不可逃脱的命运一样，多元化也是人类文化无法阻挡的一种发展趋势。多元意味着丰富、自由和平等，体现了人类主体意识的自觉和创造能力的伸展。每一种文化观念的出现，当它以独特的理论视角打开了某种新的文化领域，并在共识性的基础上令人信服地解决了某些问题，这种观念就无疑拥有一定的合理性。因此，我们不必畏惧于多元可能会带来的“去中心化”，也不必担心它对学科自律性的破坏，而是要将关注的重点放在每一种观念的内部，以及不同观念之间的碰撞所形成的积极意义。

就文学批评来说，这种多元观念的碰撞，无疑促动了它对传统学科自律性的反抗，从而走向一种多维的文化空间。阎嘉将这种格局戏称为“马赛克主义”，“它的基本含义是指：当今西方的各种文学理论观点和批评方式杂陈，彼此之间看上去似乎没有内在的联系，各自的视角和关注点极为不同，各自在学术圈内占据着独特的位置，形成了一种‘众声喧哗’的局面。即使就其中的任何一个论域或论题而言，我们也会发现，哪怕他们关注的问题相同，其立场、出发点、依据的理论资源、论述的方式和得出的结论，也极为不同。换言之，他们对相同问题的看法极为‘多元’，绝不追求一致的认同，几乎找不到任何主调”①。其实，这种“马赛克主义”现象并不仅仅局限于西方，在中国当代文学批评中也普遍存在，只不过，这些“游牧思想”的发源地多半还是来自于西方。

在这种多维的审美空间里，除了后现代主义批评、新历史主义批评等“泛文化”批评之外，还涌现了许多新颖的批评范式，“就新的批评领域而言，有空间批评、鬼怪批评、电脑化(赛博)批评、后电脑化的现代朋客主义、生态批评、唯物批评、道德批评；就关注‘身份’问题的批评而言，有流散者批评、女性主义批评、有色女性批评、超性别批评和关注‘他者’的批评，等等。它们的确呈现出一种‘非中心的游牧’状态”②。这些不同范式的文学批评的出现，既是批评走向多元的一种表现，也是多元文化碰撞的一种结果。根据阎嘉主编的《文学理论精粹读本》，我们不妨在此简述几例：

(1)空间批评

这是一种反抗时间/历史优先权的批评范式。它充分吸收了全球化理论对空间意义的全新诠释，又整合了其他相关理论对空间的论述，从而强调关注空间形态对于文学批评的重要意义。在他们看来，日益突出的跨学科格局正在将中心放到了“空间”、“场所”和“文化地理学”等层面上，很多现代思想家也以令人惊讶的方式表明：“空间本身既是一种‘产物’，是由不同范围的社会进程与人类干预形成的，又是一种‘力量’，它要反过来影响、指引和限定人类在世界上的行为与方式的各种可能性。正如索亚强调的，西方的现代性因而被重新设想为既是一种历史规划，‘又是’一种地理和空间的规划，是对我们栖居于其中的环境(包括我们的身体)持续的分解和重组。”③菲利普·韦格纳就认为，这种对空间、场所、地理性的高度关注，已经从多种角度介入文学批评之中，包括马克思主义批评、后殖民主义批评、女性主义或性别研究批评、通俗文化和风格研究等，都将空间置于一个极为重要的考察地位。尤其是亨利·勒菲弗和米歇尔·福柯对空间模式和空间转换的理论建构，更是具有开拓性的意义。而詹姆逊所绘制的认知地图模式，则进一步提出了正在出现的全球空间，“对全球化的历史空间维度的关注，同样会改变我们对文学史和当代文化实践的思考”。通过对这些理论的详尽梳理，

① 阎嘉：《文学理论精粹读本》，北京：中国人民大学出版社 2006 年版，第 1 页。

② 阎嘉：《文学理论精粹读本》，北京：中国人民大学出版社 2006 年版，第 3 页。

③ 菲利普·韦格纳：《空间批评：批评的地理、空间、场所与文本性》，选自阎嘉《文学理论精粹读本》，北京：中国人民大学出版社 2006 年版，第 137 页。

菲利普·韦格纳最后提出，“所有这些理论化都强调，有必要在绘制任何全球空间的地图时超越经典的高雅与低俗的对立，超越中心与边缘的空间对立，代之以创造一种新的多点透视观，以考察文学和文化活动、交换和流通。它们都提出，只有以这种方式，我们才可能获得对于我们今天寓居其中的全球空间的复杂性和原创性更加丰富的理解”①。

(2)鬼怪批评

这是一种从审美接受角度提出来的批评范式。其理由是：“人们越来越认识到，阅读行为在本质上是不可思议的，我们在其中进行‘交谈’的类型也必然是‘反常’的，它径直穿过‘谈话’的一切‘正常’规则，而又设想自己是这些规则的辅助，这可以被视为鬼怪因素在批评中持续增长的根源之一，这是一种感觉，即感到任何与文学有关或文学内部的东西，都无法同幽灵和鬼怪分开，书籍的持续存在及其物质现实，本身就是细察、焦虑乃至恐惧可能涉及的主题。”②鬼怪批评不相信文本意义的恒定性，也不相信文学的渊源关系，所以戴维·庞特将之视为“孤儿定律”的产物，“任何试图断言文本家世的尝试都是不适当的，无论其父系还其母系都无法知晓，文本的源头会立刻把我们带入一个幽暗的王国，它隐藏在词语背后，甚至隐藏在子宫、怀孕、创造性母体的意象王国背后。……因此，文本始终都对可以解释为‘替代文本’、错误文本的东西开放，那就是对无法重现的实体性存在的先在状态的鬼怪化篡改”③。既然一切文本都是没有渊源的“废墟”，其中的人物也不过是活的幽灵，那么阅读在某种意义上说，也是一种“神经症漫游者”的行为。“因此，我们可以说，鬼怪批评提供了某种——极为不确定的——面对文本时的谦卑态度，提出必须反对准确发掘历史这种夸大了的可能性，认识到我们所有的努力都偏离了方向。照此，我们又要说，我们把焦点集中在文本上的所有努力还没有开始就全部破坏了。”④

(3)电脑化批评

这是斯泰西·吉利斯提出的一种批评范式。它立足于网络技术所带来的

① 菲利普·韦格纳：《空间批评：批评的地理、空间、场所与文本性》，选自阎嘉：《文学理论精粹读本》，北京：中国人民大学出版社 2006 年版，第 147 页。

② 戴维·庞特：《鬼怪批评》，选自阎嘉：《文学理论精粹读本》，北京：中国人民大学出版社 2006 年版，第 149 页。

③ 戴维·庞特：《鬼怪批评》，选自阎嘉：《文学理论精粹读本》，北京：中国人民大学出版社 2006 年版，第 157 页。

④ 戴维·庞特：《鬼怪批评》，选自阎嘉：《文学理论精粹读本》，北京：中国人民大学出版社 2006 年版，第 161 ~ 162 页。

强大的“虚拟现实”，分别从电脑“朋客”和技术社会等角度考察了文学生成的现代特质，力图重新诠释身体与技术、主体与文本之间的关系，尤其是技术文化内部所隐含的诸多新质。在吉利斯看来，信息技术的高度发展，导致了人本主义自主理性的崩落，“主体不仅在与自己的关系上非中心化了，而且也在与世界的关系上非中心化了。电脑化空间把主体定位在虚拟现实地图的多个点上，电脑化文化则用交互式网络的一个网页把这种‘无主体的’主体捕捉到了，并取消了它的自主性”①。为此，他强调，文学批评必须“关注技术文化的产生，关注对于技术自治可能性的恐惧，关注控制论的权力共谋，以及有机体与无机体之间的关系。简言之，电脑化批评家就是那些意识到并且理解这种新电脑化文化具有的非中心化之可能性的人”②。

(4)生态批评

这是一种立足于文学与环境之间关系、“把文学本文的研究与人们对地球的忽视联系在一起”的批评范式。在他们看来，“人类的一切活动，包括大量无目的地对地球生态系统的重新改造(确切地说是破坏)，都仍旧依赖于物质过程，它先于并超越了人类知识与力量。同时，所有人通常都无形地与无数非人类的存在交织在一起，那些非人类在逐渐被人类影响的环境之中，仍然在尽最大可能继续追求自己的目标。因此，生态批评对地球的记忆，靠的是提出一种有关文化对自然之债务的说明。生态批评家们虽然承认语言在塑造我们的世界观方面的作用，但他们却试图恢复书本之外的世界的意义。更为特别的是，他们把重估超人类的自然界的价值看做自己的事情，一些文本和文化传统邀请我们加入到那样的自然界之中。这样，生态批评对更为广阔的‘绿色研究’做出了重要的贡献，用劳伦斯·库普的话来说，就是‘讨论自然，以便保护自然’”③。为此，他们提出，文学批评不仅要重新倡导浪漫主义，激活人类对于自然的诗性向往，还要重建社会与生态之间的关系，甚至重建语言对自然世界的完美表达，“当我们的世界在生态方面变得更加贫瘠并在技术上被操纵之时，我们就需要作家和艺术家来引起我们关注地球的美丽、复杂和潜在的脆弱性，调节非人类的他者的‘声音’，我们

① 斯泰西·吉利斯：《电脑化批评》，选自阎嘉：《文学理论精粹读本》，北京：中国人民大学出版社2006年版，第171页。

② 斯泰西·吉利斯：《电脑化批评》，选自阎嘉：《文学理论精粹读本》，北京：中国人民大学出版社2006年版，第174页。

③ 凯特·里格比：《生态批评》，选自阎嘉：《文学理论精粹读本》，北京：中国人民大学出版社2006年版，第193页。

从来都不可能充分理解它们的存在和意义，而它们却可能邀请我们加入到它们多声部的歌唱中去”①。

(5)唯物批评

这是一种取消文化记忆潜在规约的批评范式。它整合了解构主义和马克思主义的某种理论策略，致力于将“记忆术”剥离到文本之外，“坚持取消过去与不可化约之实在的联系或承诺”，使批评主体面对一种没有被传统文化和人类经验“铭刻”的“唯物性”文本，进行历史过程的重新书写和认定。“这种唯物性没有断言一种参照的实在或经济过程是参照的本体论基础，而是把自己置于语言表演与历史事件、先在的方案与记忆的投射、铭刻与‘体验’之间的交汇处。”②汤姆·科恩以本雅明的“唯物主义历史研究”为出发点，在阐释了这种批评思维的可行性之后，还提出了用这种批评模式来解读福克纳的《去吧，摩西》和希区柯克的《知道的人太多》(第一部)的妙处，并进而指出：“对经典作品进行唯物主义的解读，可以使人想到各种转换——就像从为人熟悉的指涉解读模式转换到其他模式，缺乏语义学深度的记忆踪迹在其中浮现了出来。这种踪迹融合了两种明显的功能，既评论语言的‘物质’方面，又使单纯象征的或比喻的网络断裂。这种统一必然涉及一种‘积极的’重新网络化，哪怕这种物质的比喻自反性地颠覆了这个词语曾预想唤起的指涉、基本的和历史化的各种联系。”③

不必再举更多的例证，从上述这些新近涌现出来的批评范式来看，作为一种日益走向多维空间的文学批评，不仅频繁地突破既有的批评传统，广泛地渗透到各种文化领域之中，而且正在通过跨学科、泛文化的理论思维，将批评的目标延伸到无限丰富的视阈之中。它“脱离了‘树状的’和线性的发展脉络，摆脱了总有一种主导的思潮或理论支配着文学理论和批评走向的惯性，而走向一种‘马赛克主义’或‘非中心的游牧’状态”④。当然，值得注意的是，这当中，批评对象的存在，往往只是一个阐释的载体或契口，是批评意义系统生成的一个通道；而批评本身，也不再是单纯地对批评对象进行好与坏的价值判断，更不是围绕着批评对象来“就事论事”的话语注释。

---

① 凯特·里格比：《生态批评》，选自阎嘉：《文学理论精粹读本》，北京：中国人民大学出版社 2006 年版，第 209 页。

② 汤姆·科恩：《唯物批评》，选自阎嘉：《文学理论精粹读本》，北京：中国人民大学出版社 2006 年版，第 209 页。

③ 汤姆·科恩：《唯物批评》，选自阎嘉：《文学理论精粹读本》，北京：中国人民大学出版社 2006 年版，第 220～221 页。

④ 阎嘉：《文学理论精粹读本》，北京：中国人民大学出版社 2006 年版，第 3 页。

二、苛求与宽容的双重超越

文学批评正在走向多元的文化空间，各种现代文化思潮都在以这样或那样的方式渗透到文学批评的实践中，这已成为一个不可阻挡的发展趋势。因此，从传统的意义上看，21 世纪的文学批评，确实在自主自律的层面上开始步入"终结"。但是，这并不是什么坏事，而是恰恰表明了文学批评所拥有的开放姿态，以及灵活多变的内在机制。这种发展态势，使文学批评在文化阐释的层面上，打开了无限丰富的精神视阈，也为文学批评的进一步拓展提供了新的契机。

立足于阐释，将文学批评有效地延伸到广阔的文化空间，这既是文学批评发展的一种趋向，也对批评主体提出了新的要求和挑战。要适应这一新的批评机制，寻求文学批评的良性发展，批评主体就需要不断提高自身的文化素质和理论修养，充实并丰富自己的知识结构，而不能仅仅满足于自律性意义上的理论谱系。综合察之，从批评的自我建设来看，批评主体需要从多方面来加强自己的理论储备，调整自己的批评思维。

1. 多元的文化积淀与宏阔的精神视野

文学批评之所以日益走向多维的文化空间，一方面固然是批评本身发展的需要，另一方面也是文学实践的结果。越来越多的文学创作已经显示，纯文学和俗文学的界限已经模糊不清，雅俗之间二元对立的思维已无法适应文学的变化；文学的各种类型也日趋模糊，尤其是叙事类文体，常常在小说或散文之间变得难以甄别，而文体的彼此杂糅，更是屡见不鲜。不仅如此，文学作为人类精神活动的一种特殊方式，也越来越广泛地渗透到各种文化领域，甚至不断地呈现出某些充满新异特质的文化倾向。仅以 21 世纪以来的中国小说创作为例，不仅有底层小说、大话小说、新移民小说，还有玄幻小说、穿越小说、解密小说等。这些小说所包含的精神意蕴，并非仅仅局限于小说作为艺术的审美质感，还有对文化记忆、历史知识以及现代生活模态的大量探索和整合，隐含了极为丰富的文化信息。如果仅仅从小说的艺术性上进行判断，所有这些小说可能都不具备很高的价值，但是，它们所揭示的一些生存镜像与文化信息，却是异常复杂而且也是十分重要的。这也意味着，批评主体必须充分利用各种丰富的文化理论，从多种角度对之进行诠释，如此才能揭示这些小说的内在肌理。

更为重要的是，随着消费文化的不断扩展，文学的泛化趋势正在扩张，文学与非文学，艺术与非艺术，审美与非审美的界限也越来越模糊。陶东风曾将这种现象称为“文学性”的扩散，“所谓‘文学性’的扩散，可以从两个方面来理解(或者说有两个方面的表现)，一是文学性在日常生活现实中的扩散，这是由于媒介社会或信息社会的出现、消费文化的巨大发展及其所导致的日常生活的审美化、现实的符号化与图像化等等造成的。二是文学性在文学以外的社会科学其他领域渗透”①。前一种扩散情形非常普遍，像各种经典诗词、绘画和音乐被商业广告所利用，就是极为典型的一种表现。但后一种扩散情形就要复杂一些，也是文学性蔓延的根本之所在。按陶东风的解释：“由于语言学知识的普及和渗透，由于后现代建构主义的知识论对现代本质主义知识论的解构，后现代社会科学出现了全面的文学化验室倾向。它把历史、哲学以及社会科学的其他分支，乃至于整个社会生活世界，都看成是文本、叙述、虚构或陈述，和文学具有本质上(不是媒介上)的相似性。正因为这样，许多西方学者指出：文学在大学和学术界的边缘化只是一种假象，事实上，只有在今天文学才完成了它的‘统治’，它渗透在各个学科中并成为其潜在的支配性成分。很多社会科学学科已习惯了借用文学研究的术语，历史被看做是故事，哲学、人类学和种种‘主义’理论热衷于被认为是文学特有的那种具体性和特殊性。凡此种种皆显示了当代人文社会科学的文学化。”②正因如此，卡勒说道：“文学可能失去了其作为特殊研究对象的中心性，但文学模式已经获得胜利；在人文学术和人文社会科学中，所有的一切都是文学性的。”③

一方面，很多学者认为文学已经走向了边缘化，甚至有人宣称文学已经“终结”；但另一方面，很多学者又指出，文学性却在蔓延和扩散，甚至已经覆盖到各种人文科学领域。像辛普森等人甚至宣称，后现代就是文学性的时代，文学性已在各个领域形成了自己的统治地位。应该说，这种判断颇有几分道理，也指出了文学由单纯的自主自律的传统模式向“文学性”扩张的倾向，它隐含了文学的“泛化”趋势及其可能性，尽管文学与文学性之间还存在着巨大的差别。

---

① 陶东风：《当代中国文艺思潮与文化热点》，北京：北京大学出版社 2008 年版，第 13 页。

② 陶东风：《当代中国文艺思潮与文化热点》，北京：北京大学出版社 2008 年版，第 14 页。

③ 转引自余虹：《文学的终结与文学性蔓延》，载《文艺研究》，2002 年第 6 期，第 18 页。

面对文学发展的这些现状，文学批评显然不能缺席。如何让批评有效地介入这种文学性的现场，很多人已开始思考。余虹就认为："由于文学性在后现代的公然招摇和对社会生活各个层面的渗透与支配，又由于作为门类艺术的文学的边缘化，后现代文学研究的重点当然应该转向跨学科门类的文学性研究。……从某种意义上看，当前文学研究的危机乃'研究对象'的危机。后现代转折从根本上改变了总体文学的状况，它将'文学'置于边缘又将'文学性'置于中心，面对这一巨变，传统的文学研究如果不调整和重建自己的研究对象，必将茫然无措，坐以待毙。概言之，重建文学研究的对象要完成两个重心的转向：1. 从'文学'研究转向'文学性'研究，在此要注意区分作为形式主义研究对象的文学性和撒播并渗透在后现代生存之方方面面的文学性，后者才是后现代文学研究的重心；2. 从脱离后现代处境的文学研究转向后现代处境中的文学研究，尤其是对边缘化的文学之不可替代性的研究。为区别于'逃离文学'的转向，我称上述两个重心的转向是文学研究内部的转向，因为它并不转向非文学的领域而是转向后现代条件下的文学与文学性本身。"①应该说，这种思考虽不完全科学，但对于批评主体调整自己的研究策略来说，仍具有启迪性的意义。

无论是针对纯粹的文学创作，还是针对日益蔓延的"文学性"，传统意义上自主自律的理论谱系和研究思维，都已无法胜任文学批评的实践，甚至会使批评显得隔靴搔痒。因此，就批评主体而言，扩充多元的文化知识积淀（包括大量充实各种现代人文知识谱系，把握后现代环境下出现的各种文化现象，而不能仅仅恪守于传统自律性的文学理论）已显得非常重要。尤其是面对"文学性"的蔓延和扩散，不仅需要丰沛的人文知识，更需要宏阔的精神视野。只有拥有了宏阔的精神视野，批评主体才能从各种文学现象中发现问题，提出自己的有效思考；也只有拥有了宏阔的精神视野，才能确保文学批评真正地走出自律性的拘囿。

2. 苛求与宽容的双重超越

高尔基曾说："说出真实情况是一切艺术中最困难的一门艺术，因为它是最'纯粹的'，同一切个人、团体、阶级和民族的利益都没有联系的，几乎完全不宜于庸人利用，而且也是不能被他所接受的。"②根据自我的创作体

① 余虹：《文学的终结与文学性蔓延》，载《文艺研究》，2002 年第 6 期，第 24 页。

② ［俄］高尔基：《不合时宜的思想》，朱希渝译，南京：江苏人民出版社 1998 年版，第 1 页。

验，高尔基以其特有的艺术良知和现代知识分子的精神操守，向人们发出了这番“喟叹”。如果将这种慨叹延伸到文学批评之中，也同样具有重要的引鉴意义。因为每一个批评主体都渴望在自身的批评实践中道出各种审美“真相”，但是，或受制于自我审美发现的能力，或受制于各种社会文化的环境，或受制于某些功利主义或市侩习气的影响，当批评主体致力于逼近“真相”时，常常会难如人愿。

这种难显“真相”的情形，可以说，自文学批评出现以来，便一直存在。早在20世纪30年代，鲁迅先生就曾在《骂杀与捧杀》一文中谈到，人们对文学批评之所以不满，“不外乎捧与骂”，“其实所谓捧与骂者，不过是将称赞与攻击，换了两个不好看的字眼。指英雄为英雄，说娼妇是娼妇，表面上虽像捧与骂，实则说得刚刚合式，不能责备批评家的。批评家的错处，是在乱骂与乱捧，例如说英雄是娼妇，举娼妇为英雄。批评的失了威力，由于‘乱’，甚而至于‘乱’到和事实相反，这底细一被大家看出，那效果有时也就相反了”①。鲁迅所痛诉的这种批评的“失真”现象，主要是指那些充满市侩文化、完全忽视文学品质、颠倒了艺术黑白的文学批评。所以，鲁迅先生认为，这种文学批评看起来只是丧失了文学主体的基本立场，本质上却是对作家或作品的一种“毁杀”，是一切从事批评的人必须极力回避的误区。

正是基于这样一种道理，批评的主体在从事批评活动中，必须要清醒地意识到，批评在某种意义上就是文学的守护神，是艺术真相的代言人。诚如有人所言：“同其他艺术样式一样，文学是一个纯洁、美好的意义世界。即使我们身处其中的这个世界存在腥秽与腐败，但只要有好的艺术，有好的文学，那么，生活还是可以忍受的，值得留恋的。至少，对我来讲，是这样。总之，在我的理解中，文学是一种让人类意识到爱、高尚、尊严这类东西的圣洁之物。正因为这样，作为文学守护神的文学批评，就应该以纯粹的姿态面对文学。具体地说，就是要站在人道的立场，说真话。”②说真话、讲真情、道真相，这不仅仅是文学创作同样也是文学批评一直恪守的精神要义，或者说，是一种基本的职业伦理。

在这种职业伦理的统摄下，每个批评主体在面对自己心目中的艺术真相时，总是会在具体的批评实践中不断地加以突出。法国著名的批评家圣·伯夫就直言不讳地说，如果他有一个座右铭，那么，“这个座右铭会是真实，惟一的真实”。维护自我内心的“真实”或“真相”，展示并传达这种价值立场

① 鲁迅：《鲁迅全集》(第5卷)，北京：人民文学出版社1981年版，第585页。

② 邢小利：《做文学的守护神》，载《南方文坛》，2002年第2期，第11页。

及其审美意义，一直是传统批评努力实现的核心目标之一。在这个过程中，批评会不可避免地出现这样一种倾向：对评析对象进行严格而不留情面的价值判断。这就是人们常说的“苛求式批评”。从传统意义上说，批评很多时候就是苛求，即批评主体通过细致的文本梳理和丰沛的艺术阐释，指出创作中的不足，以提请作家和读者们注意；甚至在很多批评著作里人们都可以看到，对批评对象进行艺术上的“苛求”，是文学批评的基本职责之一。当然，这种苛求又有别于鲁迅先生所说的“骂杀”，因为“骂杀”并非为了揭示或维护艺术的真相，而是隐含了市侩主义的个人情绪和功利意愿，它与批评中的“苛求”背道而驰。

毫无疑问，苛求意味着质疑、判断和批评，它隐含了批评主体作为“立法者”的精神意志，是精英文化主宰社会核心价值时代的一种必然现象。当然，从文学批评的内在素养来看，苛求所需要的并不只是批评主体的勇气，还有智慧——那种来源于深邃思考和审美发现的艺术智慧。这种智慧同样也是现代文学批评不可缺少的基本品质。然而，我们又必须注意到，当文学发展越来越走向多元的时候，尤其是当文学性在不断蔓延而文学却走向边缘的时候，当消费主义和现代传媒不断推动大众文化引领社会文化主潮的时候，批评主体的“立法者”身份已经难以确立，“阐释者”才是更切近于批评主体的角色定位。在这种角色位移的过程中，“苛求”虽然仍是一种必要的批评姿态，而富有意味且有创见的“阐释”则显得更为重要，也更为普遍。有关这一问题，我们在上一章已进行了必要的论述。

应该说，阐释并不影响“苛求”，或者说，这两者之间并非一种对立关系，而是一种相辅相成的关系。尤其重要的是，当阐释在文学批评中变得越来越重要、越来越普遍时，我们就需要对阐释本身所存在的诸多陷阱保持警惕。譬如，当阐释变成自我理念的复述，而批评对象仅仅只是某种观念的印证材料时，这种阐释就失去了批评的价值。同样，当阐释避重就轻、舍本逐末时，尽管这种阐释很丰富，甚至不乏思想的磷光，但它也丧失了批评的有效性。更令人警觉的是，受消费主义的利益驱动，一些批评主体在“阐释”的名义下，以无边的宽容姿态刻意回避批评对象的缺陷，极力夸大其中的某些精神意蕴和文化趣味，使文学批评沦为商业时代的文化广告。

这种借助阐释回避必要的“苛求”而实行过分“宽容”的文学批评，是导致批评越来越失去公信力和科学性的一个潜在原因，也是所有批评主体必须警惕的一个重要问题。回首中国当代文学批评现状，尤其是20世纪90年代以来的批评现状，很多人之所以对文学批评的现状极为不满，其中的关键性因素，已不是批评在艺术观念、审美趣味以及评判标准上的冲突与失范的问题，而是直接体现为批评主体在“求真”意志与职业伦理上的动摇与崩落，从而导致“苛求”姿态的全面丧失，“宽容”之风盛行，“史诗”、“精品”、“杰出作家”、“天才作家”之类概念随处可见。人们所看到的批评文字，常常显得异常的暧昧，无论或骂或捧，都笼罩在某种温情脉脉的关系之中，让人无法确认批评者的真实态度，无法体会到他们捍卫艺术“真相”的基本品质。应该说，在很大程度上，这正是商业习气、市侩习气以及传媒习气对批评不断渗透的结果。它使文学批评与文化消费广告之间的关系变得越来越暧昧，批评越来越失去科学和理性的意义，也越来越丧失其内在的思想力度和价值标尺。面对这种日趋异化、严重失语的批评现实，尽管也有不少人在进行顽强而执著的抵抗，但要从根本上扭转这种极度世俗化的非正常格局，使批评重返学理性和严谨性的路途上来，似乎还缺乏应有的群体性力量。

其实，这种情形并不仅仅出现在中国当代的文学批评中，国外也同样如此。无论是本雅明、詹姆逊还是鲍德里亚、齐格蒙特·鲍曼，都曾针对消费主义文化对文学所产生的种种负面影响，尤其是对文学批评和研究所产生的商业化影响进行过分析和批判。哈罗德·布鲁姆甚至认为，无论是文学创作还是文学批评，都已进入了一个混乱的时代。因此，面对这种艰难而又令人尴尬的实利化现实，批评主体必须要确保自己内心的“求真”信念，确保批评应有的独立与智慧，使批评冲破各种暧昧性的格局。众所周知，无论古今，真正优秀的文学批评，既不是“酷评式”的简单否定，也不是无原则的廉价褒扬，而是充满了质疑的意味同时又具有严谨的学理精神，不放弃苛求的批评姿态又不乏真诚的交流意愿，拥有丰沛的文化阐释向度又不是无边的宽容或偏激。质言之，这是一种对苛求与宽容的双重超越。

文学创作变得越来越复杂，文学批评也不可能变得越来越纯粹。在日趋多元且难断优劣的现代文化中，批评主体更需要坚守艺术的执著信念，自觉地加强文化积累，并义无反顾地重返批评的真诚之境，用诚实的话语言说自己的价值判断，用质疑的态度传达自己的内在声音，用争鸣的愿望来展示自己的深度思考。

三、重构文学的经典律则

文化的多元化带来了文学的多元化，而文学的多元化又必然带来文学批评的多元化。但是，多元并不意味着无序和混乱，也不意味着所有的存在都是合理的。就文学创作而言，真正的多元化应该是一种审美观念的多元、审美追求的多元，是蕴藏于创作主体的精神内部、受到各种不同的艺术哲学支撑的艺术思考的多元。它强调的是作家对现代生活的独特探索，对人类存在境域的独到发现，是凭借作家强劲的艺术独创和思想发现而建立起来的多种艺术实践，是超越了现实生活、具有鲜明原创性的多方位的艺术努力。多元化文学格局的实现，不仅意味着“百花齐放”、相互争艳的繁荣景象，意味着众声和鸣、自由舒展的审美格局，而且也表明文学内在的潜力将被多方位激活，文学发展的多种可能性将被打开。

文学批评更是如此。真正意义上的多元化批评，应该在具体的批评实践中，展示各种不同的审美思考，呈现各种不同的理性追问，传达各种不同的艺术理想，并在终极意义上为未来文学的发展提供种种新的理论视阈，而不是仅仅将“多元化”当做一把万能钥匙，仿佛只要将它随便往哪个创作领域中一插，都可以打开一扇扇生动而又隐秘的精神之门，展示出文学内在的诸种审美真相。这种用“多元化”来对批评对象进行“一言以蔽之”的做法，看起来很“科学”，也很“全面”，但它只是为那些缺乏冷静分析态度和敏捷判断能力的文学批评者，提供了一种慵懒的思维定式。

更值得注意的是，在这种思维定式的直接影响下，这种被不断虚拟了的“多元化”论调，还为各种文学创作的误区提供了一个天然的防御屏障，为那些毫无艺术发现的平庸写作在审美价值上提供了一个合理的注解。因为在这种可疑的“多元化”背后，还常常隐含了另一种十分狡猾的思维陷阱，即所谓“存在即合理”的逻辑准则。从某种意义上说，不少人正是利用了这一陷阱，以“多元化”作为借口，不仅消解了不同作品之间进行审美比较和价值判断的可能性，而且为那些低俗的、反经典的文学创作提供了一道理论上的挡箭牌。

因此，面对多元化的文学口号，尤其是面对日趋多维的文学批评本身，重构文学的经典律则，也同样是一个非常重要的问题。因为经典常常存在于陌生性(strangeness)，而这种陌生性是一种无法同化的原创性，或是一种我们完全认同而不再现为异端的原创性①。从某种意义上说，任何时代的文学发展，都是基于传统经典文学的影响，“没有文学影响的过程，即一种令人烦恼并难以理解的过程，就不会有感染力强烈的经典作品出现”②。重构文学的经典律则，就是在不断解读和展示经典魅力的过程中，使文学批评的主

① 参见[美]哈罗德·布鲁姆:《西方正典》，江宁康译，南京：译林出版社 2004 年版，第 2 页。

② [美]哈罗德·布鲁姆:《西方正典》，江宁康译，南京：译林出版社 2004 年版，第 6 页。

体深入多元化的文学格局内部，进一步提升文学批评的信度和效度。

1. 捍卫文学的经典律则

在《西方正典》里，耶鲁大学的资深学者哈罗德·布鲁姆曾将西方的文学史划为四个时代：神权时代、贵族时代、民主时代和混乱时代。所谓的“混乱时代”，就是指20世纪以来的西方文学实践，一切既成的艺术规范不断被打破，万物破碎、中心消解，仅有低俗的文学和大众化的美学趣味四处蔓延。对于一个崇尚文学的精英意识、经典律则和“审美自主性”原则的人来说，布鲁姆的焦虑与不满可想而知，他甚至不无极端地说道：“作为文学批评界的一员，我认为自己遭遇了最糟的时代。”①在布鲁姆看来，所谓的多元主义其实是混乱的另一个代名词，文化的多元恰恰反映了人类思想的混乱。这种看法显然有些偏颇，因为文化的多元在本质上是人类自由思想的产物，它在一定程度上消解了某些文化霸权的制约，展示了人类丰富的精神诉求；而且文化的多元本身并不是混乱的根源，其混乱的缘由在于人们利用了文化多元的“合理性”而变得为所欲为，使各种无序的欲望甚至是反共识性价值的言行大行其道——这才是我们必须警醒的地方。

中国文学的发展，虽然没有像布鲁姆所描述的那样，经历了几个不同时代的清晰特质，但从20世纪90年代以来，借“多元”名义而行使“混乱”的各种文学征兆在我们的文学实践中也是显而易见的。陶东风曾将这种情形视为一种文学的“祛魅”——它与全社会的政治冷漠的弥漫、消费主义的高涨、娱乐工业的畸形发达、精神价值的真空状态紧密地勾连在一起，从而无情地“祛”了文学经典或精英文化之“魅”。不仅如此，更令人担忧的是，一些学者还对这种情形加以盲目的鼓噪，“他们与其说是在研究消费主义，不如说是在鼓吹消费主义意识形态，为畸形的消费主义呐喊和辩护。其具体表现就是鼓吹和倡导肤浅的日常生活美学、身体美学和感性崇拜，不但不批判当代消费文化的主体(特别是所谓‘80后’一代)与消费热情的高涨同时流行的政治冷漠和公共意识的弱化，而且视之为所谓政治‘成熟’的标志与盛世景象的表现，并认为这乃是对于现代性的所谓‘超越’”②。

从客观上看，自20世纪90年代以来，中国当代文学的发展虽然出现了

① [美]哈罗德·布鲁姆：《西方正典》，江宁康译，南京：译林出版社2004年版，第16页。

② 陶东风：《当代中国文艺思潮与文化热点》，北京：北京大学出版社2008年版，第28～29页。

一些重要的作家，也涌现了一批不可忽视的作品，但是，不尽如人意之处确实不容回避；在多元口号的掩饰下，“混乱时代”的各种文学情形的确有增无减。尤其是面对物质主义的生存现实，面对利益阶层重新分配的社会秩序，面对伦理体系不断被颠覆的人性场景，一些作家不断地陷入某种迷惘与失衡的精神空间，缺少思考，缺少发现，缺少伤痛。很多的作品，要么是对庸常经验的不断复制，要么是对公众聚焦的简单临摹，要么是对低俗欲望的尽情宣泄，要么是借助“剑走偏锋”的逻辑来哗众取宠。文学的功利性、实用性、媚俗性，依然无处不在、无时不在。这只能说明，一些作家并没有在真正的意义上找回必要的人文传统和艺术精神，也没有对自身作为对现代知识的角色与使命进行有效的思考和定位。这也意味着重返真正的文人空间，以自我坚定的艺术信念和顽强的精神膂力，来回应历史长久的期待，已成为当代作家必须面对和必须解决的重要问题。否则，作家们将很难开拓出一条崭新的艺术之路，也不可能建构起属于自己本民族的“伟大的传统”。

因此，面对这种文学创作现状，如何甄别合理的多元和无序的混乱，梳理多元的价值取向和揭示混乱的现实伦理，充分发挥文学批评应有的作用，已成为人们必须思考的首要问题。布鲁姆的思想非常明确，那就是捍卫文学的经典律则，“在汹涌而来的多元文化主义大潮面前，即使我们的顶尖大学如今也力不从心。不过，就算这一潮流会持续下去，对过去和现在的作品所进行的经典遴选仍有其自身的意义和魅力，因为这也是正在进行着的文学竞争的一部分”①。与布鲁姆持类似想法的学者还有很多，包括消费社会研究的核心人物鲍德里亚，也同样对消费主义提出了尖锐的批判；很多中国学者同样对“日常生活审美化”进行了强烈的质疑。这些思考并不仅仅是对精英文化的某种凭吊，更是对多元文化的深刻反思。而且，这种反思，为文学批评在21世纪的发展指出了一个明确的方向，即对文学经典律则的彰显与弘扬。

2．重返真正的人文空间

所谓文学的经典律则，就是指文学中所具有的某些永恒的精神品质，它经过了历史的长久沉淀，成为一切文学艺术自觉尊崇的核心价值。它隐含在一系列经典作品之中，具有“易感性、普遍性、永恒性、正极性和给予性”

① ［美］哈罗德·布鲁姆：《西方正典》，江宁康译，南京：译林出版社2004年版，第415页。

等特征①。但是，多元文化带来的后果之一，却是常常在过度认同各种新的文化形态的过程中，对传统的精英文化表现出拒斥的姿态，包括对经典律则的不断消解。它的最为直接的表现之一，便是从主体上追求过度的民主和宽容，从而借助大众的口吻，否认由人类精英文化长期构筑起来的、难以学习和理解的人文传统。这一点是我们在认同多元化的前提下，尤其要警惕和反思的一个目标。

英国学者弗兰克·富里迪曾从大学教育入手，对此进行了系统的分析和反思。他认为，一方面，今天的大学校园里充斥着一种反精英式的平庸主义文化思潮，“19、20世纪的进步运动所针对的是精英特权，以及寡头组织决心以多数人的生活质量为代价，控制和垄断社会资源。今天的反精英主义很少把注意力集中在经济权力上。相反，它的攻击目标是各种常被错误地与精英联系在一起的行为、文化和教育。繁复的语言、复杂的思想、挑战性的教育，以及高难度的形式，如今都被贴上精英化的标签，因此被认为是件坏事”②。在弗兰克·富里迪看来，这种反精英主义所依据的理论口号是一种庸人主义的民主和包容。“理想的民主参与的前提，是具有智力和责任心的公民，他们自主地行动，并行使他们的权利。他们能够批评和接受批评。他们成熟，具有责任感，乐于对不仅影响他们，而且也影响着他们社区的其他部分的事情感兴趣。当代文化和教育机构发出的信号，显示出并不希望大家按民主理想来行动。相反，他们希望他们的听众是情绪化的，只对自己感兴趣，缺乏好奇心，尚未成熟。”③这也就是说，文化的多元主义，表面上看，是民主、自由和包容的体现，而实质上却带有某种反理性化的倾向。

另一方面，由于一些优秀的人文传统都是由精英文化长期积淀的结果，需要通过艰辛的努力，才能获得其中的精髓，但是，“在我们的文化官僚看来，担忧大学面临着学术危机，担心变得弱智，或者担心把公众当儿童对待，这些都完全不合时宜。他们相信所发生的一切，是教育和文化正在变得更包容……包容从概念上说，被认为表达了一种反精英的和参与性的欲望。对精英主义的敌意现在成为每个希望加入文化精英队伍的人必须具备的。‘精英’这个词的意义也被扩大到描述那些被认为不是直接与普通人相关或

① 李建军：《经典的律则》，载《小说评论》，2007年第5期，第5页。

② ［英］弗兰克·富里迪：《知识分子都到哪里去了》，戴从容译，南京：江苏人民出版社2005年版，第138页。

③ ［英］弗兰克·富里迪：《知识分子都到哪里去了》，戴从容译，南京：江苏人民出版社2005年版，第136页。

者无法被他们获取的用语、教育和经历。充斥文化生活的平民主义语言充满了敏感，它用玩世不恭的眼光看待所宣称的艺术和思想上的卓越性。把一个机构描绘为精英化的机构，常常包含着不赞许和责难的意思”①。这种借助所谓的民主和包容所建立起来的文化教育体制，不仅进一步激化了民众智商的衰弱，而且充满了工具主义的实用色彩，使教育的主要目的只是为了充当经济发展的引擎，而将优秀的人文传统置之不顾。

这种对人文传统的摒弃，几乎不可避免地导致了人们对经典律则的藐视，甚至是解构。被布鲁姆称为“英国最好的批评家”的柯莫德就说道：“经典，它不但取消了知识和意见的界限，而且成了永久的传承工具；不过，经典无法抗拒理性，也就当然能被解构。如果人们对经典不以为然，他们也可以设法去摧毁它。虽然很难看到学术机构，包括招生机构，可以抛弃经典而正常运行，但捍卫经典再也不能由中心体制的力量来进行，也不能由必修课来延续。”②因此，在这种情况下，强调人文传统的重要，并非仅仅为了重塑精英文化的重要意义，也是维护文学经典律则的首要前提。

重返真正的人文空间，可以重新确立批评主体的现代知识分子角色，确保他们时刻清醒地意识到自己的社会角色和艺术使命——他们应该拥有坚定的艺术信念、独立自治的精神操守和专业上的原创能力。同时，任何一个批评主体还必须时刻保持对各种不合理的文化秩序以及生活现象进行有效的揭露与批判，从而尽己所能地推动社会文化向更加合理、更加公正的理想状态前行。萨义德曾说：“知识分子活动的目的，是为了增进人类的自由和知识。”知识分子的责任不是那种盲动的、好大喜功的精神领袖，也不是那种简单的、迎合各种权力机制的工具。他应该在内心深处始终拥有一种对祖国的深沉之爱，对大众的深情体恤，对个体精神空间的顽强恪守，并勇于对现实秩序表达自己最真实的声音。任何一个批评主体，首先必须完成自己作为现代知识分子这一角色的定位，才有可能进一步在专业领域中展示自己的独特魅力，从而有效地维护艺术的经典律则。

重返真正的人文空间，就是要以高度清醒的内心意志来穿透一切生存的现实表象，并与一切流行的社会价值观念及其现实秩序保持必要的警惕。这是任何现代批评主体必须具备的精神素质。没有警惕就没有怀疑，没有怀疑

① ［英］弗兰克·富里迪：《知识分子都到哪里去了?》，戴从容译，南京：江苏人民出版社2005年版，第136～137页。

② ［美］哈罗德·布鲁姆：《西方正典》，江宁康译，南京：译林出版社2004年版，第3页。

也就不可能有发现，而没有发现就不可能进入对象的本质，不可能揭示真正的精神真相和艺术本质，更不可能显示出一个文学批评者作为精神劳作者的独特品格。真正的文学批评，需要的不只是勇气和眼光，还需要一种时刻警惕的立场和姿态。因此，面对文化多元主义所带来的各种巨大挑战，批评主体应该以平静的心理、严谨的姿态去审度批评对象，力所能及地在批评实践中发出自己的声音，体现自己的价值标准和审美思考，从而对人类引以为荣的人文传统做出积极的回应。

总之，在日趋多维的文化空间里，文学批评要有效地摆脱平庸主义文化思潮的侵袭，要摆脱感性化、平面化和碎片化等享乐主义的冲击，要清醒地甄别多元化之中所隐含的各种文化病象，并对人类的文学实践做出深邃的艺术判析，就不能轻易地割断一切优秀的人文传统，更不能以适应文学的发展为借口而回避文学的经典律则。真正的文学批评，既要回应优秀的文学传统，又要紧密地跟踪具体的文学实践；既要体现批评主体丰沛的文化积累，又要展示批评主体坚实的专业理论；既要指出文学实践中的种种不足和局限，又要展示文学健康发展的种种可能性。

【思考题】

1. 从文学发展的角度来看，“文学性的蔓延”有哪些积极意义和消极意义？

2. 在多元化的文化格局中，强调文学的经典律则，对于文学批评有哪些重要意义？

参考文献

一、国内部分

1. 王先霈：《文学批评原理》，华中师范大学出版社 1999 年版。

2. 王先霈、胡亚敏：《文学批评引论》，高等教育出版社 2005 年版。

3. 邱运华：《文学批评方法与案例》，北京大学出版社 2006 年版。

4. 傅修延、夏汉宁：《文学批评方法论基础》，江西人民出版社 1986 年版。

5. 陶东风：《当代中国文艺思潮与文化热点》，北京大学出版社 2008 年版。

6. 陶东风：《文学理论基本问题》，北京大学出版社 2004 年版。

7. 南帆等：《文学理论》，北京大学出版社 2008 年版。

8. 阎嘉：《文学理论精粹读本》，中国人民大学出版社 2006 年版。

9. 童庆炳、程正民：《文艺心理学教程》，高等教育出版社 2001 年版。

10. 罗根泽：《中国文学批评史》，上海书店 2003 年版。

11. 刘勰：《文心雕龙》，范文澜注，人民文学出版社 2006 年版。

12. 宗白华：《美学散步》，上海人民出版社 2005 年版。

13. 宗白华：《艺境》，人民出版社 1987 年版。

14. 朱光潜：《诗论》，北京三联书店 1998 年版。

15. 朱光潜：《谈文学》，安徽教育出版社 1996 年版。

16. 朱光潜：《西方美学史》，人民文学出版社 1979 年版。

17. 李健吾：《李健吾文学评论选》，宁夏人民出版社 1983 年版。

18. 郭宏安：《李健吾批评文集》，珠海出版社 1998 年版。

19. 周扬：《周扬文集》，人民文学出版社 1984 年版。

20. 茅盾：《茅盾全集》，人民文学出版社 1991 年。

21. 王先霈等：《文学批评术语词典》，上海文艺出版社 1999 年版。

22. 席扬：《文学思潮：理论、方法、视野》，上海三联书店 2009 年版。

23. 汪民安：《文化研究关键词》，江苏人民出版社 2007 年版。

24. 南帆：《二十世纪中国文学批评 99 个词》，浙江文艺出版社 2003 年版。

25. 洪子诚、孟繁华：《当代文学关键词》，广西师范大学出版社 2002 年版。

26. 赵一凡等：《西方文论关键词》，外语教学与研究出版社 2007 年版。

27. 伍蠡甫：《西方文论选》，人民文学出版社 1964 年版。

28. 伍蠡甫、胡经之：《西方文艺理论名著选编》，北京大学出版社 1987 年版。

29. 王逢振：《最新西方文论选》，漓江出版社 1991 年版。

30. 崔道怡等：《“冰山”理论：对话与潜对话》，工人出版社 1987 年版。

31. 朱立元：《二十世纪西方美学经典文本》，复旦大学出版社 2000 年版。

32. 张京媛：《当代女性主义文学批评》，北京大学出版社 1992 年版。

33. 张京媛：《后殖民理论与文化批评》，北京大学出版社 1999 年版。

34. 赵毅衡：《“新批评”文集》，百花文艺出版社 2001 年版。

二、国外部分

1. ［美］雷内·韦勒克：《批评的概念》，张今言译，中国美术学院出版社 1999 年版。

2. ［英］瑞恰兹：《文学批评原理》，杨自伍译，百花文艺出版社 1997 年版。

3. ［美］韦勒克：《近代文学批评史》，杨岂深、杨自伍译，上海译文出版社 1987 年版。

4. ［美］琉威松：《近世文学批评》，傅东华译，商务印书馆 1928 年版。

5. ［美］威尔弗雷德·L. 古尔灵等：《文学批评方法手册》，姚锦清等译，春风文艺出版社 1988 年版。

6. [法]让-伊夫·塔迪埃:《二十世纪的文学批评》,史忠义译,百花文艺出版社 1998 年版。

7. [英]戴维·洛奇:《二十世纪文学评论》,葛林等译,上海译文出版社 1987 年版。

8. [加]诺思洛普·弗莱:《批评的解剖》,陈慧等译,百花文艺出版社 2006 年版。

9. [英]拉曼·塞尔登:《文学批评理论——从柏拉图到现在》,刘象愚、陈永国等译,北京大学出版社 2000 年版。

10. [法]维茨坦·托多洛夫:《批评的批评》,王东亮、王晨阳译,三联书店 1988 年版。

11. [美]魏伯·司各特:《西方五种文学批评模式》,蓝仁哲译,重庆出版社 1983 年版。

12. [法]蒂博代:《六说文学批评》,赵坚译,三联书店 1989 年版。

13. [美]莫瑞-克里格:《批评旅途:六十年代之后》,李自修等译,中国社会科学出版社 1998 年版。

14. [美]艾布拉姆斯:《镜与灯——浪漫主义文论及批评传统》,郦稚牛等译,北京大学出版社 1989 年版。

15. [意]艾柯等:《诠释与过度诠释》,王宇根译,三联书店 1997 年版。

16. [美] 雷内·韦勒克、奥斯汀·沃伦:《文学理论》,刘象愚等译,江苏教育出版社 2005 年版。

17. [英]特里·伊格尔顿:《文学原理引论》,刘峰等译,文化艺术出版社 1987 年版。

18. [英]特里·伊格尔顿:《二十世纪西方文学理论》,伍晓明译,北京大学出版社 2007 年版。

19. [英]塞尔登:《当代文学理论导读》,刘象愚译,北京大学出版社 2008 年版。

20. [德]卡西尔:《人文科学的逻辑》,沈晖等译,中国人民大学出版社 2004 年版。

21. [丹麦]勃兰兑斯:《十九世纪文学主流》,徐式谷等译,人民文学出版社 1982 年版。

22. [美]哈罗德·布鲁姆:《西方正典》,江宁康译,译林出版社 2005 年版。

23. [古希腊]柏拉图:《文艺对话集》,朱光潜译,人民文学出版社

1963 年版。

24. [古希腊]亚里士多德：《诗学》，罗念生译，人民文学出版社 1962 年版。

25. [古罗马]贺拉斯：《诗艺》，杨周翰译，人民文学出版社 1962 年版。

26. [法]丹纳：《艺术哲学》，傅雷译，人民文学出版社 1961 年版。

27. [德]爱克曼、歌德：《歌德谈话录》，朱光潜译，人民出版社 1978 年版。

28. [英]艾略特：《艾略特诗学文集》，王恩衷编译，国际文化出版公司 1989 年版。

29. [俄]别林斯基：《别林斯基选集》，满涛译，上海译文出版社 1980 年版。

30. [俄]车尔尼雪夫斯基：《车尔尼雪夫斯基论文学》，辛未艾译，上海译文出版社 1982 年版。

31. [法]罗兰·巴尔特：《罗兰·巴尔特随笔集》，怀宇译，百花文艺出版社 2005 年版。

32. [俄]杜勃罗留波夫：《杜勃罗留波夫选集》，包文棣译，上海文艺出版社 1959 年版。

33. [匈]卢卡契：《卢卡契文学论文选》，范大灿编选，人民文学出版社 1986 年版。

34. [英]考德威尔：《考德威尔文学论文集》，陆建德等译，百花洲文艺出版社 1995 年版。

35. [英]安德鲁·本尼特、尼古拉·罗伊尔：《关键词：文学、批评与理论导论》，汪正龙、李永新译，广西师范大学出版社 2007 年版。

36. [美]弗雷德里克·詹姆逊：《詹姆逊文集》，王逢振主编，中国人民大学出版社 2004 年版。

37. [德]姚斯、[美]霍拉勃：《接受美学与接受理论》，周宁等译，辽宁人民出版社 1987 年版。

38. [美]斯坦利·费什：《读者反应批评》，文楚安译，中国社会科学出版社 1998 年版。

39. [法]茨维坦·托多洛夫：《俄苏形式主义文论选》，蔡鸿滨译，中国社会科学出版社 1989 年版。

40. [奥]弗洛伊德：《弗洛伊德论美文选》，张唤民等译，知识出版社 1987 年版。

41. [奥]弗洛伊德：《精神分析引论新编》，高觉敷译，商务印书馆1987年版。

42. [美]乔纳森·卡勒：《结构主义诗学》，盛宁译，中国社会科学出版社1991年版。

43. [美]罗伯特·肖尔斯：《结构主义与文学》，孙秋秋等译，春风文艺出版社1988年版。

44. [意]卡尔维诺：《为什么读经典》，黄灿然、李桂蜜译，译林出版社2006年版。

45. [德]霍克海默、阿多诺：《启蒙辩证法》，渠敬东等译，上海人民出版社2003年版。

46. [法]斯达尔夫人：《德国的文学与艺术》，丁世中译，人民文学出版社1981年版。

47. [秘鲁]略萨：《给青年小说家的信》，赵德明译，上海译文出版社2004年版。

48. [加]马歇尔·麦克卢汉：《麦克卢汉精粹》，何道宽译，南京大学出版社2000年版。

49. [美]尼尔·波兹曼：《娱乐至死·童年的消逝》，章艳、吴燕莛译，广西师范大学出版社2009年版。

50. [法]鲍德里亚：《消费社会》，刘成富、全志钢译，南京大学出版社2008年版。

51. [英]齐格蒙特·鲍曼：《立法者与阐释者》，洪涛译，上海人民出版社2000年版。

52. [荷]佛克马、伯顿斯：《走向后现代主义》，王宁等译，北京大学出版社1991年版。

53. [英]弗兰克·富里迪：《知识分子都到哪里去了》，戴从容译，江苏人民出版社2005年版。

后　记

编写一部具有一定操作功能的《文学批评教程》，一直是我们的设想。因为在日常教学中，面对文学批评，我们通常都是遵循文艺学中较为纯粹的理论推演，或者干脆是对各种文学批评方法加以介绍，缺乏对文学批评的主体、对象、实践特征的明晰的阐释，亦缺乏对信息时代的文学批评变化的有效观照，使学生很难理解文学批评作为一门学科的逻辑规范和实践特征。

所幸的是，在众多专家的倾力参与下，如今，这一设想终于成为现实。从最初的提纲讨论，到整个书稿的完成，历时 10 个多月。在这段时间里，几乎每一位专家都放下了手头的工作，潜心于本书相关章节的写作。书稿完成后，即交由主编审阅，然后是主编与作者的密切交流。在这一过程中，大多数作者的书稿都经过了两次修改，有些甚至修改了三次以上。参与本书的各位专家如此认真，让我们深感敬佩，亦深感欣慰。

这是一个小小的团队，却是一个执著、敬业的团队，也是一个相互信任、彼此尊重、精诚合作的团队。我们彼此留下了人生中一段美好的时光。

本书的具体分工如下：

导　论：蒋述卓（暨南大学党委书记、副校长、教授、博士生导师）
　　　　郑焕钊（暨南大学文艺学博士）

第一章：贺绍俊（沈阳师范大学中国文化与文学研究所教授）

第二章：洪治纲（暨南大学中文系教授、博士生导师）

第三章：危　磊（暨南大学珠海学院教授、博士生导师）

第四章：王　侃（浙江师范大学中文系教授、硕士生导师）

第五章：贺仲明（南京师范大学中文系教授、博士生导师）

第六章：黄　擎（浙江大学中文系副教授、硕士生导师）

第七章：洪治纲(暨南大学中文系教授、博士生导师)

第八章：洪治纲(暨南大学中文系教授、博士生导师)

需要说明的是，本书的提纲是由两位主编反复讨论而形成的，因此，如果它在体例或结构上尚存在着某些不足，当然由主编来承担责任。由于编撰时间的仓促，书中可能还存在着这样或那样的不足甚至错误，我们期待方家的批评与指正。

最后，我们要特别感谢武汉大学出版社的编辑们，正是他们的严谨、认真与辛劳，才使本书得以顺利出版。

主编

2009 年 10 月